有爱的青春陪伴者

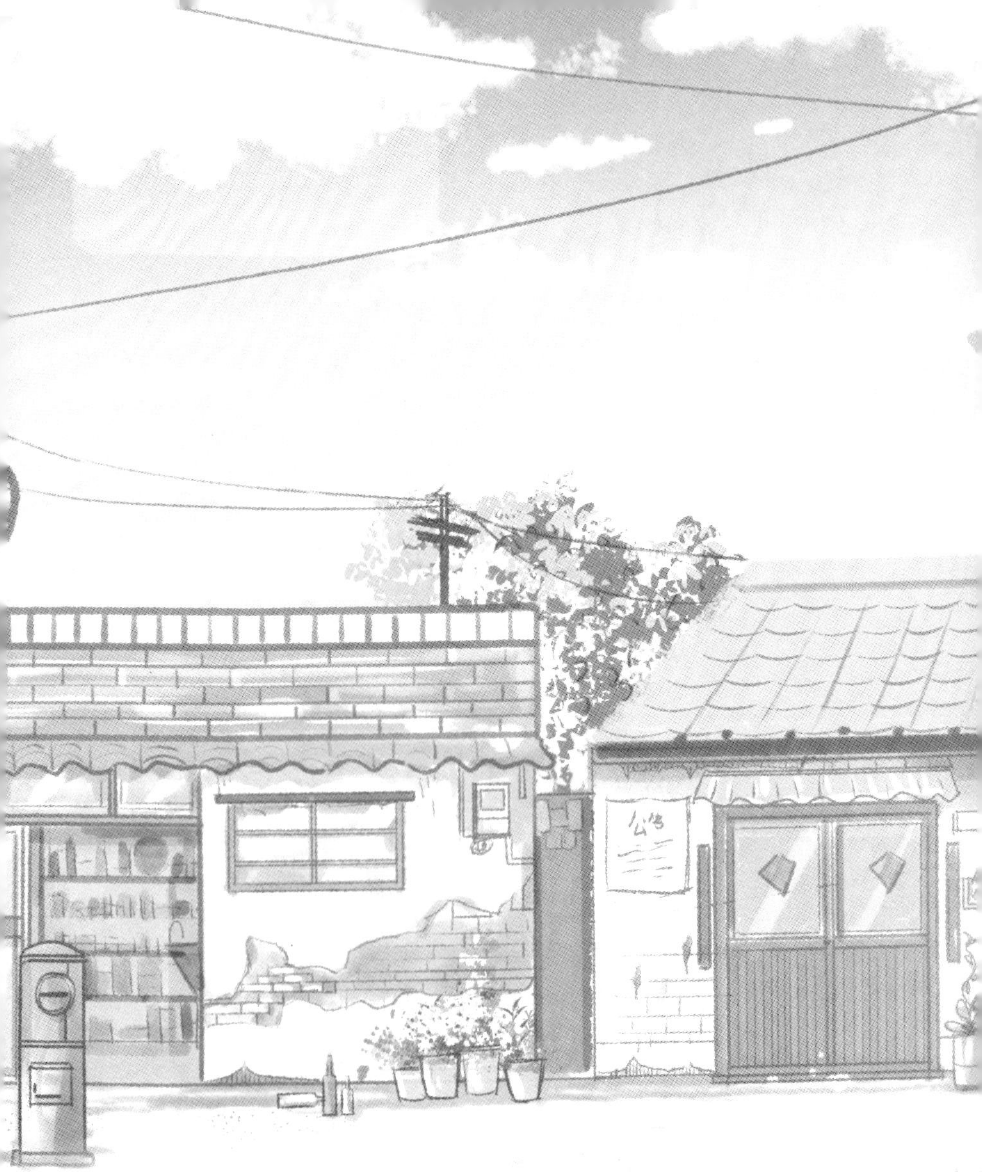
公告

樱桃结

瑾余 著

江苏凤凰文艺出版社
JIANGSU PHOENIX LITERATURE AND
ART PUBLISHING

图书在版编目（ＣＩＰ）数据

樱桃结 / 瑾余著. -- 南京：江苏凤凰文艺出版社，2023.9
 ISBN 978-7-5594-7699-9

Ⅰ.①樱… Ⅱ.①瑾… Ⅲ.①长篇小说－中国－当代 Ⅳ.①I247.5

中国版本图书馆CIP数据核字(2023)第075243号

樱桃结

瑾余 著

责任编辑	王昕宁
特约编辑	周 贝
责任校对	言 一
出版发行	江苏凤凰文艺出版社
	南京市中央路165号，邮编：210009
网　　址	http://www.jswenyi.com
印　　刷	长沙鸿发印务实业有限公司
开　　本	880mm×1230mm 1/32
印　　张	11
字　　数	418千字
版　　次	2023年9月第1版
印　　次	2023年9月第1次印刷
书　　号	ISBN 978-7-5594-7699-9
定　　价	42.80元

江苏凤凰文艺版图书凡印刷、装订错误，可向出版社调换，联系电话025-83280257

目录

第一章 /001
故水镇的夏天

第二章 /024
喻医生，吃糖吗

第三章 /068
刻在心底的名字

第四章 /114
离开

第五章 /162
管不住的心

第六章 /204
嫁给你的第四十天

目录

第七章 /232
心中的雨停了

番外一 /269
甜蜜日常

番外二 /301
追妻火葬场

番外三 /310
平行世界

番外四 /335
完美结局

第一章·故水镇的夏天

喜欢她，从第一眼开始。

✦

【1】

樱桃回国那天，伦敦下着小雨，天色微晚，却已经大雾蒙蒙，她不慌不忙地乘车去往机场。

手机里有母亲喻丽安发来的短信，询问她航班时间。她正打算回复的时候，手机顶部忽然弹出一条最新娱乐新闻——"影帝程桀与神秘女性同行"。

樱桃愣了下，又很快把关于程桀的关键词屏蔽。

回复母亲之后，樱桃将手机关机睡觉，却怎么也不太舒心。

航班落在中国的地面时已经是十二个小时以后，樱桃揉着疲倦的眼走出旅客通道时，喻丽安和纪家父子已经在等她了。

"樱桃！"

推着行李箱的年轻姑娘微抬起眼，一头过腰的鬈发让她显得有些慵懒温婉，数年如一日的苍白脸色并没有让人觉得憔悴，反而有别样的凄楚和易碎纯美。和小时候的灵动不一样，如今的她眉眼温而从容，如墨泼洒开，是一笔一画的惊艳。

喻丽安泪湿双眼，扑上去抱住女儿。樱桃浅笑着回抱，和手足无措的纪良打招呼："纪叔。"

当年向权儒出轨被喻丽安发现后，喻丽安毅然决然地离婚。纪良是喻丽安现在的男朋友，他是大学教授，儒雅有风度，可每次见到樱桃都很紧张，相比起来，他儿子纪樑就随意得多。

纪良忙笑着点头:"回来就好,在国外太辛苦,以后咱们一家人可以相互照应。"

他扯了扯纪样的衣服:"还不跟你姐姐问好。"

纪样长得高高瘦瘦,相貌随了纪良的秀气斯文,和他外貌不符的是,他性格冷傲不好接近,还是体坛新星,篮球打得很好。

他们这对名义上的姐弟并不相熟,只是每年过年见一见,纪样从来没叫过她姐。

樱桃并不想为难纪样,说:"咱们先回家吧。"

喻丽安高兴地附和:"对对,先回家,妈妈给你准备了接风宴!"

纪良帮她推行李箱,纪样懒散地跟在旁边刷手机,忽然蹦出一句话:"喻医生,你的旧情人好像谈恋爱了。"

现在的室外气温是28℃,可因为纪样这句话,喻丽安和纪良一致觉得气温好像莫名降低了几度,纪良狠狠瞪纪样一眼,而喻丽安小心翼翼地观察女儿的面色。

让纪样失望的是,樱桃并没有太大的反应,她浅笑着,用二十七岁的从容应对这个和她当年离开时一样年纪,十八岁男生的挑衅。

"我哪个旧情人?"

"影帝程桀呗。"

"他是追过我,但没有追到,所以算不上旧情人。"

纪样耸肩问:"所以就算他谈恋爱,你也不吃醋喽?"

纪良吼道:"纪样你闭嘴!"

纪样摸着鼻子,翻了个白眼。

樱桃不怒反笑:"我会祝他幸福。"

这是真心话。

纪样觉得没趣,忽然拉过纪良手里的行李箱往前走:"这样就好,我正好可以给你介绍对象。"

纪良忍着对儿子的怒气讨好樱桃:"你别生气,他就是皮痒了,我回去一定揍他!"

樱桃淡淡地一笑:"没事,这个年纪的小孩都皮。"

纪良由衷地感叹:"还是樱桃懂事。"

喻丽安却并没有多欣慰,她比谁都清楚女儿现在的懂事是用什么换来的。

淮城的天气比伦敦要好得多,天空更蓝,温度舒适,风似乎也更温和。透过车窗看外面川流不息的车流和汹涌人潮,觉得生机勃勃,万物有趣。大约这就是游子归家的心态吧。

车辆驶入最繁华的地段后,鳞次栉比的高楼大厦争先恐后地涌入眼帘,当然最引人注目的还是商贸中心和写字楼上铺着的巨幅广告,那上面的代言人都是同一个。

这些商业海报像是记录着程桀的成长,又或是显示他的多样性。一幅又一幅,在契合商品主题时又表达出恰如其分的贵气和禁欲，棱角和锋芒被岁月刻画清楚，神色淡漠地凝视着这座城市。

正是时下当红的影帝程桀。

樱桃没有看太久，喻丽安也没有发觉樱桃的走神，依旧兴致勃勃地说着过去一年发生的事。她和纪良恋爱几年后终于确定要结婚，两人买了新房，房子很大，够四口人住。

纪良和喻丽安很有兴致地给樱桃介绍新家，俨然是希望她长住。

晚餐时一家人叙旧寒暄，回房时已经有些晚。

樱桃这一晚睡得并不好，深夜的时候暴雨突至，窗户没关好，风雨漏了进来。

她起床去关窗，桌上的手机再次弹出一条新闻——"电影《心外科》男主角确认程桀"。

樱桃轻蹙起眉，微博这个屏蔽关键词的功能看来还需要完善。

樱桃第二天起早去医院报到。新家在淮城广文路，途经大片绿荫大道，早晨熹微的阳光从翠绿的枝叶缝隙洒下来，微微的暖，像极了曾经的故水镇，那时她常常穿过那条路跟着表哥喻天明去河里捉鱼。

樱桃咬着面包在路边等车，耳机里播放着医疗新闻。听到有用的东西，她会用随身的小本子记下来。

这厢开车的文正透过车窗看去，将藤萝墙下的清灵美人收入眼中，惊艳地吹声口哨，跟后面睡觉的程桀说："桀哥，你看看那美女！"

车后座的男人脸上盖本杂志懒散地仰靠着睡觉，微屈的长腿占据车后座的大部分空间，被吵醒后轻踢前座，声音磁哑略带鼻音，低低地警告："开你的车。"

文正闭嘴后，车内的美食电台节目不合时宜地讲到樱桃的成熟季。

程桀还是和从前一样听不得那两个字。

他把杂志重重压在脸上，声音低哑："把广播关掉。"

文正也听到了广播里的内容，心"突突"地跳，手忙脚乱地照做。

程桀有个禁忌，谁也不能在他面前提"樱桃"两个字，提了他就乱发脾气。一开始大家以为他讨厌樱桃，可他又总是收集和樱桃相关的东西。

文正弄不懂程桀的心思，也不会知道此刻的程桀双眼呆滞，湿热滚烫。

一年又一年，樱桃成熟，她却不在了。

樱桃之所以回国，是因为有个手术需要她来做。

她没准备在国内待多久，做完手术，参加完母亲的婚礼，她便要回伦敦。

她从前最担心的就是喻丽安，现在喻丽安找到了新的幸福，也还年轻，还可以再生一个孩子。

樱桃不知道自己能撑到哪一天，怕和母亲待在一起的时间多了，到她死去的时候母亲会更痛苦，所以这么多年，她几乎是躲着母亲，刻意地疏远，这样就算她离开，母亲也不会太难过。

活着的人总要好好生活不是吗？

樱桃刚到医院不久，院长告诉她，病人的心脏移植手术安排在一个小时后，刻不容缓。

樱桃没什么意见。

院长清楚她的情况，关心地问："喻医生的身体没问题吧？"

樱桃点头："目前还好，每次上手术之前我都会吃药。"

"那就好。喻医生也要保重身体！"

"谢谢院长，没什么事的话我先回办公室了。"

"行，你去吧。"

樱桃回办公室熟悉工作，时间差不多的时候，她吃过药去更衣室换手术服，在洗手池认认真真地清洗双手。

同一台手术的医生中不乏紧张的人，樱桃作为主刀，不仅要让手术成功，还得让搭档们信任和镇定。

手术台上的病人已经全麻睡去，手术灯照在头顶，所有医生都站在手术台周围。

樱桃放松地举着洗好的双手，目光冷静地扫视所有人："准备好了吗？"

医生们深呼吸，点点头。

"开始手术。"

家属们焦急地等在外面，五个小时后，手术室的灯一直没有熄灭。

心脏移植是大手术，也是危险系数较大的手术，至少需要五六个小时，这还是在非常顺利的情况之下。

超过七个小时之后，家属们开始急不可耐地从手术室的门往里瞧，可什么也看不到。

八小时后，手术室的灯终于熄灭，所有家属连忙围上去，里面走出一个年轻漂亮的女医生，分外疲惫地说："手术很成功。"

家属们喜极而泣地道谢，病人母亲甚至要给樱桃下跪。樱桃忙搀住她，温和地说声恭喜，随后去办公室吃点药以缓解疲倦的心脏。

樱桃因此一战成名，许多病人慕名而来。院长怕她劳累，给她排的班不算多。但哪怕是这样，医院的工作仍旧还是忙碌的。

半个月后，樱桃接到一项特殊的任务，竟是去剧组给演员培训医疗常识。

对于这个安排，樱桃不太愿意，找到院长时，他是这样解释的——

"这部电影非常正能量，也是宣传咱们心外科的契机，导演想要一个专业的医生，我想来想去觉得你最合适，请喻医生一定不要推辞。"

樱桃只好同意。

进组那天不是个好天气，刮风下雨，电闪雷鸣。

樱桃打的车在路上堵了一个小时，下车后钱包还掉在了车里。

一切事情仿佛都在表明她今天很倒霉。

剧组所有演员等了培训医生一个小时都没等来人，纷纷觉得这医生比明星还会耍大牌。

"到底还来不来了？"

"不行就重新找一个得了，医生这么多！"

导演刚想安抚众人，一道温和柔软的声音响起："抱歉，路上堵车，来晚了。"

门外的身影款款走近，微湿的头发，眉眼清灵美丽，天然的易碎感，面带谦逊的微笑。

会议室里响起轻轻的抽气声。

文正盯着樱桃，呆愣地推了推旁边盖着帽子睡觉的程桀："桀哥醒醒，你不是说娱乐圈没有美人吗？看看现在这个！不看后悔一辈子！"

程桀再次被吵醒，不耐烦地皱起眉。

导演见过的美人不少，也被樱桃惊艳得愣了会儿，问："你就是培训医生？"

"是我。"

导演半真半假地打趣："你还不如进娱乐圈得了。"

樱桃笑了笑，没说话。

导演明白她志不在此，把讲桌交给她："你来吧。"

樱桃拿出眼镜戴好，把讲桌上的麦克风转过来对着自己，让自己的声音响彻整个会议室。

"大家好，我是你们的培训医生，喻樱桃。"

程桀早在樱桃和导演讲话的时候就听出了她的声音。

这刻入骨髓的熟悉感，多少次午夜梦回，时隔八年，竟然重新袭来。

樱桃事先并不知晓会到哪个剧组培训，直到看到讲桌上摆着的剧本——《心外科》。

她原本放松的身子有些僵硬，视线向下扫去，看到坐在角落的男人缓缓拿下脸上的帽子。

程桀微偏过头，眼神阴鸷地盯住了樱桃。

【2】

会议室的百叶窗拉到顶部，窗户半掩，暴雨惊扰室内寂静。雨声里，樱桃站在讲桌旁和程桀对视。

从樱桃离开那天算起，他们之间足足横亘着八年的时光。

这八年能改变太多的事物，也能打磨好一个人。

相比起十八岁的程桀，如今的他要成熟很多，他不再是寸头，蓄了头发，染成银灰色，细碎的刘海遮住点眼睛，看她时微眯着眼，目光冷郁。从前有些麦色的皮肤白了很多，可以用"苍冷"来形容，锋锐的面庞和五官被岁月优待，越发英俊清朗。

他二十岁那年斩获影帝，之后每年雷打不动都会获奖，娱乐圈里实至名归的厉害。

他不再是当年那个小混混，而是如今炙手可热，粉丝万千的大明星，有着和从前不一样的清贵慵懒，真真正正地改变了。

也挺好。

樱桃是首先弯唇微笑的那个人，程桀没什么变化，疏懒地歪着身体靠坐在那儿，直勾勾地盯着她，不是厌恶也不是恨意的眼神，而是淬了冰一般，凉到骨子里的冷。

樱桃冷静地转开眼看着其他人，属于她的柔软声音平和地响起："要再次跟各位说声抱歉，虽说是因为堵车来迟，但的确耽误了大家的时间，接下来的培训我会尽量讲得通俗易懂，不会拖堂。培训结束后大家去玉明堂吃饭吧，我在那里给大家订了位置，就当赔礼。"

她的语气温和，声音不急不缓，面对如此多当红的明星也没有一点怯场和紧张，落落大方得让人心生喜欢，而且还非常有礼数，本不用请吃饭，更何况是玉明堂那么贵的地方。

"喻医生也去吃饭吗？"一名女演员问。

樱桃翻开自己的讲义，手指轻压页面，笑容淡雅："我不去，你们去就好。"

这下演员们有些惊讶了，本以为她订吃饭的地方是想阿谀奉承讨好大家，所以女演员才问话试探，没想到她不去。

樱桃已经打开多媒体和投影仪，身后的大屏幕显示出这次的培训内容。她轻扶着麦克风，微笑地问众人："在培训开始前大家还有什么问题吗？"

她有一种温雅从容的气场，和她充满仙气的容貌相得益彰，好像美人就应该是这样的。

年轻而不懂得掩饰的男演员看樱桃看得有些痴，而程桀四肢冷僵，骨髓生凉，好似熔浆灌进了血液，每寸皮肤之下都是剧烈的灼痛。

再次看到这张脸，心跳带起惊涛骇浪，她的眉眼、她的声音，尖锐地刺进了他八年都没有结痂的伤口，又重新让他鲜血淋漓。

她越是优雅，他就越是狼狈，输得惨烈而可笑。

几分钟那么久，没人知道程桀有多克制，舌尖被他生生咬破，鲜血的味道在口中蔓延。他仍旧不错眼地盯着她，扯起唇兴味地冷笑："喻医生是吗？"

樱桃柔美的眼睛缓缓看向他："是。"

"刚才你的自我介绍太过简单，这么年轻就来培训人，谁知道你是不是专业的？"程桀的语气玩味而不客气。

其他人这才发觉他看喻医生的眼神很冷，隐约还有种幽怨和愤怒。

看起来脾气很好的喻医生说话却并不是那样软："我以为在我来之前导演已经跟你们介绍过我了，如果说得不够清楚的话，大家可以看看我的履历。"

大屏幕上弹出樱桃的个人履历，上面清清楚楚地写满她的求学经历、获奖论文、参与过的手术以及从业以来得到的成就。

虽然年轻，可她极其优秀，可以称得上是医学领域的天才。

程桀从来都知道她聪明，年少的时候她不仅是长辈们眼中懂事善良的乖乖女，也是让人惋惜的天之骄女，尽管她因为身体原因休学在家，却从不会自怨自艾，而是努力在每一天里有所进益。犹记得当年她那表哥虽然成绩平平，却也能在她的辅导下突飞猛进，一跃成为故水高中的优等生。她还曾帮助过故水高中数学竞赛组多次取得过好成绩，让曾经籍籍无名的故水高中，变成现在的重点学校。

程桀的质疑好像变成笑话，从开口问出那句话的时候他就做好了心理准备，他只是想知道，她这么多年都是怎么过来的。

可无论结果怎么样，好还是不好，他都会显得无足轻重，因为喻樱桃离开他仍旧是那个优秀的喻樱桃，到哪里都可以光芒万丈。

"看完了吗？看完的话开始培训。"

"既然要培训，不互相熟悉一下怎么行？喻医生这么急匆匆地要开始培训，是在怕什么吗？"银灰色的头发衬出他疏狂不驯的眉眼，十分挑剔很不给面子。

樱桃哪能看不出程桀故意跟她唱反调，平静地和他对视着，径直走下去站在他面前。

程桀根本没料到她会忽然下来，懒散得没骨头似的身体有点僵硬。

"既然要互相熟悉，就从你开始好了。"

"你好。"樱桃仿佛不认识程桀一样，微笑着伸出手，"我是喻樱桃。"

可程桀笑不出来。

樱桃变了。

哪怕他态度恶劣，她也不会像从前那样认认真真地纠正他，告诉他，对她说话不能冷着脸。

程桀宁愿她生气，也不想看到她这样。

文正看出了程桀的不对劲，程桀平时从不会主动和女人说话，可刚才明显是在引起这个女医生的注意，难道是因为女医生的名字叫樱桃？而他讨厌樱桃才针对她？

007

其他人猜测着程桀会如何应对，却怎么也没想到他会忽然踢翻桌子。那桌子倒下来时正好砸到樱桃的脚尖，她皱了皱眉，可程桀没看到，他早就落荒而逃。

培训并没有因为这个插曲而终止，樱桃珍惜自己的每分每秒，不想因为任何意外停止要做的事。

她没去理会疼痛的脚趾，平静地讲完今天的内容，只是培训结束后，她并没有回家，而是去住了酒店。她怕自己受伤的脚被喻丽安看到会让母亲担心，谎称工作忙要加班。

樱桃很早就睡了，她不喜欢熬夜，熬夜会让她身体更不舒服，可后半夜的时候还没睡着，额头有些烫，一直在咳嗽。

她身体一向弱，吹点凉风都会感冒，更别说早上还淋了雨。

不舒服也实在睡不着，樱桃准备出去买点退烧药，只是脚趾受伤，走路有点跛。

酒店外面有很多银杏树，现在这个季节树叶还很绿，偶尔有一片叶子落在车的前盖，很快又被风刮走，而车里的男人正是程桀。

从樱桃离开剧组后他就跟在了后面，只是不知道她住哪间，只能盯着整栋楼。

车里丢着几张废纸，上面依稀可以看到樱桃两个字，其他的内容都被揉得皱巴巴，丢得随意混乱，一如此刻程桀的心绪。

其实那上面写满了程桀想对樱桃说的话，他想这么多年不见，是得好好聊聊天的，最好让她交代一下这些年跑去哪里了。

他又怕自己一开口，话说得顾头不顾尾，或许还没来得及有个只言片语，就已经忍不住将她抱紧。

所以……

所以他必须打个草稿！

他在纸上宣泄自己的愤怒，控诉她铁石心肠，薄情寡义，撒了无数的谎，称自己没有她的日子过得多么潇洒自在，但不知道怎么的，后来总是莫名其妙变了味，问她是否安好，句句关切，字里行间透露着的，都是荒唐的甘之如饴。

等写完所有，程桀回头看的时候才惊觉，他又一次走了神，分毫没有想她的不好，想的全是如何与她破镜重圆。

尽管这就是他的目的，但这样直白，毫无自尊地缴械投降，他心里憋屈了八年的气叫他放不下，所以才有现在无数张皱巴巴的废纸。

写到现在，他握笔的指尖都已经有些发抖，满心空白，只剩 A4 纸上硕大的三个字——

喻樱桃。

程桀把车里的挡光板拉下来，推开上面的镜子看着自己银灰色的头发和耳钉发愣。

他把自己搞成这个样子，不理会身边人的劝告，能有多荒唐就多荒唐，也只是幻想有一天她能出现，告诉他这样不好，像以前那样哄他不要学坏。

好不容易她回来了，却完全装作没看见。

她真的一点都不在乎他了吗？

扔开手中的笔，程桀的眼圈已然湿红，眼角热流争先恐后涌出来，他烦躁地抹去，阴着脸低骂一声。忽然看到樱桃从酒店里走出来，他连忙坐直身体，却发现她走路有点奇怪。

她这走两步就停下来歇一歇的走路方式，倒让程桀想起从前。

那时她父母刚离婚，母女俩搬回故水镇，程桀被她外公雇去接人。

第一次见喻樱桃，她撑着一把遮阳伞，伞挡住上半张脸，只看到秀气精致的下巴，水蓝色的裙子像如洗的碧波，比天空更清澈。

她走路很慢，手轻轻地捂着胸口，走两步就停下来喘两口气，跟要死了一样。

程桀当时就觉得她矫情又娇气。

回故水镇的路上他开车很野，镇上没什么人敢坐他的副驾驶座，货车愣是被他开出赛车的架势。

樱桃和母亲的车在后面，看到他摇摇摆摆的车尾，有些担心货车里她的宠物们。

程桀单手扶着方向盘，把一颗口香糖丢嘴里的时候手机忽然振动。

是陌生的号码，他没接。

对方又打第二次。

程桀扫了一眼，人没动。

第三次打过来的时候，程桀不耐烦地顶了一下嘴里的口香糖，指尖飞快地摁接听键。

"你好……"温柔的女声证实程桀的猜想。

"不买保险，滚！"

女声停顿两秒，说："请你好好开车。"

这便是他们的初识。

樱桃用导航搜附近的药店，疲倦虚弱的身体和受伤的脚趾都是负累，她走得缓慢，程桀隔着老远的距离跟在后面。

从酒店到药店，加上买药花费了半个小时，回来的路上樱桃已经有些筋疲力尽，而下过雨的路有些滑，她脚还受着伤，没注意就摔倒了。

樱桃想着摔就摔吧，正好坐在地上休息一会儿，却突然听到一阵急促的脚步声，有人正慌慌张张地朝她奔来。

程桀一直跟在樱桃后面，几次三番想上前都忍住了，在看到她摔倒的一瞬间终于控制不住。

太过着急,他冲过去时也险些滑倒,匆匆把樱桃抱起来,这才看到她脸上铺着一层薄薄的汗,耳边的发丝粘在脸上,看起来很难受。

程桀没说话,抱着她快步走向自己的车。

樱桃声音虚弱:"你做什么?"

程桀把她放在副驾驶座,摸她苍白的脸,果然很烫。她手里还拿着退烧药,程桀被她气笑了:"就吃这个你想好?"

他急步上来开车,樱桃按住他握方向盘的手腕:"你要带我去哪里?"

"医院!"

樱桃抬眼看着他:"我们认识吗?"

程桀开车的动作停顿,樱桃看到他握方向盘的手在发抖,应该是气的。

他很久没动,也没有看她。

密闭的车内气氛逐渐紧张,樱桃听到他冷笑的声音:"喻樱桃,你跟我装什么装?"

暗哑的声音中有他自己也不愿意承认的哽咽。

好一会儿后,樱桃轻轻问:"哭了?"

"你给我闭嘴!"他比从前还要凶,却根本不敢看她眼睛,有种逃避的慌张。

"……脾气这么坏了啊。"

"你管我。"

他边开车,边摇下车窗,咬牙切齿般的模样似乎企图让夜晚的冷风帮自己恢复几分清醒,好叫他能从无边的愤怒里搜刮出几句更狠的话来讥讽她。

他心绪复杂地扯着领口,领口的扣子却像和他作对似的,怎么也解不开。等他终于把衣服解开,也将车窗开到最大后,旁边传来樱桃轻淡的声音:"你知道我不能吹冷风。"

程桀冷笑:"跟我有关系?"

话是足够狠了,可握方向盘的手还是有些僵,他总觉得现在这能叫他恢复理智的风仿佛瞬间变得刺骨冻人了。

程桀抿了抿唇,浑身紧绷,几乎忙乱又烦躁地把车窗关起来,顺便把车里的空调打开。

接着就听到了樱桃的轻笑声。

程桀也觉得打脸,咬着牙,只自己舍不得,心口酸,痛恨自己没出息:"你就是仗着我爱你!"

刚好到了最近的医院,程桀的车猛然刹住。他下车过来开她这边的车门,准备抱她的时候,忽然听到她温柔的声音:"你可以不爱的。"

"闭嘴。"他附在她耳边,沙哑的声音重重地警告,"闭嘴!"表面上分明表现得那么疾言厉色,声音里却全是藏也藏不住的恐慌和祈求。

樱桃听到他急促的呼吸声，可是贴得这样近，程桀清楚地闻见属于她的栀子香。

他逐渐冷静下来。

她就在怀里了，不再只是一个梦，不再是他的幻想，也不再遥不可及。

程桀的愤怒慢慢被抚平，落在她耳畔的气息变得滚烫。

他晦暗地盯着她的耳垂，唇缓慢地靠近，就快要吻到的时候，她偏过头。

"我不舒服。"

程桀落寞地咽了咽口水，轻哑地"嗯"一声。

樱桃想自己走，可还是被程桀抱进了医院。

医生看过后说烧得不算严重，开了三瓶吊瓶。樱桃躺在病床上输液的时候，程桀用医生给的药帮她擦肿起来的脚趾。

"怎么弄的？"

樱桃略无奈："你弄的还不知道？"

程桀忽然想起他踢翻的桌子，皱了下眉："你就不知道躲？"

"你动作太快，没来得及。"

"那就等你好起来用锤子砸我脚，一报还一报。"

他涂完药，目光重新回到樱桃脸上。

她头发变得很长，垂在腰间，有一种慵懒缱绻的美感。她靠在床上不说话，嘴角微翘着与程桀对视，浑身散发着一种和从前不同的温雅动人的美。

程桀记忆里的樱桃是十八岁，乖巧灵动，喜欢捉鱼和看小人书。

分别八年，她褪去青涩，他错过很多。

程桀盯着她看，仔细地描摹她脸上每一寸细微改变，奢望把缺失的时间补回来，忽然问："还走吗？"

"要走的。"

程桀沉默很久，低下了头。

他不愿被她看轻，佯装不在意地玩着打火机，懒声回："行。"

【3】

樱桃在剧组很受欢迎，做事周到还专业的美女培训医生，有谁会不喜欢呢？

程桀算是一个另类，他每天第一个到会议室，最后一个走，看起来好像很爱学习，可根本没给过樱桃好脸色。

文正已经能确定他们桀哥讨厌这个女医生，知道程桀禁忌的演员也猜到这一点。

培训时间分为早晚，早上两个小时，下午两个小时，长达一个月。

樱桃有时候会留在剧组吃午饭，她多数时候独来独往，张月莘和王华珊两个女演员盛情邀请，樱桃难以抗拒之下加入其中。

演员们都在剧组临时搭建的餐厅吃饭，程桀也在，樱桃无意间扫过去一眼，注意到他银灰色的头发染成黑色，耳钉也取了下来，看着沉稳不少。

张月莘笑着把樱桃拉到自己身边："喻医生，你坐这里。"

同桌还有两个男演员，安子晨和韦桓。

桌上饭菜精致丰盛，并不是盒饭。

剧组不缺投资，程桀参演的电影就是票房和奖杯的保证，所以给演员们的伙食也不错。

樱桃多年一个人生活，有点不习惯和那么多人一起吃饭。张月莘和王华珊与她年纪相近，对她挺照顾，其实也存着点同情心。毕竟她每天都在承受程桀的冷脸，一旦被他讨厌上，日子还是挺煎熬的。

"喻医生，你吃这个。"

"谢谢。"

樱桃吃得很文雅，让人觉得赏心悦目。

她比娱乐圈很多女明星都要漂亮，最难得的是气质好。

安子晨坐在樱桃的左手边，也忍不住想对美人献献殷勤，刚夹起菜想放她碗里，不知道哪里扔过来的啤酒瓶把他的筷子打掉了。

事情发生得突然，大家愣神地端着碗看向啤酒瓶扔过来的方向。程桀漫不经心地扯起唇，笑得没个正经："不好意思啊，手滑。"

大家并不会觉得程桀是在针对安子晨，而是觉得他在针对樱桃——原来程桀讨厌喻医生已经讨厌到不允许别人给她夹菜了。

喻医生真是太可怜了……

很多人看樱桃的目光都充满深深的同情，可是谁都不敢得罪程桀。他虽然入行才几年，却跟开了挂似的，把各种奖都拿完了，普通演员遇到他都得恭恭敬敬喊一声"程老师"。

"喻医生要不来我这桌吃，我好好照顾你。"

程桀是演反派出道的，后来演的电影角色大多都是一些心理变态。据说他笑起来的时候，很多观众都会产生阴影，现在他就用这样一个标准的反派微笑看着樱桃。

而樱桃神情平静："不用，谢谢。"周到客气的礼数，她在人前没有露出任何马脚，不会有人怀疑他们是旧识。可就是这样，程桀才不高兴。她是温柔，是脾气好，可也冷漠无情。

程桀走到她的旁边，手放在安子晨的椅子上，俯身停在安子晨和樱桃中间，他朝安子晨微偏头："让让？"

安子晨哪敢不让啊，赶紧端着碗去别的位置。程桀拉开椅子坐樱桃旁边，发觉所有人都端着碗看他，他声音低沉道："看我干什么？吃饭呗。"

他用干净的筷子在一盘鱼肉里挑挑拣拣，挑出一块最嫩的肉夹到樱桃碗里："喻医生也吃。"

樱桃没有驳斥他，对于他搞出来的动静从始至终都像旁观者，而他夹的鱼肉，她没有动。

程桀注意到这一点后，把一盘刚剥好的虾肉全扔进垃圾桶，给自己开瓶啤酒喝。

同桌的人都觉得今天的程桀格外怪异，一个人坐在那里闷头剥虾，等剥好后却一只不吃，竟然都扔了，还喝起了闷酒。

樱桃吃完饭后先去会议室备课。

这部电影的确像院长说的那样专业，要求也高，所以在培训方面导演很重视，为了给演员们奠定做医生的信念感，这几天都在讲理论。

樱桃备课很用心，如果这部电影真的能够获得关注，能让大家更加重视心脏的健康是好事，也是她做医生的责任。

她用钢笔在笔记本上写字，安静的会议室只有"沙沙"的声音。程桀早就过来了，却一直没进去，只在门边看她。

樱桃戴着金丝边眼镜，头发用鲨鱼夹固定在后脑勺，耳边散落两绺发丝，那么温婉清冷。

她停下来思考，看了一会儿窗外，便又继续写，认真的时候更动人。

后来樱桃终于发觉程桀，只不过看了一眼就匆匆收回目光，怎么也不肯停留得久一点。

"真是狠心啊，喻医生。"他声音暗沉地笑着，略带嘲讽。

樱桃没理会。

程桀走到她旁边，把牛奶放她桌上："热过了。"

"我不喝。"

"赏个脸呗，我特意给你热的。"

"不赏脸怎么样？"

她的眼睛无波无澜，静谧得像一潭死水。

程桀和她对视一会儿，玩笑道："你可以扔掉，反正喻医生很擅长这种事。"

樱桃却没有扔，而是把牛奶推回给他："那天晚上谢谢你送我去医院，我们之间早在八年前就结束了。程桀，别在我身上浪费时间。"

程桀试图在她脸上寻找一丝一毫撒谎的迹象，他总是这样自欺欺人，无论是八年前还是现在。

程桀明白自己在犯贱。

他把牛奶扔到垃圾桶，坐回自己的位置，语气很无所谓："别误会，我对你没兴趣。"

樱桃说："那就好。"

下午的培训结束后，张月莘邀请所有人参加她的生日聚会，也包括樱桃。

樱桃本来没有这样的意向，可张月莘很热情，叫人不忍拒绝。意外的是，从来对这种聚会不感兴趣的程桀竟然也同意去。

一行人从剧组出来，保姆车停在外面，就两辆，人坐满后刚好没有樱桃的位置。

张月莘和王华珊等人看向车外玩手机的程桀。

傍晚的霞色铺满天际，乌黑的暗色之上是一层灼眼的红，晚风吹乱人头发，程桀身姿慵懒地倚墙靠立，英朗得贵气的脸庞有种横亘多年盘旋留下的少年气，他和樱桃并肩而立，画面美不胜收。

张月莘小声问："程老师，喻医生可以坐你的车吗？"

樱桃以为程桀会拒绝，毕竟中午他才说过狠话。

可他收起手机，抬起眼看樱桃的侧脸，笑声低哑："成啊。"

樱桃微愣。

程桀撂下一句："在这儿等着。"

他很快把车开过来，从里面把门推开，看着晚风中她清丽的脸："上来。"

樱桃坐上去后听见他问："饿了没？"

"没有。"

经过蛋糕店的时候，程桀下去给她买了个小蛋糕，也没看她，淡声说："这种聚会一般都喝酒，吃点垫肚子，别到时喊饿，我不想被你麻烦。"

"你专程停车买蛋糕就不觉得麻烦吗？"

程桀坚持不去看她，挑起唇冷嘲："多年不见，喻医生也学会讽刺人了啊。"

樱桃没回话，也始终没碰那个蛋糕。

程桀到底没有坚持住看了她一眼，发觉她盯着窗外在走神，发丝垂在耳边，皎白精致的侧脸被风吹得半隐半露。

两人都没再说话，一直到聚会的包厢，分别占据两个最边缘的位置坐下。程桀被拉入闹哄哄的人群，而樱桃安静地旁观。

虽然都是明星，可是出来玩也放得开，喝酒掷骰子不在话下。很多骰子游戏樱桃听都没听过，张月莘邀请她玩，她只是温柔地摇头，表示不会。

旁人吵吵闹闹总是影响不到她，她一个人就可以岁月静好。

大家玩着玩着就到了真心话和大冒险的环节，程桀玩输，别人问起他有没有谈过恋爱，他淡笑着沉默。

"跟咱们说说，我可不信你没谈过恋爱。"

程桀酒喝得多，眼圈里布满猩红的血丝，笑着说了声："不记得了。"然后痛快地喝完三杯自罚的酒。

大家没放过他。

"前段时间不是拍到你和女星同行吗？是不是你女朋友？"

女朋友。

那女人他压根儿不认识，后来团队查清楚对方混迹在他附近是想蹭热度罢了，他公司也早就发过澄清声明。但程桀鬼使神差地往樱桃那边看。

她垂眸看手机，根本没分一点余光给他，仿佛完全不在意他是不是心有所属。

"桀哥说话啊。"

程桀笑道："你们说是就是。"

这模棱两可的态度，其实已经和承认差不多。

在他说出这句话后，他终于等来樱桃一个眼神，只是那一眼淡极了，没有任何情绪。

程桀没感觉到痛快，反添郁闷。

所有人都玩到夜里十一点才不舍地散去。

樱桃没打算让程桀送，叫了网约车。

夜色惊风而起，吹乱她乌发，白得几近透明的脸在昏暗的夜色里竟有凄楚的绝美。程桀向来知道她漂亮，却没想到她竟然能从乖乖的一张脸，长成现在这样的惊心动魄。

樱桃听到脚步声回眸望去。

程桀停在距她两步远的位置，他应该是喝醉了，看着她时眸底低落的情绪没有藏好，声音似被狂风卷过，无比沙哑："我没女朋友，刚才瞎说的。"

樱桃沉默一瞬，声音平静得可怕："那和我有什么关系？"

樱桃一身烟酒气回到家时，喻丽安吓坏了，还以为她被欺负了。

樱桃："现在是法治社会，谁会欺负我。"

喻丽安露出笑容，摸着女儿的发丝，慈祥而温柔："我给你放了热水洗澡，你快去泡一泡，能舒服一些。"

"好。"樱桃问，"纪叔和纪樣呢？"

"你纪叔在书房忙工作，纪樣估计在房里打游戏吧。"

樱桃点点头，泡完澡出来给自己煮了点粥喝。

程桀说得对，聚会都是喝酒，的确顾不上吃东西。

她也没吃多少，垫垫肚子就回房，可躺在床上却无论如何都睡不着，无意间看到桌上的玩具球，里面是一棵圣诞树，还飘着零零星星的雪花，坠在绿色的树上很好看。

樱桃起床坐到桌边，小心翼翼地摸摸玩具球，逐渐走了神。

还是低估了程桀对她的感情，她以为狠心一点，他就会恨她……

她手里揉着玩具球，思绪飘远，一直飘回八年前十八岁的那个夏天。

【4】

镇上地方小，其实没什么好玩的，不过樱桃很喜欢这里，虽然不能去学校上学，但她很懂得知足感恩，能还算健康地活着已经很不容易，要满心欢喜地过好每一天。

母亲说过等她好起来就给她买喜欢的书，她还可以回到学校继续读书，考心仪的大学。

所以不管是抬头就能看到的蓝天白云，还是被绿荫覆盖的乡间小路，以及外婆家不远处的那条小河，她都喜欢。

赶集那天，喻天明带樱桃看了许多集市上的新鲜玩意儿，从早上玩到下午。给樱桃买糖葫芦的时候，他在人群中看到一个女生的身影，于是胡乱把糖葫芦塞给妹妹，立刻急匆匆追去。

"天明哥？"樱桃追了没多久就胸闷气短，心跳如擂鼓，她忙停下来找地方休息。

虽然来故水镇已经十天，可因为身体不好，她出来的次数很少。喻丽安只允许她在外婆家附近转转，这是第一次出来这么远。

樱桃想给妈妈打电话，可出来得太久，手机已经没电。

樱桃休息好，吃完糖葫芦后试图自己找回去，结果越走越糊涂。

她找人问路，路人跟她说个大概的方向，她循着找去，反倒走进死胡同。好不容易从死胡同里绕出来，她决定回到集市，等着喻天明过来找自己。

樱桃走到集市的槐树旁时，看到上次给她搬家的男生。

他在槐树下摆摊，用一块布铺在地上，上面有锅碗瓢盆、小孩儿的玩具、衣服和鞋子、书籍，另外还有女孩子的饰品。

他坐在自己携带的木凳上，戴着黑色棒球帽，帽檐压得低低的，手里翻着一本四四方方的小书，脚边的喇叭里一遍又一遍地喊着："全场两元起，便宜卖。"

这声音和上次跟她讲电话时一样，又冷又沉，有股藏不住的凶劲儿，这样的叫卖有人买才怪了。

果不其然，樱桃坐在附近一个小时，也没有看见一个人去买他的东西。

他不厌其烦地守着地摊，翻阅完一本小书，又去翻第二本，顺便换个舒服点的坐姿，两条长腿往前伸，踢到地摊上的玩具球，他也没注意。

玩具球滚到樱桃的面前，她捡起来看到里面的圣诞树，树上挂满礼物，轻轻晃动时，玩具球里的雪花飘起来，慢慢落在圣诞树上，还挺漂亮。

程桀翻完第二本小人书，准备去拿第三本，温软的声音忽然响起："你好，这个怎么卖？"

程桀微微抬眼，看到瓷白如雪的手拿着玩具球递过来。

他用指尖顶起帽檐，眼帘上抬，看到樱桃的脸。

夏天其实像个自戴滤镜的季节,有蓝得像海的天空,白成棉絮的云。清风拂过,树梢晃动,电线杆上的麻雀跳动,集市吵吵闹闹,程桀却被一双眼睛吸住不动。

她俯下身来询问,一只手撑着膝盖,另一只手托着那玩具球。

她留着齐刘海,刚过肩的头发被风吹得飘起来。她有一双明亮灵动的杏眼,带着天然的美感和易碎感,疑惑地看着他。

见他不回答,她歪歪头,努力探近身体。

"这个多少钱?"

樱桃又用同样柔软的声音问。

程桀极慢、极慢地挪开视线。

那是一种怪异的感觉,仿佛头顶的日光瞬间强烈起来,晒得人有些头晕目眩,而耳朵里反复回响的是女孩刚才的声音。

真是怪,程桀迅速抓起旁边的水灌下去,很快喝完一瓶水,可心里燎烧的感觉并没有消失,反而越演越烈。

樱桃好奇地看着他。

程桀压了压帽檐,声音微哑:"两块。"

樱桃拿出一张粉色的百元钞票给他,漂亮的指尖指着他手边的书,问:"那个卖吗?"

程桀从书堆里拣出几本扔给樱桃,樱桃没有计较他的态度。

她挑出来三本,问他:"这些多少钱?"

"九块。"

樱桃点点头:"不用找零了。"

她抱着书和玩具球回到自己刚才坐的地方,刚翻开小人书,高大的人影盖住她的脸。程桀把数好的零钱给她,一句话没说,又走了回去。

程桀看到樱桃并没有清点钱,就把那些零钱收起来,好像很信任他,又好像一点都不怕吃亏。

他后来再想看小人书打发时间,莫名其妙看不进去,视线控制不住地往樱桃坐的地方飘。

他其实听声音就认出来,她是上次那个走两步路就喘气的娇气大小姐。

一个人跑来这里做什么?

到傍晚的时候,樱桃已经看完三本小人书,而喻天明还没回来找她。

程桀在收摊,把东西装进一个硕大的麻袋,然后放在自己的三轮小货车上。

他骑车经过樱桃的时候,看她盯着某个方向。

"走不走?"他忽然问。

樱桃看向少年。

他帽子下的脸原来很好看，五官英朗凌厉，眼瞳漆黑，眼神冷淡，高挺鼻梁下的唇抿得死紧，帽檐下的眼睛微眯着，不耐烦地催促："上来，我送你回家。"

樱桃有些犹豫，她跟这个少年只见过两次，而且他凶凶的，看起来脾气不好，谁知道会把她带到哪里去。

樱桃摇摇头："我哥哥会来找我的。"

程桀就没再理她，骑着车回去了。

可是天色渐渐暗下来之后，喻天明还没有来找樱桃。集市上已经没有人，家家户户关着门，樱桃还能听到附近狗吠的声音，更加不敢乱走。

"你不是说你哥会来找你吗？"

身后忽然响起男生散漫的声音。

樱桃回头看到程桀倚着树干，天色那么暗，她却好像能看到他眼神中的嘲笑。

"你怎么回来了？"樱桃满是忌惮地朝周围看，街头巷尾都没有人，她又不能跑，如果他动粗，她得怎么自救？

程桀还拎着个塑料口袋，里面装着从超市买的面包和牛奶。

他把牛奶拿出来，插进吸管，仰着头挤一点到嘴里，之后把牛奶塞她手里："看到了，没毒。"

他把面包拿出来分成两半，先咬一口吃掉，然后把剩下的一半给她："毒不死你。"

倒不是舍不得给她一整个，就是明白她会瞎想，才这么证明。

今天卖她三本书和一个玩具共计十一块，赚头就只有三块，给她买牛奶和面包花了二十块，倒赔本！

程桀面无表情地思考今天的自己是不是脑子有泡，竟然会舍己为人。

程桀喝的酒确实多，叫代驾把自己送回家后就躺到床上，脑袋昏昏沉沉，疼得厉害。他眼神空空地盯着天花板，闻到了窗外盆栽里自己种的栀子花香。

香是挺香的，却没有记忆里那么美好缱绻。

他抬手遮住眼，第无数次回忆那天——

热闹散去的集市变得冷清，蝉鸣有些吵，老槐树的枝丫被风吹得摇晃不停，树叶摩擦，声音"沙沙"。

程桀坐得远，给自己买了一瓶啤酒，拉开易拉罐喝的时候，注意到樱桃正看他，动作略有停顿。

酒精弥漫在舌尖，微涩和辣。

少女沉默着不说话，树影不知何时绣在她白裙上，裙角微动。这个夜有属于她的气息在飘散，遇风入味。

程桀喝第二口酒的时候，莫名觉得味道有点甜。

"想喝?"他盯着她,暗沉沉的光线里,眼神锋锐。

樱桃摇摇头。

她开始咬面包,发现面包馅儿是她最不喜欢的草莓味。但人家的好心不能辜负,她忍着甜腻把面包吃完,牛奶喝到一半就喝不下。

樱桃摸摸饱胀的胃,又继续努力地喝。

"傻吗你?"他不算客气地把牛奶拿过去,随手扔进垃圾桶。

"撑死不负责。"

他声音偏冷,态度恶劣不耐烦,可明明就是看出她在勉强,才及时制止。

樱桃弯唇问:"你是担心我会害怕,专程回来陪我的吗?"

程桀听见这话眼睛都没抬,更没回答。

他靠墙坐着,帽檐压得低,手指翻看着手机,冷光映着他的脸,少年锐气,棱角锋芒。

樱桃走到程桀的身边,程桀胡乱翻着手机的手指忽然定住。

怪这敏锐的风,竟让他清楚辨别出她身上的香味属于栀子花。不算浓郁,闻起来有雨后的清新细腻。

樱桃盯着他看了好久,他总是用帽子遮住脸,都不能和她对视。于是她蹲下来,笑眼看他,声音柔软道:"谢谢你回来陪我,谢谢你的面包和牛奶。我叫喻樱桃,你呢?"

天色已经完全暗下来,老槐树的树影爬满白墙,而少女蹲在树下,微笑着看少年。

那时的程桀还欺骗自己,心跳太快肯定是因为天气太热。

后来思念腐骨,痛念缠身时他才明白,那叫作喜欢。

从和樱桃对视的第一眼就开始。

【5】

在故水镇的日子里,仿佛时间都慢了下来,而夏天的雨总是说来就来,天气不好的时候樱桃不能出门,也没有再见到程桀。

她的身体不好,大部分时间抱着自己的猫坐在摇椅上看外面被雨淋得胡乱摇晃的树,就这么数着时间过日子。

时间一天天过去,喻天明去上学后,家里唯一可以陪她玩耍的同龄人不在,总归有些无聊乏味,所以樱桃每天最期待的就是哥哥回到家,与她讲一讲学校里发生的事。

喻天明不忍心见妹妹郁郁寡欢,答应让她每天陪自己上下学。

樱桃很开心,每天总是很早起床,欢天喜地地和喻天明同行。送他到校外后,她便去镇上唯一的图书馆看一天书,等待喻天明放学,然后一起回家。

故水高中并不是重点学校，教学质量一般，每年的高考升学率低得差点让这所学校办不下去。

喻天明的成绩同样岌岌可危，家中长辈总担心他再这样下去会连普通的二本都考不上。

转折发生在某个周六的下午，喻天明偶然发现，自家体弱多病的妹妹竟然在研究《微积分》。他心血来潮将自己的高考模拟卷给她做，结果樱桃考了接近满分，而他的试卷错漏百出。

也因此，樱桃开启了给哥哥辅导功课的生活。

省联考的时候，喻天明拿下全校第一的好成绩。其实他平时只是懒得学，成绩并不像家里以为的那样差，在天才妹妹的辅导下，更是一飞冲天。

这结果当然令全校师生吃惊，校长点名见了喻天明，得知樱桃的名字后，深感惋惜的同时也给出一个特权，特许樱桃可以进校内图书馆看书。

故水高中的图书馆比不得好的学校，更比不得大城市的图书馆，却比镇上的图书馆藏书丰富。

樱桃很高兴，仍旧每天送哥哥上学，一起进校园。不同的是，她去学校图书馆，而喻天明在教室学习。

一段时间后，她也逐渐认识与喻天明相熟的同学。

同学们会在学习之余相约出去玩，也会一同讨论学校的事，这都让樱桃产生一种自己也还在学校学习的错觉。

学校离家走路有半小时的路程，骑车也要十多分钟，喻家虽然有钱，但并没有城里人养孩子那样骄奢，喻天明一直都和其他人那样骑车。

骑车会经过梯田，会看到村民们扛着锄头下地，从绿荫覆盖的小路穿过，伸手可触道路两旁的树叶。时间来得及的话，喻天明会带樱桃去看看他和朋友常去的小溪，里面有漂亮的鹅卵石，樱桃总会捡两颗带走。

她不知道会活多久，所以能多去看看新鲜的事物，便多去看看。

坐在喻天明的车后座去学校的路上，他在背单词，樱桃翻着已经看过几次的小人书。

到学校后樱桃下车拉好衣服，听到过往学生议论的声音。

"他怎么跑来这里摆摊？"

"我们要不要过去买？"

"要去你去，他那么凶，我可不敢。"

"快走快走，他看过来了！"

几个学生推搡着跑开，樱桃疑惑地看去，与男生冷漠的眼神相遇。

程桀今天戴着黑色渔夫帽，灰色的卫衣帽也盖在头上，隐约可见圈形的耳钉。他面前放着折叠桌，上面有两个蒸笼，里面是热气腾腾的包子和花卷，还有锅里煮好的茶叶蛋。

上次在摆地摊的男生,今天居然在卖早点。

程桀注意到少女表情的变化,她略微愣神,似乎是惊讶他为什么会在这里。

她头发不算长,齐刘海显得很乖,规规矩矩地抱着两本外语书,干净清透得和乡下陈旧设施相距甚远。

城里来的娇气小姑娘,程桀没兴趣地转开眼。

喻天明放好车,抬眼就瞧见樱桃盯着程桀那边看,忙把她往身后拉,尽管程桀早就没在看樱桃。

喻天明:"你离他远点。"

樱桃:"为什么?"

"他不是什么好人。"

樱桃才不相信,从喻天明身后走出来,走向程桀的摊位:"你好,怎么卖?"

"包子三块,花卷两块,茶叶蛋一块。"他声音冷淡,也不怕自己赶客。

喻天明拼命给樱桃使眼色让她别买快走,却听到樱桃柔软的声音:"我全要了。"

喻天明瞪大眼。

程桀面无表情地瞥她:"你吃得下这么多?"

"我吃一份,我哥哥一份,给他班上的同学也带一份。"

程桀目光转到喻天明的脸上。

喻天明立刻紧张起来,他从小到大都怕程桀。

樱桃笑着问:"哥哥你吃吗?"

喻天明是真不想吃,他小时候见过程桀打架的凶悍,给他留下了心理阴影,从此以后路上遇见程桀都要绕道走,哪里敢吃程桀的东西。可看着妹妹期待的模样,喻天明说不出拒绝的话:"……吃。"

樱桃语气开心道:"你看,我肯定不浪费,你算账吧。"

程桀盯着她认真的脸半响,终于拿出袋子帮她装。

包子和花卷各十个,茶叶蛋二十个,程桀帮她一份一份地包好,再全部装进最大的口袋递给她。

樱桃付过钱,和喻天明一起进学校。

去图书馆前,樱桃不忘叮嘱喻天明将早餐分发给班上的同学。喻天明拎着几袋热腾腾的早餐,表情很勉强:"哪个大男人拎这玩意儿,你陪我去一趟班上再去图书馆。"

樱桃有些疑惑:"哥哥是不是不喜欢吃这个?"

"……不是,就觉得很丢脸。"

在某些方面,喻天明的确有大多数男生都有的别扭,樱桃善解人意,甜甜

021

应道:"好。"

喻天明苦着脸回教室,虽然满心不甘愿和程桀扯上关系,但樱桃的好心,他自然不会辜负。

班上同学对樱桃多有耳闻,对这个长得漂亮,又聪明,还热心助人的女孩子很喜欢,得到她送的早餐更是开心。

正在吃早餐的同学惊呼。

"包子好吃!肉馅好嫩!"

"茶叶蛋很入味!"

"花卷也香香甜甜的。"

同学们凑过来问樱桃:"你是从哪里买的早点,怎么这么好吃!"

樱桃弯着眼睛笑答:"校门口戴着帽子的男生,我不知道他叫什么名字。"

同学们惊呆了。

"你说的是程桀吧!"

"没想到他卖的东西这么好吃,下次我们要不要去买?"

"我不敢,我怕他瞪我……"

同学们讲起程桀时的忌惮表情让樱桃有些好奇:"你们为什么怕他?"

同学们面面相觑。

"他那么凶,你不怕吗?"

樱桃摇摇头。

有同学说:"你刚来故水镇,不知道他从前那些事迹肯定不怕。程桀可浑了,是我们镇最有名的混混,从小到大不知道打过多少架。他是被一个脾气古怪的孤寡老人养大的,那个老头没事就坐在村口骂人。他和那个老人一样奇怪,不喜欢说话,总是冷冷地盯着人,谁不害怕啊!"

另一个同学插话:"樱桃,你也离他远点吧。"

樱桃笑着把剥好的茶叶蛋放在女同学的手里:"刚刚的东西好吃吗?"

同学们点点头。

少女笑容温软,让人忍不住亲近和信任:"那就是啦,我相信能做出美食的人不会坏到哪里去。"

程桀并没每天在校门外摆摊,他打工的地方很多,只有空时才去。每次去,樱桃都会买他的东西,有时候还会带喻天明的同学一起买。渐渐地,从前无人问津的摊位也慢慢聚集起人,有时候还会忙不过来。

樱桃和喻天明刚到学校,就看到程桀的摊位周围聚满人。喻天明见状很高兴——人这么多,妹妹肯定不会再过去买早点了!

可没想到程桀竟然抛下顾客从人群里走出来,径直走到樱桃面前,盯着她看了一会儿，把两个四四方方的食盒递给她才回去。

樱桃打开一瞧，一盒是切好的水果，另一盒是小馒头和炸春卷，还有一瓶热好的牛奶。

樱桃疑惑地看向忙碌的程桀。

"他为什么送你这个？"喻天明几乎是叫着问出来，像只护崽的母鸡。

樱桃从小身体不好，被家里人心肝宝贝地疼爱着长大，从不允许她接触任何危险的人或事物。

程桀这样的人是自由自在，野蛮生长的山中野草，和樱桃这样的乖乖女太不一样，喻天明又怎么放心让樱桃接触这样的人。

樱桃摇头，她也不知道呀。

她本来是想回报他才照顾他生意的，现在好像越欠越多了。

第二章·喻医生，吃糖吗

别生气了，生气也别不理我。

【1】

樱桃睁开眼时有些茫然，视线在房间里扫过，看到百叶窗里折射出一束束光线，书柜里放着心外科类别的医书，才意识到是在喻丽安和纪良购买的新房里。

……原来是梦。

但梦境太真实，让她险些以为自己还在故水镇，好像离开的那八年时光并不存在。

樱桃拍拍脸让自己清醒，洗漱后穿好衣服下楼。

每天早上喻丽安都会给一家人做早餐，难得的是纪良每次都会陪伴。

樱桃站在楼梯转角，看到母亲正喂纪良品尝什么，纪良笑着点点头，称赞她厨艺好。

两人的相处融洽温馨，眼神充满爱意，人到中年能遇到知心的人，总是很不容易。

樱桃真心为母亲高兴。

纪樣不知何时站在了她旁边，看到厨房的景象时皱起眉，走路的时候故意弄出声响。厨房里的喻丽安连忙收起羞涩，把早餐端出来摆在桌上。

就像纪良面对樱桃时总是手足无措，其实喻丽安面对纪樣时也是这样。

纪樣吊儿郎当地坐下，看到桌上的荷包蛋和瘦肉粥时，嗤笑着敲筷子。

纪良瞪他："你那是什么表情？"

樱桃拉开椅子坐下，纪良立刻对她露出微笑："樱桃今天有没有难受？"

"谢纪叔关心，我还好。"

纪良温和地点头，可看到纪樣坐得歪歪倒倒，用勺子搅着粥的鬼样子，气就不打一处来："你要吃就好好吃，不吃就赶紧去学校！"

喻丽安忙在桌子下面按住纪良的手："你别这么说孩子。"

纪樣冷笑着把勺子一放，拎着书包准备出门。

喻丽安赶紧拉住纪樣，不赞同地瞪纪良："跟你说过很多次了，对孩子多点耐心。"

纪良平时挺耐心的，但面对这个儿子总容易发火，特别是纪樣故意和他作对的时候，他都想动家伙！

"别管他！"

纪樣把书包带子从喻丽安手里扯出来，面无表情看纪良一眼，抱着篮球摔门而去。

纪良气得吃不下饭，喻丽安小声地劝着他。她不敢往女儿那里看，怕自己的狼狈无处藏。女儿已经过得很难，她不想给女儿添麻烦。

吃完早餐后，大家相继出门，樱桃去剧组，纪良去学校，而喻丽安开着一家花店。

樱桃和纪良同路，两人并肩走在绿荫大道，中间隔着一小段距离，樱桃平静，而纪良紧张。

"纪叔。"

樱桃忽然的出声让纪良连忙转过身："你说！"

樱桃浅笑："您别紧张，以后您和我妈结婚，您就是我继父，咱们是一家人，一家人用不着这么客气。"

纪良笑得有些不好意思，没想到他这大学教授还需要小姑娘开导。

"你说的是。"

樱桃继续走，纪良跟在她旁边。

"其实这事本不用我来说，但请纪叔见谅，我很爱我的妈妈，不想看到她夹在这么多人中间为难。"

早晨的空气干净清新，落在地上的树叶坠着水珠，被昨夜的露水洗过，湛亮翠绿，有夏天独有的气息。

樱桃的声音柔软，像春天的细雨，绵绵动人，那么不紧不慢，让人忍不住仔细倾听。

她看向纪良出神的侧脸："其实我很理解纪樣。您和我妈妈谈恋爱的时候他还小，正是叛逆需要父母关怀的时候，您把大多数时间都给了我妈妈和我，分给他的时间实在很少。或许对于纪樣来说，我们才像一家人，所以他讨厌我和我妈，甚至开始讨厌你，都是情理之中的事。"

纪良被她说得汗颜，手指不断紧张地摩挲公文包的皮革。

"纪叔，多关心纪樣吧，让他知道，就算您和我妈妈结婚，他在您心里的重要程度也是谁都比不上的。那样的话，他说不定会试着接受我妈。"

樱桃笑容自嘲："这也算我自私的请求。往后我总会不在，我希望纪樣和我妈的关系能够融洽，你们能够生活得开心。那样我长眠地下，也能放心。"

"樱桃！"纪良语气严肃地制止她接下来的话，"你别这么说，我会找机会和纪樣谈心，你的病也总会有办法的。"

他没有女儿，一个人把纪樣拉扯大，几年前和樱桃见面之后就把她当自己的孩子。

因为没有养过女儿，所以他总是不知道要怎么和她相处。但他真心喜欢樱桃，希望她能健康，如果可能的话，还想作为父亲送她出嫁。

樱桃并没有驳斥长辈的话，至于有没有希望她心里清楚。

先天性心脏病患者的寿命因人而异，有人治疗得好也不影响寿命，只是她的情况比较复杂，如果不是喻丽安没有放弃，她可能不到三岁就死了。后来四处求医，手术做过几次，勉强活下来，这些年身体每况愈下，她不想拖累任何人。

"嗯。"她笑着点头，"谢谢纪叔，谢谢您照顾我妈。"

樱桃看他的眼神充满感激和信任，这是多年来两人第一次谈心。

纪良总觉得她说这话有种把母亲托付给他的意思，明明她才是孩子，明明她才应该是那个被疼爱的人。可是这么多年，她为了不让喻丽安难过，为了让喻丽安幸福，从来不打扰，一个人奔波在外，辛辛苦苦地承受病痛折磨。

纪良心里酸涩，叹了口气："你这孩子……"

樱桃不在意地浅笑，其实还好，从一开始的不能接受、怨天尤人到如今的平静，她早就坦然地接受了自己的命运。

走到分岔路口，两个人分开，樱桃往前走一百米，准备去前面打车。

程桀开车过来时看到熟悉的倩影，她站在一面长满藤萝的墙下，素净的白色长裙，披件嫩绿的薄毛衣，鬓发垂在腰间，发梢跟着风荡漾，美得让路人侧头看来，而她竟然在看报纸。

一辆车停下，樱桃以为自己的车到了，抬眸，看到车里戴着墨镜的男人。

黑色镜片遮住他的眼睛，看不到里面的散漫和兴味，鼻梁下的薄唇轻勾，语气坏坏的："喻医生等车？"

樱桃重新看报纸。

程桀忽然摁喇叭，樱桃蹙眉。

程桀："上车呗。"

"你先走。"

他笑了一下，根本不动，被堵在后面的车不停摁喇叭催促。

樱桃把报纸折起来，看着他准备跟自己耗下去的痞样，实在无奈。她拉开车门上去,重新展开报纸:"走吧。"

"安全带呢,等着我来给你系?"他轻声笑,"也行。"说完,俯身过来,像是要拥抱她。

樱桃微愣,迅速伸手把他推开,警告地看他一眼后自己把安全带系好。

程桀被推得靠在车窗上,她得多受惊吓才有这么大动作?

他隔着墨镜看她几秒,轻"啧"一声后,启动车子:"没劲。"

樱桃安静地看自己的报纸。

开始的时候程桀还能好好开车,超过十分钟她没有理他,他心情就有点烦躁。

程桀故意把车里的音响打开,里面播放着有些吵的摇滚乐。樱桃被打扰得看不下去,偏头看身旁的男人。

"程先生,你已经成年了。"

忽然被她叫程先生,程桀心里生长的刺以更尖锐的长势侵犯完好的血肉,瞬间荒芜一片。他没表现出来,笑容不正经,嗓音里满是暧昧的兴致:"喻医生有什么指教?"

"所以别那么幼稚。"

程桀终于笑不出来了。

她说他幼稚。

她说他!

程桀顶了下后槽牙,真觉得自己神经病,快疯了!

樱桃不训他,他觉得不被在乎。可樱桃训他,他又觉得委屈。

程桀耿耿于怀,一直在想这事,忽然超过前面那辆车,踩着油门开得有些野。

"我哪儿幼稚?"

他超过一辆车,紧接着又是一辆,开着车疾驰在高架上。

樱桃从报纸里抬眼:"现在就挺幼稚。"

程桀心情烦郁,刚想拍方向盘,樱桃轻飘飘扫过来一眼,他迅猛的动作半空停顿,别扭地改成捏着方向盘。

窗外的景物飞速落入后面,樱桃声音很淡:"开慢点。"

程桀冷笑道:"凭什么你让我慢我就得慢?"然后他就把车速降了下来。

樱桃:"再慢点。"

"你觉得我还会听你的?"话是这么说,他的手却控制不住地再次把车速降一点。

程桀很恼怒,为自己的没出息和没骨气。

这么多年都过去了,他竟然还和从前一样没办法忤逆她。

荒唐!

没救了!

而她呢,早就没心没肺,冷漠无情。

027

真不公平啊。

樱桃："再慢点。"

"喻樱桃你烦不烦？"

樱桃认真地看着他："再怎么生气也要好好开车，安全最重要。"

这段时间以来，大多数时候她对程桀都很淡漠，他搞这么多小动作也是想引起她的注意。她很久没像现在这样好好地看他一眼了，也很久没有这样关心过他。

是关心吧？

程桀压着喉咙里的酸，费劲逼退眼中的潮涌。

他开始用正常的车速开车，隔几分钟后才哑声问："吓到了？"

樱桃没说话。

"没想吓你。"他竭力维持声音的平稳和淡然，却还是泄露了心中的慌。

"别生气呗。"

他时不时就转过头看她。

樱桃无奈地揉眉心："开好你的车。"

"行吧。"

快到剧组的时候，程桀把车停下来，樱桃疑惑地看他。

"等我几分钟。"

他下车走进路边超市，站在收银台那里跟收银员说话。年轻的女收银员认出他，惊喜得蹦蹦跳跳，又是捂脸又是掩嘴，已经控制不好表情。

程桀戴着墨镜气质卓然，很高的个子，站姿有些懒，接过收银员羞涩地递过来的东西，付过钱后出来。

他朝停车这边过来，拉开副驾驶座的车门，取下墨镜露出英朗的脸庞，锋锐的眉骨下有一双漆黑深邃的眸，直直盯住她："喻医生，吃糖吗？"

他从兜里抓出一把五颜六色的糖装进她的包，笑得散漫轻佻，声音中有哄人的意味："别气了成不成？"

【2】

到剧组的时候刚好早上八点半，会议室里已经坐满人，大家看到樱桃和程桀先后进门。喻医生走在前面，程桀紧跟其后，男人高她很多，两人很有身高差和体型差。

喻医生温温婉婉，如同扬州四月的细雨，需要用心地品和赏；而程桀浑身都透着一股坏劲儿，双眼皮总是耷拉着，看人冷淡还薄情。

他和樱桃一起走进来，嘴角轻扬，像是心情不错。

大家坐好，程桀还坐在最边上的位置。

会议室里有两面窗，前几天都在下雨，今天终于见到太阳，这才八点半，就有熹微的光洒进来，落在程桀舒朗的眉骨上。

他坐得没那么端正，总是喜欢找个地方靠着，聚着光的眼看向樱桃。

她戴好了眼镜，手搭在讲桌旁，目光平扫下来，是准备讲课的样子。

真漂亮啊。

从前总是甜甜叫他名字的小姑娘长大了。

那时候他配不上她，现在仿佛还是高攀不上。

坐在旁边的文正看到他桀哥直勾勾地盯着喻医生瞧，忽然低头一笑，文正竟品不出桀哥是在欣慰还是落寞。

文正疑惑地在程桀和樱桃之间反复看，总觉得哪里不对劲。

他还没想明白，程桀忽然懒洋洋地举手。

正讲到心脏作用的樱桃暂停看向程桀。

太阳晒着他的脸，大约使人犯困，他歪过脸躲过那光，眯着眼睛轻笑："喻医生，心脏真这么重要？"语气满是轻慢不在意。

樱桃放在鼠标上的手指变得有点僵硬。

大概是错觉，程桀总觉得这一刻的樱桃很不对劲。

樱桃把手从鼠标上拿开，用另一只手握住冰凉的指尖。

她说："是，心脏很重要。它不仅是人体循环系统的重要器官，还承载着人体营养物质的输送和代谢，它能维持人体的稳定，推动血液的流动。它就像一台发电机，只有它开始工作，其他地方才会一路亮灯。"

说这番话的时候，樱桃能感觉到自己的心跳，它每一次跳动都在维持她的生命。她明白它的辛苦，尽管不健康，却为了能让她活下去而努力工作。樱桃很爱它，从来没有因为它不够健康而怨恨过。

她说得郑重而认真，张月莘和王华珊等人还摸摸自己的心脏。

程桀脸上的笑容早就消失，深深凝望着继续往下讲的樱桃。

刚才那一刻，他感觉到她身上散发出来的奇怪悲凉，他也因此有种窒息感，脖子好像被一根铁丝绞紧。皮肉疼，胸口闷，特难受。

程桀忽然重重咬住舌尖，尝到血腥味也没停，直到嘴唇颤抖，舌头发麻才松开牙齿。

他不知道自己在做什么，有什么意义，或许只是以此惩罚惹她不高兴的自己。

两个小时后，讲完最后的重点，樱桃才摘下眼镜。

大家听得很疲乏，医学课其实很枯燥，治病救人没那么容易。

樱桃微笑着鼓励："大家为了塑造好角色，每天都那么认真，相信你们都会演得很好，等电影上映的时候，我一定会去看。"

张月莘玩笑说："就你一个人去看吗？怎么也要拖家带口啊！"

王华珊紧跟着问："喻医生有没有对象？"

安子晨和韦桓停下出门的脚步看着樱桃，程桀坐在位置上一直没动，这会儿也盯着樱桃的侧脸。

029

樱桃把自己的东西收好,笑意温柔:"有的。"

安子晨和韦桓有些失望,对望一眼笑着走出去,而程桀的眼神骤然冷洌。

文正在程桀旁边跟他讲工作上的事,不明白他怎么越来越阴沉,吓得舌头都有点打结:"桀哥……你怎么了?"

张月莘和王华珊根本没有意识到,这个话题对程桀的伤害值有多大。

张月莘感叹:"我就说嘛!喻医生这么好,怎么可能没有男朋友?"

王华珊一脸八卦:"喻医生,你男朋友做什么的?"

樱桃慢条斯理地瞎编:"他也是医生,我们在国外认识,也许过段时间就要结婚了。"

免得再被追问,樱桃编得很圆满,因为她知道程桀也在听。为了逼真,她甚至装出幸福和期待的模样,引得两个女演员格外羡慕。

"桀哥!"

角落里忽然传来惊惧的声音。

她们回头,看到程桀徒手掰断钢笔,锐利的笔尖划伤他的手,墨汁和血液掺杂在一起。

他眼神阴森深沉地盯着樱桃。

樱桃神色极其平静,眉头都没有皱,转身就离开。

在她走出会议室的一瞬,程桀的眼圈忽然就湿了。

文正惊慌不已:"这怎么办,下午还要去工作室拍平面照呢!桀哥你眼睛怎么红了?是不是很疼?哎哟,都把你疼哭了!"

程桀觉得,喻樱桃就是最有耐心的园丁,从他们认识的那一刻起,她就开始在他心里种花。后来她仿佛是不耐烦,不乐意了,就把这些花换成荆棘,到如今看着他疼,看他痛苦,也无动于衷。

至少稍微可怜一下他吧。

可她竟然这么薄情。

这八年来他日日夜夜想她,无数次满世界找她,到头来她在别的男人身边享受幸福,还即将与别人共度一生。

那他算什么?

下午的培训程桀没在,据说是处理伤口去了。

没有他在的培训课堂从头到尾都很安静,樱桃的目光时不时就落在那空空的位置上。

结束培训的时候,樱桃收到喻丽安发来的信息,让她过去陪试婚纱。

纪良想给喻丽安一个隆重的婚礼,所以每个步骤都很注重,婚纱还特意请著名设计师设计和制作。

樱桃按照地址找过去,是个工作室,名叫"造梦",大概为了契合这个名字,走进去便可以看到春夏秋冬四个季节的布景。穿着工作服的员工告诉她，这些布景有时候会用于婚纱照拍摄，明星拍画报也会用到。

"明星？"樱桃从坠着雪的圣诞树上收回目光。

员工含笑讲解："是，很多明星都会来我们工作室拍摄平面照或者画报，今天……"

"樱桃！快来看看这件婚纱好不好看！"喻丽安站在玻璃窗外朝她招手，眼带惊喜，笑容使面容变得年轻生动，这一刻喻丽安犹如二八年华待嫁的少女，让身边的纪良都看痴了。

樱桃被母亲的喜悦感染，没继续听员工刚才的话。

橱窗里的婚纱穿在模特身上，没有太多华丽的装饰，简单的低奢式优雅，亮点是裙底铺满的绣球花，可以想象当新娘行走的时候，那一层层的花瓣荡开，是何等的美丽。

认真打量之后，樱桃点头："很美，妈妈穿上会更美。"

喻丽安和纪良笑着对视后，喻丽安把女儿拉过来握住她双臂，柔声说："这件婚纱，是妈妈送给你的礼物。"

樱桃愣了愣："我的？"

"是啊，你的。"

"可是我又不嫁人。"

喻丽安慈爱地看着她，温柔地抚着她的长发："你总会嫁人的啊，到时候你就穿着这件婚纱，妈妈和你纪叔叔给你送嫁好不好？我的樱桃一定是世界上最美丽的新娘子。"

喻丽安已经有皱纹的眼角变得湿润，偷偷地别过脸擦掉，哄着她："去试试，妈妈想看看。"

樱桃有些无奈："可今天是陪你试婚纱啊。"

纪良笑说："这样吧，你们母女俩一起试。"

程桀换好衣服在休息室等候，文正和摄影师沟通好回来告诉他："桀哥，我都跟摄影师说好了，你拍照的时候把手藏着点，这次平面照会印在你代言上，得拍好看点。咱们一个小时后开始，我先出去准备，你无聊就自己转转。"

程桀的手已经包上纱布，他收回眼，冷漠地起身。

出了休息室，程桀漫无目的地往前走。

走过"春"的景，经过"夏"的时候听到里面一道男声在抱怨："拍个屁的婚纱照啊，这么大年纪还拍。"

程桀没在意，可下一秒，温柔的女声响起："不管多么大的年纪，爱情都很美好啊。你听话一点，以后咱们就是一家人了。"

程桀猛然停住脚步。

樱桃说过，心脏的作用很重要，它保证人体循环，推动血液的流动，可现在的程桀分明感觉不到心在跳，那里空空荡荡，被她对别人的温柔残忍剜去血肉。

他僵着身体转过去，看到樱桃穿婚纱的背影，而她面前是一位年轻清秀、穿着正式的男人。

对方对她很不耐烦，懒洋洋地靠在沙发里打游戏。

樱桃仿佛并不在意，对他说话包容而温柔。

程桀攥成拳头的手在身侧发着抖。

所以她不要他，就跟了这样不把她当回事的男人？

看到樱桃的婚纱，程桀本来就受伤的手又攥出血。

樱桃正试图用游戏跟纪樣搭建话题，身后蓦然响起轻佻低哑的声音："我跟喻医生还真是有缘啊，在哪里都能遇见。"

樱桃回过头时，两个人都是一愣。

程桀从未想过樱桃穿婚纱会这样美，消瘦的双肩，漂亮的锁骨，鬈发垂在单薄的后背上，皮肤如雪一样白。尽管婚纱并不华丽，设计也简单素净，却是天然去雕饰的最佳形容，不需任何衬托就已经是一场极致的美梦。

他原本打算狠狠讥讽她，现在却什么话也说不出来，看着她，连呼吸都放轻。

樱桃没想到程桀居然也会在这里，忽然想起工作人员说过这里也会有明星来拍照。只不过她还是惊讶，从他第一次登台领奖成为最佳男主角开始，她就明白昔日那个小镇少年会星途璀璨。

这段时间回国，樱桃走过的街道，经过的地铁站都可以看到程桀的广告。

她的少年成了年轻而耀眼的影帝。

她很欣慰。

这样多好。

但现在看着他西装革履、英俊贵气，樱桃忽然觉得有距离感，他们终究是回不去了。

樱桃率先微笑："程先生，没想到会在这里遇到你。"

她疏离的语气唤醒程桀的意识，他没有再看她的脸，随意地点了下头："你来拍婚纱照？"

樱桃还没来得及回答，喻丽安和纪良换好衣服出来。程桀看到喻丽安也穿着婚纱，还有她身旁儒雅的中年男人时愣了愣。

他认出女人是樱桃的母亲，喻丽安显然也认出了他："……程桀？"

程桀收起平时的玩世不恭，礼貌地喊了声："阿姨。"

纪良和纪樣虽然第一次见程桀，但对这个名字并不陌生，听过他和樱桃的往事，所以目光里都有一抹深意。

喻丽安问："你怎么在这里？"

程桀简单地回："工作。"

他的视线落在纪良的脸上:"这位是?"

喻丽安笑得有点不好意思:"噢……这是我……"

纪良温声补充:"老公。"

喻丽安的脸立即红了。

程桀诧异地看樱桃一眼,视线扫到纪樣那里时,状似不经意地试探:"那……那位呢?"

纪樣揣起手机,懒洋洋地说:"我是樱桃的男朋友。"

纪良瞪他:"别胡说八道!"

纪良朝程桀微笑:"这是我儿子,樱桃的弟弟。他不会说话,你别见怪。"

程桀一直紧握的拳头这才慢慢放松。

文正找过来时,发觉程桀正盯着喻樱桃出神。

文正知道他讨厌这女医生,赶忙过去小声劝道:"桀哥别这样,人家就是一个女孩子,别欺负人家。"

程桀用看死物的眼神看文正。

樱桃和喻丽安正在互相给对方整理头发。

程桀把文正推开,让他过去等。文正可不放心,说什么也不走。

纪良端着一杯温水过来给程桀。

程桀对于这个会成为樱桃继父的男人蛮尊重,和颜悦色说话的模样简直惊呆了文正。

只是没说几句,话题自然而然就转到樱桃身上。为了掩饰,程桀喝点水,淡淡盯着樱桃裙底的绣球花:"她什么时候结婚?"

纪良有点蒙:"谁?"

"喻樱桃。"

纪良茫然了一会儿:"她连男朋友都没有,应该还早吧。"

程桀愣住。

他端着纸杯的手轻微收紧,纸杯被他捏变形,里面的水溢出来。

见状,纪良给程桀递纸巾,碰到他手的时候发觉他手指轻颤,纪良有些诧异地看了他一眼。

这时摄影师过来:"可以拍照了吗?"

喻丽安说可以,却看向程桀忽然问:"程桀要不要跟我们合拍?"

樱桃皱眉:"妈……"

喻丽安握住她的手:"妈妈只是想起从前故水镇的日子,你那时候和程桀关系多好啊。他怎么也算是你的朋友,故人相逢,拍张照片应该没问题吧。"

最后这句话,她含笑问程桀。

程桀牵起唇:"当然。"

樱桃虽然不赞同,但也没有反驳母亲。

033

喻丽安和纪良坐在沙发上,樱桃站在沙发后面的中间位置,程桀和纪楪分别站在两边。程桀明显往樱桃的方向偏,摄影师没说什么,而文正傻眼了,他为什么总有种桀哥和女医生在拍家庭婚纱照的错觉……

摄影师拍完两张后让大家再靠拢点,樱桃感觉到程桀越来越近,她不得不往纪楪那边挪。

纪楪看了他们一眼,忽然把樱桃往程桀怀里推。

樱桃和程桀都始料不及,等反应过来的时候,樱桃的手按在男人炙热的胸口,而程桀的手环在她腰间,两人怔怔地对视。

闪光灯亮起,刚好拍下这一幕。

纪楪贱兮兮的声音里带着点笑:"喻医生,你是不是老早就想抱影帝了?"

樱桃活到现在已经很少会因为别人而影响到自己,可是此时此刻,此情此景,纪楪的那句话,还是让她有些尴尬了。特别是在她看见程桀眼里揶揄的笑意时,这样的尴尬加剧到让她身体僵硬。

程桀的手掌很大,轻扶着她的腰,是不易察觉的温柔力道。他发觉她脸上一闪而过的窘迫后,笑意更浓,磁醇的嗓音懒而哑:"原来喻医生也想我啊?"声音中是种放松的、玩味般的调侃。

"麻烦你放开。"

"不是想占我便宜吗?不抱了?"程桀坏笑着挑起眉,戏谑地逗她。

"是啊。"纪楪只见过樱桃冷静从容的样子,还是第一次看她脸上出现一丝惊慌。好奇心驱使,他坐在旁边使劲儿地添油加醋,"喻医生,你别不承认。去年我送你去机场,你在车上睡着还叫人家影帝的名字。"

纪楪当然是瞎编的。事实上,樱桃从未在家人面前提起过程桀,也从未泄露自己对程桀有什么想法,好像程桀对于她来说真的只是一个故人,过去就过去了。

程桀望向樱桃的眼神逐渐加深,即便明白这很可能是假的,但还是抱有一点点的期待,收起逗她的心思轻轻问:"真的?"

樱桃:"假的。"

她看向纪楪,很淡的一眼。

纪楪看好戏的表情立即有点僵,不自在地收起笑。

这个家里他不怕纪良更不怕喻丽安,但是他怕樱桃。别看她最温柔,可也最绝情冷漠,他有时候觉得她根本没有心,总用一种旁观者的目光看着世间的一切。

虽然他也会对她不耐烦,可那是因为知道她会迁就他。如果她严肃起来,他是不敢造次的。

旁观的喻丽安之所以没有打断,是明白樱桃心里也有程桀,她其实很希望他们能在一起,但也知道要慢慢来。喻丽安说:"好了程桀,别逗樱桃了,她脸皮薄。"语气里满是熟稔。

程桀笑着松开手："我听阿姨的。"

樱桃站得离他远些。

看着她脚步越来越远,程桀漫不经心地轻"啧",转开脸面对喻丽安时又是另一副沉稳样。

"还没恭喜阿姨和叔叔喜结连理,很相配,一看就能白头到老。"

纪良受用无比,自动代入"老丈人"这个身份,看程桀的目光里充满欣慰。

喻丽安脸带薄红："你这孩子,油嘴滑舌！"

程桀耸了下肩,非常认真诚恳："我说的是实话。"

"我也认为程桀说得对,我们的确很相配。"纪良笑着握住喻丽安的手。

喻丽安瞪了纪良一眼,虽不再年轻,但能生出樱桃这么漂亮的女儿,容貌必然不会差,和纪良在一起后过得开心幸福,看起来也更风韵迷人。

纪良看得心中微动,握喻丽安的手不禁紧了几分。

父母的恩爱樱桃接受良好,可纪樣只觉得腻歪,翻个白眼后,懒洋洋地从沙发里起来："还有事没？没事我走了。"

喻丽安赶紧问："阿樣不一起吃饭了吗？"

纪樣瞥程桀一眼："跟你们女婿吃。"

樱桃递给他一个疑惑的眼色。

程桀觉得这小子对自己脾气,轻声笑着,目光慢悠悠地转到樱桃的脸上："看来你弟弟也觉得我们很配啊,喻医生。"

樱桃的声音格外平静："他小孩子脾气,程先生别见怪,我之后会和他说清楚,免得挡了程先生的好姻缘。"

"别啊。"程桀跟她说话总没个正经,透着股懒懒的劲儿,"喻医生各方面也还行,我可以跟你凑合。"

樱桃看向程桀。男人锋锐凌厉的眉骨下,那双眼睛里都是笑意,又痞又坏地盯着她。

樱桃："抱歉,我不想跟你凑合。"

程桀有点遗憾地轻叹一声："还以为你会答应呢,毕竟像我这么好的男朋友可不好找。"

…………

看着他俩你来我往地打机锋,喻丽安和纪良对视着微笑。

文正觉得程桀很奇怪,明明每句话都在抬高自己,可为什么还是给人一种恨不得倒贴喻医生的感觉？

"桀哥,"文正走到程桀的旁边敲了敲手表,"时间差不多,咱们该过去了。"

喻丽安问："怎么,阿桀有工作？"

她这突然改变的称呼让程桀和樱桃都是一愣。程桀很久没听到这两个字了,从前在故水镇,只有和他关系亲近点的人才会这样叫。

程桀:"是,拍个平面广告。"

喻丽安:"那你快去吧,别耽误工作。改天来家里吃饭。"

程桀声音带笑,抬眼看樱桃,话却是对喻丽安说的:"阿姨,我可真会来的。"

喻丽安嗔骂:"让你来就来,我还说假话不成!快去忙吧,改天聊。"

樱桃和摄影师在看照片,正打算把那张她和程桀相拥对视的照片删除。突然,一只骨节修长的手把相机拿开,那手的主人对摄影师说:"这张照片我买了,你出个价告诉我助理,稍后就会有人把钱打你卡上。所以把它看好,别让人删了。"

他漆黑的眸扫向樱桃,眼尾噙着点笑,压低身瞧她:"明天见,喻医生。"

他把相机给摄影师,然后手插裤袋步伐悠闲地走远。

樱桃蹙起眉,摄影师连忙把相机抱紧:"现在不能删了!"

【3】

夏天多阵雨,阳光好但雨水不停的情况也不是没有。

樱桃坐在自己房间的窗前听雨,手里习惯性地摸着装有圣诞树的玩具球。

她住二楼,窗户下面有一棵樱桃树,是纪良和喻丽安前几天为她种的,纪樑也有参与,当时还被逼着挖坑。现在它只是小树苗,纪良说几年后就可以长大,到时候结的第一颗樱桃必然要给她吃。

想到温馨的事,樱桃嘴角微翘。

雨停后,樱桃开始为明天的培训备课,从包里拿笔的时候摸出几颗糖,上面包着五颜六色的糖纸。

那天程桀把糖装进她包里后不允许她拿出来,那会儿他哄人哄得厉害,也不知道从哪里学来的手段,一个劲儿缱绻地叫她"喻医生",喊得她心乱如麻,催他赶紧去剧组,后来就忘了这事。

再想起来,樱桃愣怔着,一瞬间被拖到回忆里——

樱桃下楼时,喻天明刚好推出自行车,回头对她笑:"快过来。"

小镇的早晨空气干净清新,昨夜还下过雨,喻家附近的树林里白雾蒙蒙,自行车驶入松树林,身后忽然传来机车的声音。

很快,那辆机车停在喻天明的自行车前面,喻天明不得不停下来。

男生摘掉头盔下车,竟然是程桀。

樱桃是第一次看到程桀没有戴帽子的样子。他理着清爽的寸头,眉目英朗,鼻梁很高,相貌和温不搭一点边儿。就像电影里随时会抄出棒子打人的坏少年,桀骜不驯,和喻天明这种文弱的男生截然不同。

喻天明看到程桀就像老鼠见了猫,声音都有些哆嗦:"你……你干吗?"

程桀眯眼看着喻天明身后的樱桃,樱桃也看着他。

程桀取下车把手上挂着的东西,走到樱桃面前递给她。

樱桃发现袋子里是奶茶和小人书。

"给我的?"她茶色的眼瞳里映出他的脸,装着疑惑还有好奇。

程桀的喉咙像被火舌燎到,又烫又痒,控制不住地滚动喉结。

"嗯。"

"多少钱?"

"不用。"

樱桃摇头:"不能不给。"

程桀忽然把东西放在樱桃的腿上,樱桃下意识地抱住。

"我今天不去学校卖早点。"他单手拎着头盔,身姿挺拔冷飒,另一只手从兜里抓出一把五颜六色的糖塞入她手里。

他扯起嘴角:"所以提前送。"

说完,他戴上头盔骑车离开,快得像一阵风。

樱桃有点没反应过来。

喻天明等人离开后,才敢摆出点哥哥的威严:"你们俩怎么回事?"

"不知道啊。"

"怎么会不知道?你几次照顾他,他也老是给你送这个送那个。樱桃,你和他不是一个世界的人,不适合做朋友,离他远点!"

樱桃没说话,也有些想不明白程桀为什么送她东西。她之前在集市买他的小人书纯属好奇,后来买他的早点也是因为想回报他送的面包和牛奶。

樱桃去图书馆的路上偶遇喻天明的同班同学,对方向她问起程桀,这倒让樱桃愣了下,她和程桀其实根本不熟,为什么大家自然而然觉得他们关系好?

下午六点的时候,喻天明放学,载着樱桃经过修车厂,樱桃看见程桀穿着工作服正在检查车。

他帽子反着戴,神态松弛随意地拍着车盖和身边的人说话,似乎在聊车的问题。

樱桃拉了拉喻天明的衣服,喻天明停下车,问:"怎么了?"

樱桃去附近的小卖铺买了几瓶水,还在镇上唯一的炸鸡店买了汉堡。她拎着这些东西有点费劲,喻天明想帮忙,她没让。

程桀正跟人说话没发现樱桃过来,同伴拍他的肩膀示意他看后面。

程桀回头,镇上新来的漂亮小姑娘抱着很多东西,乖乖地看着他。

程桀愣了下。

樱桃把东西放下,本来想让他以后不要再给自己送吃的,这些东西就当两清了,可他身边还有人,她怕说出来伤他自尊,犹豫了一下,还是转身离开。

"阿桀可以啊,喻家小千金欸!"

"小姑娘真乖,你可不要欺负人家。"

"还会送你东西呢,你小子好福气!"

"水和汉堡都挺多的,分我们点呗。"

樱桃本来也是看有其他人才多买几份,却听到程桀不客气地骂一声:"滚!别碰我的东西。"

"还生气了,阿桀你平时不是挺大方的吗?"

"你懂什么,女朋友送的能随便给人吗?"

樱桃红着脸匆匆坐到自行车后座,喻天明敢怒不敢言,载着妹妹赶紧回家。

那年的程桀炙热如骄阳,飞鹰般的轻狂少年。

那年的樱桃齐刘海短头发,乖巧善良容易脸红。

他们还是青春正好的模样。

【4】

樱桃习惯在等车的时候看报纸,这是生活在伦敦多年来养成的习惯。喇叭声突然从前方响起,然后是一道熟悉的低沉声音,带着戏谑:"喻医生这是故意在这里等我吗?"

樱桃拿下报纸,视线变得清楚。

车里的程桀戴渔夫帽,穿黑卫衣,一只手懒散地搭在方向盘上,歪着身体望她,不羁轻纵地笑着。他无名指的内侧有黑色刺青,是樱桃这两个字的英文,很多年前就有。

很难得的是都这么久了,程桀竟然还保留着当初的轻狂少年气。

樱桃把报纸合上,嘴角微微翘起来,平和地与他葛坏的眼睛对视,忽然问:"你家住哪里?"

她一笑,程桀就有点无法挪开眼。

樱桃一直都喜欢穿裙子,但今天没有,杏色的薄针织衫裹得腰特细,胸形饱满又漂亮,穿着对腿形要求很高的铅笔裤。虽然她一寸皮肤也没有露,可就是很吸睛,臀形也有轮廓,翘翘的蜜桃形状。

她属于很适合穿旗袍的身材,青涩感被时光洗涤干净,变成诱人的禁果。

从前程桀不知道自己控什么,喜欢上樱桃后发觉自己什么都控,腿控、腰控、手控又或者足控,她完美地长在他审美点上。

程桀没控制住,喉结上下滑动。

因为不想失态,他匆忙把视线别开,又此地无银三百两般地拿出墨镜戴上,这样即便自己满眼惊艳,她也不会发现。

"喻医生问我家地址是想去玩一玩?"最后三个字从他唇齿间暧昧碾过,墨镜虽然挡着眼睛,可笑容挺坏。

樱桃没半点被撩的反应:"只是好奇。"

"顺川路520号。"

他原本是想随口说的,结果没忍住把自己的门牌号都说了,而且"520"……好像在表白一样,但的确是他家的门牌号。

程桀有点后悔说得这么清楚,又期待她听到这几个数字的反应,都没意识到自己握方向盘的手紧了又松,松了又紧。

樱桃若有所思地点着头:"顺川路距离这里应该有一个小时车程。程先生早上几点起床的?竟然绕这么远的路过来,就是为了对我说,我在等你?"

程桀的笑容大概僵了半分钟,最后有点气急败坏地别过脸。

"上车!"

樱桃没照做,准备去前面打车。

程桀皱眉开车跟着,最后她停在哪里,他的车就停在哪里。程桀也不看她,散漫地坐在车里,嘴里含着一根棒棒糖望着窗外的车流。

"你不是说对我不感兴趣吗?"樱桃的声音总是那样柔软,哪怕说着狠心的话也很温柔,如果不用心听,还会以为她在跟你撒娇说情话。

程桀愣了下。

他不看她,舌头顶着嘴里的棒棒糖用力摩挲,懒声回答:"赚钱不行?"

"……什么?"

程桀从里面把车门给她打开:"反正你每天都要打车去剧组,这段时间我捎你,你给车费。"

"你拍个广告就能赚几十万吧,用得着每天挣这二十块钱?"

"我愿意。"他偏过头死死盯着她,"你就当我见钱眼开,二十块钱都不放过。"

樱桃用一种不理解的眼神看他一会儿,缓缓地摇头:"程桀,何必呢。"

幸好程桀戴着墨镜,能把心事遮得干净,他知道自己没出息,这辈子都栽在她身上。

"赶紧上车,废话真多!"

他声音喑哑,说得又凶又快,怕被她发现端倪,装得分毫不在意,无所谓地补充:"我说过对你没兴趣,就是顺路。"

他的车停在这里,樱桃也不太好打车,只有坐上去。

系好安全带后,程桀把两个食盒拿给她。

樱桃不明所以地打开,里面是炸春卷和小馒头,还有剥好的茶叶蛋。

樱桃:"这是什么意思?"

"顺便买的,吃呗,毒不死你。"他说话是真不客气,好像只要装得毒舌点,就能让自己显得不那么卑微。

樱桃每样都尝了点。这种味道的早餐她当初吃了一年,所以再熟悉不过,这不是他路上买的,而是亲手做的。

年少的时候程桀为了养活自己和抚养他的孤寡老人,打几份工的同时还摆摊卖这卖那,所以会的东西很多。没想到他都成名了,还记得这些东西怎么做,还做得和从前一样好吃。

樱桃就算装得再淡然,此刻也突然破防。

039

她故意把车窗降下来,把脸凑过去吹冷风,本想逼退眼中的热,却没想到那层水雾凝结成珠,成串地落。

程桀记得她身体不好,说是从胎里带的毛病,皱着眉把窗户关上:"吹个屁的风,那是你能吹的吗?"

樱桃没吱声,定定地看着窗外。

程桀觉得她不对劲,腾出一只手转过她的脸,看到她湿红的眼眶和满是水迹的脸,泪珠汇聚在她的下巴,大颗地落在他的手心里,他猛地踩了刹车,将车停在路边。

那只捏她下巴的手轻颤着擦去她皮肤上面的水,程桀总觉得被她眼泪淌过的地方如同被硫酸泼洒,带着火辣辣的燎痛。

他控制着紧张和焦灼,耐心地把她眼泪擦完。

他喉咙干苦,费劲很久才发出声音:"……哭什么?"

樱桃浅笑着摸自己的脸:"噢……我这辈子没吃过这么难吃的东西,本想吹吹风冷静一下,可这风太大了。"

"难吃?"他有点艰难地问。

樱桃笑得略嫌弃:"是啊,在哪里买的?还没你当初的手艺好。"

"……这就是我做的!"

哪怕墨镜遮住他眼睛,但还是看得出他的不高兴。

樱桃像是很惊讶,愣了好几秒后:"啊……原来是你做的……挺好吃的……"

程桀:"你不觉得现在这样说很生硬吗?"

樱桃温软地笑笑。

程桀把两个食盒盖上拿走,咬着牙气极反笑:"真是没想到喻医生这么娇气,就算难吃也不至于哭吧。"

他心情很复杂,原以为樱桃会吃得出来这是他做的,可她非但没有吃出来,还被难吃到哭了!

樱桃当然是故意这么说的,她没想到这次回国会和程桀遇见,毕竟之前每年回来都没有遇到过他。所以她得想办法补救,让他尽快对自己失望。

不得已地冷淡他,漠视他,装作忘记所有,装作他不重要。

其实她也很辛苦。

如果可以,她比谁都想给他幸福,比谁都想跟他好好在一起。

但命运真的可笑又可恶……

她的心衰越来越严重,不知道哪天就会彻底离开,所以她怎么敢?怎么敢对他流露一丝一毫的爱意?

程桀永远不会知道,哪怕是他生气的样子,她其实都想多看看。

程桀转过头来,忽然就撞进樱桃温柔的杏眼,原本想说的讽刺话被堵在喉咙口,心不受控制地重重跳动。要不是墨镜遮住他霎时的意乱情迷,他肯定会嘲笑。

程桀回过神后又恢复散漫的样子,漆眸含笑,凑近樱桃时压迫感很强。

两人之间有别样的悸动悄然滋生。他用指尖捏住她下巴,压得低低的声音像有钩子,促狭地撩拨:"喻医生这么看着我,是喜欢我吗?"

樱桃的眼波很平静,既没有害羞也没有逃避,只是淡淡回望他。这让程桀想起八年前她留给自己的那封信,里面写满对他的嘲讽和薄情。

她从来都是那么狠心,怎么可能会喜欢他?

他在自取其辱。

程桀意兴阑珊地退开。

樱桃:"不开车吗?要迟到了。"

程桀没答她的话,从兜里拿出棒棒糖撕开上面的纸,忽然捏开她的嘴,把糖轻塞进她嘴里,留恋她细腻的肌肤,离开的时候他稍重地攥了一下。

"没想到会把喻医生惹哭,吃点甜的就当给你赔罪。"

他重新开车,也没再说话。

樱桃的余光注意到他抿得很紧的唇和紧绷的脸,好像心情不佳。

她因此松了一口气。

【5】

今天的培训是认识医疗器械。

剧组不缺资金,还真就搞到一些机器,崭新的,还没有投放到医院里,借一天就得归还。

演员到的时候,樱桃正和剧组工作人员说话,手托着文件夹板,指尖捏着两页纸在看。

看人到齐,她放下夹板抱在身侧。

"今天带大家熟悉一下心外科的检查器械。"

心脏方面的检查有心电图、心脏彩超、二十四小时动态心电图、心脏磁共振,还有心脏供血管,其中供血管包括冠状动脉 CTA 和造影。

樱桃带他们一样一样地熟悉,讲解如何操作和怎样通过检查辨别病人的心脏是否健康。

"我们日常中最常用到的心脏检查是心电图,它是评判心脏是否健康的第一步,能为其他检查提供辅助。一般来说,要打麻醉的检查或者手术都需要病人提供心电图。"

樱桃带领众人停在做心电图的器械前,含笑问:"有没有从来没有做过心电图的人来体验一下?"

张月莘问:"做过的不行吗?"

樱桃摇头,并轻声解释:"已经做过,而心脏又没什么不舒服,证明是健康的,所以不需要再做。"

041

其他人就摇摇头。

艺人对自己的健康管理得其实挺严格的，都有定期体检。

"没有吗？"

人群后面转着打火机的程桀抬起眼，慢悠悠地启唇："我。"

樱桃的视线越过几个人，落在最后面的角落，摸着手中的钢笔问："你从来没做过心电图？"

程桀盯着她摁燃打火机又熄灭，几次之后把冰冷质感的打火机揣兜里，嗓音透着懒："谁没事做那玩意儿。"

"那你过来。"

程桀离开倚靠的墙站直，懒洋洋地走过去站在樱桃跟前。

樱桃的个子只到他肩，得仰着头瞧他。

男人脸部轮廓锋锐，眉浓而目深，双眼皮垂下来，不咸不淡地扫她。

程桀："怎么做？"

"躺上去。"

程桀照做。

樱桃公事公办的口吻："把衣服拉上去。"

程桀挑起浓眉，好看的唇微微扬起："喻医生想占我便宜？"

"那个……"张月莘支支吾吾地替樱桃解释，"做心电图都得把衣服拉上去。"

程桀朝张月莘瞥过来，张月莘顿时觉得脖子周围都是冷飕飕的，低下头不敢再说话。

程桀把卫衣拉到胸膛上面，樱桃先用器具把他双手和脚踝夹好，视线落在他腰部时微微一顿。那里有一块一块丘陵般的凸起，坚硬而紧实，是他的腹肌。上面蜿蜒的青筋和血管一直延伸到裤子下面，性感十足。

"喻医生脸红什么？"

忽然响起的玩味嗓音让樱桃回神。

她收回眼，用生理盐水涂在他左胸，再把电极片贴上去。

樱桃："放轻松。"

程桀笑声轻佻："紧张的是你吧。"

樱桃坐在监听器前，居高临下地淡淡望他："你心跳有点快。"

被看穿的程桀闭上嘴巴。

检查结束，是正常心电图。

樱桃帮程桀拿走贴在胸口的电极片时，指尖刮到了他的皮肤，程桀立即一僵，眼睛睨她："你故意的吧。"

樱桃有点疑惑。

程桀很快把衣服拉下来盖住，还好动作迅速其他人才没发现异常。

樱桃想明白后，面颊迅速透出点粉红。

程桀嗤笑，起身的时候用两个人才能听到的声音戏谑她："喻医生挺纯啊，没见过男人这样？"

樱桃本来只是一点红的脸彻底红透，把检查单塞给他后拿着文件夹板匆匆走开。

程桀盯着她的背影，忽然笑出声。

不经逗，跟从前一样。

可想到自己，他又烦躁地皱眉。

他又何尝经得起她触碰？

这个小插曲并没有影响樱桃太久，下午的培训依旧顺利。

五点半左右，樱桃下班。

从剧组附近的水果店经过时，她被里面红绿可爱的水果吸引。

店家热情地招呼，樱桃笑着走进去。

她挑了点哈密瓜和葡萄，老板娘热情地给她介绍新到的草莓。

樱桃正要拒绝，外面有道声音替她说："她不吃草莓。"

樱桃微愣，拿着几颗荔枝望过去。

戴渔夫帽的男人走过来，帽檐遮住了他的上半张脸，只看到他瘦削流畅的下颌骨。

他身形高大，站樱桃旁边把她衬得特纤瘦娇小。

他问："挑好了吗？"

樱桃："你怎么在这儿？"

程桀知道她不想看到自己，拿过她手上的袋子帮她每样都挑点。虽然他的动作看起来随便，可挑的都是她喜欢吃的。

最后钱是程桀付的，樱桃根本争不过他。

从水果店出来，樱桃无奈地看着拎东西走在前面的男人。

他走得很快，而樱桃走路向来不疾不徐，没多久就被甩在后面。

程桀发现后停下来等她，她就加快点脚步。

他不太喜欢看她这样子，皱紧眉，本就疏狂冷淡的眉眼看起来很不好惹："着什么急，慢慢走，这不是停下来等你了吗！"

樱桃温婉地浅笑，像是想到有趣的事，语气里装满感叹："你的脾气还是这么不好啊。"

程桀只是怕她着急不舒服，又不想屈服才故意扮凶，但被她这么一说，他立即就开始检讨是不是真对她太凶了。

"那你教我改"这句话他还没来得及说出口，樱桃后面的话碎裂他的心。

"我是你讨厌的人，你凶我没关系。但以后你有女朋友了不要这样凶人家。

女孩子都喜欢被疼着的,哪怕你凶她是为了关心也不要这样,要学会放慢语气,用女孩子喜欢的方式去做。"

她的确有在教他,不过不是教他怎么对她自己,而是教他怎么对待别人。

就这么不在意,可以心平气和地把他推给别人。

程桀漆黑的眸里温度褪去,变成漫无边际的凉。装满水果的袋子勒疼他的手,他忽然很想笑,不明白自己到底在做什么,送上门给人践踏吗?

他把水果放地上,什么话也没说,冷漠地转身。

夏天的季节,本该像记忆里那样盛满惬意的阳光和暖风才对,可天空暗沉,残阳破败,程桀踩着树叶走远的身影竟是无孔不入的悲凉。

樱桃停留在原地,而程桀再也没有回头。

她望着那抹影子远去,摸摸不太舒服的心脏,安慰自己一切都是值得的。

樱桃深吸气,抱起地上的水果往反方向走。

暗色的天空为细雨的降临揭开序幕,樱桃还没有打到车,雨点就落在了脸上。

她已经走到前不着村后不着店的地方,也就买不到伞,更找不到躲雨的地方,照这样下去肯定是要感冒的。

樱桃把水果放地上,用手机打网约车,可排队的人很多,等了好一会儿也没有排到她,过往的出租车也都载着人。

樱桃抱起水果准备去下个路口试试。

雨虽然没有很大,但还是很快就打湿她的头发,因为怕摔,她走路也慢。

程桀开车找樱桃已经有一会儿了,从把她扔下离开那一刻他就开始后悔,赶回来却没见她人影。

明明应该不会有事,可心里蔓延出来的慌张如藤蔓疯长无法抑制,他越来越无法平静,握方向盘的手心都沁出一层薄汗。

一个又一个的路口找过去,终于看到浑身湿透的樱桃抱着水果经过香樟树。

迎面的几个行人把她挤到边角,袋子里的苹果滚在地上,她被挤得有点踉跄,越来越多的水果从袋子里滚出来。

樱桃费力地把水果放下,蹲在地上去捡。

看着她湿漉漉的头发,冷得发白的指尖,如被遗弃的猫儿。

很可怜。

程桀满眼愣怔,不知道哪个方向吹过来的凉风冻住他的骨头,无形穿魂钉把他的神魂钉出了几个窟窿,血被放干,心皱巴巴地疼起来。

他扯开安全带迅速下车朝那个身影疯狂冲过去。

樱桃捡完最后一个苹果,脑袋忽然被一顶帽子罩住,对方修长的手指压下她的帽檐,迅速而小心地搂住她腰背和腿弯将其抱起来。

樱桃知道这是谁,听到他紊乱的脚步声就知道。

千万人中,她总会最先辨别出他。

她问:"怎么又回来了?"

帽子盖在她头上,脸不会淋到雨,程桀抱着她跑得并不费劲,很快把她抱上车。知道她会惦记扔在那里的水果,他重新跑回去把水果拎上,还买了块毛巾。

樱桃看到他在雨幕里跑来跑去,回来时头发和衣服已经湿掉。

程桀拉开车门把买回来的毛巾盖在她头上,站在外面帮她擦湿润的头发。

雨落在他身上,他不管不顾,手掌捧着她脑袋轻轻地揉,近到她可以看见他眼圈浅浅的薄红。

"……你先上车啊。"

他不说话,雨珠从他头发滴到湿润的眉毛,连睫毛都是湿的,却分毫没有融化锐气凌厉的五官,紧抿的唇显得面色阴霾,看着阴冷又戾气。

然而他给她擦头发时很认真,轻轻地擦掉她脸上的雨水。毛巾边滚过她的眼帘,视线半遮半掩,她看到他喉结艰难滚动,压着不想被她知道的哽咽,好像还背着她抹了下眼睛。

樱桃心里不好受,温软地笑:"我没事的。"

程桀忽然把她按入怀里,手指梳进她头发,用力却没有弄疼她。

他胸腔震颤,手臂完全圈着她时才知道她有多瘦,多薄弱。

程桀把脸埋在她湿润的头发里,嘶哑的声音近乎厌弃地骂自己。

"我浑蛋!"

樱桃笑了笑:"哪有人这样说自己啊。"

他把手伸过来递到她嘴边:"给你咬,出出气。"

樱桃没动,看着他的手腕发怔,耳边的低哑嗓音很有耐心地轻哄:"咬呗,再疼都不凶你。"

【6】

樱桃当然没有咬程桀,实在找不到什么理由。她并不生气,也并没有觉得程桀刚才离开有什么不对。这本来就是她的目的,没道理做了之后还把气撒到人家的身上。更何况咬人的举动太过暧昧亲昵,已经不适合他们。

樱桃把他的手推开,仍旧笑得温软娴静,只是界限分明。

"快上车吧,你都淋湿了。"

程桀根本没动,如钳的双臂反而不断收紧力道。车外的雨势变大,他后背湿透,身体很冷,质问的声音像极了腐朽生锈后被风吹日晒的铁窗,轻颤和嘶哑:"你在乎吗?"

樱桃没有出声,也不会回答。

程桀的冷笑有点明知如此的自嘲。

他放开樱桃,脸稍稍地别过去,以此掩饰自己的不正常。

他随意拧了把衣服上的雨水,也没再抬眼看她,漫不经心地装无所谓:"喻医生别误会,跟你开个玩笑。"

事到如今他好像只能通过撒谎才能在她面前维持一点微薄的自尊。

樱桃轻轻"嗯"了一声,道:"我知道,我不会自作多情。"

程桀拧着衣服的手指忽然变得僵硬,自暴自弃地把车门关上。等他上车后,樱桃把毛巾递过来:"擦擦吧。"

程桀没接,启动车开走,冷漠的态度和一分钟前天差地别:"我不用别人用过的东西。"

樱桃就没有继续劝,把毛巾折起来放在他能够到的地方。

程桀的余光注意到她的举动,偏过头冷笑。

早该知道她就是这么没有恒心的人,永远都不会对他有耐心,其实只要再劝一句,再多坚持一会儿他就会用。

程桀踩着油门上高速,车里的气氛怪异,但谁也没有开口打破这样的局面。

下高速后,程桀并没有立刻送樱桃回家,而是把车停在高奢服饰门店外。他把樱桃头上的帽子拿回来,拿出口罩和墨镜戴上下车。

他进店半个小时,出来的时候已经换了一身衣服,手上还拎着两个袋子。

他把车开到街角人少的地方,黑色车窗全关,将后面的袋子扔给樱桃,一句话没说便下车走远。

樱桃看到袋子里装着一套新衣服,细致到有内衣和内裤。

程桀估摸着时间差不多了才回来,却看到樱桃还穿着刚才的湿衣服,火气猝然上涨,却又记着绝能不凶她,憋闷好一会儿,冷冷地盯着她压低声问:"为什么不换?"

樱桃浅笑:"这里离我家也不算远了,我回家就可以直接换。"

"行。"程桀懒散地点了下头,坐到车里来伸手就准备脱她的衣服。

樱桃多少有点慌乱:"你做什么?"

程桀的手掌扶在她的腰上,指腹摸到她温热的肌肤。这样的触碰让他险些失控,没忍住,粗粝的指腹微重地捻下去,脸上的笑却没达眼底,颇有点皮笑肉不笑的意味:"你不愿意换,那我帮你。"

刚准备撩她腰间的衣服,樱桃按住他的手:"我穿。"

程桀轻嗤着,慢悠悠地收手。

樱桃等了一会儿,他仍旧四平八稳地坐在那里,仿佛根本不打算离开:"……你不走我怎么换?"

程桀丢颗糖进嘴里,双眼皮懒倦地一抬,朝她瞥过来:"我给你时间了,外面很冷知不知道,而且这是我的车。"

樱桃平静地看着他,那眼神的意思很明显。

他不走,她就不换。

程桀也没打算下车，面无表情地取笑她："喻医生，你知道你很麻烦吗？"

樱桃答得认真："大约是有些。"

程桀盯着她，顶了下口腔里的糖："我最多闭眼。"

"我怎么相信你？"

他笑得讥诮："那我给你换，又摸又看，给不给？"

明明是讽刺她的话，他却不自觉放缓声音，最后那几个字说得酥磁微哑，是明显的撩拨。

樱桃不想让他给自己换，也不想妥协："这里离我家也不远，我下车自己走回去吧。"

程桀拦住她想开车门的手，重新把车门关好关严实，还检查她的安全带有没有系好，明明怕她离开怕得要死，态度却不服输："你可真行。"

他有点气急败坏地下车，嘴里的糖被咬得"嘎嘣"响，轻轻踢着地上的石子数时间，这次是樱桃降下车窗叫他。

"程桀，我好了。"

程桀回头，看到樱桃把头发整理到胸前。

这条裙子其实算中规中矩，酒红色绣花肩带，缥缈白纱渐变暖色，不会出错也很难穿出惊艳的效果。

程桀选它的初衷是因为它最不露，可它却奇妙地适合樱桃，中和了她的温婉冷清，添了些娇俏和妩媚。

樱桃："你怎么了？不上车吗？"

程桀一个劲地盯着她瞧。

樱桃摸了摸身上的裙子："很难看？"

程桀觉得她就是故意的，这样懵懂的样子，真像从前，铁了心让他不好过。

胸腔的火舌燎到嗓子眼，程桀喉咙里发痒得厉害，他忽然转过身重重地吐气，冷静下来后上车坐好，一脸的冷淡和漠视。

"嗯，很难看。"

樱桃也没有生气："那麻烦程先生送我回去，我会付你车费和衣服的钱。"

程桀心里那点旖旎的心思瞬间了无踪迹，烦闷地开车送她到家附近后，见她拿出钱包递给他一张卡："密码六个'0'，应该够了。"

程桀没想到她还真给钱。他看了眼银行卡，故作漫不经心："不如告诉我你的电话号码。"

"我不会给你。"她语气很淡。

程桀本来也没抱希望，明明都做好了失落的准备，可眼眸垂下的一瞬，脸色还是有点阴霾。

程桀："我也不会要你的钱。"

"为什么不要？"

"管那么多干什么，你是我女朋友？"他把车门锁打开，"下去！"

樱桃把银行卡放到车上，下了车。她抱着水果还没走远，程桀忽然把银行卡扔到车外。

樱桃看到他的动作，既没有去把银行卡捡回来，也没有表达任何看法，在程桀寒戾的目光下平静地走远。

其实每次和程桀打交道都会让她有点疲惫，她想尽快回家休息，刚推开门就和纪樣撞到，他顶着一脸的巴掌印冷冷地瞪过来，推开她很快离去。

喻丽安从屋里追出来时，纪樣已经跑得没踪影了。

她赶紧问樱桃："有没有看到纪樣？"

"往那边跑了。"

喻丽安刚想追，纪良扶着墙从二楼下来，愤怒地喘道："让他滚，别管！"

他看起来很不舒服，身体摇摇晃晃，说完竟从台阶跌下来，喻丽安和樱桃连忙进屋。

喻丽安了解纪良的身体，知道他是血压升高了，忙拿降血压的药给他吃："怎么样？有没有好点？"

纪良点点头，安慰她别担心。

喻丽安忧愁地叹气："你说你，想和孩子沟通就好好说，怎么又把他气走了呢？"

纪良想起这事就被气得头昏脑涨，无力地摆摆手："真不知道他的脾气像谁……"

喻丽安不断地替他顺着胸口的闷气："阿樣虽然倔强，但终究还小，我怕他这样气冲冲地跑出去会出事。"

纪良没好气："他能出什么事！"

樱桃哪能看不出来他担心纪樣，只是父子俩都倔，这一点纪樣挺像纪良的。

她说："妈，纪叔，我出去找纪樣吧。"

纪良忙摇头："这怎么行呢，你身体不好，我休息会儿亲自去找他。"

樱桃给他倒一杯水，浅笑道："您现在不舒服，真找到纪樣多半还是吵架，他也不可能会跟您回来，我妈就更不能去了，我是最合适的人。"

喻丽安歉意地看着女儿，仿佛在愧疚自己的事需要她来帮忙。樱桃安抚地朝母亲摇摇头，取了伞出去。

纪樣推开樱桃后跑出来没多远，就被一辆豪车吸引注意力，里面的男人他上次在工作室见过。

程桀显然也看到了纪樣，轻眯起眼打量他半响，视线最终停留在他脸侧的巴掌印上，意味不明地一笑："喻医生的弟弟啊。"语带戏谑和玩味。

纪樣隔着半降的车窗与车里的男人对视，冷笑声带刺："这不是追不到我姐的大影帝吗?"

程桀一噎。

老话说得还是对,不是一家人不进一家门,纪樣和喻樱桃可能上辈子注定要做姐弟,都一样会戳刀子。

程桀笑意渐冷,眉峰微挑:"喝一杯?"

纪樣同样冷着脸:"怕你?"

他拉开副驾驶位的车门,被程桀嫌弃道:"滚去后面,这是你姐的位置。"

纪樣不爽地去车后排坐。

想起刚刚在门口遇到的樱桃,纪樣皱眉问:"你送她回来的?"

程桀开着车没说话。

纪樣忽然坐直身体:"你们娱乐圈的人少招惹她这样的女孩子。"

程桀从后视镜里看他一眼,眼神很淡,像极了樱桃生气时看他的眼神,还有点成熟男人才有的强势威压。

纪樣刚想继续说,程桀十分不耐烦:"闭上你的嘴。"

去的是酒吧,圈内人员营业,隐秘性高,纪樣表示同意,他也并不想被拍到和程桀一起喝酒。

到酒吧后,程桀让人开间包厢,拿了很多酒,白的、啤的还有洋酒。纪樣看到琳琅满目的满桌子酒时,脸都有点绿。

程桀边玩着打火机,边懒洋洋地坐下:"玩个游戏呗。"

"……怕你?"

程桀扬眉:"玩输了就把喻医生的电话号码给我。"

"你想得美。"

程桀只笑不语,拿出倒酒器把好几种酒混进去,倒了两杯出来,一杯给自己,一杯给纪樣。

他拿来骰盅和骰子,手心里放着几颗骰子,笑着调侃:"想玩什么你决定,别说我不让你。"

纪樣感觉到了蔑视。

纪樣会玩的花样也挺多,随便挑一种和程桀玩,可没想到自己平时玩得挺好,碰上程桀居然每次都输。

半小时过去,喝了无数杯高度数混合酒的纪樣已经醉得分不清东南西北。

程桀还非常清醒。

他端着杯百加得朗姆酒,看纪樣醉得从沙发上爬不起来,笑声低沉,轻敲桌面问:"号码。"

樱桃找了好几个纪樣有可能去的地方都没见人影,给他打电话也是关机。

在她去下一个网吧的路上时,手机忽然响动,是陌生的号码,接通后里面竟传来程桀低沉惫懒的声音——

"喻医生好啊。"

"程桀?"

那磁性的声音微哑:"嗯。"

"你怎么会有我的电话号码?"

电话里的人轻笑:"凭本事呗。"

"……纪樣和你在一起?"

他轻"啧"一声:"好聪明呀,喻医生。"含笑的声音低沉又暧昧。

"让他听电话。"

"他喝醉了哦。"

"你给他灌酒才知道我的电话号码?"

被识破的程桀短暂沉默,目光在醉过去的纪樣身上扫视几秒。

"想知道他在哪儿吗?"

"在哪儿?"

"喻医生真不讲规矩,我有条件的。"

"什么条件?"

"撒个娇呗。"他笑着轻逗,"撒个娇我就告诉你。"

接下来是樱桃的沉默。

程桀等了会儿没等到她回话,莫名有点心虚。

"真烦,告诉你得了。诚信路樱花酒吧,我喝酒了不能开车来接你。"

他气势汹汹地挂断电话,随后非常后悔自己为什么特意解释喝醉了不能去接她,像和女朋友报备一样。

包间里酒气冲天,桌上酒瓶乱倒,纪樣醉得东倒西歪。

程桀皱了下眉。

他起身把窗户打开透气,又把桌上的酒瓶整理好,顺便把纪樣整个人弄到沙发上好好睡。

他做这些绝不是担心樱桃会生气。

绝不是!

樱桃是十五分钟后到的,推开包厢闻到酒气,已经不算浓,可能是窗户开着的原因,而纪樣躺在沙发里睡得人事不省。

她视线偏移,看到沙发角坐着的程桀,他好像也有点醉,懒懒散散地拎着瓶酒,斜靠着看她,扯着嘴角一笑,风流散漫。

"喻医生来得可真快,怕我欺负你弟弟?"

樱桃却不是走向纪樣,而是拿出解酒茶递给他。

程桀一愣。

樱桃语气无奈:"程桀,少喝点酒。"

……她在关心他?

程桀诧异地看着桌上的解酒茶。

樱桃正准备去看看纪樣,程桀忽然拉住她的手腕,将额头贴着她的手背:"喂,喻医生,我不舒服。"

樱桃感觉到手背上滚烫的温度,终于还是没忍住蹙眉问:"你喝了多少?怎么这样烫?"

带醉意的声音低喃:"反正比你弟多。"

"你不要命了?"

"……嗯。"在她看不到的地方,程桀嘴角微翘。

"喻医生,你是医生,想想办法呗。"他几乎抱住了她的手腕,脸蹭到她手背时感觉到她的僵硬。虽然不适应,但她却没有像往常那样强硬地推开,应该还是因为他醉酒而心软了。

程桀好像有点明白要怎么得到她的关注了。

医生嘛,天生好心肠,容易心软。

"喻医生……"

樱桃很无奈,特别是听到程桀嗓音低哑地呢喃着难受,既担心又犹豫:"你先喝掉解酒茶,我帮你揉揉头。"

"你来喂。"他没什么力气地靠着她,闻到她身上的栀子香味,脑子是真变得有点昏沉,修长的手指钩住她的指尖,晦暗地盯着她粉色的指甲,想亲又克制,沙哑音色里藏着讨好,"成不?"

然而,程桀打的好算盘被突然醒过来的纪樣破坏。

他喝得实在多,爬起来跑进包厢的洗手间抱着马桶狂吐。

樱桃有些担心,想进去看看,反被程桀拎到沙发上坐下。

他说:"味儿不难闻吗?你坐着我去。"

樱桃愣神地看着一瞬间恢复正经的程桀。

"你装醉?"

程桀轻笑,心情确实也不错,凑到她耳边低声道:"喻医生,你是真单纯,也是真可爱。"

他磁性的低音里带点笑意,温热的气息洒在她耳垂,隔这么近,能闻到他身上的朗姆酒气味。

程桀的指尖轻撩她耳边的发丝:"你坐那儿,我进去看。"

等程桀进洗手间后,樱桃后知后觉地摸到耳边那一绺发丝和刚刚被他蹭到的手背,仿佛还留有他的余温。

纪樣吐得狼狈,程桀靠墙冷眼旁观,递过去一瓶矿泉水。纸巾被他扔在地上,

051

在纪樣触手可及的位置。

纪樣冲了马桶，用矿泉水漱口后有气无力地坐地上嘲讽："谁会想到著名的演员程桀先生，竟然会因为想要一个女孩子的电话号码，居然疯狂灌她继弟的酒。"

程桀没否认，居高临下地睨他："难道你就不想喝？"

纪樣当时跑出来的确是想找个地方痛快地喝一场，可以说，程桀的出现恰恰好。他难受，却也醉得酣畅。

"再来？"

程桀侧倚着墙，语气很淡："你姐身体不好，以后别让她担心。"

纪樣就笑，笑声越来越大，头昏脑涨无力地倒在地上还在笑。

程桀明白纪樣在笑什么，笑他痴心妄想罢了，就像八年前喻樱桃在信里骂他的那样。

"好了就出来。"

樱桃坐在刚才的地方等程桀，听见动静抬起头："纪樣怎么样？"

"死不了。"她对别人的关心也让他变得刻薄。

纪樣扶着墙从洗手间出来，樱桃起身想扶他，还没碰到人就被程桀拉开，程桀抓住纪樣的胳膊把他扶稳。

程桀："走吧，送你们回去。"

樱桃看着纪樣醉醺醺的样子，对程桀开口："先让我和纪樣单独说几句话吧。"

程桀皱眉，虽然知道他俩即将成为一家人，是名义上的继姐和继弟，但他就是不喜欢她和别的异性独处一室。

"我在这儿不能说？"

樱桃无奈："……程桀。"

这样软声地哄他，程桀心情微妙，眼神有些飘然，嘴角的弧度略翘起。程桀把纪樣扶到沙发那里扔他下去，出去之前不忘拿走樱桃给自己的解酒茶。

这时，包厢里只剩下两个人。

"喻医生想对我说什么大道理？"纪樣嘲讽的声音忽然响起。他躺在沙发上，修长的身体占据大部分地方，满是醉意。

樱桃拿出另一瓶解酒茶放到桌上："我并不是想对你说什么大道理，我既不是你的父亲也不是你的母亲，更算不上你的亲姐姐，我有什么资格对你说大道理？

"我想对你表达的只有歉意。阿樣，你还记得我们第一次见面的时候吗？那时候我以为你父亲和我母亲可能走不到一起，所以对你的关注很少。我其实从未真的把你当作弟弟，相信你也没有把我当成姐姐。

"现在我后悔了，今生能做家人是前世修来的福气，我想明白得太晚。阿樣，你爸爸和我妈妈结婚是为了获得幸福，而我和你的相遇，是为了有彼此互助的亲人。

"你可能无法相信我妈妈真的关心你，也可能觉得我现在的话听起来虚情假意。但都没关系，从现在开始你就是我亲弟弟，我想告诉你，你绝不会失去你爸爸，只会多两个关心你的亲人。"

纪樣想冷笑,却没办法发出声音,喉咙里泛起一阵阵尖锐的疼。他用手臂压在眼睛上,用力堵住眼眶里涌出来的湿润,忽然低吼:"……你说得好听!我爸的心都偏到你们母女身上了!"

"对不起。"比起纪樣激动的情绪,樱桃平静而温和,耐心地告诉他,"可是你有没有想过纪叔和我妈妈感情这么好,为什么这么多年才选择结婚?"

"纪叔也害怕我妈妈对你不好,所以才观察那么久。他不是只为了自己,他是无比确定我妈妈会对你好才确定要娶她,当然也有他们相爱的原因。这几年你和我妈相处的时间比我多,应该看得见她对你的付出才对。"

"退一万步来说,你希望他们分开吗?他们分开你会开心吗?"

纪樣顺着这个思路想下去,竟发觉他不愿意让纪良和喻丽安分开。他虽然对喻丽安没什么好感,却习惯喻丽安对他的嘘寒问暖。

"是不是觉得自己很恶劣,既舍不得我妈对你的好,又希望你爸爸对她坏一点。"

纪樣浑身发寒,樱桃太锐利了,一句话就揭穿他多年不愿意承认的事实。

"阿樣,你才十八岁,未来很长,你可以选择放下心结融入我们,也可以继续叛逆享受所谓的孤独,那都是你的选择。"

樱桃言尽于此,留下最后一句话:"我在酒吧外面等你。"

离开包厢之前,樱桃听到纪樣嗤笑的声音,对于这样小孩的行为,她并没有生气和停留。

包厢外的程桀在等她,他的解酒茶已经喝完,拿着个空瓶子在把玩。他仍旧习惯性靠着墙,咬着根棒棒糖,侧影长长地落在脚下,脸庞深邃英俊,抬眼看向她,笑意堆满眼睛。

"送你回家?"

"你喝了酒不能开车吧。"

程桀转着车钥匙站直身:"我叫代驾了。"

樱桃有些好奇:"你最近好像很爱吃糖。"

"心情好呗。"他盯着她,咬碎嘴里的糖,让甜味充斥整个味蕾,从包里拿出一颗,"尝尝吗?就和普通的糖一样,荔枝味儿的。"

樱桃想了想:"能给我两颗吗?"

程桀看着她天然沁着水意的杏眼,带着温和柔软且别样的易碎感,就这么湿漉漉地看着他。别说要几颗糖,就是要这夏天捉摸不透的风,他都能织个网给她抓。

但程桀没立刻给,起了点玩笑的心。

"在包里,自己来拿。"

他张开手臂,像是等她投怀送抱,歪着头痞笑。

樱桃："那不要了。"

程桀眯眼："你就不能对我有点耐心吗？"

程桀抓住她的手腕拉近："像这样。"两人近到像要抱在一起。

他拿着她的手伸进包里，眼睛低下来看她的睫毛，满是笑意："拿呗，想要多少拿多少，都给你也行。"

樱桃只拿了两颗就退开。

"走了。"

程桀轻笑着跟在后面。

外面停着车，代驾已到，程桀看樱桃没有要走的意思，扫了眼刚才的酒吧："等你弟？"

"嗯。"

"他会来吗？"

"会的。"

程桀有点不信，那小子倔着呢。但他没说什么，陪樱桃等。

十分钟过后，程桀越来越觉得纪樣不会再出来，想哄樱桃先走，一阵脚步声突然由远及近。

两个人回头，正是纪樣从酒吧里跑出来。

他看到樱桃也是一愣，本以为她早就走了，本以为就算追出来也来不及，可她还在这里，还在等他，就像她说过的那样，从今天开始她就是他姐姐了。

什么啊……

他才不会感动呢。

可是昏暗的街尾，城市的霓虹灯盖不住角落的黑暗，樱桃脸上却有浅浅的亮光，那是酒吧牌匾落在她身上的光，充满喧嚣和放纵的地方，笼罩着她的只有安静和美好。

纪樣望着樱桃含笑而温和的眼睛。

说起来他和樱桃并不亲近，可她总么锐利，每次见面对他说的话都能拆穿他的伪装，她永远从容且清醒。

"回家了，阿樣。"她仍旧笑。

家。他是有家的，有父有母，也有姐姐的家。

纪樣没回话，却听话地坐进车里。

"挺行啊，喻医生。"

带酸气的声音忽然幽幽响起，樱桃才发现程桀直勾勾地盯着自己，刚才还有笑意的眼不知道何时变得冷郁晦涩。

"大影帝吃醋啊？"车里的纪樣笑着调侃。

樱桃疑惑地看向程桀。

程桀是真想把纪樣踹下车，他当然不可能当着樱桃的面承认，便故作无所谓和高姿态。
"我的字典里没有'吃醋'这个词语。"
樱桃没说什么。
几个人上车,车向家的方向驶去。
樱桃看纪樣实在醉得难受,便拿出一颗程桀给自己的糖递给纪樣:"吃吗?"
纪樣还没来得及接,那颗糖就被程桀抓过去撕开纸塞进嘴里。
樱桃、纪樣双双惊呆。
回过神来,樱桃又拿出第二颗,这次还没等她对纪樣说话,程桀冷着眼迅速拿走她手心里的糖,同样塞进嘴里。

【7】
送姐弟俩到家,开车往回走的路上,程桀嘴里的两颗糖还没完全化,想起樱桃刚刚看自己的眼神,忽然意识到抢糖这行为有点傻。
刚到家,经纪人施信升的电话紧随而至。
程桀按了免提,从冰箱里拿出啤酒,就听到他问:"你谈恋爱了吗?"
程桀开易拉罐的动作停顿一下。
"没。"
"有人拍到你在大街上抱女孩子上车,还专程去店里给人家挑衣服。"
程桀喝口啤酒后坐下来:"所以呢?"
"所以我才问你有没有谈恋爱啊,这样公司好配合你发声明嘛。"施信升的语气颇为无奈,甚至有点讨好。
没办法,程桀太能给公司赚钱了,他演的电影就没出错过,不是能获奖就是能引发网友热议。
有关他的话题和讨论度都很高,施信升带过这么多明星,就没见过像程桀这样既可以走流量路子还这么有实力的演员。
"没谈。"程桀喝了半罐啤酒,忽然想起樱桃让他少喝,剩下的半罐就没再碰。
施信升:"行,我知道怎么处理了。"
程桀从包里摸出一颗糖,樱桃味儿的。
他捏着棒棒糖白色的棒转两圈,漫不经心地说:"也不急着澄清,说不定以后我会和她有什么呢。"
施信升"哟"了声:"难得啊,在追?"
"没。"
"那姑娘追你?"
程桀的笑声里带着自嘲。
喻樱桃怎么会追他?她可是这世上最狠心的女人。
程桀没有多说,挂电话后一直盯着桌上那罐剩了一半的酒。

他知道自己在撒谎。

如果没有想要追她的意思，那他这段时间到底在做什么？

只是他还不想那么快认输，不想给她嘲笑他的机会，不想承认这么多年是他忘不掉、放不下。

程桀都快分不清相处这几天究竟是他和喻樱桃的较量，还是自己在艰难地维持自尊。

程桀虽没走流量路线，却是实打实毋庸置疑的顶流，热度高，知名度广。"程桀大街上抱女孩子上车"这条绯闻迅速席卷各大新闻网站头条后，闻讯而来的不仅有粉丝和媒体，还有许许多多路人、网友。

程桀平常"营业"时总是高冷话少，一副公事公办的态度，从不像别的明星那样媚粉宠粉，但是网络流传出来的照片里，他却极为保护怀中的女孩子，他这般截然不同的态度让网友们无比好奇照片中的女主角是谁。

粉丝伤心的同时，还得抹干眼泪跟随吃瓜群众一起扒女方的身份，可扒了一晚上愣是什么也没扒出来。

樱桃是在第二天搜早间新闻时才知道自己上了新闻。

"程桀恋情"四个字高高挂在热搜第一，后面跟着个"爆"字。

粉丝和路人铺天盖地的意难平和猜测，无不显示着程桀的影响力到底有多么大。

这个问题我从昨天问到现在，我就想知道那女的到底是谁！

同问！到底是怎样的女孩子能让程桀亲自去给她挑衣服，又酸又羡慕！

内娱最年轻的影帝，影视圈教科书一样的演员，我心中的"高岭之花"，遥不可及的男神居然会这样爱护另一个女孩子……

虽然知道他有一天会谈恋爱，可我还是好难过……

不得不说，程桀让我好惊讶，没想到他私底下谈恋爱是这样的，好宠好有反差哦！

女生的身形看起来很像向佳佳啊，果然他俩早就在交往了吧！

我也觉得是！

有这样猜测的网友越来越多。

随后不久，女艺人向佳佳的名字登上热搜。

看到这个名字，樱桃总是平和的眼睛渐渐有了波动，她关了手机，黑掉的屏幕里映出她稍显冷淡的脸。

到会议室时，演员们也都在讨论程桀的绯闻，樱桃仍安静地准备着即将开始的培训。她并不担心被认出来，那时候她戴着程桀的帽子，还被程桀抱得严严实实，所以看不到脸，大家没道理会猜出来。

"没想到程桀看起来这么冷淡，竟然还会亲自去店里给女生买衣服呢。"

"抱着女生在雨幕里狂奔好浪漫，程老师的团队真的不考虑给他接偶像剧吗？"

"人家走的实力派路线，不惧绯闻和流言蜚语，专心打磨作品，要是真喜欢这姑娘，应该会承认吧。"

"明橙娱乐至今没有表态，应该不会出声明啦。"

程桀进会议室后，议论的声音立刻消失。

他虽已是成熟男人，却高瘦挺拔极具少年感。身着十分宽大松垮的青灰色上衣，慵懒不羁，面无表情。他左边的袖子撩到臂弯处，青筋蜿蜒的小臂有着年轻男人所蕴含的磅礴力量。

他走到老位置坐下，双眼皮微耷，像是没睡好的样子，脸色有点冷郁。

樱桃和程桀对视上时，他的目光刚好也定在她的脸上。

他仍然是那副无所谓，懒洋洋的模样，只不过慢慢挑起的眉还是泄露了喜怒哀乐。

和程桀对视两秒后，樱桃打开电脑，轻扶起麦开口："今天咱们会学习一些急救常识。大家都知道生活并不是一帆风顺，有时候会遇到各种各样的意外事故。当意外事故发生的时候，会急救往往非常重要。而在救护车没赶来之前，正确的急救措施甚至能拯救一条生命。"

她准备了很多资料和视频供大家观看，讲的急救措施也很多，也放了一些错误的急救方式，教大家甄别。

"其实某些电视剧里看到的心肺复苏急救措施并不是很正确……

"进行心肺复苏之前，首先要判断病人是否有意识，能否皱眉，可否发出声音，或者动动手指。也要观察病人有没有呼吸和心跳……

"之后把病人平放在地面，找到两乳的中心点。"

樱桃伸出自己的双手给大家示范："双手垂直交叠扣紧，身体垂直向下。肩、肘、腕、髋一起用力，频率为每分钟100～120次……"

讲完后，她给大家播放心肺复苏急救视频，微笑地鼓励："有没有人想上来体验一下？不过对正常人使用心肺复苏得很轻，以免造成伤害。"

张月莘和王华珊踊跃举手，两人轮流扮演病人和急救者。完全掌握之后，樱桃请他们下去，正准备继续讲时，程桀忽然又举手。

樱桃问："有事吗？"

程桀坐得松弛懒散，双臂环抱，从最后面直望过来："我也想体验一下心肺复苏，不过我不想让别人来按，喻医生可以吗？"

樱桃的手从鼠标上拿开。

"为什么要我来？"

"为什么不呢?"

自从昨天晚上她把他送的糖给纪樣开始，程桀就不对劲，他离开时还跟她强调那不是吃醋。

樱桃想不明白一个男人吃醋怎么能吃到现在。

"你上来吧。"

程桀过去睡到铺着布的地面上，樱桃蹲到他身旁，用刚刚自己讲过的方法轻轻按压着他的胸口，全程没有和他对视。

胸口的力量其实并没有很重，可樱桃的脸越发苍白，整个人也越来越虚弱。看着这样的她，那按压下来的力量好像化作一记重锤，锤进他心窝里。

程桀猛地抓住她手腕制止。

他不明白刚才的恐慌是为什么，奇怪的阴凉感刮刺着全身，都汇聚到一处，聚在他心口疼得泛酸。

他死死盯着樱桃。

樱桃疲倦地轻喘着，同样不解地看着程桀。

"……你怎么了?"这还是重逢以来他最面无表情，也最严肃正经的问话。

程桀就不是正经的性格，当他正经的时候，也就是意识到某件事的重要性了。

他总觉得自己忽略了什么，那件事一定很重要，非常重要。

樱桃当然不可能告诉他自己心脏的毛病。

"没事。"

程桀想摸樱桃的额头，被她躲开。

樱桃很快起身走开: "试过的话请程先生回去坐好，我们要接着往下讲。"

程桀审视般地盯着她看了会儿，然后慢悠悠地站起来，却不是回位置，而是直接走出了会议室。

会议室里其他人有些尴尬，程桀性子冷不好相处这是尽人皆知的事，可没想到他不仅处处针对喻医生，还这么不给她面子。

张月莘和王华珊无比同情樱桃。

樱桃强压身体的不适，没表现出任何异样: "我们继续吧。"

程桀离开会议室后直奔药店买感冒药和维生素，他猜测樱桃不舒服是因为那天淋了雨。

买完药回来时，樱桃正好讲到溺水急救指南。

她站在讲桌旁侃侃而谈，用她所知道的专业知识为大家解惑。她那一颦一笑的书卷气，翻阅书本的优雅和游刃有余，都让程桀产生想要逃跑的念头。

这样的喻樱桃太过优秀，也太有距离感。

她一直在往前走，仿佛活在过去的人只有他。

程桀没再进去，在门外听完一堂培训。

培训散场,演员先后离去,樱桃也装起自己的东西准备下班。

桌前笼罩下黑影,樱桃看到对方在靠近,没理会,继续收着自己的东西。

对方忽然扔过来一个小袋子,里面装着感冒药和维生素。

樱桃这才不解地抬眼,程桀的手正好伸过来盖住她的额头。

透过他拇指的末端,樱桃看到程桀皱着的眉。

窗外下午五点的暖色黄昏得天独厚,余晖悄无声息地洒在他身后,成熟男人英朗的轮廓竟有些少年模样。

樱桃有点恍惚,忽然记起八年前故水镇图书馆外的夕阳。

那天,少年含笑靠着窗外的树干,那般肆意轻纵、满眼爱意地对她说的那句话。

——"接小心肝回家。"

…………

"喻医生没见过男人?看得连眼睛都不会眨了?"

和记忆里不同的冷嘲嗓音唤回樱桃的意识。

"额头有点烫,你感冒了不知道吃药吗?"程桀手里还有个保温杯,里面装着从剧组接的热水,他把盖子拧开给热水降温。

樱桃的确有些头晕,不过没立刻吃药,只说:"多少钱?我给你。"

程桀正给她吹热水,听到这话差点没气死。他掀起眼皮凉凉地睨着她,好一会儿才从齿缝里挤出两个字:

"五十。"

樱桃点点头,从包里拿出一张一百的纸币给他。

程桀随手接过纸币塞兜里,把买来的汉堡递过去:"吃完这个再吃药。"

为自己身体好,樱桃没拒绝。

程桀冷不丁地问:"喻医生你记得你也送过我汉堡吗?"

当时故水镇只有一家汉堡店,做得挺难吃,但因为是樱桃送的,他没舍得给别人吃,每天不吃饭就吃汉堡,吃不完就放着第二天继续吃,连抚养他长大的老头子都笑他不知道为什么那么宝贝。

时至今日身边人只知道他爱吃这玩意儿,却不知道他为什么爱吃。

樱桃小口小口地咬着汉堡,又接过程桀递过来的水温暾地喝了点,然后故作歉疚地摇头:"不记得了。"

程桀半是嘲讽半是淡漠地轻笑:"刚听你讲到溺水急救,你哥还好好活着吧?"

"嗯,挺好的。"

她明明已经吃不下,却还努力地硬撑,就跟从前一样。

"傻吗你?"

"撑死我可不负责!"

程桀拿走樱桃吃了一半的汉堡扔进垃圾桶,又忽然愣住。

这话他从前也对她说过,不同的是那时候他们刚开始,而现在却已经结束。

程桀转开脸沉默一瞬,没多久又恢复风轻云淡。

"喻医生知道我有绯闻对象这事吗?"

和程桀成名历程同样传奇的还有他的绯闻女友,虽然他从来没有承认过对方的存在,却会在每年她生日准时送上祝福。

樱桃把药吃完,合上保温杯的盖子:"知道,向佳佳。"

"她也挺不错的,一直对我有意思,你觉得我和她谈恋爱怎么样?"他眼尾噙笑,软趴趴地靠在桌边,一副漫不经心风流浪子的模样。

樱桃用一种古怪的眼神打量他,像在思考、疑惑,最后变成无所谓:"挺好的,那我就提前叫你一声妹夫了。"

笑容凝固几秒后,程桀才后知后觉地回想起,喻樱桃当年和母亲回故水镇是因为父母离婚,而她父母离婚的原因是父亲出轨。

她的父亲好像是姓"向",而向佳佳也姓"向"……

程桀惊出一身冷汗,立刻后悔用这个试探她。

程桀和向佳佳的绯闻,樱桃其实早就知道。

从程桀出道起,微博从来都只用于营业和工作,不会发自拍,不会分享生活,唯有向佳佳每年的生日,程桀会送上一个装点着樱桃的蛋糕。究其原因是他们曾经合作过,而向佳佳饰演的那个角色名字就叫"樱桃"。

尽管程桀和他的团队澄清过,但网友们根本不信,都觉得他暗恋向佳佳。

这件事早就不是秘密,程桀和向佳佳甚至是全网公认的一对。

可没人知道11月5日那天还是喻樱桃的生日,他真正想祝福的人只有喻樱桃。

【8】

回家的路上,樱桃接到喻天明打来的电话。

他三个月前刚结婚,现在还在蜜月旅行。

"想哥哥没?"

电话里的声音开朗带笑,语气轻松亲密。

年少时斯斯文文的喻天明因为谈恋爱而变得越来越外向,长大后已经完全变成阳光大男孩。

他和妻子文莉悠经过多年爱情长跑终修成正果,而文莉悠正是当年故水镇集市中喻天明匆忙去追的那个女孩子。

樱桃对他们,其实是羡慕居多的。

"想的。你们蜜月怎么样?"

喻天明那边的电话开着免提,文莉悠笑得甜蜜开心:"都挺好的,就是想你啦。再过不久我们就回淮城,还给你带了很多礼物哦,你一定会喜欢的!"

"好,我等你们回来。"

夫妻俩给樱桃讲旅行趣事,樱桃一边漫不经心地笑着一边听着。

喻天明还跟她炫耀自己学会了游泳，再也不是从前的旱鸭子了。

文莉悠立刻捂住喻天明的嘴，喻天明才意识到自己说了什么。

夫妻俩怕触及樱桃的伤心事，忙把话题岔开。

樱桃却已经开始走神了。

她坐的公交车经过公园，波光粼粼的湖面铺满夕阳的余晖，傍晚的风吹起涟漪，光点跳跃闪烁。

樱桃侧头看去，好像看到了八年前的那个夏天——

那是她在故水镇的第三个月，已经不会再迷路。

天气好的周末，喻天明约上同学，也包括文莉悠，大家带樱桃一起出去捉鱼。

樱桃不能下水，碰一碰水都不可以，只能坐在河边的石头上看他们捉鱼。她百无聊赖地玩着野草的时候，发现附近木头工厂里熟悉的忙碌身影。

男生把货车里的木头扛下来整齐地放到地上。那木头粗壮，一般人搬不动，可他每次能扛两根。

正是程桀。

印象里，程桀总是在打工。

从一开始帮她搬家，到摆地摊、卖早点，再到后面的修车，现在又在工厂搬木头，他好像从来没有歇息过。

樱桃盯着他看了很久。

少女心事纯澈，只是好奇罢了。

程桀发现有人在看自己，淡漠地望过去。在看清姑娘的脸后，他短暂地愣了一下，然后迅速压低帽檐继续工作。

他和樱桃不一样，她是吃穿不愁的有钱人家大小姐，长得漂亮，有很多人的关心疼爱，为了她的大好未来，许多人前赴后继等待着铺垫。

可他什么也没有，没读过多少书，也没任何家底。如果想让抚养他的老头过得稍微好点，他就必须日复一日地打工，挣点微薄的工资。

他也想过离开故水镇，可一旦离开，就没人给老头养老送终。

搬完木头后，程桀拿出樱桃送的汉堡就着凉水吃。他吃得快，喝水也急，想以此掩盖胸口的堵闷。

"救命！"

河边突然传来樱桃的呼救，程桀猛地抬眼，扔下还没来得及拧好的水瓶，用最快的速度冲过去。

喻天明在河里挣扎，越扑腾沉得越快。樱桃和文莉悠等人都不会游泳，大家急得团团转，只能大声喊人。

程桀跑过来看到樱桃安然无恙，松了一口气。

樱桃急忙抓住他的胳膊："你会游泳吗？会的话救救我哥好不好？"

在河里挣扎的喻天明眼看就要沉下去，程桀迅速扎进河里，把人拖到岸上。

061

樱桃赶忙查看喻天明的情况，轻轻拍打着他冰凉的脸："哥……哥哥？"

程桀在喻天明的胸口按压了几下，喻天明吐出水，茫然地环视了四周半天，然后哭着问樱桃："我是不是死了？"

樱桃松了一口气。

等樱桃想好好感谢程桀时，他人已经不见，樱桃去木头厂找他也没有找到人。之后，樱桃每天都会注意校门口的早餐摊位和修车厂，却没有再见到程桀……

七月末，淮城的天气有些变幻莫测，常常晨时有雨，下午温度升高。

樱桃在剧组的培训只剩下最后十天。

自从上次程桀在她面前谈起向佳佳后，两个人的关系降到冰点，她每天避着程桀，尽量不与他碰面。

培训时偶尔与他目光相遇，她也能平静自然地转开脸。每次她这样，都能加剧程桀眼中的嘲弄。

樱桃最近在讲心脏方面的疾病，讲桌上的手机忽然亮起，收到一条短信——

喻医生不会在吃醋吧？

樱桃讲话声顿住，目光落到最后面的程桀的脸上。

他散漫微痞地偏着头，眼睛里充满玩味戏弄的笑意，就那样挑衅地回视她。

正在记笔记的演员们见樱桃忽然停下来，自然循着她目光看过去，只觉得喻医生和程桀之间的对视有刀光剑影。

樱桃无视程桀的短信。

"咱们接着往下讲。"

其他人虽有疑惑，但也装聋作哑地继续听。

程桀却慢条斯理地站起来，拉开椅子弄出的声音再次吸引众人的注意力。

樱桃缓慢地蹙起眉："程先生，你要做什么？"

程桀笑得懒散："想当着各位同行的面澄清一件事。"

众人一脸蒙地看着他。

他却只是看着樱桃，缓慢地、一字一顿地说："我从没有喜欢过向佳佳，也从来没有给她送过生日祝福。喻医生，你还不知道吗？"

大家觉得奇怪，为什么程桀这话要看着喻医生说，又为什么要特意问喻医生知不知道。

向佳佳的生日是11月5日啊，他既然没有给向佳佳送过祝福，那他为什么要在每年的这一天都发樱桃蛋糕？

等等！

樱桃？

后知后觉反应过来的几个演员立刻惊讶地看着樱桃。

"喻医生，你生日是几号？"张月莘试探着问。

樱桃实在被程桀搞得措手不及,她没想到他会当着这么多人的面近乎直白地捅破他们曾经的关系。

"12月20日。"

当然她是瞎编的。

樱桃收起讲桌上的东西:"今天就讲到这里吧,咱们明天再继续。"

她的动作虽然有条不紊,却少了些往常的淡然和从容。

程桀微哑的嗓音漫不经心:"喻医生真是贵人多忘事啊,连自己的生日都会记错呢。"

樱桃没回答他的话,也不准备回答,收好东西就走。

望着她称得上落荒而逃的背影,程桀沉积几天的郁闷莫名其妙地散去。

比起冷静到极致的从容,他更喜欢樱桃因为他而乱掉心神。

"程老师,喻医生的生日到底是什么时候啊?"

程桀说喻医生记错了自己的生日,难道他知道?难道真的像大家猜测的那样,喻医生的生日也是11月5日?程桀要庆生的对象是喻医生?可是程桀和喻医生不是刚认识没多久吗?

诸多的疑惑让张月莘再次问出这个问题。

程桀没什么表情地瞥向她。

张月莘立即缩起脖子,默默转开脸。

樱桃离开剧组前被导演拦住,被告知明天不用过来,剧组全体人员要参加杂志盛典。樱桃点点头后匆匆打车离开,快到家时却接到了纪樣的辅导员打来的电话。

辅导员提到纪樣在学校打架,家长电话填的是她的,现在想见她。

樱桃让司机改道去淮城大学。

到学校办公室时,纪樣和另一个男生正在挨训。两人脸上都有伤,纪樣伤得不重,另一个男生鼻青脸肿,边挨训边哭。

那男生的家长比樱桃先到,正指着纪樣要说法:"你的家长呢?让你的家长来跟我说!"

"我是纪樣的家长。"樱桃走到纪樣身旁。

纪樣没想到她真的会来,垂眸看了她一眼。

"有什么话对我说吧。"樱桃声音温软,浅笑柔和,很好说话的样子。

对方家长是一位中年女性,有些胖,化着厚重的妆容。她看樱桃脾气好,以为很好欺负,叉着腰泼辣地嘲讽:"你这么年轻会是他家长?不会是他相好的吧!"

纪樣冷着脸就想上前动手。

樱桃用眼神阻止他,面对对方的出言不逊并没有生气,笑容始终平和:"我是纪樣的姐姐,有什么可以跟我说。"

"跟你说是吧!"中年女人把自己儿子扯过来,指着他脸上的伤对樱桃说,"把我儿子打成这样,赔钱!"

樱桃没有立刻答应,只说:"我想先向老师了解下情况。"

辅导员是一位年轻女性,对樱桃这样知书达礼的家长很有好感,和颜悦色道:"问过了,两个学生打架是因为拌嘴,具体什么原因纪樣不说。"

樱桃回头看纪樣。他死死抿着唇,正阴森地盯着和他打架的那个男生。对方家长连忙护住自己的孩子:"你看看,你们看看!他到现在还想打我家孩子呢!"

樱桃温声问纪樣:"你为什么打架?"

纪樣别过脸。

辅导员很无奈:"我每次问,他都这样。"

樱桃看着他:"阿樣。"

纪樣沉默几秒后,咬着牙吐出几个字:"他说我是没妈的野种。"

樱桃望向那个骂人的男生。

明明是很平静的眼神,男生却感受到沁骨的凉,有些抵挡不住,心虚地别开眼。

樱桃的语气变得有些淡:"这样的话,也不能怪我弟弟打人。"

纪樣有些意外地看她。

中年女人脸色大变:"你什么意思?这不就是小孩子拌嘴的一句话吗?他居然把我家孩子打成这样!我告诉你们,不赔钱我就告你们!"

樱桃从钱包里取出五百块钱放到桌上:"打人确实不对,这点钱就当是给他治治伤。至于你说告我们,请便。只是你儿子会是首先被处罚的人,毕竟是他先人身攻击侮辱我弟弟。"

"你们强词夺理!"中年女人将那五百块钱扫到地上,化着浓妆的脸显得格外刻薄,"就五百块钱你打发叫花子呢!"

樱桃淡淡望了对方一会儿,拿出手机:"既然这样,那我就报警叫警察过来吧。"

中年女人立刻就慌了,她只是想讹点钱,根本不想惊动警察,忙阻止樱桃。

樱桃看出她的软肋,弯唇微笑道:"想我不报警也可以,你儿子要给我弟弟道歉。我弟弟有父有母有姐姐,不是什么野种。"

中年女人瞪大眼睛:"什么?还要我们给你们道歉?"

见状,樱桃继续要拨电话,中年女人忙把自己的儿子拽过来:"给他道歉!不好好读书净给我惹事!"

被打的男生很不服气,但他看起来很害怕自己的母亲,低着头说对不起。

中年女人气愤地把儿子推到后面,摆出和樱桃商量的态度:"五百块钱太少了,我给他检查身体都不够,更别说还得吃营养品,还有精神方面的创伤呢!要不再给点?"

这样的厚颜无耻让辅导员都有些惊讶,明明是她的儿子先招惹人家,打不过还要讹钱。

中年女人贪财的嘴脸反而让纪樣想起喻丽安。

他并不是第一次打架被叫家长,不知道从什么时候开始,他闯祸后最先想到的不是纪良,而是让喻丽安来给自己擦屁股。

喻丽安不会像对面的中年女人那样对他。她对他总是小心翼翼、低声下气,就算是他做错事也不敢批评教育。

老话说继母难当,他那时候不懂,现在看到别人家母子相处的方式忽然就明白——喻丽安不敢骂自己,不敢教育自己,都只是因为自己不是她的亲生儿子。

纪樣心里忽然有些堵闷。

"那还是报警吧,让警察来看看应该给多少钱。"樱桃温柔地提出建议。

中年女人没想到这年轻姑娘虽然性子软,却一点都不好欺负:"你这人怎么动不动就要报警……你可真是……"她匆匆捡起地上的钱把儿子拽走。

闹剧结束,樱桃向辅导员表达歉意后,也领着纪樣回家。

出租车上,两人都很沉默。

纪樣往日习惯于用这样的冷淡对待喻丽安,可是和樱桃在一起,他发觉樱桃比他更擅长用这一招,让他非常不适。

"你不问我些什么吗?"

樱桃自始至终偏着头看窗外:"你希望我问什么?"

"为什么要帮我?"

"因为你是我弟。"

"不觉得这个理由太冠冕堂皇了吗?"

樱桃的视线终于从窗外转过来看着纪樣,只是那样的眼神让纪樣感到陌生,她看得很认真,悠远得像在回忆着什么。

"你让我想起一个故人,你有些像他。"

"谁?"

樱桃摇摇头,重新看向窗外。

飞驰而过的景色映入眼帘,还没看清又被车速甩出老远。

如今的淮城还是盛夏,而记忆里的故水镇已经入秋——

入秋后气温骤降,小镇经常停电,家里的蜡烛用完后,樱桃和喻天明一起去镇上的超市买。

回去的路上,兄妹俩在巷子里听到拳打脚踢的声音,很明显有人在里面打架。

喻天明拉着樱桃想赶紧走,樱桃却借着电筒的光看到了有段时间没见的程桀。

对方有很多人,几个人合力把程桀往墙上按。

程桀挣扎着把几人踢开,又朝对面的人挥出拳头,被打中的人疼得骂脏话,仗着人多势众,很快又将程桀按住。

樱桃皱着眉匆匆转身又往超市的方向走,喻天明不明所以,只看到她从超市里买了两卷鞭炮出来。

回到巷子时,里面拳打脚踢的声音还在继续,樱桃拿出打火机。

喻天明小声问:"你要做什么啊?"

"救人。"

樱桃悄悄靠近,把点燃的鞭炮扔到混乱的人群里,黑暗中抓住程桀的手就跑。

鞭炮声里混着骂声。

"追!"

"别被我逮到!"

樱桃把另外一卷鞭炮点燃朝后面丢过去,一边丢一边拉着程桀逃离。

樱桃跑得并不快,只算是快走,她跑起来心脏会不舒服。借着电筒微弱的光,程桀看到她的侧脸。

她很紧张,呼吸沉闷得有点喘,牵着他的手柔若无骨,可手心里都是细汗。

程桀突然把手抽出来:"你们先走。"

从小打这么多架,他还没输过,只是没想到,喻樱桃会闯进来救他。

樱桃急忙重新拉住他:"你一个人打不过那么多人。"

她仿佛真的不舒服,脸色白得吓人。程桀蹙起眉刚想说话,便听到一声——

"程桀,站住!"

是那群人追上来了。

喻天明紧张得发抖,樱桃拉住程桀还想跑。

程桀没动,定定地看着她,把她的手推开:"你们先跑。"

他从地上捡起一根粗壮的树枝往回走,和追上来的一群人混乱地打起来。

程桀一个人打那么多人,按理来说讨不到什么好处,可他打得凶猛,几个人都围不住他。

樱桃拿出手机报警。

警察赶来时,一群人还打得难舍难分,不过最凶狠的还数程桀,再给他点时间,所有人都能被他撂倒。

他们被带到派出所,还没等警察问话,樱桃就站出来说:"警察叔叔,是他们一群人打程桀一个,我亲眼看到的!"

程桀眼角有点伤,他擦掉那点血,偏头看着樱桃,刚打完架戾气还没收,看着有点痞。

警察没花多长时间就调查清楚他们为什么打架。

那群混混是隔壁镇的,听说程桀不好惹,特意过来找碴儿。

警察拘留了所有打架的人,而程桀属于正当防卫,所以不用。

出了派出所后,程桀看樱桃的小脸还白着,把自己的衣服脱下来垫在台阶上面,把她轻轻拉过来坐下,蹲她面前低声问:"吓坏没?"

他脸上有点伤，看着更不好接近，可对她说话时尽量放缓语气。

樱桃摇摇头："没有。"

程桀放了心："那就成。"

他想起她丢的鞭炮，瞥向她的手："为什么救我？"

"他们那么多人打你一个，会出人命的。"

看她义愤填膺地皱起眉，程桀心里的涟漪荡起一圈又一圈，表面却不动声色，笑容不太正经地说："担心我啊？"

本来也没指望会得到肯定的答案，却看到女孩认真地点头："嗯，我很担心你。"

程桀浑身是汗地醒过来，躺床上喘气了好一会儿，才反应过来又梦见了过去。卧室里很黑，比故水镇里他住的老房子更沉闷。

程桀摸出枕头下面的手机，盯着白天发给樱桃那条短信很久。

回忆挺刺人的，那样乖的小姑娘，竟然也会变得这么心狠，可程桀没办法说服自己不要爱她。

最终，他还是挫败地给她发了两条信息：

别生气了成吗？

生气也别不理我。

第三章 · 刻在心底的名字

我现在，可以痴心妄想了吗？

✦

【1】

今年的夏天有些奇怪，并没有很热，细雨还总是光临。空气清冽得有些冻鼻子，尽管距离秋天还有一段时间，却已经能感觉到风带来的凉意。

文正开车到程桀家，进屋就闻见浓郁的酒气。

家里没开灯，程桀一个人在家的时候经常会把窗帘都拉上，不让一点光透进来。

文正喊了两声没人应，往里走推开阳台的玻璃门，果然看到程桀坐在老地方喝酒。

他应该喝了有段时间了，桌上摆满了空瓶。

像往常那样，下雨时，程桀会坐在阳台这里眺望某个远方。

早晨的风像是从老弄堂里席卷而来，凉飕飕的，有点冻骨头，雨跟着风飘进来落在脸上，程桀的指尖泛着点青白，一动不动地凝望着蒙蒙烟雨。

文正不敢出声打扰。

他其实看不懂程桀，明明看起来那么洒脱不羁，玩世不恭，却会无缘无故深夜喝醉，很多时候坐在这里喝着酒看雨。

文正不知道他到底是真的喜欢看雨，还是在看着雨想着什么人。

他曾无意间看到过程桀喝醉后湿了眼眶的模样，一种饱受撕心折磨的表情出现在他总是坏笑的脸上，根本不像平时的他。

文正陪着程桀安静地待了一会儿，正要提醒程桀待会儿有事情，程桀自己先回了神。

吹过一夜的冷风后,程桀嗓音略哑:"有事?"

"……桀哥,今天咱们要去参加杂志盛典,我是来接你的。"

程桀后知后觉地想起来有这事。

文正:"桀哥,咱们过去吧,还得去试衣服呢。"

程桀没动,也没说话,握着手机一个劲儿地看。

文正急在心里却不敢催。

他跟在程桀身边工作这么久,当然清楚程桀现在心情很不好。

雨渐渐落得有些大,砸在阳台的雨点溅在程桀的手机屏幕上。他发给樱桃的信息她还没有回复,就像沉入大海的石子,总是杳无音信。

而她,也是在这样的雨天离开的。

上午十一点,国内一线大牌杂志的盛典在淮城郊外举行。

红毯从外场铺到内场。

粉丝们早早就到达现场,媒体们也早就架好摄影设备等待着明星们进行一场精彩的红毯厮杀。

距离盛会还有五分钟,粉丝们已经抑制不住地欢呼起来。声音传到入场处,文正听得乐呵呵,把头探出车窗外,人群中程桀的粉丝数量和应援海报最多。

文正准备跟程桀形容一下外面的盛况,发觉程桀又在盯着手机看。这样的情况已经出现很多次了,从他家到公司,又从公司出发到这里,他时不时就要看看手机,好像手机里有朵花儿似的。

文正:"桀哥,你到底在看什么啊?"

当然,程桀不可能会说。

他低眸看那始终没有回复的信息界面,轻敲着手机,思考两秒后,终于拨通那个早就熟记于心的电话。

没去剧组的樱桃把时间留出来陪喻丽安,一起准备午饭时,突如其来的陌生来电让她有些怔。

这个号码她虽然没存,可上回接过一次电话之后就记住了。

是程桀的号码。

她其实看到了他发来的信息,自知怎么回复都不合适,所以选择忽视,没想到他会打来电话。

喻丽安看樱桃发愣,问:"怎么了?"

樱桃把电话挂断,继续择菜:"没事。"

可没多久,电话再次打进来。

樱桃像是没听见,若无其事地做着事。

喻丽安停下择菜的动作:"电话响了怎么不接?"

"没什么好接的。"

069

"是不是程桀打来的？"

出于对女儿的了解，樱桃每个反常的举动都没有逃过喻丽安的眼睛。

樱桃轻轻"嗯"了声，也没有避而不谈，这大大方方的样子反而让喻丽安心里不是滋味。

"为什么不接呢？他肯定想跟你说话的。"

樱桃淡笑着抬起眼。

喻丽安每次看到她这双美丽的杏眼总会心生柔软。

女儿一直都是自己的骄傲，她就像春天的细雨，夏天的微风，秋冬的暖阳，那样温和、娴静、美丽。

她弯着唇浅笑的样子配得上世间所有美好的形容词，可是说出的话却无比悲凉。

"我这样子，怎么好耽误别人？"

喻丽安一愣，低下头缓慢艰难地择了两片菜叶，抽噎的声音到底没憋住，慌忙丢下菜跑进卧室。

樱桃有些僵。

手机铃声还在响，伴着外面的雨声听起来嘈杂不已，混乱了人的心。

樱桃把手机关机，继续择着没择完的菜。

这时候不能去安慰母亲，越安慰她哭得越厉害。

半个多小时过去，喻丽安整理好心情下楼，樱桃已经把一家四口的饭菜准备好。

喻丽安不好意思地走过来："樱桃，累不累啊？对不起，妈妈……"

樱桃忽然温柔地抱住喻丽安，喻丽安愣住。女儿长大后就不黏她了，这样难得的拥抱让喻丽安又开始鼻酸。

樱桃："妈妈，别担心我，我很好。"

喻丽安点点头，哽咽了许久才发出声音："我……我去叫你纪叔叔和阿樣过来吃饭。"转身时，她瞬间捂住了自己的嘴，却没挡住接二连三滚落的泪。

樱桃看着喻丽安的背影出神。

她并不希望自己的存在让大家难受，离开这件事，看来要尽快了……

一家四口吃饭时，电视里正播放着杂志盛典的走红毯时刻。

众星云集的红毯现场人声鼎沸，狂热的氛围似乎能扑灭这场变幻莫测的雨。

纪良看出喻丽安和樱桃之间的微妙氛围，为转移她们的注意力，突然头头是道地评价起女明星们今天的红毯状态，还硬拉着喻丽安讨论。

喻丽安被纪良的打岔搞得无心悲情，两人说得正兴起，主持人忽然念到向佳佳的名字。

喻丽安的笑容几乎在瞬间凝固住。

纪良紧张地四处找遥控器要换台。

喻丽安却已经恢复冷静："不用了，让我看看她。"

樱桃也有些感兴趣，她只见过向佳佳一次，还是在十八岁的时候。

那时候她还不叫樱桃，也不姓"喻"，而是姓"向"，叫"向暖"。

向佳佳比她小一岁，是向权儒和第三者严姗的女儿。一个健康的、没有先天性心脏病的女儿，也因此得到了向权儒全部的偏爱。

多年前，向佳佳跟随严姗找上门，母女俩演了一场生动的戏，最终让向权儒选择她们，抛弃了原配和患有重病的大女儿。

失败的婚姻就算过去多年，喻丽安也不可能不恨。

桌子下面，樱桃握住母亲的手。喻丽安因为想到前夫而冰凉的心慢慢回暖，笑着回握女儿的手。

电视里，向佳佳面带笑容地走上红毯，镜头从下往上最先捕捉到她的裙角，窈窕曲线尽显，三秒钟之后镜头才定格在向佳佳的脸上。

比起年少时她那张藏不住事的脸，现在的向佳佳要成熟得体很多，浅笑的模样很有女明星的矜持。只是失去滤镜的加持，她的脸并没有多么美丽，精致妆容甚至有些显脏，脸颊有玻尿酸打多后的塑料感，唯一的亮点是那双与严姗十分相像的丹凤眼。

不算特别美，但也不差。

纪良立刻评价："没有我们樱桃漂亮，气质也没有樱桃好。咱们家樱桃一看就是书香门第的大家闺秀，这人虽然是女明星，却充斥着金钱雕琢的味道！"

纪良半是真诚半是讨好地说完，喻丽安的脸色果然和缓："我们樱桃要是进娱乐圈，肯定比她还红！"

"那是！也不看看樱桃是谁生的女儿！"纪良堆着笑脸把喻丽安哄得露出笑容。

纪樣难得没有出声嘲讽，甚至认真地在樱桃和向佳佳之间打量："还好你的长相随了喻姨，否则我都不想跟你一块儿吃饭。"

这种变相的夸奖，纪良当然不会和纪樣计较。

喻丽安还特意把纪樣喜欢吃的菜换到他跟前。

纪樣撇了下嘴，有点不自然地偏过头。

一家人说说笑笑，电视里走红毯的进度也很快，到尾声时主持人隆重请出今天的压轴艺人——

"让我们欢迎，程桀！"

霎时，红毯附近的尖叫声直冲天际，好似要划破云霄。粉丝们当然疯狂，也满心欢喜，因为那个从红毯尽头走来的男人是年少成名、长红多年还在巅峰的全满贯影帝。

樱桃跟着镜头的推进，看着程桀走来。

少年时的程桀一天可以打几份工，同龄的孩子都害怕他。如今的他已然完全

071

蜕变,名牌加身,锋芒毕露、英朗贵气。

在众多粉丝的尖叫和无数媒体的翘首以盼中,他一步步走来,不慌不忙,不紧不慢,身上那种随性自然的优雅、仿佛与生俱来的矜贵都让樱桃觉得陌生。

少年果然是成长了。

樱桃也不知是欣慰还是失落,收回目光没有再看,默默拿起碗去厨房。

红毯仪式结束,盛典内场中,程桀坐在贵宾席把玩手机。

灯光聚在舞台上,所以观众席就有些暗,不过这样的光线更能衬出娱乐圈男帅女美的纸醉金迷。

向佳佳和几个小花旦坐在一起,其他人在讨论最近拍的戏,向佳佳无心参与,注意力都在程桀身上。

前几天程桀抱着女孩子躲雨的新闻她看过了。

网上盛传是她,团队也打趣她,可只有向佳佳才知道,那人根本不是自己。

而且,程桀和她压根儿就没说过几句话。

之前程桀每年的生日祝福她都知道,虽然暗恋这种事和程桀太不搭,但她想着,说不定他是在等她主动呢。

对于这方面,她想矜持一点,可那天的新闻点醒了她,男人这种生物是不能一直放任的,她还是得紧握在手里!

所以今晚,向佳佳准备伺机而动,巧的是,主办方安排程桀和她一起领奖。

盛典刚开场,颁奖嘉宾宣布最具影响力奖的得主,当念到程桀和向佳佳的名字时,镜头落在他们二人身上,毕竟这是娱乐圈传说已久的佳偶良缘。

正在直播间里观看这场盛典的CP粉"嗷嗷待哺",打着鸡血等待"吃糖"。

大家想象过两个人同框的甜蜜,想象过程桀牵着向佳佳一起上台的美好,还想象过程桀为向佳佳提裙摆的呵护。

可万万没想到,程桀压根儿没往向佳佳那边看,甚至在听到"向佳佳"这个名字时还蹙起眉,本就淡漠得没什么表情的脸更加冷得没边儿。

此时,弹幕里闪过网友们的评论——

怎么回事?程桀为什么看起来不高兴啊?
一定是在克制吧!马上要和暗恋这么久的人同框,肯定太紧张啦!
总之就是期待!我嗑的CP终于要在一起发"糖"了!
程桀一定要好好爱护我们佳佳啊!
…………

程桀起身上台,向佳佳穿着高跟鞋和隆重的礼服根本跟不上他,程桀也没有停下等她的意思。

直播间里跑来"嗑糖"的粉丝没料到期待这么久的"糖"竟然是这样的画面，他们以为的"双A高甜"组合，到头来却是程桀恨不得离向佳佳三丈远？

向佳佳感觉无数看笑话的目光落在自己身上，如芒在背，身子僵硬，勉强维持着笑容跟上。

本以为这就是今晚最大的耻辱，没想到更惊喜的在后面。

领完奖后，主持人仿佛没有看到刚才尴尬的情况，照例跟着台本走流程。

他和向佳佳聊了两句后，忽然问到程桀："虽然佳佳的生日还早，但是我和广大观众一样好奇，今年程桀会不会在佳佳生日那天跟她表白呢？"

樱桃洗完碗从厨房出来，刚好就听到主持人问这句话。

喻丽安和纪良尴尬地寻找遥控器准备换台。

纪樣靠在椅子上用牙签剔着牙，忽然就有点不爽，那个向佳佳怎么看都没有喻樱桃好，程桀也是真不挑。

"喻医生，"纪樣扔掉牙签偏过头看她，笑容有种怜悯的意味，"你的大影帝也没那么喜欢你嘛。"

就是现在了，镜头聚焦在程桀和向佳佳脸上，直播间里拥进一拨又一拨的观众。盛典现场所有人高度统一意识，大家都笃定程桀一定会做出正面回应，再怎么能憋也一定会透露点信息吧。

程桀笑了起来。

他的相貌与娱乐圈精致秀美那一挂天差地别，像是野蛮生长的野草，身上永远有种肆意妄为的轻狂和少年气。

"还是不了吧，我等的那个小姑娘也是11月5日过生日。"

"丢下我这么多年，她总算回来了。"

程桀看着镜头，眼神像是能穿过荧幕看着樱桃，轻轻挑眉："我要是跟别人表白，她哭了我还得哄。"

【2】

盛典结束时接近晚上八点，雨声湍急滂沱，并没有一点要歇下来的意思。

媒体和粉丝已经把每个出口都堵住，不管程桀从哪里出来，都会被堵到。

文正从门缝里偷瞄到外面里三层外三层的记者，欲哭无泪道："桀哥，好多人啊，都是来堵你的。"

程桀没说话，打量着文正。

文正察觉到他的目光，双臂抱着胸："桀哥，我卖艺不卖身的。"

文正比程桀矮，但外面的人忙着堵人，见人出来就会往上冲，应该能抵挡一会儿。

程桀解开西装纽扣，吐出一个字："换。"

文正蒙了："我俩换衣服？"他急忙摆手，"不行啊，这……瞒不住的吧。"

程桀没什么表情地看他。

文正只得照做。

程桀连手上戴的腕表都摘下来给文正。

文正的衣服带帽子，程桀穿上后把帽子盖头上，低头时双肩跟着塌下来，故意让背看着有点驼，瞬间有种萎靡不振的感觉。

文正惊叹地竖起大拇指，影帝不愧是影帝啊！如果不是亲眼所见，文正会以为自己在照镜子，这不就是他吗？

文正也挺起腰竭力伪装程桀平时的挺拔。

程桀说："出去后你低着点头，挡住脸。"

文正有些紧张，明星助理当久了，这是第一次装明星，还得要"老板"给自己开路。

确认没什么问题后，程桀拉开门。

外面的媒体即刻蜂拥而上。

"程桀！程桀你刚刚在盛典上说的那些话是什么意思？"

"你真的没有喜欢过向佳佳吗？"

"你心里的人到底是谁？"

…………

本来这边就围着不少记者媒体，如今其他地方堵门的记者媒体听到消息也匆匆赶来加入。

程桀和文正宛如蚕蛹被包围，工作人员尽力地疏通，费力地挪动了很久但也只挪动了一小段距离。

程桀压低文正的头，同时也拉低自己的帽子。

换衣服是明智之举，所有话筒都朝着文正的方向送。

磨蹭了大概十多分钟，程桀趁大家注意力分散，假装被人群挤出去，迅速地转身离去。

程桀刚上车准备开车走，文正从内场跑出来，后面还跟着无数媒体。

"桀哥等等我！"

"被发现了！"

程桀打开车门，启动车子，在经过文正时，文正飞快地扑进车里，车门关上。记者们被关在外面。

程桀开车"野"，很快把追在后面的记者甩开。

文正喘着气感叹："还好你平时喜欢玩赛车开车厉害，刚刚可真是惊险。"

程桀把车停在安全路段，解下安全带坐到后面。

程桀："把衣服换回来。"

"啊？又换回来做什么？"

程桀不喜欢解释太多，冷不丁地望着文正。

文正吞着唾沫默默脱下衣服。

两人换回来后，文正十分识趣地去前面开车。

程桀："去'浪漫樱花'。"

"浪漫樱花"是一家花店。

文正很熟，毕竟程桀是老顾客，平时有用到花的场合，程桀都会让他去"浪漫樱花"订花，只是送出去的花从来不会署"程桀"这个名字。

大雨滂沱。

才晚上九点，街上的行人便已经很少。

车途经一个蛋糕店时，程桀让文正停车，然后去店里买了一个小蛋糕。

文正都习惯了。

程桀喜欢吃的东西很奇怪，好像都是些女孩喜欢的。

车继续往前开，雨滴砸在车上，和车里播放着的音乐合上了节拍，是程桀最爱的那首《刻在我心底的名字》。

半个小时后，车终于停在"浪漫樱花"外面。花店还没打烊，玻璃窗里灯光明亮，年轻的女店主坐在锦簇的花团里修剪枝丫，插花包装。

程桀其实就是来碰碰运气，没想到樱桃真的在。

他没立刻下车，坐在车里静静地看着。

这批花是新送来的，包装前要修剪一下。

樱桃剪了很久，觉得有些累才停下来揉手腕。

店里的音乐盖不住外面的雨声，呼啸的风把玻璃门吹开，樱桃起身去关，看到雨幕里停着的黑色迈巴赫。

后座的车窗没关，程桀坐在里面，情绪不明地看她。

车里和店里播放着同一首歌，唱到动情处竟奇妙地重合。

两个人的对视，好似时光回溯。

樱桃扶在玻璃门上的手久久没有收回。

有雨滴飞溅入车内，程桀才将视线收回。

直到程桀撑着伞走到自己面前，樱桃才回神。

只是她还有些恍惚，白天在电视里走着红毯，光芒万丈的大明星，竟会冒雨前来，一身笔挺西装的他站在面前，只为问她——

"还生气呢？"

樱桃摇摇头，看向他身后车里已经傻眼的文正，再看看他的衣服，知道他应该是盛典一结束就过来了。

"程先生不怕被拍到吗？"

程桀用伞给她挡风，偏头看到她颈弯细嫩的肌肤。她的头发被一条奶白色的丝带系在后面，绑成素净温柔的蝴蝶结。

"想见你呗。"他的话半真半假，懒散和戏弄居多。

樱桃躲开他的靠近。

程桀轻声笑，嗓音很低，呢喃似的有些讨好："你再不请我进去，我就真有可能被拍到，到时候你就麻烦了。"

樱桃想了想，侧过身让他进门。

程桀挑眉收起伞，随手把买来的蛋糕放在桌上。

"给你的。"

樱桃坐回原位继续修剪花枝："谢谢，不过我已经不吃甜食了。"

余光里的程桀好像在愣神。

樱桃没有理会，把修剪的花枝放在左手边，再继续做接下来的事。

程桀坐到她身边问："所以呢，你现在喜欢什么？"

"没什么喜欢的。"

花枝修剪结束后，樱桃开始包花。

程桀盯着她纤细的手指，她应该经常帮喻丽安做这种事，看起来很娴熟。

"看盛典了吗？"

他拿起一枝她修剪过的花假意观赏，语气故作随意。

"没有。"

程桀无趣地轻"啧"一声，忽然凑近盯着她茶色的眼睛："为什么不看？"

樱桃笑容温淡："为什么要看？"

程桀揉碎花瓣扔在樱桃怀里，她好脾气地抿了抿唇，没有怪罪。

"这花包起来我要。"他忽然说。

"好。"樱桃挑出一些花瓣完整的花，问，"你喜欢什么款式的？"

程桀眯着眼睛，歪过头打量她："你就不好奇我送给谁？"

樱桃摇摇头。

程桀冷声："随便。"

樱桃忆起最近流行的样式，选出几种不同种类的花包在一起。

最后扎好丝带，樱桃抬头，见程桀正歪靠在桌边直勾勾地看着她，不知道已经看了多久。

"好了？"他眉峰微挑。

"嗯。"

程桀伸手，樱桃把花交到他手里，花束里的花黄粉相间，以小片的龟背叶和风车果作为点缀。

"希望你会喜欢。"樱桃说完，程桀竟然把花束重新送到她面前。

她有些疑惑："……做什么？"

程桀神态懒倦："给你啊，不然还能给谁？"

樱桃愣怔着没接。

程桀拉开她的手，让她抱住花，然后懒洋洋地敲她的鼻尖。

"希望你喜欢，喻医生。"

樱桃茫然地摸着鼻子看他。

程桀眼眸噙笑，刻意俯身："怎么，是不是很感动？要不要抱我？"

在店外"放哨"的文正忽然跑进来："桀哥！好像有记者过来了！"

啧，真扫兴。

程桀伸手把沉默的姑娘拉近，几乎要抱住她。

"你干什么啊！快走吧，别连累我。"她低声警告。

"真狠心啊。"程桀低笑，把手掌盖在她柔软的发丝上，安抚一般地轻揉，"等我回来呗，喻医生？"

不等她答复，又像是害怕听到她的拒绝，他很快转身往外走。

程桀亲自开车，很快再次把追上来的记者甩开。不过为了安全起见，他这次多绕了一些路，直到再也看不到记者追车的迹象，才将车速慢下来。

"桀哥……你和喻医生……"文正其实早就有所怀疑，只是刚才的画面证实了他的猜想。

程桀停车，答非所问道："你曾遇到过让你心甘情愿，什么苦都愿意吃的女孩吗？"

文正愣了下，摇头："没有。"

"你曾遇到不惧流言蜚语，也要对你好的女孩吗？"

"……没有。"

文正知道程桀不会无缘无故说这种话，难道和喻医生有关系？

程桀把车窗摇下来："我遇到过。"

在此之前，樱桃还不是现在这样的冷漠凉薄，她就如一道温暖的月光，从阴暗的角落洒进他荒芜的心。

她也曾对他很好。

程桀记得，也是这样的雨天——

中秋过后，程桀所在的工厂开始紧急加班，他因此很久没有回过家，几乎住在工厂。

樱桃每次过去看他，熟悉的工友总会调侃："阿桀的小女朋友又来了。"

程桀没有解释，心里存着点奢望。

他在去见她之前，总会把破旧的衣服整理好。

樱桃每天一到饭点就会过来。

厂里有食堂，不过两人的见面地点不是在那里。

程桀走到工厂外面的小树林，看到樱桃抱着饭盒乖乖坐在石头上等待。

她点着小靴子在地上画圈圈,无聊时还会玩袖子上的毛球。

程桀心里突然很不是滋味,她不应该受这种苦。

听到脚步声,樱桃抬头。看到是程桀,她立刻笑得双眼弯弯,拿出饭盒说:"快来看看今天的饭菜合不合你胃口。"

"你天天过来就不怕别人说你闲话?"程桀没接她递过来的筷子,冷淡的态度拒人于千里之外。

他虽然是在关心她,但樱桃不喜欢他这样的说话方式。

"你救过我哥,我们会知恩图报。"

"那你哥怎么不来?"

"他怕你。"

樱桃把饭盒推给程桀:"你吃吧,既然你不想看到我,我以后把饭送给别人,让他们带给你就是了。"

程桀并不是不想见到樱桃,他比任何人都想看到她,看到她就觉得开心,只是觉得这种地方和她太不搭。她每天来看他,他只是怕她因为自己而被嘲笑。

樱桃把筷子塞给他,起身要走。

程桀抓住她:"生气了?"

樱桃赌气地点头:"对啊,你总是这么凶,我不要看到你。"

程桀没跟女孩子相处过,不懂要用怎样的态度。他习惯于每天一睁眼就是挣钱,已经很久没有照过镜子,不知道自己早就习惯冷着脸。

"……对不起。"

樱桃并不知道这是程桀第一次说这三个字。

他想拉她坐下,她扭过头不看他,耍小脾气。

程桀没哄过小姑娘,有点着急:"你想我怎样,你教我呗。"

樱桃见目的达到,偷偷地笑,故意装不高兴。

"真的?"

程桀向她低头:"嗯。"

樱桃这才愿意坐下来:"首先你不能对我这么凶,不能对我冷着脸,要好好跟我说话。"她每说一样,就竖起一根手指,非常认真。

程桀看着她笑:"行。"

"关心人就关心人,不能冷着脸。"

"嗯。"

"少打架,下次进拘留所可没人保你。"她瞪着眼威胁,模样很可爱。

程桀勾着唇:"好。"

樱桃满意了:"快吃。"

他在吃饭,樱桃便安静地打量工厂,忽然小声问:"程桀,你在这里面会冷吗?"

最近快入冬了，温度骤降，她今天过来都穿着厚衣服呢，可程桀只穿一件薄薄的T恤。

她担心的眼眸过于温柔，程桀不想被她看出自己的失态，平静地垂下眼睛，说："不冷。"

"真的吗？"

小姑娘问题真多啊，可奇怪的是，他一点也不会觉得不耐烦。

"嗯。"

程桀吃完饭回工厂继续干活。下午的时候车间主任过来巡视工作，走到他工位时特意跟他说："你女朋友走的时候拼命求我多给你一床被子，看起来可着急了。"

程桀身体一僵。

主任有些羡慕："你们这个年纪的感情最纯真，要珍惜。"

主任走后很久，程桀才回过神。

厂里的工人忙忙碌碌，他一个人坐在那里，忽然开始厌恶自己的一切。

没遇见喻樱桃之前，他过惯了苦日子，打工挣钱，被人找麻烦就打架。他一路这么长大，野蛮得像是风中的杂草。从前没觉得这样有什么大不了，可现在却感觉无地自容。

樱桃根本没必要来这里，也不应该和他这样的人走得近，更何况是为他求别人。

樱桃不知道程桀的想法，她对他好，只是想报答他帮过自己，也帮过喻天明。

虽然程桀说过不冷，但樱桃还是不放心，拉上喻天明去镇上给程桀买了厚厚的被子和棉服。

喻天明充当工具人帮忙试衣服，他看自家妹妹这么贴心地帮别的男生选衣服，又是嫉妒又是难受。

可程桀是他的救命恩人，他一遍遍说服自己。

当主任把樱桃送来的衣服和被子交给程桀时，他愣着神，有些不敢置信。

主任笑了笑："别说你不敢信，就是我也不敢信，小姑娘对你可真是用情至深。"

程桀不会这么想，他清楚樱桃不喜欢他。她只是想报答他，可哪怕这样，也足够令人吃惊。

他加班这几天，除了樱桃没人来看过他，连老头也没有。老头大概过着打牌喝酒的日子早就忘了他，可是樱桃每天都来，还给他送衣服和被子，这是他第一次收到别人送的衣服。

程桀没抬头，声音沙哑："她怎么没见我？"

"故水高中的校长托我帮忙，要她替代表学校参加奥数和物理比赛的小组辅导功课，她让你好好保重自己。喏，这是给你的饭盒。"

程桀休假那天,樱桃提前到工厂外面等他。

冷风萧瑟,镇上的树叶早就泛黄,工厂外面铺着一地的落叶。

程桀出来的时候,樱桃坐在台阶上无聊地数树叶。她戴着毛茸茸的帽子,齐刘海藏起来,整张脸清灵纯美,嘴角弯弯的,颊边有梨涡,显得很甜很乖。

程桀站在原地看着她。

小姑娘傻里傻气,根本没发现他已经出来了。

"樱桃。"

樱桃循着声音转身,看到程桀时惊喜地站起来,朝他用力挥手。

"程桀!"

也就是这一瞬间,程桀无比确定自己的心意。

樱桃微笑地看着由远及近的男生,他高高的个子,至少有一米八五,穿着她买的黑色外套,帅气挺拔。

"我的眼光真好,你穿我送的衣服真好看。"

喻天明的个子没有程桀那么高,所以买衣服时樱桃特意买大两个号,程桀穿着正合适。

程桀噙着笑,弯腰看她,低声吐出两个字:"谢了。"

樱桃没听见,踮起脚去仔细听:"你说什么?"

程桀看着她茫然的脸,说:"手冷。"

樱桃摸摸他的手,不冷啊。不过男生的手修长,掌心很大。

樱桃后知后觉自己这么做不对,愣愣地抬头,看到程桀沁满笑的眼睛。

他把她的手放进自己兜里,捧着她的脸如同捧手心宝:"你这个小老师做得怎么样?累不累?"

"不累!他们得了冠军!"樱桃踮脚有些累,脚后跟放平的时候,被程桀捧在手心里的脸挤到一起,肉嘟嘟的,显得有点傻气。

她自己也意识到了这一点,鬼鬼祟祟地又踮起脚,试图让自己的面部变得自然,这些小心思自然没有逃过程桀的眼睛。

他低缓地笑,隔着帽子摸她的头:"不丑,可爱着呢。"

…………

程桀开车回去时,樱桃正准备离开。她怀里抱着他送的蛋糕和花,行动有些不方便,以至于已经腾不出手拉开出租车的车门。

滂沱的雨声遮过脚步声,樱桃并不知道程桀已经越离越近。就在她犹豫要不要把东西先放下时,炙热的怀抱忽然贴住她的后背。

男人的双臂从后面伸过来,骨节匀长的手指握住她冰凉的手帮她拉开车门。

落在耳畔的嗓音低哑近乎温柔:"这种事都做不好,喻医生是不是需要一个男朋友?"

【3】
　　程桀在盛典上说的那些话是导致媒体围堵他的原因。
　　从他成名开始，围绕着他和向佳佳的绯闻就没有停止过，几乎所有人都默认他们是一对，全世界都在等着他们公开，可程桀却在领奖台上说出那样的话。
　　也就是说他从来没有喜欢过向佳佳，他喜欢的另有其人，可到底是谁？
　　一张照片给出了一半的答案。
　　那是在一辆出租车旁，女孩子正在拉车门，程桀从背后拥住她，略低着头，似乎在和女孩讲话。
　　女孩的怀里抱着鲜花和蛋糕，粉丝认出蛋糕的包装是程桀常买的那家。
　　两人虽然都是背对着镜头看不清脸，可程桀的身形大家都认得出来，他怀中的姑娘多半就是的他心上人。
　　照片上的花店"浪漫樱花"招牌拍得很清楚，喻丽安早上刚到花店，门口就已堵满人。
　　樱桃上班途中翻看手机，昨晚和程桀在出租车外的一幕已经传遍网络。
　　要不是那时候文正突然发现记者，迅速拉走程桀，樱桃还真不知道要怎么跟程桀解释他送的花和蛋糕被她这么珍惜地对待着。
　　到剧组时大家也都在讨论这事。看到樱桃走进会议室，所有人的目光都落在她身上。经过这么久的相处和程桀上次的话，大家总算看出他俩的关系不是那么简单。
　　樱桃沉默地走到讲桌前，刚打开多媒体，高大的人影便停在她面前。
　　程桀把温过的牛奶放她桌上，看了她一眼，然后懒洋洋地走下去坐在老位置上。
　　樱桃看向其他人，每个人都像发现新大陆似的，充满好奇和激动，有种窥见八卦的兴奋。
　　程桀是越来越不掩饰了。
　　樱桃把牛奶拿开些，准备开始今天的培训："我们……"
　　"喻医生！"
　　大家怎么可能放过当面询问正主的好机会呢。
　　张月莘首先开口："你肯定就是程老师每年都要送生日祝福的那个人对不对！"
　　她暧昧揶揄地笑着，其他人同样满眼期待，就连程桀也歪着头，散漫地勾着唇等她回话。
　　"不是，我们不熟。"樱桃从容不迫地回答。
　　程桀脸上的笑容褪去，他盯着她好一会儿后，忽然又扯起唇："是不熟，昨晚只不过随便抱一抱，是不是，喻医生？"
　　会议室里不断响起惊讶的抽气声。

樱桃蹙眉，瞥过去的眼神带点警告。

程桀能当着网友们的面对她喊话，就不打算再继续瞒下去。

他笑意不减，眉尾轻微挑起："喻医生别这么狠心啊，我连你香水味都知道是什么。"

"哇哦！"不少人露出吃瓜的表情。

樱桃个性正经，遇到的人也都规规矩矩，程桀是个例外。现在这样暧昧且直白的对话方式，她不太能适应。

"程先生，请你注意分寸！"

"叫这么生分干什么？"程桀望着她轻笑，痞气地压低声音，"你从前可是叫我'阿桀哥哥'的。"

"哇！"

吃瓜群众两眼放光。

她什么时候叫过他"阿桀哥哥"？可真会编。

"我不知道你在说什么。"樱桃维持住表面的冷静，可心脏的跳动却越来越重，仿佛是在用这种方式提醒着她，她还在意。

樱桃微不可察地深吸气，翻开讲义："培训还有最后几天，最后这几天的东西挺重要，请大家务必认真听。"

这时候程桀忽然走上前，停在韦桓的座位旁边敲他的桌面。

韦桓茫然："程老师有事？"

"换个位置？"

韦桓看了看樱桃，他的位置是第一排，可以非常清楚地看到喻老师。

韦桓瞬间明了，立即收拾好自己的东西让出位置。

程桀坐那儿后仍旧没骨头似的靠着椅背，玩着笔，漫不经心地看她："这里视野不错。"

樱桃今天讲的内容是手术前的检查和注意事项，以及身为医生应该做些什么。她讲得卖力，听的人却不是那么认真，大家的心思都在八卦上。

程桀坐得实在近，几乎是她低眼就能看到的位置，好几次与他漆黑的眸对视上。

她总是匆匆收回目光，刚开始还好，几次之后就有些紧张，口干舌燥时竟拿起他给的牛奶就喝，喝完才意识到自己做了什么，下意识地看向程桀。

他眼里有细碎的笑意，懒懒散散地勾起嘴角，还特意用手肘撑着脸，专心致志地看她喝。

樱桃立刻放下牛奶。

会议室里的人们看好戏一样欢呼起来。

樱桃在这样的氛围里艰难地结束培训。

她今天收拾东西的动作非常迅速。程桀刚起身,她就已经背着包离开。

程桀看着她的背影,慢悠悠地挑起眉。

原来喻医生容易心软还不经撩啊。

午饭樱桃没在剧组吃,她一个人的时候喜欢待在图书馆,买点面包将就。

她看的书挺杂,随便找到一本都可以看得很认真。

找到位置坐下后,樱桃拿出面包和水杯,刚撕开面包的包装,面包就被人拿走了。

樱桃疑惑地抬头,看到戴着帽子和口罩的男人。

尽管看不到脸,可那双疏狂深邃的眼睛,樱桃还是一眼就认出来人是谁。

"你怎么在这里?"

图书馆很安静,她轻声细语地问了一句。

程桀口罩下的嘴角微挑:"可以啊,我都包得这么严实了,你还能认出来,喻医生不会也是我的粉丝吧?"

樱桃语气无奈:"把面包还我。"

程桀却把东西扔进了垃圾桶。

"你!"她蹙着眉有些不高兴。

程桀以为这样她就不会再吃这种没营养的东西,没想到她居然把面包从垃圾桶里捡起来。

程桀抓住她手腕,皱眉说:"你干什么?没穷到这种地步吧,我带你去吃别的,扔掉。"

樱桃如水的眼眸看着他:"这不是穷不穷的事。程桀,不管什么时候都不要浪费粮食。你从前过得那样不容易,应该比我更懂这个道理才对。"

程桀一愣,捏着她手的力道逐渐放松。

他接下来做的事让樱桃非常惊讶。

他拿走樱桃手里的面包,趁着没人注意自己,取下口罩就准备吃。

樱桃连忙拦住:"你做什么?"

程桀看了眼她抓着自己的手,笑得无所谓:"不是你说不能浪费吗?"

"那你就吃?"

"嗯。"

"不怕生病?"

"我听你的话。"

樱桃忽然无话可说,意识到自己还紧紧抓着他的手,附近好像有人在看他们,她赶紧把口罩给他戴上。

樱桃:"我们可以拿给流浪狗吃。"

"行。"

083

程桀把面包放自己兜里,凑近和她低声说:"有人在看我们。"
樱桃低头用书挡住脸:"我也发现了。"
"既然这样,喻医生,跟我逃跑呗。"
"啊?"樱桃茫然,程桀忽然牵住她的手带她跑出去。
图书馆里偷看他们的人也拿着手机追出来。
程桀感觉到樱桃手心里的细汗,她喘得越来越厉害。
程桀忽然把她抱起来:"啧,还是这样娇气。"
樱桃愣愣地抬起眼。
帽檐下,他的双眸明亮,眼尾上挑着,似乎在笑:"搂我啊,给我省点力。"
樱桃沉默地垂眸,手却慢慢伸上去圈住他的颈肩。男人戴着口罩的脸凑到她耳边,低笑:"这不挺乖的吗?"
樱桃的脸透出点薄红,她趴在程桀肩上,只露出眼睛往后面看,追上来的人越来越多。
程桀抱着她跑还能把他们甩开一大截,可见平时没少健身锻炼。
"怎么办?"
听到柔软的声音,程桀低头看到她小猫似的窝在自己怀里。
她不想被人打扰,这一点程桀懂。
"放心。"
程桀又问:"扔了你的面包,你想好要吃什么了吗?"
"你现在还有空想吃的?"樱桃不理解。
程桀抱着她拐进一条巷子:"我是无所谓,谁让你娇气。"
他们冲进一间无人的老房子,程桀把樱桃放下后关上门。
樱桃还没喘匀气,程桀忽然逼上来把她抵在墙角。他满眼笑意,却装模作样地对她做嘘声动作。
樱桃伸手推程桀,他为了不让她贴到墙弄脏衣服和头发,搂住她腰肢往怀里摁。
知道她的腰细,但没有搂过,没想到这么柔软纤细,她好香,身体又娇又软。
程桀喉结滚动,手指有点不受控制地隔着她的衣服摩挲抚摸。
樱桃:"你干什么?"
"嘘。"
"程桀!"
"嗯?"含笑的声音微哑。
"你别抱这么紧。"
耳边响起他浑厚的笑:"那抱歉了,做不到。"
门外传来脚步声,有越来越多的人靠近。
"跑哪里去了?刚刚还在的!"
"你确定那是程桀吗?"

"一定是他！我认明星从来没有认错过！"
"和她在一起那个女孩子好像不是向佳佳。"
"不管是不是，找到他们就知道了！"
"会不会在门里面，要不要进去看看？"
"成，进去看看！"
所有人朝他们躲藏的地方过来……

【4】

门被推开前，程桀把自己的帽子和口罩摘下来给樱桃戴好，忽然举着她的腰把她托起来。

"爬上去。"

樱桃明白他要做什么，毫不拖泥带水地抓住墙。

程桀个子高，这老房子的墙也并没有多难爬，她坐在他肩上轻而易举就爬了上去。

"坐好别乱动，等着我。"

程桀三两下翻墙跳到另一边，站在墙下面朝她张开手。

"来。"

这个时间的阳光最毒辣，他因为爬墙而耷拉下来的刘海垂在眉心和眼帘，表情懒得像是没睡醒。

樱桃坐在墙头发愣，只觉得依稀看到了从前的程桀，那时候他也会翻墙到她窗前，只为看她一眼。

太阳灼人，他眼睛轻眯，唇边的笑怠懒，嗓音酥柔："别怕，不会让你摔的。"

身后老房子的门被推开，"吱呀"声响起，樱桃不再犹豫地跳下去，被程桀接了个满怀。香香软软的姑娘挂在他脖子上，她的鬈发落在他手臂上撩得有些痒，熟悉的栀子香迷人。

樱桃抬起帽檐，水润的杏眼和他漾着笑的眸对视上。

墙那边传来惋惜的声音，那群人以为把程桀跟丢了，就没有再追。

等人走远后，樱桃立刻推开程桀："放我下来。"

程桀的手掌托着她的腿，他的手掌很大，几乎能把她的大腿握全。他体温高，而她只穿着薄薄的裙子，她能感觉到他手掌的温度。

樱桃从来没有和一个男人这样亲密过，说不紧张是假的。

程桀本来没打算占她便宜，可看到她躲闪的眼睛，就忽然想逗一逗。

他故意托着她往上抬，让她的脸离自己更近，要不是有口罩隔着，几乎都能吻到一起。

程桀的鼻尖抵着樱桃的脸，她立刻往后仰，他顺势把她抵到墙上，满眼促狭的坏笑："就这么不想给我抱？"

"不合适。"

"男未婚女未嫁,你告诉我哪里不合适?"

他换成单手抱她,腾出手把她的口罩拉下来。

他近距离看着她的脸,目光从上往下,又从下往上,一遍遍极有侵略性地扫过她的眉毛、眼睛、鼻子和唇。

樱桃看到他吞咽时滑动的喉结,很少会紧张的她,连忙垂下长睫:"我说过我有男朋友,要结婚的。"

程桀已经知道她没有男朋友,这时被她逗笑。

他点了下头:"未婚夫是吧。"

"嗯。"

"成。"程桀终于把她放下。

樱桃想走,忽然被程桀捏住下巴,被迫看着他。

他皮笑肉不笑:"那我做你的'男小三'。"

樱桃很少会露出无语和一言难尽的神色。

程桀的"男小三"言论真的有点震惊到她了。

"不需要,我和他很相爱……"

程桀觉得她真能装。要不是知道她根本没谈恋爱,他估计会被这句话气得当场吐血。

"喻樱桃,你是真行。"

尽管知道是假的,可他的语气还是有些咬牙切齿。

樱桃抿抿唇:"谢谢。"

樱桃把自己凌乱的头发和衣服整理好,程桀也冷静下来。

樱桃以为他会被自己气得暴跳如雷扭头就走,没想到他竟然低下头,默默把她腰后散开的蝴蝶结系好。

他问:"去哪儿喂流浪狗?"

"你不走?"

程桀盯着她充满疑惑的眼睛冷笑:"你想得美。"

别的女孩巴不得和他待在一起,可到了樱桃这里,她却丝毫不稀罕,弄得他只能用这种话堵回去。

明明是自己想留,却只能口是心非地嘴硬。

程桀心情很坏。

樱桃在前面带路,他踩着影子走进一条长满杂草的巷子。

他行走时弄出些动静,樱桃无奈地回头:"你会吓到它们的。"

程桀神态散漫,睨了樱桃一眼。

"把面包给我。"她伸出白皙的手。

程桀被阳光下她的白腕晃到眼睛,舔了下干燥的唇,掏出面包扔过去。

樱桃拿着面包往里走，果然有两只小流浪狗摇着尾巴从里面走出来，脏兮兮的，看着很瘦。

程桀皱了下眉，怕它们咬人，想把樱桃往后拉。两只小狗只是围着樱桃转两圈，并没有蹭她。

樱桃把面包分给它们，看着它们吃完，再给宠物救助站打电话。

没多久，救助站来了人。

程桀一直靠墙看樱桃和救助站的工作人员交流。他早就重新戴好口罩和帽子，别人没有认出他。

等救助站的人把流浪狗带走后，程桀才问："你怎么知道这里有流浪狗？"

"下班路上注意到的，这附近很多，遇到的时候就给救助站打电话，希望它们能被好心人收养吧。"

"你自己怎么不养？"

樱桃愣了愣，她其实养过的，养过狗，也养过猫，还有乌龟和鱼，她的宠物们程桀都见过。她出国前本想把它们交给家人照顾，可大家都很忙，她就把它们送到了宠物医院，现在它们应该早就被领养了吧。至于现在的她，更不适合养宠物。一个活了今天就不知道有没有明天的人，不适合和任何生物产生感情联系，一旦离开会太过残忍。

感觉到她情绪的变化，程桀没有继续这个话题，直起身往外走："去吃饭。"

樱桃没有跟上，停在原地望着他的背影，眼神里泄露出一些怀念。也只有在他没发现的时候，她才会露出这样的神情。

程桀似有所感地回头，发觉樱桃还站在原地。

巷子里阴冷潮湿，地上满是枯黄的树叶，高高的墙阻隔阳光，樱桃显得形单影只。

程桀皱起眉，心忽然一揪，有种莫名的错觉，好像过去许多年她都是这样孤身一人。

"不走？"

"还是不了。"樱桃弯着唇浅笑，"你那么红，到哪里都会被拍到。"

程桀沉默一瞬："你不知道有包厢这种地方吗？"

没等樱桃回答，他状似不耐烦地给出解决方案："去人少的餐厅不就行了。"

"你没明白我的意思。"樱桃说，"我不想跟你一起吃饭。"

她用最温柔的声音说着残忍拒绝的话，像一把软刀子，看着没什么攻击力，其实最是伤人。

程桀有些想笑，却又笑不出来，嗓子里好像堵着硌人的沙，压住了他声带里的所有动静，只有自己才能感觉到胸腔震颤和酸潮。

"随便，我也并不想跟你一起。"他耸着肩，故作无所谓。

"那你还来找我？"

如此不留情面地拆穿，让他看起来像个笑话。

程桀语气发冷："你很得意是吗？"

"没有，只是想提醒你跟我保持距离。"

"保持距离是吧！"他是真被气到了。

樱桃没见过他这样子，明明凶狠得恨不得过来掐死她，却只能忍着，憋屈得要死，无可奈何又无法自拔。

最后，他负气地撂下一个字："行。"

程桀离开后，樱桃一个人走回去，花了差不多二十分钟。

这一通折腾让她没来得及吃午饭就得赶回剧组。

还没迈进剧组大门，一辆宾利车从左侧方开过来停在她面前。车窗降下，程桀冷着脸从里面扔出一大袋吃的丢到她怀里，都是她爱吃的。

"距离保持得很好，我可没碰着你。"

尽管那群人没有拍到樱桃的正脸，可拍到了程桀抱着她逃走的视频，发到网上也足够引起热议。

关于程桀的生日祝福对象到底是向佳佳还是某不知名女性，这成为近期娱乐圈不解之谜。唯一的线索只有那家名叫"浪漫樱花"的花店，于是每天到花店外蹲守的人越来越多，但始终没人发现樱桃的身份。

培训只剩最后三天时，樱桃的心情总算能放松些。

课堂上的她虽然不会往程桀那里看，却能感觉到那里散发出的冷意。自从上次"保持距离"约定后，他们已经两天没有说过话。

今天的重点讲完，樱桃不紧不慢地关掉电脑："辛苦大家，下课吧。"

"喻医生不留在剧组吃午饭吗？培训就快结束了，以后见面可难了，这几天都留下来和大家聚聚吧。"张月莘虽然比樱桃大一岁，可特别会撒娇卖乖，双手合十恳切且可怜巴巴地看着人，让樱桃说不出拒绝的话。

"好。"

王华珊过来挽着她："一起过去？"

樱桃说："你们先去，我去个洗手间。"

"行，那你快点啊。"

樱桃从洗手间出来却遇见程桀。

他背靠着墙挡在她必经之路上，他头发凌乱，几绺垂在英朗的眉骨处，带着恰到好处的慵懒感。

樱桃："麻烦让让。"

程桀掀起眼帘，被发丝遮住视线的眼睛在看到樱桃时微微眯起。

她这两天完全把程桀当空气，可程桀却注意着她。他注意到她昨天散着头发，穿一条浅粉色裙子,温婉动人;注意到她今天妆容素净,一根簪子就把头发盘起来,清冷出尘得像一幅画。

程桀靠着没动,语气慵懒:"不让怎么着?"

樱桃沉默一瞬,准备从旁边的缝隙处挪过去,她侧过身尽量不碰到他。

程桀望着她小心翼翼的动作,冷瘠地笑,忽然揽住她的腰将她转过去压在墙上。

樱桃抬头看到的便是他冷透的眼。

"喻樱桃,你是不是根本没心?"

压抑的声音微颤,他附在她耳边,咬着牙一字一顿地冷声问:"你是不是觉得我像个笑话?"

他真是受不了被她忽视,不知是愤怒还是恐慌,他摁在她腰上的手很用力。

樱桃疼得不太能发出声音,只能竭力地推着他,只是她的力气无法和程桀相比,他根本感觉不到她的挣扎。

"喻樱桃,"他声音低了下来,"你别这么狠心。"

程桀没有看她的表情,所以不知道她疼。

他把脸埋在她颈弯里,唇贴着她瘦削的锁骨和肩窝,很轻很轻地吻,轻到不会被她发觉。

"行吗?"

樱桃:"……松开。"

程桀僵了下。

"程桀,你先放开我。"

她的声音脆弱轻柔。

程桀缓慢放开,看到樱桃疼得苍白的脸,眉心轻蹙,眼尾湿润,病恹恹的样子充满易碎感。

程桀不明白哪个步骤出了错,她怎么突然就这么难受了?

他茫然无措地捧住她的脸,这下根本不敢用力了,小心翼翼得很:"怎么了?"

樱桃没说话。

程桀注意到她捂着腰,便不顾她的阻拦掀起她的衣服,看到两边腰线有手指似的瘀青。

樱桃难为情地想拂开程桀的手,他没让,定定地凝视她细嫩皮肤上的瘀青,忽然抓着她手给自己来了两巴掌。

樱桃吓愣了:"你做什么啊?"

程桀以为这样能稍微缓解一点难受的心情,可根本没有,心疼得要死。

"你说我亲一下那里,会不会就不那么疼了?"他竟然问得很认真。

樱桃知道他干得出这事,立刻用尽全力把他推开。

程桀稳住身体,垂眸笑:"喻医生害羞啊?"

樱桃整理好衣服,眼神警告。

程桀轻舔唇，笑着从兜里拿出一个礼品盒。

"给你赔罪。"

盒子里是一枚樱桃胸针，定制珠宝，价格不菲。

他将胸针别在她胸口的衣服上，指尖轻拨："挺适合。"视线却忍不住落在她饱满的地方。

樱桃无意间瞥到他眸中的欲色，下意识地蒙住他的眼睛。

程桀轻笑："你蒙我眼睛干什么？"

"这就是你说的保持距离？"

樱桃认知里的保持距离是见面不识，君子之交淡如水，可对于程桀来说仿佛不是。

"我当然有保持。"他忽然把眼睛上的手拉下来裹在掌心中，一点点把樱桃逼到退无可退的境地。

他俯下身近距离凝视她毫无瑕疵的脸，发现她也有一些紧张。他笑声低沉，越发撩拨："这才是近距离，懂吗，喻医生？"

樱桃平静地和这张近在咫尺的英朗面庞对视，几秒后淡淡推离他。

程桀轻哂看她远去的背影。

他没跟上，想起她腰上的瘀青，去了外面的药店。

程桀回来时，餐厅已经上好菜，樱桃和张月莘、王华珊坐一桌。

程桀刚从樱桃身后走过，王华珊便识相地把位置让出来。

程桀没客气，坐在樱桃右手边。她认真地吃饭，没往他这里看。

程桀瞥到她空空如也的胸口，胸针不知所终。他用两个人才能听到的声音问："胸针呢？"

"扔了。"

她神态冷漠，是真有可能做得出来这事。

程桀顿时有点窝火，他当时刻意在洗手间外面等她，就是为了送她胸针。这可是他亲手画的图案，亲自选的珠宝，去设计师朋友的工作室亲自做的，做了很多失败品，好不容易才做个漂亮的出来，居然被她给扔了！

他冷冷地盯了她好一会儿，她丝毫没被影响，非常沉着冷静地吃着饭。

张月莘和其他人倒是被吓得大气不敢出，夹菜都不敢，一个劲儿数着碗里的米粒吃，时不时偷瞄他俩。

程桀看樱桃吃得香，冷笑，用筷子夹她不爱吃的花菜给她："喻医生好像有点挑食，这可不好。"

她其实不是挑食，只是从小到大吃花菜会吐，程桀是知道的，所以他是故意的。

樱桃沉默地看了眼碗里的花菜，夹起来要吃，程桀又忽然用筷子把花菜打掉。

他只是想硌硬一下她，没想到她这么不把自己当回事。

行，算她狠。

程桀是真佩服她！

旁人虽然看不懂他们互动的深意，但从程桀阴森得可以滴水的表情可以分析出来，程桀好像败北了。

吃完饭，程桀强行把樱桃带到自己的休息室。

文正甚至狗腿地给他们关门。

樱桃有些无语。

剧组的休息室简单，每个演员都是差不多的格局，但是因为程桀的咖位大，所以房间也是最大的。

樱桃第一次进演员休息室，发现和酒店房间差不多，基本的家具和家电都有，程桀这里甚至可以做饭，从配置上就看得出剧组对他的重视。

程桀把买的药拿出来，是一种涂抹的药膏。

"过去坐好。"

樱桃说："我自己来吧。"

程桀冷不丁地瞧她。

樱桃弯起唇浅笑。

他也是真服气，不管他怎么做，故作冷淡还是扮凶，她都不会害怕，还会对他露出笑容。

"把衣服撩起来。"

樱桃没动。

程桀似笑非笑："要我来？"

看她依旧没动静，程桀点了下头："成。"说完，就要伸手碰她的腰。

樱桃侧身避过："我自己来就好，你转过身去。"

"你觉得有可能吗？这是我买来的药。"

樱桃柔声问："多少钱，等下我给你。"

"不卖，爱抹不抹。"

樱桃便摇头："那我不抹了。"

程桀真觉得自己要被她气死。

"你就这么怕我碰你？"

"嗯。"

"我能吃了你？"他皱着眉，戾气森森。

樱桃沉默地抿抿唇，想走，程桀堵住她的去路，胡乱地把药塞她怀里："成，你自己来。"

"你不能看。"

程桀捏着被气得发痛的眉心："谁看谁是孙子。"

樱桃坐在他身后的沙发上慢慢掀开腰间的衣服，皮肤上两道瘀青的痕迹很明显。

091

她先撕开棉签蘸取一点药膏涂在瘀青的地方。

忽然，休息室的门像不堪重负似的从外面被推开，剧组演员们接二连三地扑在地上，原来大家都趴在门外偷听。

事发突然，樱桃的衣服还没来得及拉下去，程桀看到她露在外面的细腰，迅速抓起椅子上的外套盖在她身上。

以张月莘为首的演员们看到程桀冷得可以结冰的脸色，赶忙爬起来溜出去，重新替他们把门带上。

休息室里沉寂两分钟后，程桀拿走樱桃身上的外套，重新用棉签蘸取药膏，准备掀她的衣服，樱桃按住他的手。

程桀扫了她一眼，不容拒绝地掀起她衣服的一角，也只有一角，没有看太多。

上药的时候他半跪在地，想到她喊疼的样子，心里沉甸甸地难受。他动作很轻，尽量不弄疼她，紧张到紧咬牙根。

"你不是说不看的吗？还说过谁看谁是孙子。"

程桀手上的动作一顿，面无表情地撩起眼，很是能屈能伸："祖宗，姑奶奶，您满意了吧？闭上嘴行吗？让孙子伺候您。"

程桀的坦然让樱桃始料不及。

直到回到家，她还沉浸在他为自己上药的温情中，明知不能沦陷，可还是忍不住伸手摸腰间。

夜幕降临，樱桃把最后几天的培训讲义整理好后，才从包里拿出程桀送的胸针。

她当然没丢，怎么舍得呢？

樱桃拿出抽屉里带锁的小匣子，里面装着很多有关故水镇的回忆，准确来说是和程桀有关的回忆。

有从他那里买的玩具球，他送的小发夹、项链和手串，还有许多零零碎碎的东西，现在多了一枚胸针。

樱桃把胸针放进去，轻柔地抚摸里面的物品。

她已经想好了，离开这人世，她唯一会带走的东西只有这盒回忆。

"咚咚咚！"

忽然的敲门声让樱桃停止缅怀，她锁好小匣子放好后，开门看到别别扭扭的纪樣。

"我明天中午比赛，你来看吗？"

纪樣是体坛新星，前年进的国家队，因为出众的相貌和不俗的实力，在网上也有一批粉丝。

他递过来一张票："我爸和喻姨也会去。"

樱桃笑着接过："我会去的。"

他又拿出来一张："你的旧情人来吗？来的话这张给他。"

樱桃无奈："不要总是把'旧情人'这几个字挂在嘴边。"

"行吧。"他把票收起，"看来你没打算让他来。"

感觉到她兴致不高，纪樣忽然说："其实我也觉得娱乐圈的人复杂着呢，我们队里好几个长得又高又帅的，给你介绍？"

樱桃实在没想到他会提这个："你们队里的人年纪都和你差不多吧，我今年可是二十七岁了。"

"那又怎样，你和我走一起谁会觉得你是我姐？再说现在体育生都喜欢姐姐。"

樱桃难得调侃："你也喜欢？"

气氛变得轻松，纪樣耸肩："我喜欢甜妹。"并且睨了她一眼，"喻医生，不是我说，像你这样清心寡欲的性子，男人不会喜欢的。"

"不是，桀哥。"与此同时，刚结束工作陪程桀返回的文正疑惑地问，"喻医生不是你喜欢的类型啊，你不是喜欢甜妹吗？"

程桀躺在保姆车后排，帽檐遮住脸，看起来就像睡着，其实根本没睡。他这会儿还能想起樱桃那腰肢。雪一样白，摸起来滑腻温暖，怪不得稍微使点力就能成那样子。

"桀哥？桀哥？"

程桀笑："我喜欢娇气的。"

从前喜欢甜妹是因为喻樱桃甜，现在喜欢娇气的也是因为喻樱桃，他不是喜欢某种类型，而是喜欢喻樱桃。

文正嘀咕："你喜欢那样的？喻医生看着不娇气啊。"

"你懂什么。"程桀好心情地笑骂一句，推开帽子看自己的指尖。他手指捻着捻着，好像能感觉到触碰她皮肤的软。他忍不住想，亲她一下，她的嘴唇会不会肿？

想法收不住的时候，长期禁欲的身体有了点不一样，程桀在心里骂了声。回家后他立即往浴室冲，水流开到最大，瞬间湿透头发和全身。

他脱下衣服，任由湍急的水流泼在喉结，水珠经过丘陵般起伏的腹肌。

程桀独自在浴室待了接近两个小时，毫无改变。程桀突然走出来，沉着脸给樱桃打电话。

樱桃已经入睡，被电话吵醒，看到熟悉的号码，犹豫了一会儿还是接通。

"喂？"

"说话。"他声音格外哑，有种说不清道不明的性感。

樱桃愣了愣："说什么？"

"说什么都好。"

樱桃总觉得他今晚有点怪："你怎么还不睡？"

程桀笑声磁哑："你猜呢？"

他催促:"叫我的名字。"
"……程桀?"
"再叫!"
樱桃不知道他在干什么,耐着性子温柔地哄:"别闹。"
程桀重重闭上眼。
好一会儿后,樱桃听到他怠懒的沙哑嗓音:"……你真是总有办法对付我。"
听起来像是责怪的话,却全是妥协和认输。

第二天中午的球赛开始前,樱桃跟随喻丽安和纪良找到属于自己的位置。这场球赛是淮城队和永安队打,纪樣是淮城队的主力前锋。
作为体坛新星,他的每场球赛都备受关注,现场还有媒体进行直播,甚至有很多粉丝拉着横幅来为他助威。体育馆观众席爆满,没能来现场的球迷抱着手机蹲直播,其中就包括文正。
程桀经过他身旁往手机里扫一眼,看到纪樣时挑了下眉:"纪樣?"
"桀哥你认识他?近两年很火的体坛明星啊!"
程桀连娱乐圈的事都很少关注,更别说体坛。
因为喻樱桃,他没去休息室睡觉,竟反常地留下来和文正一起看直播。
球赛很快开始,赛场上的纪樣称得上全场MVP,每次进球都会招来现场观众欢呼。
纪良虽然对纪樣严厉,但这种时候还是会为儿子自豪。喻丽安也看得很起劲,每次纪樣进球都会激动地鼓掌。最平静的可能要数樱桃,她目光平和地看着赛场上挥洒汗水的少年,只觉得纪樣这样子像极了曾经轻狂不可一世的程桀。
比赛结束,纪樣率领的球队毫无意外地赢了。
纪樣下场休息,刚拿起毛巾擦汗,便有陌生女生给他递过来一瓶水。
对方是个长相甜美的女孩子,有点眼熟,他想了会儿,想不起来。
纪樣没接她的水。
那个叫顾璟的女生有些失落。
"纪同学,我有个问题想问你。"
纪同学?他们是同学?
纪樣喝完水看向她。
顾璟深呼吸,鼓起勇气问:"你有女朋友吗?"
"有。"
顾璟愣了愣,失落得泪盈于睫。
纪樣分毫没心软:"你等等,我给她打电话。"
樱桃接到纪樣的电话,他让她过去。
虽然疑惑,但樱桃并没有拒绝。

媒体扛着设备过去采访纪樣。

樱桃刚走到纪樣身边，纪樣就指着她对顾璟说："这是我女朋友。"

樱桃愣住。

这一幕被投射在体育馆的大屏幕上，全场观众为之轰动。

看直播的程桀：被截和？

【5】

从容如樱桃也没有想到，有一天她会以继弟女朋友的身份走红。

纪樣的名气虽然比不上程桀，但当众认爱的"浪漫"行为还是没有任何意外地登上当天热搜。

与公众人物沾边，少不了被凝视和打量，而纪樣年轻有前途，网友对他另一半的要求自然而然更苛刻。但樱桃，实实在在颠覆所有人对"圈外女友"的认知。

当时视频刚切入拍摄，摄像工作者正在调试设备，画面中充满模模糊糊的虚影，镜头聚焦的瞬间，便是这个时候，清瘦的身影走入视野。

樱桃有一头很长的鬓发，穿着嫩绿色的裙子，宛如新芽。她不紧不慢地走在人群里，清冷如月，仿佛洗去周遭的喧嚣，流泻了一地的岁月静好。

女孩子的美分为好几种，"高岭之花"和可亲可近，樱桃看起来不争不抢，却高不可攀不忍亵渎，让那些本想挑剔的人瞬间临阵倒戈，开始觉得是纪樣配不上。就连每天和纪樣待在一起的球队队员也觉得他高攀，赛后缠着他打听从哪里交到的神仙女友。

纪樣被搞得烦不胜烦，本想借樱桃挡一挡桃花，没想到所有人都觉得他配不上她。

她就这么好？

少年叛逆心起，越发不想澄清自己和樱桃的真实关系，甚至放出是樱桃先追求自己的话，成功让这场舆论烧得越演越烈。

樱桃当然不会陪他胡闹下去，特意注册微博澄清自己只是纪樣的姐姐。

以为事情会到此结束，可纪樣竟直接在她微博下评论——姐姐追我的时候可不是这么说的。

他这一闹腾，樱桃的澄清瞬间站不住脚，都以为是小两口的打情骂俏。

文正这辈子做过的后悔事有很多，但要问最后悔的是哪件，那应该就是和程桀一起看纪樣的球赛直播，并且还亲眼见证了纪樣对媒体宣布喻樱桃是他女朋友。

事情发生后，程桀就把自己关在公司健身房里，他不吃不喝，只是疯狂地运动，也许是发泄，也许是在麻痹自己。

文正偷偷摸进健身房时，程桀还在举铁，汗珠接二连三地从背肌滑落，身上背心已经湿透。而他的表情比昨天的天气更要晦暗冷沉，眼中沉淀着随时可以翻天覆地的风浪。

"……桀哥？"文正拎着早点小心翼翼地开口，"吃点东西吧。"

程桀没说话，唇抿得死紧，近乎机械地运动。

文正："再怎么吃醋，也不能这样折磨自己啊……"

程桀瞥了过来，眼神很冷："谁说我吃醋？"

你确定不是吃醋？

程桀把器械放下，拿着旁边的毛巾随便擦掉身上的汗，便进浴室冲凉。换过衣服后，他没让人跟，自己开车去一个地方。

纪橪每天都会去训练场练球，没想到今天有人来得比他早，也没想到来的人会是程桀。

他坐在休息区，坐姿懒洋洋，看过来的目光却凌厉。

纪橪抱着篮球过去："大影帝怎么有空来这儿？"

程桀散漫地瞧他："来跟你打球。"

纪橪愣了愣，以为程桀是来找自己麻烦的。

"行啊，不过我不会让你。"

程桀忽然拍掉他手中的球，原地投进一个三分。

纪橪一愣。

球重新回到程桀掌中，他脸上带着分毫没把纪橪放在眼里的漫不经心。

"来。"

纪橪去抢球，然而擅于进攻的他却根本没能在程桀手里占到一点便宜。

程桀旋身跃起时，球又进了。

三分。

纪橪皱眉看他。

程桀拍着球，眉眼冷淡："继续。"

可当纪橪再次出击的时候，程桀的球却不是投向篮筐，而是直接朝他胸口砸来。

纪橪被强劲的冲击砸倒在地。

程桀居高临下地挑眉："这么弱？"

纪橪冷着脸想爬起来，又一个球砸中他的腹部，疼痛让他头脑发蒙，他终于意识到程桀根本不是来打球，而是来打他的。

"看来大明星吃醋了啊。"纪橪疼得躺在地上起不来，程桀下手是真没客气，不过他嘴上也不饶人，"是不是没想到女朋友这个身份是我先赋予她的？是不是不甘心了？"

程桀的球骤然砸到纪橪的脸上，尖锐的疼痛过后，酸痛的鼻腔里流出温热的液体。衣领被程桀抓住提起来，纪橪被迫和一双森寒的眼睛对视。

程桀："喻樱桃不喜欢这样，别惹她不高兴。"

096

程桀当然也可以像纪樣一样不管不顾地把她暴露在公众视野中，可一想到自己这样做会给她带去麻烦和困扰，他就会万般舍不得。

可纪樣却这样做了。

他那样小心谨慎，左思右想，三思而后行想要保护的人，纪樣又凭什么？

程桀拍拍他的脸，皮笑肉不笑："你该庆幸你是她弟弟，否则我真有可能弄死你。"

纪樣看过程桀的电影，电影中他饰演的角色十有九坏，那种眼神毒辣阴狠得根本不像演戏。当身临其境时纪樣才明白，电影还是不能和真实情况相比。就比如现在，天不怕地不怕如他，被程桀称得上和蔼的目光看着，真觉得凉飕飕的，很是瘆人。

"你好像爱惨了我姐。"纪樣忽然说。

被这样直接地拆穿，程桀神情一顿，抓着他衣领的力道有些松懈。

纪樣擦掉脸上的鼻血："不如我告诉你一个秘密。"

纪樣后来澄清了自己和樱桃的关系，却已经没人相信。好在他的名气并没有影响到樱桃的正常生活，她还是能正常出行。

培训最后的时间里，樱桃在剧组放映室里给大家播放医疗纪录片，遇到晦涩的地方她会暂停为大家讲解。

忽然的停电让放映室陷入黑暗。

樱桃让大家静坐，等待电力恢复，却感觉到有什么在逼近。

很快，她的手腕被人拉住，对方将她拉进某个地方。打火机的声音响起，火光映亮程桀疏冷的面庞，他目光放肆地盯着她。

樱桃被看得有些脸热，观察四周，才意识到自己被他拉到了放映室后面的隔间。一门之隔，外面的嘈杂被挡住，也挡住了这里发生的一切。

打火机熄灭再点燃的时候，程桀不知不觉间靠得更近，映着火光的眼睛热度非比寻常。

"你做什么？"因为担心被人听见，樱桃的声音很轻。

"怕什么？我会吃了你？"他笑声玩味。

"让我出去。"

"别急啊，有两句话要问喻医生。"

樱桃低声催促："给你十秒钟。"

程桀不紧不慢地勾住她腰间的一绺头发，眸光紧盯着她："我去见过你弟了，你猜他告诉了我什么？"

樱桃面露探究。

他侧头附在她耳边，嗓音轻轻："他说，你藏着很多我送你的东西。"

樱桃骤然愣住，心跳有些快。

"喻樱桃,你是不是暗恋我啊?"

【6】

雷声惊扰炎热的午后,很快又是一场淋漓滂沱的雨。

樱桃接到喻天明的电话后,在指定的地方等他们。

雨幕一重重,樱桃望得有些出神,又想起程桀问她的那句话。

那时候她还没来得及回答,放映室里的电就恢复了,也幸好如此,她才能逃脱。

"樱桃!"

车还没开过来,半降的车窗里,文莉悠热切地和樱桃打招呼。和从前一样,她还是那样活泼明媚。

车停好后,文莉悠拿着伞下车接樱桃,见面先是一个拥抱:"好久不见,我好想你啊!"

樱桃也笑:"我也想你们。"

喻天明坐在车里文质彬彬地推了推眼镜:"别愣着了,樱桃身体不好,先上车吧。"

文莉悠挽着樱桃上车,故作愤慨:"你哥哥三天两头念叨你,我可太吃醋了。"

喻天明开着车无奈地笑。

樱桃说:"这你太冤枉他了,小时候他为了追你,竟然把我忘在大街上。"

喻天明笑叹:"饶过我吧,因为这事,每次家庭聚会,长辈们都要批斗我。"

樱桃笑:"被骂也是值得的啊,娶到这样好的老婆。"

喻天明忙不迭地点头:"是是是!"

文莉悠娇嗔地笑了笑,满脸幸福甜蜜。

今日之所以是喻天明过来接她,是因为喻丽安和纪良的婚前聚会,喻天明和妻子是特意赶回来参加。

车开到饭店停车场,一行人上到五楼。

包间里,喻丽安和纪良、纪样坐一起,外公外婆坐主位,舅舅和舅母也在,唯一让人意外的是当红影帝程桀怎么在这里?

樱桃看着程桀,程桀也看着她。

樱桃审视着他,而程桀嘴角噙笑,姿态放松。

樱桃:"妈,程桀怎么在这里?"

没等喻丽安回答,程桀的声音响起:"我记得喻姨曾让我过来吃饭,所以我来了。"

"这是家宴。"

程桀笑:"没关系,我不拘束。"

喻天明和文莉悠多看了程桀一眼后,默默坐在喻丽安身边,仅剩的位置只有程桀旁边。

程桀懒洋洋地为樱桃倒了一杯茶,朝她扬眉:"喻医生,过来坐啊。"

好像他是主人,她变成了客人。

樱桃没有扫大家的兴,坐到程桀身边后,他将那杯茶推得离她更近:"刚泡的,清热解暑。"

樱桃扫了他一眼,没动。

程桀的心情好像很好,饶有兴致地剥瓜子,还非常自然地把剥好的瓜子放进樱桃手心里。

樱桃示意他别胡闹,他也只是一笑。

纪良让服务员上菜,期间他郑重地向喻家二老敬酒,向大家保证之后会好好对待喻丽安。一番赤诚的话感动得喻丽安潸然泪下,其他人也很动容。

程桀注意着樱桃的表情,她弯唇浅笑,温柔地望着喻丽安和纪良互相敬酒,竟是一种欣慰和放心的眼神。

程桀蹙了下眉心,不知道为什么,总觉得有什么不对劲。

"我以为你会哭。"

樱桃微怔:"为什么要哭?"

"喻医生真是不按常理出牌啊,你不哭,我哪有机会递纸巾?"

事实上,虽然他没机会递纸巾,却给她剥完了一整盘的虾,希望这次不用扔掉。

"尝一只呗,我的手都剥痛了。"

樱桃有点一言难尽:"都给我剥了,大家吃什么?"

程桀像看个傻瓜,摁铃叫来服务员,让他们多上几盘虾,转头问樱桃:"够吃了不?"

"这里很贵的。"

程桀"啧"地笑了一声:"我买过单了。"

樱桃讶异:"这怎么行,什么时候?"

觉得她这样比较生动有趣,程桀凑近点儿,低声道:"猜呗。"

他这人浑得很,樱桃不想再和他说话。

长辈们聊天说着话,程桀表面认真听,其实心思早就飞在樱桃身上。可她目不斜视,余光都没往自己这边看。

程桀瞥到桌上的零食,是葡萄干。

樱桃正听纪良讲着婚礼相关事宜,旁边的人忽然碰了碰她。

樱桃转眸,看到程桀推过来一个白色盘子,上面有葡萄干拼出来的三个字:理理我。

聚会到尾声,大家为纪良和喻丽安送上新婚礼物。都是家里人,送的礼物多半实用且温馨,而程桀是客人,喻家人并没有期待他会送什么,可他一出手居然是送一辆保时捷豪车,钥匙直接放在喻丽安桌前。

众人无比惊诧。

其实他今天能出现在这里,已经足够让大家惊喜。毕竟他可是现在当红的男明星,能跟他吃顿饭说出去都有面子,没想到他出手还这么大方,一送就送豪车!

因为谁,自然不言而喻。

大家的眼神都往樱桃那里瞟。

程桀好像看不见各位眼中的探究,歪过身朝樱桃边上凑,声音不大不小:"要不要学开车?你要多少辆车我都送。"

樱桃给他一个适可而止的眼神。

程桀垂眼笑,挺听话。

喻丽安连忙把车钥匙推回去:"程桀,这我不能收,太贵重了!你今天能来吃饭我就挺高兴了,快拿回去!"

"阿姨,这款车是女款,我开不了。"他把钥匙推回去,"再说您收下了,我以后才有理由去您家蹭饭啊。"话是这么说,目光却有意无意地落到樱桃脸上,醉翁之意不在酒。

"你可真是……"

虽然知道程桀是为了樱桃,可喻丽安还是挺不好意思,这得多少顿饭才能抵得上一辆豪车?

喻丽安飞快地瞄一眼女儿的表情,樱桃面色不悲不喜,喻丽安更不敢收,刚想说拒绝的话,樱桃把钥匙放母亲手里。

"既然是程先生的心意,你就收着吧。"

喻丽安疑惑:"真收?"

"嗯。"

"……好、好吧。"

聚会结束已经有些晚,从饭店出来,喻丽安握着樱桃的手叮嘱:"程桀送的东西这么贵重,你替我好好谢谢他。"

喻丽安微笑着看向樱桃身侧的程桀。他今日的穿着很正式,西装笔挺,领带系得一丝不苟,刚刚宴会上的谈吐也非常得体恰当,散漫的劲儿收着,真像个清贵公子哥。

喻丽安是非常满意的。

她说:"程桀,麻烦你送樱桃回去,我和你纪叔叔还得回喻家一趟。"

"好。"

程桀在长辈面前完全就是个完美的好人,笑容如沐春风,非常契合"见人说人话,见鬼说鬼话"这句话。

可等喻丽安和喻家人离开,他身上的正经很快消失得无影无踪,他拉松了领带,坏笑着看樱桃,把西装纽扣一颗一颗地解开。

"阿姨似乎很放心把你交给我啊。"

被雨湿透的空气湿润，路面的水洼倒映着他挺拔的身影。风有些凉，程桀脱下外衣忽然裹住樱桃，握着她双臂将她拉到近前，眼底的笑一点点加深。

"那你呢？"

"我可以自己打车回家。"

"那真是不好意思了。"他那略显锋芒的眉骨下，笑时眼尾轻眯，有种老谋深算的狡猾，"我还得去你家找找，你有没有藏我送的东西。"

樱桃被裹在他宽大西装里，看着越发纤细。

程桀帮她把头发从衣服里拿出来。

樱桃的发质柔软，没有染过，是如墨一样的黑，更衬得她颈间肤色瓷白。

程桀多看了两眼，故作不经意地抚过，触手温热细腻，他指尖立即一僵，看向她的眼睛。

樱桃茶色眼眸里竟映出他有些痴迷的脸，

程桀眯着眼，捏住她下巴，轻声斥："你可真会勾引我。"

什么都没做的樱桃有点莫名其妙。

程桀的心情时好时坏，樱桃懒得弄清楚他在想什么。

回去的路上，他总试图套她话，想问出她到底藏着什么。樱桃感觉出他藏不住的喜悦，心情其实有些复杂。

回家后才知道停电了，樱桃寻找家里的备用蜡烛。

程桀用手机为她照明，倚着墙看她翻箱倒柜。

"喻医生不会知道我要来捉赃，故意破坏了电闸吧？"

樱桃没理他，找出蜡烛，朝他伸手："借下打火机。"

屋里唯一的光线是程桀的手机照明灯，混沌的光线容易暴露人面部的缺点，可对于樱桃来说，"缺点"这个词语像是不存在。光线越暗，她肤色越显苍白，越有凄楚易碎的美感。

程桀看了她一会儿后从兜里拿打火机，没直接递过去，而是点燃火，拉着她的手将蜡烛点上。

樱桃看着蜡烛，而程桀直直盯着她。

跳跃的火苗映在他深眸中，引燃浓情，樱桃一抬眸便愣住。

蜡烛已经点燃，樱桃却忘记退开。直到蜡油落到她指尖上，她才如梦初醒。

程桀先一步握住她的手，阻断她的退路。

蜡烛竖在两张脸之间，程桀半边脸烙下厚重阴影，火苗跳跃，影影绰绰，他的眼波渐渐化作缱绻，轻笑着问："现在是不是可以让我知道，你藏着什么了吧？"

樱桃轻叹："你不该相信纪样，我什么也没藏。"

"你以为我会信？"

程桀其实没什么信心，当听到纪样说出的所谓秘密时也是半信半疑，可哪怕只有百分之一的可能,他也会追根问底。

樱桃点点头:"不信的话,我带你去。"

她拿着蜡烛在前头带路。

这个家她刚住不久,不熟悉,蜡烛能照到的地方有限,她一不小心就撞到不知名物体。

程桀扶住了她的腰。

樱桃听到他低磁的笑声,稳稳落在她的耳畔:"故意的?"

"抱歉。"

樱桃侧过身想避,身前高大的影子俯了下来。樱桃双腿忽然悬空,被他抱起来紧贴着胸口。

"程桀!"她不赞同,"放我下来。"

回答她的笑声略哑:"闭嘴。"

程桀抱她上楼,因为怕撞着她,天知道他有多么小心翼翼。

"哪边?"

二楼的卧房分东西侧。

他说话胸腔震颤,音色低沉,像贴着她耳朵说话,拂得她耳郭发烫。

"东侧。"

程桀抱她过去。

到了卧室,樱桃说:"就是这里。"

程桀"嗯"了声。

一会儿后,两个人对视。

樱桃无奈道:"放我下来啊。"

程桀压根儿不想放,喜欢看她乖巧窝在自己怀里,喜欢闻她身上的香味,更喜欢不经意一低头,就可以吻到她柔软的发丝。

"这样不能开门?"

"……别闹。"姑娘的眼睛沁着天然水意,湿润温软。

程桀顶不住地被她眼睛吸着,魂都似散了。

"行。"

他懒痞地笑着,弯了身,挺小心地把她放下。

樱桃开门进去,说:"你自己找吧。"

她去沙发那里坐下,气定神闲的样子仿佛根本不怕他发现什么。

程桀就有点没底。

朦胧烛光洒满整个卧房,桌上天青色的花瓶里插着花,房里最多的是书,已经摆满了几个书架。

程桀一样一样地找,找遍书架和抽屉,没一样是他曾经送给她的东西。从起初的满怀期待,到现在指尖发僵。

他看着最后一个空空如也的抽屉，倏地笑出声。

他记不清这是第几次自取其辱，丢掉自尊了，明明知道她根本不曾在意过，却总是试图寻找证据。所谓的秘密很可能是纪樣的谎话，他却藏进心里，时刻惦记，分分秒秒思考她到底藏着什么。

原来真的什么都没有，他无足轻重。

樱桃没有出声，望着他背影与他独享此刻的落寞。

几分钟后。

"找到了吗？"她残忍地明知故问。

程桀僵硬地拭去桌上那滴湿润，紧握在掌心，转身时已经换上满不在意的神态，轻佻道："喻医生藏得挺深啊。"

也并不承认扑了空，嘴硬成为唯一的保护。

如果忽略他眼圈周围不正常的红，可能会显得更加云淡风轻一些。

樱桃没有拆穿，也没有反驳，从钱包里拿出一张银行卡给他："谢谢你送给我妈的礼物，卡里的钱应该够了。"

程桀心情本就坏到极点，没想到喻樱桃一点不肯让他好受，紧追不放地把他往死里逼。

望着她如水般沉静的眼眸，程桀竟然想笑都笑不出来，嗓子里像卡着一根刺，不上不下，刺穿咽喉，疼得让人鼻酸。

他垂下眼，又别过头，死死咬着口腔里的软肉，好不容易才逼退眼眶中的湿。

他嗓音极冷、极嘶哑："想跟我两清？"

"是。"

程桀忽然大步逼近，将她困在沙发一角。他眼圈湿红，因为愤怒，额头有青筋在鼓动，话从牙缝里挤出来："给钱怎么够，我要其他的！"

他这样子阴沉得可怕。

樱桃却始终维持平静："让你如愿的话，以后就不会再缠着我？"

程桀快被气疯，哪里还有思考的能力，咬牙切齿地盯着她："是！"

"你想要什么？"

"我要你！"他恶狠狠说着最暧昧缠绻的话。

樱桃沉默了一瞬。

程桀知道她不会给，肯定又要用惯会的温柔伎俩让他投降。程桀打定主意绝不上套，没想到她说："好。"

程桀愣住。

他所有的不甘和愤懑被这句话堵回去，好像都变成一台心跳加速器，胸腔里紊乱的震颤让他头脑空白，竟有点手忙脚乱地退开。

烛光笼罩着樱桃的脸，多了一层浅浅的柔美婉约。也许是刚才的对话为氛围做好了铺垫，房间里气温蒸腾，往常清灵的美人这会儿看着格外娇媚，只是轻轻

103

一抬眼，他就有点神魂颠倒。

程桀口干舌燥，呼吸急促，但他仍旧不理解，甚至以为自己听错了："你说什么？"

樱桃温柔而平静："你想做的事，我愿意。"

【7】

百叶窗里穿进风，烛光摇曳，樱桃睁开雾蒙蒙的双眼，望着窗外晃动的树梢出神。

掐在脖子上的大掌并没有太用力，捏过她下巴便突然地封住那饱满的唇。

比吻重，像侵略和掠夺。男人含着她下唇吮，咽喉里吞咽的声音性感；比咬轻，每次牙齿刮过娇嫩的唇瓣都会用舌尖轻舔安抚。

很霸道，程桀掐住她的腰，将她牢牢摁住，不准她挣扎犹豫，不准她分心想其他事。

他掌心炙热，体温滚烫，呼吸急促。

樱桃想了想，环住他的肩。

程桀立即一顿，又更加用力地圈紧她的腰。

程桀应该庆幸，好在停电，好在烛光并不明亮，樱桃并不能看清他眼中的狼狈。

他不知道是应该高兴还是感到可悲？她竟然因为想和他撇清关系，答应和他做这种事。他不是什么正人君子，不会拒绝的。

"有那个吗？"

黑暗中，他的粗喘让她脸红。

樱桃茫然："什么？"

男人贴着她耳朵笑："套。"

"……没。"

他慵懒地"嗯"了声，低笑命令："亲我。"

樱桃没动。

"喻樱桃，能不能听话点？"

樱桃慢悠悠地凑上去，碰到他的唇，试探着软软地压一压，好像感觉到他在笑，嘴角都勾了起来。

她想退，忽然被程桀托住后脑勺。他撬开她的贝齿，舌头伸进去胡乱霸道地逗弄。

樱桃受不住，用手轻拍他。程桀似乎不满她的娇气，轻"啧"着退开。他将她团在怀里，一下一下地啄吻，却没有更进一步的动作。

樱桃等了一会儿，程桀只是抱着她不动。

樱桃："你……不来吗？"

他低声笑了起来。

樱桃的脸有点烧。

"怎么,喻医生很期待?"

"……没有。"

程桀懒声笑,像在解释:"改天呗,我怕你怀上孩子赖上我。"

培训的最后一天,培训地点不再是剧组,而是淮城最好的平安医院,也是樱桃上班的医院。

早上九点整,所有演员在医院聚集,大家打扮低调,用口罩和帽子遮住脸,并没有引起轰动。

所有人在医院的会议室等樱桃,她查完房后过来。

平时的她都穿便装,今日终于换上白大褂。她扎着低马尾,衣服口袋里别有红、黑、蓝三种笔,还夹着工作牌。

程桀抬了抬棒球帽,目光轻扫过去,看着她娴静的侧脸。

樱桃年少时曾说过以后想做医生,程桀也想象过她穿白大褂是什么样子。

现在亲眼所见,他发觉还是和想象中的画面有些出入,并不是甜美灵动,而是从容镇定。

程桀从未想过原来长大后的樱桃,眼神可以这么温和而坚韧,富含温暖的力量。

这身衣服很适合她。

樱桃看到大家的装扮,每个人都戴墨镜和帽子,遮得严严实实,唯有程桀轻装简从。

他坐在会议室最末端,百无聊赖地躺在椅子里,手中的打火机在桌上轻点,逼人的眸光从帽檐下瞥来,锁住她的脸,极有热度。

毕竟亲过抱过了,就差突破最后的防线。

樱桃掩饰性地摸了摸眉毛,看向别处:"今天是培训的最后一天,该给大家讲的东西我都已经讲过。过去一个月大家很认真,相信你们或多或少有些收获。今天让大家来医院,主要任务是用眼睛看。"

"看?"张月莘反问。

"是。"樱桃把带来的表格分发下去。

"我个人认为要领悟好医生怎么演,光是知道一些医疗知识是不够的。希望大家今天能融入医院去每个角落观察,看一看人间百态,病人的诉求,医生们工作的状态。结束后,大家可以写写感受,把这份表格交给导演,你们也就完成了培训。"

她不疾不徐的嗓音总能让人认真倾听。

张月莘和王华珊两人与她关系还算不错,想到以后很难得再见到她,都有些舍不得。

樱桃安抚地浅笑:"没问题的话,我带你们熟悉一下心外科。"

刚出会议室，电梯里推出病床，科室的护士看到她犹如看到救星："喻医生，快！"

樱桃没多问，立刻上前检查病人的情况，然后迅速爬上病床，给病人进行心肺复苏急救。

"送手术室。"

"好！"

护士站护士急忙打电话通知手术室准备。

其他护士赶过来帮忙推病床。樱桃丝毫没分心，在对病人进行病情评估后，指导护士立刻进行心肺复苏，同时争分夺秒，将危重病人送去手术室。

演员们从没见过这样紧急的情况，都有些目瞪口呆，唯有程桀皱着眉，幽幽地沉思着。

演员们去会议室等待，没人聊天，都特安静，不仅替病人捏把汗，也替樱桃紧张。

原来电视里都是真的，现实中真的会出现如此危急的情况，医生完全就是和死神抢人。

大家忽然意识到自己即将扮演的角色有多么神圣。

程桀从外面回来时手术还没结束，经过护士站，护士们的对话让他停住脚步。

"这次的病人情况很复杂，已经转了几家医院都被拒收了，是送来路上突然停止心跳的，你们说喻医生能将人救回来吗？"

"不知道啊，刚刚我看到病人家属神色非常不善，说人如果真死在手术台，一定要找手术医生的麻烦！"

"啊？怎么这样啊！喻医生柔柔弱弱的，不得被他们欺负嘛！"

"大家也别这么悲观，也许喻医生能救回来呢。"

程桀直接去手术室，外面果然站着很多病人家属，男女老少都有，也的确神色不善。

医院的保安也在，时刻关注着他们的动向，准备在他们闹事的时候把人制住。

双方对峙，气氛紧张。

程桀戴着口罩和帽子，没人认出他。他随便找个位置坐下，悠闲地剥着瓜子，眼睛却一直盯着手术室的门。

直到下午，手术室的灯才熄灭。

外面的家属全部站起来，保安也随时准备出手。

程桀歪了歪脖子活动，骨头清脆地响了下。他收起长腿走到手术室外面，挡住了往前挤的家属。

一个年轻家属刚想发飙，被男人帽檐下阴戾的眼神吓住。程桀伸手抵在他胸口把他戳远，手术室的门也在这时候打开。首先出来的是护士，看到外面剑拔弩张的情形，吓得贴着墙离开，随后走出来的是樱桃，口罩没摘，只看到一双秋水盈盈的眸子,很平静。

家属急切地问:"医生,救回来了吗?"

樱桃语气淡淡地问:"手术成功,但病人情况还不好,需要转去ICU。"

能保住一条命就好,家属们瞬间转悲为喜,感恩戴德地朝樱桃道谢。

樱桃看向程桀靠着墙浑不惮的痞样。

如果她手术没成功,家属闹事,他绝对会和这群人打起来,到时候他的星途就完了。

樱桃刚才手术时还算镇定,因为必须要冷静才能挽救生命,现在却有些后怕。

她忽然拉住程桀走远,程桀眉眼挑了挑。

到更衣室外,樱桃对他说:"在这儿等我。"

这里没人,程桀摘下口罩坏笑:"成啊。"

她进去换衣服,扎好头发出来。程桀倚在门边,嘴里含着一颗糖。他帽檐压得低,下颌线流畅瘦削。听到脚步声,他用手指顶起帽子,漫不经心地瞥过去,视线在她疲倦的脸上定了会儿。

程桀忽然伸手抓住樱桃白大褂的衣领,她被扯到他近前,抬眼看到他染着笑意的眸。

他侧靠着墙,低下头,越来越近,近到樱桃以为他要吻自己。她急促地偏头躲,听到一声嘲笑。

"谁要亲你,别自作多情。"

左侧腰间的口袋被他装进来什么,樱桃才发觉他之所以俯身,是要把剥好的瓜子仁放进她口袋里。

的确自作多情的樱桃有点脸红。

"找我有事?"

程桀好笑地看她胡乱躲避的视线。

樱桃点头,手摸到口袋里面的瓜子仁,声音放轻:"我知道你为什么出现在手术室外面,以后别这样,你好不容易才有现在的成就,别为了任何人毁掉。"

程桀没说话,舌头滚着口腔里的糖,像是靠得有些累,站直后换个站姿,依旧散漫随意,歪过头不太理解地眯起眼:"那你倒是说说我在那里为了什么。"

樱桃说不出他是为了她才这样的话,无言沉默。

程桀也不催,从包里拿出之前出去买的汉堡和牛奶,把牛奶插上吸管递过去。

樱桃摇头,程桀的马丁靴踏近一步,捏开她的嘴把吸管塞进去。

"吸。"

樱桃淡淡地看着他。

程桀冷声道:"要我嘴对嘴喂你是吧?"

樱桃开始吸了。

程桀把汉堡也递给她。

樱桃无奈地接过来,坐在更衣室外面吃。

手术这么久,说不饿不累是假的。从前遇到这种情况,她都是做完手术下班后才去吃饭,没想到今天,会有人惦记着她。

"谢谢。"

程桀刚想说话,演员们找来。

"喻医生!"张月莘跑近后,兴奋地把她从椅子上抓起来,"刚刚我们都听护士说了,你又成功完成一台惊险手术!实在太厉害了!"

"这么厉害不庆祝怎么行!培训都要结束了,咱们今晚一起吃个饭吧!"王华珊提议后,其他人都同意。

大家都看向樱桃,樱桃抿着唇点头。

吃饭的地点是玉明堂,樱桃下班后和大家一块儿过去。

到饭店才被告知,今天的玉明堂已经被人包下,对方是位有钱且宠女儿的富豪,只为能讨女儿开心。

"现在的有钱人真豪横!"张月莘皱皱鼻子。

樱桃笑:"去别的地方吃吧。"

没走多远,饭店里的服务员追出来拦住他们。

"请问谁是向暖小姐?"

这里几乎没人知道樱桃原名"向暖",程桀可是知道的,他意味深长地朝樱桃望过去一眼。

"搞错了吧。"张月莘说,"我们这里没有叫向暖的女生。"

樱桃却开了口:"我是。"

众人诧异,喻医生不是姓"喻"?

樱桃:"找我有事吗?"

服务员赔笑道:"是这样的,里面的客人请您进去,您的朋友也可以进去。"

樱桃回头望向饭店。

午后的阳光折射到饭店的玻璃窗上,刺目得叫人不能直视,但樱桃始终看着那里,好像要透过那扇窗看着里面的人。

"好。"

服务员引领他们去二楼,包厢外,服务员让他们稍等,他进去一会儿后才出来,再请樱桃等人进去。

这样小心翼翼的对待,已经能让樱桃基本确定对方的身份。

尽管已经做好心理准备,可是在推开门看到中年男人的一瞬间,她的眼神还是有些凝滞。

向权儒在看到大女儿的脸时,也愣住。

印象中,樱桃乖巧甜美,而眼前的樱桃娴静淡雅,不说话,眼里蓄着一汪温温的水,再冷硬的心好像都会被她融化。

向权儒以为再相遇,女儿会恨自己,没想到她的眼神竟是这样平和。

向权儒有些感动。但他并不知道,樱桃看谁都是这个眼神,从前的天真性格早就被八年的孤独生活和病痛磨砺得只剩平静。

樱桃也在看着他。

向权儒一直都是成功的商人,这点从她记事起就知道。他很会保养,哪怕现在人到中年,也有中年男人独特的魅力,难怪能吸引到严嫱那样的花蝴蝶。

八年来,樱桃和向权儒没有见过一面,曾经感情甚好的父女,在他和喻丽安婚姻失败后分崩离析。

樱桃偶尔看报纸会看到向权儒的消息,离开喻丽安后,他的生意没受影响,甚至还在国外也开了公司。这么多年来,向权儒没有找过她们母女,樱桃都快忘记这个父亲存在的时候,他竟然出现了。

气氛诡异古怪,让人不自觉地紧张起来。

其他人没敢发出声音,还是程桀率先进去坐下。

他反客为主,给自己倒杯酒,漫不经心地品,看戏一样望着这对父女。

向佳佳本来就很不高兴看到父亲因为樱桃而失态,程桀的出现更是让她心情跌到谷底。

上次盛典的屈辱再次回放,她望向樱桃的目光藏着不易察觉的幽怨和讨厌。她出声喊:"爸爸,你怎么了?"

向权儒终于回神,邀请樱桃落座。

和想象中的不一样,樱桃并没有讥讽他,反倒温和地弯起唇,点点头便坐到程桀身边。

演员们都听过"向权儒"的大名,除了程桀,每个人都谦逊有礼地和他握手。所有人都落座。

向权儒仍旧看着樱桃,眼神慈爱:"好久不见。"

樱桃抿唇笑得淡:"好久不见,向先生。"

向权儒心微痛,樱桃曾经也是他疼着爱着的女儿,重逢后却连一声"爸爸"都不愿意喊。

多年来事业家庭顺遂的向权儒,今天在樱桃这里尝到一点心酸:"这些年你和你妈妈过得好不好?"

其他人虽然假装吃菜喝酒,但都竖着耳朵听,听到这句话,瞬间嗅到八卦的味道。

樱桃说:"挺好的。"

她也没问他过得好不好。

被忽视的向佳佳暗恨樱桃装腔作势,她从小就讨厌樱桃,讨厌樱桃可以光明正大地做向权儒的女儿,讨厌樱桃可以得到向权儒的宠爱。

后来,她也学着樱桃那样对向权儒撒娇,渐渐地,向权儒忘记樱桃母女。

可今天再见,樱桃不再是从前小太阳的样子,好似变成了一株娴静的梅,纵有风霜催折,也不会影响到她。

现在的她是温柔的,也是有磅礴力量且无坚不摧的。

不过向佳佳没有轻易露出心底的想法,被严姆教导那么多年,还在娱乐圈里混了这么久,她不信自己会输给樱桃。

"爸爸,"她亲昵地抱住向权儒的胳膊,"这是谁啊?"

向权儒变得有点尴尬:"你不知道这是谁?"

向佳佳奇怪地眨眼:"不知道呀。"

樱桃笑吟吟。

向佳佳总觉得她的眼神极具嘲讽。

向权儒咳了咳:"这是你姐姐,向暖。"

向佳佳表现得很惊讶,懊恼地拍脑门:"瞧我,肯定是因为拍戏太忙忘记了。爸爸真是讨厌!刚刚光顾着跟姐姐说话,都没给我介绍,害我出糗。"

她立刻握住樱桃的手,与樱桃一副好姐妹的样子。

"姐姐不要生气好不好?"

程桀喝掉半杯酒,酒有点烈,含在嘴里挺苦。瞧见樱桃如水的笑容,他慢慢吞下酒,指尖滑着杯口忽然把杯子推倒。

"难喝。"

他一副大爷似的难伺候。

向权儒终于注意到他,因为知道向佳佳喜欢他,所以也愿意迁就,便说:"你想喝什么,叫服务员过来随便点。"

"行啊。"

程桀摁铃。

服务员很快过来,询问他有什么需要。

程桀没骨头似的靠在椅子上,像喝醉酒,半合着眼问:"除了酒,有其他喝的吗?"

"有的先生,请问您需要什么?"

"有没有白莲汤?"

服务员的笑容差点没有维持住:"先生说笑了,我们这里没有这种汤。"

"是吗?"程桀偏头看向佳佳,兴味地挑眉,"你应该知道哪里有吧。"

向佳佳感觉到了程桀对自己的敌意,但为什么呢?

"……不知道。"

"不知道?"程桀有点意外,"我以为你知道呢,毕竟你这么娴熟。"

向佳佳总算听懂程桀的嘲讽。

程桀突然敛起笑,看向向佳佳:"是不是,白莲花?"

向佳佳的脸色瞬间不太好。

向权儒同样面色一沉。

张月莘等人险些没有憋住笑，只能努力地吃菜堵住疯狂上扬的嘴角，好几个人吃得太急，竟咳嗽起来。

把气氛弄得奇怪后，程桀挥手让服务员回去。

"不喝了，恶心。"

服务员脚底生风地溜走。

向权儒刚想发难，樱桃的话打断他："既然见到向先生，我有一件事要告诉你。"

"什么？"

"我妈妈要结婚了。"

向权儒愣了好一会儿，不敢置信："你妈要结婚了？和谁？"

"淮城大学的文学系教授，比不得向先生有钱，但性格敦厚、专情温润，是良配。"

这意思就是在骂他向权儒除了有钱什么也不是。

向权儒没空计较樱桃的阴阳怪气，满脑子都是喻丽安再婚这件事。

"还有，我现在姓'喻'，叫'喻樱桃'，之所以叫这个名字，是当初我妈请人给我算过一卦，那人说能让我去去晦气。"

樱桃轻拍衣袖，像在拂去灰尘："今天看来，好像没什么用。但也劳烦向小姐不要那样叫我，免得叫我又被晦气黏上，毕竟——"她的浅笑没有一点攻击力，眼神也是极温柔的，"你们挺不干净的。"

"暖暖！"

向权儒刚斥一句，程桀突然沉着脸站起来。

向权儒总觉得这年轻人看自己的眼神充满戾气。

程桀问其他人："饱了吗？"

大家点头如捣蒜，就算没饱也要说饱了啊，这种情况谁还吃得下？

"走了。"

程桀轻踢开椅子，经过樱桃时拉住她的手带她离开。

从玉明堂出来，程桀转头带所有人去酒吧，最后一次聚会，没道理被别人破坏。

去了酒吧，大家释放天性。

其他人在玩，程桀没参与，坐在樱桃边上，懒洋洋地盘着几颗骰子，时不时往她那里睨一眼。

他忽然走出去，跑到酒吧附近的玩具店转一圈，没看到想找的东西，就沿着街一直找，终于在一家不起眼的小书店里找到和当年相似的小人书。

程桀回去时，天空飘起雨。

111

程桀不喜欢下雨天，喻樱桃就是在这样的雨天离开，可他们的重逢也是在下雨天。

所以最近，他便又喜欢上了。

看吧，他的恨与爱被轻易操控，都来自喻樱桃。

程桀看得出她见过向权儒后就不开心，从前她不开心的时候都会看小人书，他把小人书放兜里，不时摸一摸，竟有点以前讨她欢心时的紧张。

回到酒吧，他推开包厢的门，却没看到樱桃。

程桀盯着她刚才坐的，而现在空空如也的位置。

"程老师，你总算回来了。"张月莘说，"喻医生已经走了。"

"去哪儿？"

程桀表情森然。

张月莘害怕他这个模样："……不知道，不过……你要是现在追，应该能追上。"

但是，程桀没有追。

八年前他已经追过一次，从故水镇追到淮城机场，又从淮城追到国外。他用自己所有的积蓄找她，也曾过得穷困潦倒。

程桀坐下来用帽子盖住脸，眼神空空。

又是雨天，又是不打一声招呼就离开，又要让他等多少年？

他不会追的。

他不会。

程桀坐在那里，拳头握得越来越紧。

他不会……

程桀突然摔门而去。

他会！

这一次会，下一次会，再来无数次都会。

因为那是喻樱桃！

樱桃并没有乘车走。

雨下得不大，她买了把透明的伞，听着街上咖啡店里传出来的音乐，是那首熟悉的歌曲《刻在我心底的名字》。

歌词她已经熟记于心。她边走，边跟着轻轻地哼。

身后好像有什么在靠近，那速度越来越快，越来越近。

樱桃转身，被忽然抱紧，这股冲力让她退后两步。

"程桀？"

响在耳边的声音嘶哑失控："喻樱桃，你真是我见过的最虚情假意、最贪慕虚荣、最喜新厌旧的女人！"

"可……"可是这愤怒的声音里，还是有没有藏住的哽咽，"可你也是我最放不下,最舍不得的人。"

咖啡馆里的歌,正唱到动情处。

> 刻在我心底的名字
> 忘记了时间这回事
> 于是谎言说了一次就一辈子
> 曾顽固跟世界对峙
> 觉得连呼吸都是奢侈
> 如果有下次,我会再爱一次

"你说我太过平庸,所以我拼尽全力变得耀眼;你嫌我穷,我现在有钱了;你觉得平淡乏味,那我保持热情;你讨厌我胡作非为,那我都改。

"我认输了,我现在认输了!"

程桀死死地抓住樱桃的手,没敢看她的眼睛,每个字都问得艰涩颤抖:"我现在,可以痴心妄想了吗?"

第四章·离开

雪花很想你,我也是。

❋

【1】

才晚上八点的街,奇妙地安静下来。咖啡馆里的歌切换到下一首,依旧在唱离别和重逢。

就像他们。

雨点很轻,落在透明的伞面上,水珠聚拢着,就像时间在重合。

樱桃想起当年离开,也是在这样的下雨天。

她沉默很久,说出一句连自己都不信的话,试图让程桀恢复清醒:"你说过对我没兴趣。"

程桀气极反笑,掐起她的下巴:"那是假话,你能不能长点脑子?"明明是骂人的话,他捧着她的脸,却说得有些温柔。

樱桃被迫望着他棱角分明的脸。此刻的程桀和记忆里的少年重叠,经过多年岁月洗礼他还是没有改变,还是有着一颗炙热的心,要爱就爱得义无反顾。

樱桃也想不管不顾地和他相爱,不计后果,不用承担责任,只要有爱,其他什么也不管。但那样太自私,也太残忍。

她不敢想象在她离开人世后,程桀一个人会过得多么辛苦。所有美好回忆都会在那时候变成锋利的刀刃刺伤他。也许是几年,也许是十几年,也许一辈子他都走不出来呢?

她想来想去,还是觉得不能耽误他。得不到或许遗憾,但人生那样长,他总能遇到另一个女孩子,给他幸福,给他家。

而这个人不会是她。

樱桃:"抱歉,我们不合适。"

"哪里不合适?"他冷声低问,步步紧逼,不容她闪避视线。

"你现在是光芒万丈的大明星,而我只是一个普通人。"

程桀的回答没有任何犹豫:"我可以退圈。"

樱桃皱眉:"程桀!"

"怎么?"他笑声轻嘲,"拒绝我能不能想个好点的理由?"

樱桃无奈,绝情话还没来得及说,程桀像是能看出她的心思,用手指先一步抵住她双唇,暧昧低语:"上次你答应过我的事还没做,要拒绝的话,做完那件事,我自然有多远滚多远。"

樱桃看着他漫不经心满是笑意的眼睛,脸皮薄,有点脸红。

其实心脏病人不适合同房,她之所以会答应,也是因为最近的身体情况和各项指标还不错。

"不会再纠缠我?"

程桀轻声"啧":"是。"

"好。"

他笑了下,在她绯红的脸颊上捏了两下,被樱桃警告地推开。

程桀笑意更深:"等会儿我会更过分,都不让我碰?"

程桀的车就在附近,他让樱桃在这里等,他过去把车开过来。

樱桃特意坐在车后排,程桀冷笑地瞥她,被气得没说什么。

他坐在车里,直勾勾地盯着后视镜里她的脸,哑声问:"去哪儿?我家还是酒店?"

"……酒店吧。"

程桀开车,时不时瞧后视镜里的樱桃。

她似乎有点紧张,虽然看起来面色平静,可双手紧握着裙子。

忽然,她一抬眼,两人的视线在后视镜里相遇。

程桀好整以暇地挑眉:"怕?"

樱桃别开眼:"没有。"

"有经验吗?"

樱桃没回答。

"问你话啊,喻医生。"他笑声轻哑,明知故问,喜欢看她脸红。

"……没有。"

他就笑得越发放肆。

樱桃的脸也越红。

到地方后,樱桃下车看到别墅,上面显示着顺川路520号的门牌号。

115

她很意外:"为什么来你家?"

程桀挑眉,没想到她还记得这里是他家。

他懒洋洋地关好车门,低垂着眼睛看她:"我家怎么了?你又不是我第一个带回来的女人。"

他走在前面带路。

程桀喜静,别墅建得挺偏,周围没有邻居,简直算得上荒郊野岭。进入别墅会经过庭院,庭院里很多栀子花,樱桃眼神一顿。

程桀无所谓地解释:"别人送的,我最讨厌那花,改天一把火烧了。"

樱桃点点头,没发表任何意见。

进屋后,程桀让她随便坐。

他开了一瓶酒:"喝吗?"

樱桃摇头。

程桀逗她:"确定要保持清醒?"

"你能别说浑话吗?"

"我说什么了?"他把半杯酒喝完,眼睛始终没离开樱桃,狩猎般精准。

"我要洗澡。"樱桃轻声道,水盈盈的眼睛绵软动人。

程桀盯着她,毫不掩饰地滚动喉结。

樱桃垂眸,睫毛轻颤。

"过来,我带你去。"

樱桃无声地跟着他。

程桀在浴室给她放水,等水温合适后,他嗓音特哑地说:"进来。"

樱桃褪去低马尾上的发圈,头发瞬间散开,属于她的栀子花香比他院子里那些花香更醉人。

"你出去吧。"

程桀不仅没出去,还关了门。他脚步逼近,将她困在双臂里,缓缓低头亲上她的鼻尖:"你洗完我再洗多浪费时间,一起呗。"

"你家里只有一个浴室?"

"对。"

程桀把淋浴开关打开,温热的水雾时落下,很快湿透他们的衣服。

樱桃没来得及把他推开,下巴便被抬了起来。他色泽深重的眸凝视她,忽然俯身吻下来。

水声湍急,也许急的不是水声。

她的呼吸和程桀的呼吸掺杂。

…………

具体在浴室待了多久,樱桃已经记不太清,她只有一个意识,那就是结束后一定要第一时间离开。

可她醒过来的时候，已经是第二天傍晚。

她躺在程桀卧室的床上，落地窗的窗帘很遮光，房间很暗。她身上穿着程桀的睡衣，而他没在。

樱桃稍微动一动，身体便极其不舒服。

樱桃找衣服穿好，小心翼翼地下楼。

听到厨房传来的动静，樱桃没打算去打招呼，头一次准备鬼鬼祟祟地离开。

刚拉开门，身后传来的冷笑声带着玩味："喻医生打算始乱终弃啊？"

樱桃真实地感到疑惑。

这句话是什么意思？和说好的不一样啊。

她少见地呆愣了一会儿。

"我们的交易已经结束，我应该走了。希望你能履行承诺，不要再纠缠我。"

她的腰间忽然缠上他的手臂，和昨晚一样熟悉且炙热的胸怀将她拥住。

"我变得贪心了，一晚上不够。"他灼热的唇贴到她的耳尖，"你说怎么办？"

樱桃急于脱困。

"别动，不疼吗？"

程桀抱着她往回走。

樱桃："你不能说话不算话。"

程桀语气很淡："没想纠缠你，留你吃顿饭还不行？"

"你放我下来，我自己走。"

程桀停下来看她："不累？"

"不……"

"昨晚是谁哭？"

樱桃不想理他。

程桀收紧臂弯，压低声音笑道："我还是第一次看到你那样耍脾气。"

樱桃捂住他的嘴。

程桀眼睛笑得轻眯，舌尖舔了舔樱桃的手心，她赶紧收回手。

程桀将瞬时抱回床上，把窗帘拉开。窗外也有小院子，满院子栀子花。

樱桃看着他。

程桀面色不改："看我干什么？改天一把火全烧了。"

程桀把饭菜端上来。

上次樱桃吃了程桀做的东西，难吃到哭了，这次程桀花费很长时间做饭，陪她吃饭时总停下来观察她，倒把樱桃弄得有点糊涂。

吃完饭，她又提起要走。

程桀："你这样子回家，你妈看不出来？"

樱桃的确没考虑到这点。

程桀看到她颈弯里的红痕,轻舔干燥的唇:"就住这儿呗。"

樱桃的眼神挺不信任。

他回以冷笑,表现得满不在乎:"我俩只是露水情缘,真觉得我会上心?就是看你可怜。"

"我可以去住酒店。"

程桀:"住酒店没人照顾你。"

"我可以自己照顾自己。"

"你那样娇气,能行吗?"

"能的。"

"不行!"

樱桃不理解:"为什么不行?从前你带回家的女人,你也这么对她们吗?"

程桀一愣:"你吃醋?"

"没有。"樱桃低头摸自己的发梢,"我们结束了,不用留我。"

"这么不留情面?"

"没必要。"

程桀喉咙里酸哽,踢开旁边的椅子出了门。

最后是樱桃一个人离开。

程桀说得对,这样子回去喻丽安一定会看出来什么,樱桃去住了酒店,因为身体不舒服,打算多躺着休息,闭上眼却总想起昨晚,程桀沉沉的呼吸好像就在耳边。

樱桃耳垂发烫,去浴室洗把脸让自己冷静。

躺到半夜,外面有人敲门,樱桃开门后还没看清来人,便被对方推到墙上封住唇。腰被掐得紧紧的,她无法动,只能感觉到嘴唇被人轻咬吮吸。

唇齿分开的间隙,他混乱的呼吸让樱桃脸红心跳。

程桀近距离盯着她低垂颤动的睫毛,忽然勾起她的下巴要她看自己,坏也正大光明地在她面前坏。

他咬住她的脸颊,留下浅浅牙印,听她哼唧着说疼,笑得更深:"直说吧,喻樱桃。我来是让你负责的,你别想睡了我就跑。

"我的意思是说,要么我娶你,要么你嫁给我。

"我告诉你,你没得选!"

他的眼神,势在必得。

樱桃有点愣:"我也不是你带回去的第一个女人,为什么要我负责?"

他轻声笑骂,将她堵到墙角,怕她听不清,特意凑得极近:"傻不傻啊,你是第一个。"

樱桃别开眼睛:"你答应过我,不能说话不算话。"

"所以啊，我们一起反悔吧。"

樱桃摇头："不要。"

程桀亲她的左脸，笑问："要不要？"

"不要。"

他又亲她的右脸："要不要？"

"不要，别这样。"

程桀继续亲她的眉心，亲她的眼帘："要呗。"

他把坏脾气收着，压着嗓音哄："成不成？宝宝。"

【2】

樱桃完全没料到事情发展到这个境地，只是她也有爱，也想付出一点和爱有关的东西。

哪怕她已经没资格，甚至需要赌上生命。

之所以与程桀发生不可斩断的关系，也有她的一点点自私。这个对于她来说遥不可及的人，她很想短暂地拥有一下，那么在心里，她就算是已经嫁给过他了。

只是他们之间，始终需要有个人率先退出。

樱桃知道，这一次和八年前一样，需要她来做。

打印机里推出一张又一张资料，机器的工作声反复回响，樱桃还在出神。

护士提醒她："喻医生，你的东西印好了。"

樱桃"噢"了声。

她把东西整理好，回到自己的办公室。

住酒店的那晚程桀留了下来，虽并没有对她做什么，却花样百出地哄着她结婚。

之后几天，樱桃还有些心乱。

樱桃摁着眉心，强迫自己专心工作。

桌角被人推过来一杯热水，樱桃视线移过去，对上一双友好温润的笑眼，是前两天刚到医院的"海龟"医学博士柯易，和她同科室。

"谢谢。"

"喻医生似乎有些不舒服。"

樱桃抿唇："没有。"

柯易的视线落在她面前厚厚的病历上："是不是最近病人太多让你感到疲倦？"

"职责所在，没事的。"

这样谦逊温和的樱桃，不仅病人喜欢，医院里上到院长，下到护士和她关系都很好。

柯易第一天来就关注到她。实在是这个女医生长得过于漂亮，不像治病救人的医者，倒像个明星，而且性格还是他的理想型。

"有什么需要我的地方，喻医生尽管开口。"

"谢谢。"

柯易回位置后,坐樱桃旁边的女医生秦叙靠了过来:"我看柯医生对你有意思啊,这两天总是给你端茶递水。"

樱桃淡笑:"别胡说。"

"我哪是胡说呢,他怎么不给我们其他人送水,还每天对你嘘寒问暖。"

秦叙用手背遮住嘴,更加小声地对她说:"放眼整个医院,也就柯易勉强能配上你,你可以考虑一下。"

医院里除了院长,没人知道樱桃的身体情况,她不会做这种耽误人的事。她回以淡笑,继续工作。

下午有个会,心外科即将开展科研课题研讨。

樱桃和柯易分在一组,秦叙调侃老天都帮忙给他俩搭线。

樱桃深感无奈。

下班后,樱桃和柯易留下来确定课题方向。

樱桃包里的手机总是响动,拿出来看到程桀发的信息。

和哪个野男人在一起呢?为什么不接我电话?

柯易印好资料过来,瞥到她手机里这条信息,诧异地扬眉,却什么也没问。

忙到晚上十点左右,柯易提出:"一起吃个夜宵吧。"

樱桃淡笑摇头,说:"不了,我没有吃夜宵的习惯。我妈妈肯定在家等我,我要回去了。"

"那我送你。"

"不用,我自己打车就好。"

柯易坚持:"那怎么行,这个点打车很不安全,别跟我客气,你说说你家在哪里,说不定顺路呢。"

樱桃唇畔带着温和的淡笑,但拒绝的意思很明显:"真不用。"

"好吧,那你安全到家给我发个消息,我会担心的。"

樱桃收东西的动作微顿,这话说得有些暧昧,她没接。

程桀转着手机等信息,而樱桃简直像失踪了。

这事挺好笑,一般来说男女之间发生关系,不是女孩子更着急、更患得患失一点吗?怎么到他们这儿就颠了个儿?

喻樱桃的种种行为完全就是个"渣女"。

程桀越想越不得劲,生气地把手机塞兜里,转头上电脑搜索:如何让"渣女"痛彻心扉。

看到后半夜,他忽然觉得自己这行为挺白痴。

等再拿手机看,没有一个未接来电,没有一条新短信。

程桀气笑了。

行,厉害。

程桀关机睡觉,告诉自己,男人不能犯贱。

第二天。

程桀拍戏结束就去了淮城赫赫有名的拍卖会,这种地方一般富豪、名媛扎堆,娱乐圈会去的也不少,多的是明星借机寻找一飞冲天的机遇,不过程桀从来不需要。

他的走红与运气无关,而是当年在影视城做群演,一步一个脚印,扎扎实实锻炼演技才有机会出头。

拍卖会在淮城湘水庄园举行,现场富丽堂皇,盛装出席的人们觥筹交错,推杯换盏。

多年前头一次出现在这种场合的程桀就觉得荒唐,从前在故水镇,他住的地方潮湿阴冷,那时候根本没想过有一天,他会出现在这样顶级的地方。谁能想到,曾经的他没有任何理想,没有任何抱负,想的只是能给老头养老送终,能得个温饱就行了。

对穷人来说,活着就挺不容易,梦想挺讽刺的。

可喻樱桃的出现,让他开始自省。

他想,那样低入尘埃的他太配不上她。

那么现在呢?

程桀轻晃指间的香槟,垂眸望自己一身名牌奢侈品。

同行演员恭恭敬敬叫他一声前辈,投资商也会来跟他喝杯酒,从前绝不会瞧得上他的名媛们,竟也会暗送秋波,搔首弄姿希望得到他的注意。

程桀轻嘲着吞下酒,无人知道,名满娱乐圈的程影帝此刻心心念念的,只是那个从未把他放心上的女医生。

文正从洗手间回来,嬉笑着感叹:"还得是你啊桀哥,刚刚我过来,十个漂亮女生中有九个都说是你粉丝,想跟你共进晚餐。"

文正把自己手掌摊开,上面全是电话号码:"桀哥,你挑谁?都挺漂亮的。"

程桀扫了一眼,百无聊赖地问:"九个说是我粉丝,剩下的那个呢?"

文正凑近跟他低声道:"还有一个是富婆,说要带着全部身家嫁给你。"

文正特别贴心:"桀哥选哪个?"

程桀品着酒瞥他。

文正挺害怕程桀这种不动声色但森凉的眼神,讪笑着缩起脖子。

拍卖会开始后,程桀盯住一只镯子。

拍卖师介绍这镯子年代悠久,距今至少有五六百年,镯子产自哥伦比亚,色泽通透的祖母绿,里头有汪水牵着,温温润润,素净漂亮。

"拍它。"

程桀出声，文正立刻举牌子。

这镯子是今晚最贵的拍卖品，竞争的人不少，每次有人出高价，程桀都平平静静，懒声告诉文正："拍。"

价格越抬越高，有要炒出天价的趋势。

程桀不是第一次参加拍卖会，但之前从来不会参与竞争，这次这样势在必得，叫人意外。

有人调侃："程先生抢女人的镯子做什么？难不成送心上人？"

程桀漫不经心地调整坐姿，英俊而贵气，嗓音淡淡道："送老婆。"

现场众人惊呆，名媛们和女明星们芳心碎一地。

文正拍脑门，他就说桀哥干吗非要这镯子，除了要送喻医生还能是谁！

或许是因为程桀的回答，很多原本没有竞拍的名媛和女明星也参与进来，好似不想让程桀如愿。

但程桀的财力，显然突破了所有人的认知。

他最后以天价拍下玉镯。

樱桃最近忙课题实在有些忙，中午才有空出来走走，坐在医院小公园里晒太阳喝咖啡，忽然又收到程桀信息：你挺惬意啊。

他在这儿？

樱桃抬起头，看到对面树下的男人，戴着堆帽和口罩，双臂抱胸，懒洋洋地侧靠树干，有种酷酷的帅。

他缓慢地站直，朝这边走过来。

樱桃不自觉地握紧手中的咖啡。

程桀站她跟前，浓重的黑影盖下，居高临下地冷睨她。

"你怎么来了？"

"我怎么不能来？我来看我老婆。"

樱桃被他的话惊得有点口吃："谁……谁是你老婆？"

程桀笑了一声，压低身，修长的手臂撑在她身侧的长椅上，就这样把她困在怀里，只余一双清清冷冷的眼睛在外面，露骨直白地盯住她。

"我说看我老婆，又没说看你，你紧张什么？"

樱桃睫毛轻扇，避开他灼热的视线："你说得对，那你快去找你老婆吧。"

他开始犯浑："等会儿啊，你长得比她漂亮，我先跟你聊会儿。"

简直没个正行。

樱桃被他拉到保姆车里。车里没人，文正早就给他们腾好地方。

程桀把车门关上，拿下口罩，开始在她身上摸找什么东西。

"程桀，你干什么呀？"

他冷着脸搜出她身上的手机，翻出她的来电记录和信息，以及没有回复的微信。

他颠着手机，挑高眉毛，问她："为什么不回，给个理由。"

"我在忙。"

"忙什么？忙得都没空回我信息？喻樱桃，你哪怕回个标点符号呢，你可真行！"

樱桃坐在那里听他数落。

程桀意识到自己的语气有点凶，忽然顿住，低头把她的鞋脱下来，竟然开始给她揉脚，脸看起来还很阴沉。

樱桃："你干什么？"

"哄你啊！"

他起初是真的在揉，揉着揉着指法有点不对劲，更像是爱抚和试探，手指从她脚跟往上移，眼尾染上点不寻常的色泽。

樱桃轻踢他胸口："干吗呀？"

程桀一愣，继而沉笑。

他发觉自己竟然挺喜欢这种被踩的感觉。

他把樱桃白皙娇嫩的脚搋怀里，忽然握住她后颈拉下来："再踢几下呗。"

樱桃脸红："变态啊。"

他笑，满眼轻纵。

笑完了，他拿出拍卖会竞得的手镯给她戴，樱桃哪能要。

程桀轻拍开她阻拦的手。

"大街上随便买的，才五块钱，收着呗。"

樱桃问得认真："程桀，你当我是傻瓜吗？这镯子怎么可能只值五块？你告诉我多少，我给你。"

"你给不起。"

樱桃心想也是，他现在可不是当初那个需要打工才能获得温饱的少年，随便接个代言都是成百上千万。她想褪下镯子，程桀忽然抱住她，在她唇上重重亲一口，把她亲蒙了。

"你干什么啊？"

"你敢拿下来，我就在这儿办了你。"程桀舔着牙冷笑。

樱桃相信他做得出来，进退两难。

"你怎么这样。"

"我哪样？"

她为难的表情让程桀看得有趣。他也算看出来了，对待喻樱桃就是要用非常手段。

反正他死磕到底！

"拿着呗。"

程桀哄人的手段太厉害，轻挠着她下巴像哄小猫。当她撇过脸时，他立刻将

123

她下巴尖捏过来，不轻不重地压住她的唇，吮的声音她听得一清二楚，耳根跟着发红。

"你乖，我疼你。

"好不好？"

樱桃顶着通红的脸回到医院，去洗手间洗了很久的脸才勉强恢复平静。

回到科室，秦叙盯着她的嘴巴，忽然眯起眼睛。

樱桃有点紧张："怎么了？"

秦叙问："你中午吃的哪家麻辣烫？嘴都被烫肿了。"

樱桃回家后便把镯子摘下来放进匣子里，程桀上次没找到是因为她早就藏得更严实。

这都要怪几年前她不小心让纪樣发现了这个秘密，从此以后，纪樣提到程桀总是用"旧情人"三个字代替。

也是为了不泄露，樱桃每隔一段时间都会更换藏匣子的地方。

镯子看起来就很贵重，想想以后只能配一具尸体还是挺可惜的。

她舍不得戴，把它好好地放起来。

想到程桀白天的吻，她的心跳变得好快，她忙吃点药平复。

每天到中午，医生们才有一点休息时间，办公室里的同事们会利用这点时间或睡觉或做其他事。

樱桃吃饭回来，秦叙和几个女医生正在看程桀的采访视频。

樱桃瞟了一眼，拿起水杯去接水。

视频中，主持人问程桀："最近有没有什么新鲜事要和大家分享？"

程桀坐姿放松，随意地歪靠着低眸思索，英朗俊容被镜头放大，办公室里响起秦叙等人惊叹不已的声音。

樱桃抿着唇浅笑，他现在真受欢迎。

"新鲜事啊？"他指尖搭在眉尾，轻笑，"还真有。"

"是什么？"

"被人甩了。"

主持人和后台导播都愣住。

这话的杀伤程度大概会让今天的网络瘫痪吧。唯有程桀笑容散漫，紧盯镜头，像在看什么特别的人。

秦叙等人互招人中冷静，喊打喊杀要揪出那个甩了程桀的女人。

正主端着水杯愣怔地隔着屏幕和程桀对视。

主持人怎么可能放过这个惊天八卦，连忙追问："方便告诉我们是谁吗？"

"可以啊，我正好也想找她要个说法。"

程桀轻笑，慢条斯理地启唇："她叫……"

樱桃捏水杯的手指一点点收紧。

秦叙忽然关掉手机，暴躁地挠头发："听不下去了！"

她是程桀的"铁粉"，接受不了这件事。她转头投入樱桃的怀抱，哭得一把鼻涕一把泪："我接受不了！啊啊啊，我一定要杀了那个坏女人！"

樱桃只得干巴巴地提醒："秦医生，你是医生，不能杀人，只能救人。"

"我不管，呜呜呜！我老公！我老公被'渣'了！"

秦叙虽然是医生，但也是个追星女孩。看樱桃不为所动，她边哭边卖"安利"："你也粉程桀吧！他人帅、钱多、演技好，虽然看起来冷冷的，但等你尝过他的好就知道这才叫真男人！"

"你尝过？"

秦叙泪眼婆娑地摇头："没，幻想过。"

樱桃无奈地安慰秦叙，听秦叙骂自己"渣女"的感受，其实挺奇妙的。

一个小时后，哭完的秦叙去洗手间洗脸，樱桃终于有空看新闻。程桀最后并没有在节目里说出她的名字，只是他那句惊天动地的话还是导致了网络瘫痪。

樱桃也算见识到了什么叫"顶流"。

她想，如果她的名字被公布出来，会有粉丝来"追杀"她吧……

晚上加班，办公室里只剩樱桃一个人。

到十点半结束工作，关灯时才发现门后有个黑影。

她后退数步，被对方忽然扯过去抱紧，耳郭里落进低哑磁沉的声音："那个甩了我、对我不负责任的人，是你吗？"

"喻、樱、桃。"

【3】

网上腥风血雨，全网都在查是谁甩了程桀，而正主在陪程桀吃夜宵。

樱桃的确没有晚上吃东西的习惯，重要的是有话要对程桀说。他们随便选了一家烙烤店，有隔间，不会有人认出程桀。

烤锅里烙着肉和素菜，香味飘散。

程桀用干净的筷子翻肉，样子熟练。

"为什么要那样说？"樱桃率先发问。

程桀把烤好的牛肉放她碗里："实话实说。"

他就着啤酒吃了点烤肉。

这家烙烤店虽不是什么高档餐厅，但环境不错，每个隔间都吊着很多绿萝，里头藏着灯，浅光洒下，樱桃的每根发丝好像都在发光，恍似神明降临。

程桀表面漫不经心，实则早就将樱桃身上每个细节都看在眼里。

她穿浅蓝色薄毛衣，微微露肩，带着些许撩人的纯欲，鬓发用一条杏色丝巾绑到左肩，有点小性感，也是很清纯的温柔。

程桀借着喝酒掩饰滚动的喉结，用筷子另一头敲她的碗："吃啊，我烤得不辛苦吗？"

樱桃的碗里早就装满肉，程桀每次都会把最嫩的肉给她。

她挑起一块轻轻吹凉，吃得含蓄。

程桀用生菜包几块肉，把她嘴巴捏开，将包着肉的菜塞进她嘴里。

樱桃来不及阻止，只得含住，两边脸颊瞬间变得鼓囊囊。她不习惯这样的投喂方式，咀嚼得很艰难，像只不知所措的小松鼠。

程桀笑出声。

樱桃轻瞪他，费了很久劲儿，才慢慢吞下去。

程桀笑得东倒西歪。

"喂，喻樱桃。"他忽然把人往自己身上拽，直视她的眼睛，声音很低，"要不要这么可爱啊，嗯？"

"别闹。"樱桃忙坐好，把耳边两绺发丝别到耳后，"总之你以后不要在公共场合说那种话了。"

"我说得不对吗？"他没用开瓶器，用碗碟顶开啤酒瓶盖儿，拎着酒瓶松弛地靠坐着，不时把酒送到唇边喝。

"你就是个'渣女'啊。"

樱桃想，如果忽略内在的某些因素，她做的那些事的确挺"渣"。

好吧，她承认。

她正打算点头，隔壁的哭泣和斥骂一起传来："早跟你说过那就是个'渣男'，那耳洞比女人还多，能是什么好人？"

两只耳朵都有耳钉的程桀一噎。

当樱桃的目光移到程桀的耳钉上时，程桀把堆帽拉下来遮住耳朵。

隔壁："吊儿郎当的男人最好别招惹。"

樱桃的眼神再次移动，看着他的脸。程桀放下酒杯，不动声色地坐得端正了一些，并把袖子拉下去盖住手臂上有些吓人的青筋。

隔壁又传来声音："这种惹事生非，喜欢打架性子又野的男人，一看就不靠谱啊，这种'渣男'我真不知道你看上他什么！"

程桀顶了下后槽牙，总感觉对方在"内涵"他。他在这儿控诉喻樱桃是"渣女"，转眼他就成了别人眼中的"渣男"。

樱桃弯起唇。

"很好笑？"他忽然按住樱桃的唇，指腹用力碾，本想出点气，可她的唇太柔太嫩，倒让他心猿意马起来。

樱桃想推开他，反被男人的手掌掐住下颌，他冷锐的眼一点点逼近："如果我是'渣男'，那和你这个'渣女'也是绝配。"

"放开我。"

"不放怎样？"

"我不舒服。"

"娇气。"

程桀知道她皮肤嫩，根本就没用力，但这姑娘娇气死了，他还是给她轻揉了一会儿才放开。

樱桃声音虽软，却可以让隔间的人听清楚："就算这些坏脾气都有，也不一定就是坏人。"

程桀喝酒的动作慢下来，这就像从前一样。所有人都不相信他，都害怕他，只有樱桃站在他身边，愿意接近他，关心他，愿意相信他本性不坏。

"存心的吧？"

"嗯？"樱桃不解。

程桀不说话，只看着她。

樱桃被这样直勾勾的眼神盯得脸红。

后来送她到家，程桀又再提起。

"你存心的。"

樱桃实在疑惑，刚要问。

程桀忽然解开她绑头发的丝带，手指插进她头发里托起她的脸，轻贴着她的耳郭："存心让我非你不可，是吗？"

被他气息拂过的地方滚烫，心有点乱，樱桃什么也没说便走，甚至忘记拿回丝巾。

也许是耳朵红得太明显，回家撞上纪樣，他奇怪地看她好几眼。

"你思春啊？"

一段时间过去，樱桃的名字和身份始终没有被扒出来。

不过喻丽安的花店倒因此生意更好，每天总有人在花店外面蹲守，期望能发现点什么。

店门口的风铃声提醒有新客人到，喻丽安放下手中的水壶微笑抬头，看到对方时笑容僵住。

这位不速之客正是向权儒。

他从樱桃那里得知喻丽安要再婚后，就一直在想这件事。

虽然八年没有见过她们母女，却知道喻丽安一直单身，当向权儒以为她会一直单身下去的时候，她却要结婚了。

他知道这个想法很卑劣，他和喻丽安已经离婚，从此男婚女嫁各不相干。

可他总是忍不住想起从前的喻丽安多么爱他，潜意识里还把喻丽安归为自己的所有物。

再次看到前妻美丽的面容，向权儒愣了好一会儿。她好像一点都没有变老，还是从前的样子。

"你怎么会来？"短暂的愣怔后，喻丽安的语气冷下来。

"我……"也不知怎的，向权儒有些紧张，感觉像是回到最开始追求她的时候，"我来看看你。"

"不需要。"

"你在怪我吗？怪我对你们母女不闻不问。"

喻丽安淡笑："怎么敢怪向先生，我应该感谢你，因为你的不闻不问，我和樱桃过得很舒心。"

向权儒沉默了一会儿，取出一张银行卡放下："这么多年你一个人照顾樱桃辛苦了，她的病很花钱，你肯定不容易，这些钱是补偿你们的。"

喻丽安将水壶里的水直接浇到那张卡上："我们喻家有钱给樱桃治病，再说樱桃自己也争气，从小到大的奖学金也够了。上大学后，她还是学校重点培养的人才，都不用我们花一分钱。"

向权儒有点无地自容，樱桃优秀他是知道的。他也曾经怨天尤人，为什么那么优秀的女儿会得那种病。

相比起来，向佳佳就要平庸得多，成绩平平，毫无建树，进娱乐圈还得靠他捧。

"……咱们的女儿是很优秀。"

"是我的女儿。从你八年前不闻不问开始，你就不是她父亲了！"

"丽安，你别生气啊。"向权儒想解释，却无从解释。

喻丽安用水滋他："你滚！现在来当什么慈父？我告诉你晚了！"

向权儒被喻丽安轰出花店，身上名贵的衣服都被水弄湿，狼狈模样落进严姗的眼中。

严姗早就通过向佳佳知晓喻丽安母女的事。

从那天之后她就开始关注向权儒的一举一动，敏锐地发觉他总是出神，今天跟踪出来，果然看到他私会前妻！

但严姗并没有太生气。这是她和向佳佳的区别，她能有今天，就是因为足够沉得住气。

喻丽安母女想和她争？

她奉陪到底！

医院的工作很忙碌，要手术，要查房，要整理病历和准备课题，樱桃身体不好，总是很容易疲倦。

喻丽安很担心她的状态。

樱桃每天回到家,总会在门外站一会儿,调整好状态才进屋,以免喻丽安看了会担心。

再次站在门外,刚练习好笑容,门突然打开,樱桃抬眼看到对方时愣住:"你怎么在这里?"

程桀倚门笑:"阿姨让我来吃饭。"

喻丽安从厨房里张望:"是不是樱桃回来了?"

程桀盯着樱桃答:"是她。"

樱桃进屋后想去厨房帮忙,被程桀拉开。

"你别碍手碍脚,我帮阿姨。"

喻丽安忙着炒菜,程桀帮她递东西:"樱桃去休息吧,程桀帮我。"

樱桃看了眼程桀,他懒洋洋地靠着冰箱,从兜里抓出剥好的开心果给她:"不放心我?怕我炸了你家厨房?"

樱桃进客厅看纪樣打游戏,但还是时不时地往厨房看。

程桀很会讨长辈欢心,把纪良和喻丽安都逗得开怀笑。他好像感觉到她的目光,抬眼看来,痞坏地歪头笑。

樱桃立刻垂眸看手中的开心果,捏一颗放进嘴里。

今天的饭菜很丰盛,纪樣乖觉地没有坐樱桃旁边,空出来的位置自然被程桀占据。期间程桀和纪良聊天,竟也能分神给她夹菜,自然而然地把牛奶放衣服里焐热才给她喝。

樱桃望着他帮自己挑辣椒的筷子,狠心拨开。

程桀扫了她一眼。

樱桃低着头吃饭,从头到尾都没有理过他。

他发觉这次给她夹的菜和焐热的牛奶她都没动。

晚餐后,樱桃主动送程桀离开,这让程桀有点诧异。

淮城终于入秋,夏天并没留下多少余温,冷意更甚。

树叶铺满地面,破碎的叶子上面沁着雨后的露水,风吹不走,被行人一遍遍踩,多少有些萧条。

"我又怎么招惹到你了?"身侧的程桀突然问。

樱桃将视线从枯叶那儿收回:"你没有惹我,是我自己的问题。程桀,我希望你不要再出现在我的眼前,不要出现在我家人的面前。你要我说多少次,我们没可能。"

两人对视,风适时而起,树梢的枯叶飘下,无声地落。

程桀感觉到骨头里透出来的凉。

"你送我出来就是为了说这个?"

"是。"

程桀用凉透的手指捏住她的两颊："喻樱桃，我警告你，别对我说这种话！"

樱桃感觉到他的手在颤，应该是气得不轻。

"程桀……"

可她的狠话还没来得及说，程桀忽然把脸埋进她颈弯里，他声音沙哑，有委屈和示弱："我警告你，别对我说这种话。"

樱桃试图把他推开，反倒被他圈紧腰。

程桀轻轻蹭她的脖颈："喻樱桃，别伤我心。"他握住她的手放在自己心口，"你摸摸，里面都是你。"

樱桃乱了章法，努力推开他后退："你别撒娇。"

程桀笑声慵懒："就许你推开我，不许我耍心思？"

他嘴角漾开笑，样子张狂得不像话："我告诉你喻樱桃，我死也不放手！"

樱桃酝酿好的情绪完全被他破坏。

程桀趁她发愣，忽然亲她的脸蛋，"吧唧"的声音挺响。

樱桃立刻捂住被他亲到的地方，说不出是害羞还是紧张。

程桀抱着她站在台阶上，与她视线齐平。

他缓慢地靠近，嗓音特哑："我也不差，试着喜欢我。行吗？宝宝。"

樱桃做了一晚上的梦，梦里梦外的程桀都特能缠人。

她实在经受不住，醒来很迷糊，脸上是掩饰不住的疲倦，以至于到医院，秦叙调侃她做了春梦……

另一边，喻天明在剧组见到了程桀。

喻天明现在继承了家里的生意，继续发展养殖业和农产品，他不再满足在故水镇经营，期望把商业版图扩大到各行各业。

《心外科》剧组在他这里订了一批肉和水果，他亲自送。

送到剧组时，大家正收工。

喻天明也就有机会看到很多电视上才能看到的明星，其中还包括程桀。和从前不一样的是，现在的程桀前呼后拥，有专门的助理撑伞，还有人给他递水，有人给他搬椅子。

他扮演一名医生，还穿着拍戏的白大褂，因为长相英俊，五官较凌厉，其余男演员都没他挺拔打眼。

程桀喝完水也看到了喻天明，喻天明正好清理完货品。

程桀朝他走过来。

喻天明笑着说："好久不见啊。"

程桀拍开他想握手的手。

说起来，在故水镇，除了樱桃，和他最熟的人就是喻天明。
程桀："喝一杯？"
"能和影帝喝酒，我的荣幸啊。"
两人去剧组附近的清吧，人少方便说话。
程桀就点了些酒，给喻天明倒了一杯。
喻天明说："那天聚会看到你，我没想到你这么多年还喜欢我妹妹。"
程桀笑了一声，倒也没有否认："不行？"
喻天明端酒敬他："不是不行，你知道追我妹有多难吗？"
能不知道吗？程桀比谁都清楚。他浑笑，显得不在意，只是一杯接一杯地喝。
喻天明笑着摇摇头，嗓音带了一抹回忆的意味："这酒让我想起一些可笑的过往。"

八年前，喻天明在某个傍晚敲开程桀家的门。
程桀当时刚下班，推开门看到喻天明站外面瞪自己，气势汹汹的样子。
他挑了下眉。
喻天明直接问："你是不是喜欢我妹妹？"
自从樱桃给程桀送饭送衣服后，两人的关系突然亲密起来，甚至要超过他这个哥哥。
喻天明是个妹控，妹控的怒气值让他不那么害怕程桀。
程桀靠着门轻笑："不行？"
那样的懒散痞坏，好像很不在意，又好像已经把他妹妹拿捏得死死的。喻天明不希望妹妹被伤害，他选择用"男人"的方式解决！
"你想喜欢我妹妹，得先过我这一关！"
程桀直直地打量他："比如？"
"你就说敢不敢！"
程桀好整以暇地盯着喻天明，玩味地笑："行。"
他是真心觉得喻樱桃的哥哥有些傻，他摸爬滚打着长大，还怕他这书呆子？
结果当然如程桀预料的那样，喻天明开展了名为男人之间的斗争，与程桀进行了无数小学生行为的攀比。
例如扳手腕、跑2000米之类。
很不幸的是，喻天明不愧是少爷身体，跑步比赛途中累到晕了过去。
程桀把喻天明送回去的途中遇见樱桃，她似乎特意出来找他，看见哥哥人事不醒吓坏了。
"我哥怎么了？"她的样子茫然又害怕。
程桀心里挺嫉妒，他希望樱桃只关心他，只能看到他，但这种可能微乎其微，所以他说话也就没好气："被人药死了，我给扛回来的。"

"啊？"樱桃愣愣地看着喻天明铁青的脸，泪珠成串地落，忽然号啕大哭，可把程桀给吓坏了。

他立刻把肩上的喻天明扔下，服软道："我骗你的！他就是跑步太累昏倒了，我检查过没问题，睡一觉休息会儿就没事了！"

樱桃的眼泪止不住："真的吗？"

程桀看见她的眼泪就没招，是真着急："你笨不笨，我说什么你都信？"

"我相信啊。"十八岁的樱桃尚未懂世故，还很单纯。

她哭得鼻尖有些红，可怜巴巴地望着他："因为你是程桀嘛。"

那瞬间，程桀的心像被什么尖锐的东西抓破，感觉自己真不是个东西。

他哄她别哭，都有点低声下气。

好不容易哄好了，喻天明还没醒。他躺地上像个真的死人，樱桃好奇地打量他昏睡的样子，忽然皱眉。

程桀："怎么了？"

樱桃转过头，神情柔和："我哥哥这个样子，明天应该不能送我去观看大家的竞赛了。程桀，你能不能送我去啊？拜托拜托。"

她双手合十求他，眼睛澄澈，好乖好乖。

程桀快被她可爱死。

跟喻天明比拼那么多项目都没疲倦，这瞬间他突然晕头转向。

程桀撇开脸，樱桃歪头把脸凑过去："好不好吗？"

她好像一点都不知道自己这样多讨人喜欢。

程桀认输了。

"手机号给我。"

樱桃听话地跟他说号码。

程桀听过就记在心里："以后记着，有需要我的时候就发短信'嘀'我，我会用最快的速度出现在你身边，永久有效。"

没出意外，第二次比拼依旧是喻天明先输，他醉得一塌糊涂，程桀还非常清醒，他酒量太好，想醉都醉不了。

把喻天明弄回家后，程桀没开灯，坐在沙发上，忽然听到喻天明的醉言醉语："你……你放心，哥哥不会告诉程桀……"

程桀望向另一边沙发上躺着的喻天明，有点好奇："不告诉程桀什么？"

喻天明做了一个梦，梦见那年在故水镇，他和妹妹一起放孔明灯，樱桃在孔明灯上写满程桀的名字。

她那时少女情态，既害羞又紧张："你不能告诉程桀，不能让他知道我喜欢他！否则我就不认你这个哥哥了！"

喻天明醉得糊里糊涂，闭着眼信誓旦旦："你放心，我绝不会……"

"绝不会什么？"程桀语气慢条斯理，循循善诱。

"让程桀知道……"

"知道什么？"

喻天明却没继续往下说。

程桀等了一会儿，他睡死过去，还打起了鼾。

程桀也没在意，起身准备回房，却忽然听到——

"……你喜欢他。"

【4】

早晨，天色未亮，细雨却先光临。

樱桃上午八点有手术，她一般会提前去医院做准备。

喻丽安每天会比樱桃先起床，为女儿做好早餐，替她准备好出行要用的物品。

喻丽安帮樱桃把围巾戴好，慈祥地摸着她苍白的脸庞："要不请假回家休养一段时间吧，你看起来好累，妈妈不放心。"

喻丽安的眼泡有些肿，最近都是这样，应该是背着她哭过好几次。樱桃温柔地浅笑："我总觉得，能多救一个人就多点功德。妈妈，我想为你们多攒点。"

喻丽安声音微哽："妈妈不需要你为我积功德，妈妈只希望你好好的。"

"我知道。"樱桃拥住喻丽安。

目送樱桃离开后，喻丽安的泪终于忍不住滚落。

纪良不知何时出现在身侧，揽住她的双肩："樱桃很懂事。"

喻丽安怅然："是啊，她就是太懂事了，不想给别人添一点麻烦，不愿意成为别人的负累。小时候的樱桃明明那样天真单纯，这几年话却越来越少。她总是怕我担心，什么都藏在心里。其实我都知道，她之所以疏远我，是怕我接受不了她终究会离开的事。既然这是她的心愿，我就装作什么也不知道。可她是我唯一的女儿啊，我怎能不心疼？"

喻丽安靠在纪良肩上哭得有些失控。

他们身后的纪樣有些云里雾里："什么意思？"

喻丽安和纪良回头，看到纪樣蹙着眉站在楼梯口。

纪樣："喻樱桃怎么了？"

纪良望向喻丽安，征求她的意见。

见喻丽安点头，纪良才语重心长地开口："你以后要对你姐姐好点，别气她。"

纪樣烦躁："别这么神神道道，有事说事。"

"樱桃……有先天性心脏病。"

上班高峰期，再加上下雨，更是堵车，哪怕樱桃提前出来，也还是堵在了路上。

眼看四十分钟过去，车还堵在原地。

若是不手术，迟到也没关系，可今天的手术非常重要，她是主刀，自然不能缺席。

樱桃握着手机思考，几番犹豫，还是给那个熟悉的号码发送信息。

程桀说过永久有效，不知道会不会来。

程桀是在去剧组的路上收到樱桃短信的，就一个字——嘀。

还有她所在的位置。

程桀轻挑起唇，让文正去最近的租车行。

文正疑惑："去租车行干什么啊？"

"让你去就去。"

文正发觉程桀心情非常好，这在早上接到他时就能明显感觉出来。

到租车行，程桀选辆机车骑上去，文正默默坐到后面，程桀冷不丁地看他。

文正愣了愣，小心翼翼地挪动着屁股下车。

程桀立刻轰动油门。

"桀哥，你去哪儿啊？"

程桀没回答，将头盔玻璃按下去，骑车就走。

樱桃其实没抱什么希望，也许程桀已经忘记了，可没多久，机车的声音由远及近。

樱桃诧异地转头。

男人骑着车，从拥挤的车道驶来。

樱桃有些愣，她以为八年过去，程桀早就忘记，可他来了，还这般风尘仆仆。

机车稳稳停在她面前，程桀长腿撑地，冷锐的眼睛从头盔后看来，把另一个头盔丢给她。

"上来。"

樱桃戴好头盔坐上去，没抱他，只揪住他的衣服。

当机车启动，樱桃被那股冲力推到程桀背上，似乎听到了他沉哑的笑声。他腾出手把她的手拉到自己腰间的兜里，很是霸道。

安全起见，樱桃没在这时候矫情。

程桀骑车的速度很快，但能把樱桃遮严实，细雨都落在他身上。

他忽然问："有急事？"

没急事她根本不会"嘀"他。

"有台重要的手术。"

他就没再多问，专心骑车。

很快到了医院，还不到八点。

樱桃下车便急匆匆要进医院，程桀把她扯回来，敲她头盔："你就戴着这玩意儿去做手术？"

樱桃摸到脑袋上的头盔，伸手推了推，谁知这东西并不是那么好取。

程桀难得见她犯傻，抱着头盔怎么也取不下来，他懒洋洋地撑着手臂靠在机车上坏笑。

樱桃心里着急,抓住程桀的手放自己头盔上:"快帮我。"

她声音天生娇软,因为着急带了点嗔意,更像撒娇卖软。

程桀本来在笑,被突然撩得咬到舌头,轻"哎"着,他揽过她的腰。

"笨死了。"

程桀摸到头盔的卡扣,帮她取下来。

樱桃头发微乱,没来得及整理,匆匆说声谢谢便走。她赶到更衣室换了手术服,给双手消了毒,时间刚刚好。

几个小时后手术结束,樱桃疲倦地换下手术服,准备回办公室休息,却在走廊上看到熟悉的修长身影。

程桀坐在医院走廊的座椅上,堆帽的帽檐和白色口罩几乎遮住整张脸,一条长腿搭在另一条腿上,黑色靴子的鞋带有些松,看起来像是睡着,可骨节分明的手指却转着手机。

樱桃走到他跟前:"你怎么还没走?"

程桀把帽檐推开,樱桃已经换上白大褂,头发梳成半马尾,恬淡温柔,只是面色疲倦苍白。盯着她看了会儿,程桀长臂一伸将她拽进怀里,慢条斯理地取下口罩:"我受伤了。"

医院来来往往,樱桃担心被别人看见。

"别胡闹。"

程桀压住她的腰,伸出舌尖。

樱桃根本看不出他哪里受伤。

"咬到了,好疼。医生给我吹吹呗。"

有人经过,樱桃立刻蒙住程桀的脸。

等人离开,她把口罩给程桀戴上,拉起他到一个没人的地方。

樱桃皱眉望向程桀漾笑的双眸。

没等她责问,程桀便像树懒一样抱住她,脸埋进她颈弯里使劲儿地吸。这让樱桃怀疑自己是只猫,而他在吸自己。

"你今天好奇怪啊。"

"比如呢?"

"很黏人。"

程桀笑,鼻尖蹭她的锁骨窝。

"你不拍戏吗?"

"请假了。"

樱桃一愣,程桀出道后以"敬业"著称,不管多么艰苦的环境他都不用替身,更别说请假这种事,今天却为了她耽误工作。

"抱歉。"

"那作为补偿，你亲我一下呗。"她抱起来娇软温暖，程桀有些犯困，嗓音里沙哑弥漫。

"程桀，你别闹。我要去工作了。"

程桀问："手术怎么样？"

"挺顺利的。"

樱桃感觉男人的唇移到她耳郭旁："真棒啊，我的宝宝。"

她睫毛扇动频率有点快，胡乱地把他推开。

程桀就和没骨头似的，被她推得靠墙，慵懒地笑。

"啧，害羞了啊？"

樱桃要走，腰却被程桀圈住。

"喻樱桃，"他嗓音莫名温柔，"我也喜欢你。"

"喻医生？喻医生？"

护士喊了几次之后，樱桃才回神："什么？"

护士将怀里抱着的几本病历放在她办公桌上："这是手术病人的病历。"

"好，谢谢。"

樱桃摁着眉心轻揉。

秦叙推椅子靠过来："你今天到底怎么了？护士叫你不答应，柯易刚刚跟你说话，你也总是出神。"

"没什么。"

"我才不信。你最近好奇怪，是不是谈恋爱了？"

"没有。"

"是不是那个了？"

"哪个？"

秦叙伸出手鼓掌。

樱桃一顿。

樱桃的确有心事，一直在想程桀说的那句话。为什么他在说喜欢的时候，要加一个"也"字？他到底知道了什么？

柯易参与进话题，秦叙就算再怎么女流氓，也不好当着男医生说这种私密话题。她冲樱桃挤眉弄眼一番后，推着办公椅回去了。

柯易笑问："说什么呢你们？"

樱桃："没什么，有事吗？"

柯易俯身靠近，樱桃立刻把椅子推远些，她的抵触让柯易表情有点僵："关于咱们俩那个课题，我有些新的想法，想跟你探讨一下。"

因为是工作的事，樱桃没有拒绝。

两人的探讨很融洽，柯易不愧是"海归"博士，知识储备深厚，思想也深，樱桃的很多想法和他很契合。

两人探讨得越发深入，逐渐忽略了时间，连下班都抛到脑后。

樱桃是的确忘了，柯易是刻意想和她多待。他早就搬了椅子坐在她身边，和她共用一张办公桌。

樱桃分析问题时说得嗓音略哑，柯易为她倒杯热水，樱桃接过来喝点润喉，继续往下说。

"喻医生挺会勾三搭四啊。"

突兀的阴戾嗓音让樱桃停住话，她抬起头，看到门边的男人。程桀和白天离开医院时的打扮一样，口罩和帽子遮脸，只露出充满寒意的眼睛。

程桀手里拎着很多吃的，不知道什么时候来的，也不知道站在那里看了多久。他阴沉沉地盯住柯易不动，柯易被他盯得发毛，打心眼里觉得危险。

程桀的靴子往前踏，步子缓慢，看着悠闲散漫，可眼睛里的戾气骗不了人。

柯易默默吞唾沫，身体越来越僵。

程桀停在柯易跟前，忽然揪住他。

樱桃拉住程桀："你要做什么？"

柯易吓坏了，他从小规规矩矩地读书，从来没有遇到过这种一句话不说就动手的人。他看到对方紧紧攥着的拳头，看到了对方眼底的阴狠。

樱桃对柯易说："柯医生，你先回去吧。"

柯易愣愣地看着程桀："……好，好。"

他忘记收拾东西就跑出办公室。

"可以啊，还挺护他。"

樱桃仿佛没有听到程桀的嘲讽，松开他的手，开始整理刚刚弄乱的资料。

程桀冷眼看她："你就没什么要跟我说的？"

樱桃把一沓一沓的文件放好，对于刚刚的事始终没有发表任何看法。

"那男的是谁？"

"同事。"

"同事会用那种眼神看你？会给你端茶递水？会离你这么近？"

解释的话到了樱桃嘴边，最终没有选择说出口，她想要的本就是程桀憎恶她，远离她。

"你如果要这么想，我也没办法。"

偶然听秦叙说过，这句话是"渣男"最常用的"语录"之一，樱桃想到程桀说她是"渣女"，好像也没错。

"行，算我贱。"

程桀把买给她的零食扔进垃圾桶，没有多留。

人走后，樱桃瞬间脱力坐下，胃部翻江倒海。恶心感让她迅速冲进办公室的洗手间里，干呕了很久，却什么也吐不出来。

手机一直响，难受的樱桃拿出手机，是喻天明询问要不要给她送吃的过来。

樱桃今天值晚班，喻天明知道。

她头昏脑涨，看东西重重叠叠，点进喻天明的对话框，让他顺便给自己带点药。

回去的路上，文正默默开车，完全不敢吱声。

他想不明白，明明白天时桀哥心情还非常好，怎么去一趟医院回来就变了样，也不说话。

车后面的窗户完全降下，凉风吹进秋雨，程桀吸了一口凉风，咳得眼圈潮红。

文正帮他把窗户关上："……桀哥，你是不是和喻医生吵架了？"

程桀："别提她。"

手机忽然响动，程桀没理。

第三次响动时他才接，是喻天明打来的电话。

"我妹妹不舒服，你要不要给她送点药？"

程桀冷声："不去。"

喻天明沉默了一瞬："好。"

挂电话后没几秒，程桀忽然说："找个药店靠边停。"

文正赶紧照做。

喻天明还算了解程桀，不用程桀问，就已经把需要的药发给程桀，是一些胃药。

程桀买药时不断摁着打火机，这是他着急时特有的习惯。

买好药，车往回开时却堵车了，附近没有租车行，程桀直接下车往医院的方向跑。

十分钟左右到医院。医院里人很多，电梯太慢，他干脆爬楼梯。心外科在八楼，他没歇半秒钟，脑子里全是樱桃往日苍白的面孔。

他攥紧药，到八楼后迅速冲进樱桃的办公室，没在她的办公桌看到人。

程桀去洗手间找，樱桃果然在里面，正虚弱地跪在地上抱着马桶吐。

樱桃什么也吐不出来，可就是犯恶心，难受时，背上突然多出一只手给她轻轻拍背，对方温柔地帮她把头发拢到耳后。

樱桃以为是喻天明来了，她已经累得睁不开眼。

"哥……麻烦你去帮我买根验孕棒。"

算算时间，也可以测了。

虽然上次有过安全措施，但万一真的有了呢？

给她拍背的手陡然僵住，身后的人很久没有回应。

樱桃转过头，看到的竟是表情错愕的程桀。

【5】

秦叙是在吃完饭回医院的路上在粉丝群里看到的爆料。

程桀在药店买验孕棒被人拍到，虽然照片上的男人包裹严实，但作为他的粉丝，就算他化成灰也认得出来。

虽然网络还没有流传开，可粉丝群里已经炸开了锅。

> 那个女人上辈子是不是拯救过银河系？竟然这么好运气！
> 虽然有心理准备，可还是好难受！
> 哭了，我接受不了，啊啊啊！
> 上次程桀说被丢下很多年，意思是一直都在等她吗？
> 呜呜呜，坏女人甩我哥哥！不配怀我哥哥的孩子！
> 我不同意这桩事！

秦叙同样想大喊，她也不同意！

她磨着牙在网上发表了自己的看法，瞬间引来八方点赞。

秦叙心情很糟糕地回到办公室。

办公室里只剩樱桃一个人，她靠着椅背休息，面庞瘦削，肤色很苍白，正用手轻轻地抚着胸口。

从第一次见喻樱桃，秦叙就觉得她是个病美人，充满楚楚可怜的易碎感。

秦叙皱眉走上前："樱桃，你怎么了？"

樱桃弯了弯唇："没事。"

"你可不像没事的样子。"秦叙摸摸她的额头，倒也不烫。

"你吃饭了吗？"

樱桃刚刚被程桀喂了点牛奶，但是又都吐光了。

"吃过了。"

"你看起来很不舒服，要不回家休息吧？这儿有我呢。"

程桀出去买验孕棒了，她等会儿肯定是要请假的，所以没拒绝。她拿手机给程桀发信息，让他等会儿别进办公室，以免被秦叙看见。

秦叙哀声叹气，樱桃轻声问："怎么啦？"

"还能怎么，因为我偶像程桀呗，那个甩了他的坏女人可能怀孕了，有人拍到他买验孕棒！"

樱桃愣住，划开手机，目前网上还没有动静，不过程桀的超话里已经有人在讨论。

"樱桃，我跟你说，要是让我知道那女人是谁，我一定扇她几个耳光！让她丢下我们程桀这么多年！让她甩了我们程桀！

"想想好不甘心啊！她这么'渣'，程桀还这么喜欢她，还专程亲自出去给

139

她买验孕棒!

"啊啊啊,气死我了!"

樱桃开始觉得发信息让程桀买完验孕棒先别进办公室是个非常不错的决定,秦叙要是知道她是那个坏女人,说不定会立马掐死她。

程桀收到樱桃的信息,并没有照做。

秦叙正和樱桃倒苦水,骂得兴起时陡然看到一个高大挺拔的男人走进办公室。

秦叙一下子闭上嘴。

男人黑色的外套很眼熟,步伐和气质也很眼熟,就算被口罩遮住脸,但那露在外面的漆黑双眸没有哪个程桀的粉丝会不认识。

秦叙愣愣地拿出手机,对比网上拍到的程桀,图片上男人的打扮和眼前这个男人一模一样。

所以,他就是程桀!

程桀径直走到樱桃身旁,将验孕棒推给她。

秦叙瞪大眼,呆若木鸡。

樱桃没想到程桀竟然不听话。她无奈地把验孕棒收起来,说:"不是让你别进来的吗?"

程桀瞥向呆住的秦叙,秦叙差点被这个眼神电晕。她茫然看着樱桃和程桀,后知后觉地惊叫起来。

樱桃捂住她的嘴。

秦叙惊愣交加,拼命用眼神询问。

樱桃无奈道:"别叫。"

秦叙点头如捣蒜。

樱桃放开手,秦叙立刻就问:"你就是那个女人?"

比见到程桀本人更让人吃惊的是,影帝心上人竟在身边,每天朝夕相对,而自己还拼命说她的坏话!

秦叙太想哭了。

程桀的声音响起:"回家吗?"

樱桃说"好"。

秦叙立刻拉住樱桃:"别回!在这里验!我想知道!求求了!"

程桀其实也想尽快知道樱桃到底有没有怀孕,轻轻摸着樱桃的头发问:"要我帮你吗?"

秦叙感觉自己被这句话击中了,万箭穿心!

自己的偶像,网络上的老公,竟然这么温柔地对待另一个女孩子,而且验孕这种事都想亲自帮忙,他真的一点都不嫌弃啊!

呜呜,这种好男人去哪里找!

秦叙笑得比哭还难看。

140

樱桃其实想照顾秦叙的感受，但她那样期盼，樱桃也觉得没必要瞒下去，对程桀说："我一个人就可以。"

樱桃进洗手间后，程桀就在外面等。

他摘下口罩，秦叙得以看到他的脸。他整张脸棱角清晰，深邃分明，眼睛比镜头里的还要锋锐，鼻子更挺，嘴唇更性感，脸也更好看。

他竟然不上镜！真人比屏幕里好看一万倍！

呜呜呜！

秦叙简直想当场尖叫。

她小心翼翼地靠近，双手捧着笔和纸，磕磕绊绊地开口："老……程桀，能不能给我签个名？"

程桀瞥了她一眼。

秦叙立刻咬住唇才控制住尖叫，喻医生是怎么承受住这个男人直视的！

程桀嗓音淡淡："喻樱桃的同事？"

"对！"

程桀这才接过来，漫不经心地签个名。

没过几秒，秦叙大着胆子递上手机："那个……能不能加个微信？我是说，樱桃怀孕了，在医院有什么问题，我可以第一时间告诉您。"

程桀盯着洗手间的门，有那么点望眼欲穿的感觉。

"不用，她如果怀孕，我不会让她上班。"

呜呜，真是好男人啊！

秦叙在心里为他点赞。

她也不勉强，乖觉地收起手机，默默陪程桀等待。

秦叙发觉程桀在不断地摩挲打火机，唇抿得紧，萦绕在他周围的气压逐渐凝固，充满压迫感。

他看起来非常紧张。

三分钟后，樱桃还没出来。

程桀皱眉敲门，里面没应，刚想往里冲，樱桃开了门。

"怎么样？"

秦叙比程桀更急，她也说不上来自己是什么心理，可能是被程桀的期待和紧张感染，也非常希望樱桃能怀上。

程桀轻轻握住她手臂，嗓音沙哑："怀了吗？"

秦叙都能感觉出他的小心翼翼。

樱桃沉默了一会儿，缓缓抬眼，眼中情绪复杂，可就是没说话。

秦叙都快被樱桃搞崩心态了，然而程桀与樱桃对视着，她不敢催促。

"……嗯。"

忽然，樱桃回答。

141

程桀一下子头脑空白，怔住了，精于表演的他一时之间不知道应该做出怎样的表情。他或许应该笑，可眼圈竟慢慢变润，却又在该落泪时痛痛快快地笑出声。

对于樱桃，他其实束手无策，她看起来那样柔软可亲，却比任何人都狠心。

很多时候，程桀彻夜思考，到底要怎样才能留住她。这个意外而来的孩子，今后是不是就能成为他们之间怎么也斩不断的纽带？

程桀很快抱住了樱桃，尽管樱桃的脸上并没有一丝一毫的喜悦，但这不妨碍程桀雀跃兴奋。

秦叙心情很复杂，一方面为樱桃高兴，一方面又因为程桀而难受，但最终她的喜悦还是打败了难受。

秦叙："樱桃你赶紧回家休息吧，这里有我呢，我帮你请假。"

樱桃："谢谢。"

"谢啥啊，就是你怀孕了以后肯定不能来上班了，我会想你的。"

樱桃推开程桀浅笑："我不会休假，会继续上班。"

秦叙偷瞄到程桀皱起来的眉，赶紧打圆场："那怎么行呢，安胎要紧啊。"

"其他医生怀孕也可以上班，我为什么不行？"樱桃神态虽温柔，却丝毫没有一点怀孕后的开心和幸福，好像在陈述一件再平常不过的事。

秦叙默默看向程桀，他一言不发地去她办公桌前给她收东西。他知道自己无法改变喻樱桃的想法，也不想在她怀孕后还和她吵架。

她想干什么就干什么，大不了他提心吊胆多照顾。

收拾完，程桀把微信二维码递给秦叙："加个微信？"

秦叙茫然："啊？"

"以后她在医院，劳烦你照顾，有什么事请第一时间告诉我，我会好好感谢你。"

秦叙激动地掏出手机："好的，包在我身上！"

——我可真是个会变通的粉丝，上一秒还在骂嫂子，下一秒就自告奋勇要照顾怀孕的嫂子，这世界上再没有比我更忠心耿耿的粉丝了。

秦叙心想。

程桀把樱桃的包背好，突然把她抱起来。樱桃无法做到像他那样旁若无人，有些别扭难为情："没这么夸张，我自己走。"

程桀笑："谁要管你，我担心我女儿。"

可怜的秦叙含泪目送他们离开，随后掏出手机把骂樱桃的那条微博删除，并且在程桀超话里发了一条：其实挺配的。

瞬间引来骂声。

秦叙放下手机叹气，作为唯一知情的粉丝，她承受了太多。

"我不希望这件事被我家人知道。"当程桀把樱桃抱上车，樱桃即刻开口。

程桀为她把安全带系好,淡淡地瞥着她:"怀我的孩子就这么见不得人?"

"……不是。"

"那是为什么?"程桀好整以暇地靠近。

樱桃以为他要做什么,立刻偏头,结果他只是帮她把座椅调舒服些。

"怎么,想被我亲?"他嗓音促狭。

樱桃略不自在,轻声催促:"送我回家。"

温热的唇却忽然印到她的脸颊上,樱桃愣住。

"怕咱们女儿觉得我不疼你,勉为其难。"

程桀没有送樱桃回家,而是带她回了自己家。

他解释的理由是:"我女儿不跟我待在一起跟谁待?"

对此,樱桃无话可说。

程桀将樱桃安顿在卧室后便去了厨房。

樱桃一个人的时候终于能静下心想这件事。心脏病人不是不能怀孕,只是要分病情的轻重程度,她的身体情况,让她不敢带着这个孩子冒险。

樱桃头一次觉得茫然,摸着自己的腹部,不知道接下来应该怎么做。

程桀准备了营养餐,完全不用樱桃动手,他亲自喂到她嘴边,这让樱桃哭笑不得:"我是怀孕,又不是残疾。"

难得的温情,程桀很享受,更想哄她:"吃呗,我舍不得让你来。"

樱桃浅笑:"不是为了孩子?"

见她终于露出笑容,程桀其实一直紧张的心这才微微放松。

"是为了孩子。"

也许她会跟孩子吃点醋呢?他心里有这种期许,可她笑容不变,接过他手中的勺子自己喝汤。

"喻樱桃。"

樱桃抿掉唇边的汤汁,疑惑地抬眼。

"好喝吗?"

"嗯。"

"一辈子给你煮饭,好不好?"程桀的笑容看起来非常浪荡、漫不经心,可只有他自己才知道他心里有多么期盼和紧张。

樱桃看了他一会儿,什么也没说,垂眸继续喝汤,始终没有回答。

程桀的无力感加深,看来就算有了孩子,她也不会接受自己。

当夜,樱桃和程桀虽然睡在一张床上,但他什么也没做,他对"爸爸"这个身份接受良好。

他会为她端茶送水,连她上厕所他都恨不得去马桶旁边蹲守。

樱桃多少有点无语。

她住了一晚便离开了，任凭程桀怎么哄都没用，她怀孕这件事除了秦叙没有第四个人知道。

樱桃像往常一样上班，秦叙也会经常向程桀报备樱桃在医院的日常。

偶然间，秦叙发觉樱桃藏在抽屉里的妇产科挂号单。出于这段时间以来樱桃表现得过分平静，以及甚至有点不想接受自己怀孕的事，秦叙多长个心眼，但她并没有立刻就告诉程桀，万一樱桃只是去做个检查呢？

后来某天，秦叙一整天都没见过樱桃，询问妇产科那边的同事才知道，她似乎要堕胎。

秦叙不敢耽搁，立刻把这件事告诉程桀。

程桀收到信息时正在忙工作，瞬间阴沉下来的脸色吓坏了文正。

文正还没来得及问出了什么事，程桀便发疯似的离开了。

他匆忙赶到医院妇产科时，樱桃正好从科室出来，看到他时她如往常那样平静，只是脸色比身上穿的白裙还要白，行走时弱柳扶风一般，更显单薄虚弱。

程桀看到她这样子，还有什么不明白的。

她打掉了孩子，打掉了和他的孩子，一点奢望也不留给他。

或许他应该痛恨她，从此和她一刀两断，可他还是有一点点不甘心和不肯相信。

樱桃避开了程桀的目光，却被他捏住下巴，不得不看着他的眼睛。这种事搁别的男人身上可能已经勃然大怒，可程桀克制着、收敛着，哪怕眼眶已红透，指尖颤抖，心在撕裂，也没舍得让她疼。

望着樱桃冷静得近乎无情的脸，程桀心如火灼，如鲠在喉，好半响才哑声问："……孩子呢？"

"没了。"

她的声音虽轻，却答得十分平静，仿佛被她打掉的不是他们的孩子，而只是个无关紧要的小玩意儿。

一瞬间，樱桃看到程桀湿红的眼圈里有什么在凝聚。

他没有说话，只是冷冷地盯着她，像在看一个陌生人。

他应该在思考这世界上怎么会有她这么狠心的女人？又或者在想，他爱上的人怎么会这样恶劣？

不管哪样，都是樱桃想要的。

"没事的话，我要回去休息了。"樱桃想拨开程桀的手，反被他拽进怀里。

他用虎口掐住她的下颌迫使她抬起头："你还有心思休息！你打掉的是一个孩子！"

"那又怎样？"

她的反问是那样冷静、随便，且自私。

程桀才明白她根本不在意，才懂得这个孩子从头到尾只有他在期待和喜欢。

144

他与孩子对她来说都像彻头彻尾的笑话,她都可以轻易抛弃,仿佛无论他怎么做,都得不到一点重视。

程桀自嘲地放开手。

终于,好似有一道屏障把他们隔开来。

樱桃与程桀擦肩而过,程桀也并没有追。

到此为止吧,他想。

别一而再再而三地叫别人看轻。

直到樱桃走后,程桀才拿出早就准备好的婚戒。从知道她怀孕的那天开始,他就在准备婚礼。

现在好像不需要了……

他想把戒指丢进垃圾桶,手悬在垃圾桶的上空,却始终没能松开。

他咬了咬牙,又忽然把东西重新揣兜里,大步朝樱桃追去。

她还没走远,程桀步子越来越快。

樱桃听到脚步声靠近,回头时被男人突兀地抱起。他面色很沉,动作却极为仔细小心。

"你做什么?"

"闭嘴!"

他很凶,可抱着她放车上时又很轻。

樱桃看出他隐忍克制的怒气,没再吱声。

程桀一言不发地带她回家,把她放床上后便离开,很久也没有回来。

樱桃觉得奇怪,下楼听到厨房里传出来的声响,走过去,站在厨房外看到程桀在切菜准备煲汤。他的心情显而易见的不好,连背影都透着烦闷,不管是切菜还是拿锅,都有点与自己置气的样子。

他切到一半忽然停下来,头低低地垂下。

樱桃听到点哽咽和重重喘息的声音。

程桀并没有耽搁太久,随便抹了下眼睛就开始重新切菜。

他真的很想给自己几巴掌!

打胎的是喻樱桃,不要孩子的是喻樱桃,心狠手辣的是喻樱桃,他心疼什么?他竟还老老实实地在这里给她做吃的!贱不贱啊!

他一边在心里骂自己,一边上网查人流后的女人适合吃点什么补充营养。

樱桃悄无声息地离开,没让他发觉。

程桀把饭菜端到房间时,樱桃正沉静地坐在窗边看着外面,模样出奇的安静,没有分一个眼神给他。

程桀冷漠地放下饭菜离开。

他以为樱桃一定会吃,可两个小时后再来收碗筷,发现饭菜竟然纹丝未动,樱桃还坐在原位。

程桀顿时气不打一处来，冷着脸走到她身边："为什么不吃？"

樱桃沉默。

程桀捏过她的下巴，想说的狠话在看到她澄澈双眼时，蓦然僵在喉咙口，手指力道也渐渐放松。

"……不合胃口？"

到最后，他问的竟然是这句话。

樱桃其实在想别的事，她开始反思程桀遇到自己究竟是幸运还是灾难。

如果没有遇到她，他最有可能还生活在故水镇，虽然没有成为大明星，虽然没有光芒万丈，但是凭着他对生活的执着和努力，现在也一定过得很好。

可能他已经结婚了，有个善解人意的妻子，也有孩子，他们过着简单但是温馨的生活。

是她的出现让他的人生发生改变，有了巨大的偏差。

她真是一个罪人。

"对不起……"樱桃忽然说出这句话，神情认真。

"程桀，对不起。"

这三个字其实包含着很多，满是忏悔和自责，但程桀没有听出太深层次的意思，只以为她是在为打掉孩子而道歉。

程桀是很生气，但他并不想让樱桃道歉，他只是很想和她有个未来，只是接受不了这种希望又变得渺茫。

程桀也以为自己想看到樱桃伤心的样子，至少可以证明她稍微有些在意他们的孩子，可当真正看到她含泪泫然欲泣时，他竟又是无比心疼。

他开始为她找很多理由开脱，也许她没准备好呢？也许她害怕呢？也许是因为他做得不够好呢？

总之，他怎么可以惹她哭……

程桀的气闷瞬间便消失得无影无踪，他立刻捧着她的脸把她眼尾的湿润一点点吻去，将她抱到腿上坐好："没事，没事的。不要哭，现在不想生就不生。"

他误解了樱桃的难过，樱桃也就没解释。

饭菜都凉了，程桀担心这些真的不合她胃口，丝毫不怕麻烦地重新做。

晚上樱桃睡着后，程桀还醒着。

他拿出戒指，思考到底是直接给她戴上，还是放进她的包里。

直接戴上的话，她醒来应该会立刻拒绝吧。想了想，程桀拿过来她的包，却发现包里有一张医院的检查单。

展开后看到上面的医学专用术语，程桀虽看不懂，但认识结论后面的几个字。

那里清楚地写着"无妊娠"，而检查者的名字是……喻樱桃。

程桀愣了会儿,缓慢地看向睡着的樱桃。

也就是说……她根本没怀孕?

那她为什么撒谎说孩子没了?为什么不解释?

他想来想去,觉得只有一个原因。

她想骗他难过,好让他彻底地离开她,不纠缠她。

程桀攥着纸张的手收紧。

就这么讨厌他?不惜撒这种谎也要逃离?

不知是愤怒还是酸涩,程桀忽然重重吻住她的唇,用力到将她弄醒。趁她睁开眼睛,他即刻将舌头推进去,搅得樱桃口不能言,呼吸急促。

樱桃只能用眼神询问程桀,而他根本不给她任何回答的机会,进攻得越发放肆。他的手放在她的腰上,灼热的温度让她明白他想做什么,立刻按住他的手。

程桀喘息重,抵着她的额头故意装不知道:"孩子没了,你不是很伤心吗?我今天让你再怀一个。"

这简直出乎樱桃的意料:"不行,我刚刚做了人流。"

如果她真的刚做人流,程桀怎么可能舍得碰她,连抱都会小心翼翼。可她既然没有怀孕,又哪里来的人流?

他倒想看看她有多能装。

程桀亲她嘴角:"怕什么,我小心点不就是了。"

"你……"樱桃略微震惊。

"怎么?"他好整以暇地挑眉。

"不行,你起来。"

程桀调笑:"求我?"

她语气无奈:"别闹了。"

"是你在闹。"程桀抓过桌上的检查单放她面前,语气没了刚才的轻松,变得恶狠狠,"喻樱桃,骗我很好玩?"

樱桃有点愣神,眼神诧异,像是在问他怎么发现的。

程桀低头逼近,说话时都能触碰到她的唇:"有本事你接着骗啊,骗我一辈子。"

"我……"

可刚一开口,她的唇立刻被他用力吮住,唇舌不断地相碰,不留余地,不死不休的样子。

在樱桃以为今天晚上肯定会逃不过去的时候,程桀忽然停下,附在她耳边沉重地喘息:"你吓死我了!"

他圈住她的腰,没再犯浑,只是更紧地抱住她。

樱桃听得出来程桀话里的后怕,比起根本没有怀孕,他更庆幸她没有做过人流,没有伤害过自己的身体。

樱桃以为撒谎就可以让程桀远离自己，没想到他真的能做到像他曾经说的那样绝不放手。

"不过，验孕棒是怎么回事？"程桀抬起头问。

樱桃沉默了一会儿才解释："妇产科医生说，验孕棒也可能会出现测试不准确的情况。"至于恶心想吐，应该是身体久积的疲倦引发的症状。

程桀躺好，顺势将樱桃带进怀里。

樱桃想出去，却被他的手臂牢固地抱住。

程桀在她耳边长长"嘘"了一声，慵懒地笑："到手的女儿飞了，只能抱抱老婆，你就不能乖点吗？"

"我不是你老婆。"

程桀托起她的脸蛋："那你解释一下什么才是老婆？"

"……得结婚。"

"你是在跟我求婚吗？"程桀笑得轻佻，声音磁哑，"我答应。"

见樱桃闭口不语，程桀又哄问："还有呢？"

樱桃说："得领证，得办婚礼，得朝夕相处，得同床共……"

讲到最后几个字，她忽然想到他们现在就躺在一张床上。

程桀也因此笑了出来："原来你要这样才肯做我老婆啊。"

樱桃有些无可奈何，嗔怒地瞥他。

程桀被她瞪得骨头都软了，又感觉到那种微醺后上头的滋味。

被拒绝也好，他不管了。

程桀把她团在怀里，低声哄："天亮后咱们就去领证，你想要什么样的婚礼都行。我们朝夕相处，同床共枕。"

樱桃感觉到无名指被他套上什么，低头便看到一枚红色的宝石戒指。

"套牢了。"

程桀在她耳旁悠悠道："喻樱桃，我不接受你任何形式的反悔，自这一秒开始你必须是我的人。"

"否则……"

他看着愣神的姑娘，眯起眼思索要用什么方式惩罚她。

但最后，他都摇头，并亲了亲她的脸颊。

"你是我心尖肉，我可舍不得。"

【6】

最初只是在程桀的粉丝群里热烈讨论的事后来还是上了热搜，随着舆论的发酵，网民依旧热烈地讨论这件事，很多人对樱桃的行为持怀疑态度，认为她想借怀孕上位。

对这些猜测，从前几乎不回应任何八卦绯闻的程桀，特意发了一条微博，自然毫无意外地登上热搜。

樱桃起床后习惯性看早间新闻,也顺便看到了"程桀回应"几个字。

他的微博里说:是我死缠烂打,威逼利诱,与她无关。孩子没怀,我想借此上位没成功。她不是"渣女",只是我喜欢的人。就算是"渣女",我也无所谓。所以,别再骂她。她脾气好,我性格差,记仇。

没有一般明星那样权衡话术,他坦荡得只是想维护她,一如既往地我行我素。这是他做人的方式,成了明星也没改变,大方表达自己的卑劣,却也更显对樱桃的重视。

樱桃看着热搜怔了好一会儿,实在没想到程桀会这样直接。

她穿好衣服走出卧室,程桀正在院子里浇花,上次说要一把火烧光,到现在也没烧。

见她睡醒,程桀进屋给她拎出一件白色裙子和头纱。

"穿这个去怎么样?"

他并没有开玩笑,准备带她去民政局。

樱桃边梳头发边问:"没有户口本怎么结婚?"

她提出这个问题并不是要他去解决,而是想让他知难而退。

程桀坐在她身侧,环抱着双臂,轻笑:"这个不用你操心。"

樱桃奇怪地朝程桀看来,他接过梳子帮她把并不毛糙的头发梳得更柔顺。他家里有很多樱桃味的生活用品,比如洁面乳和沐浴露、洗发水,还有顺发精油。

程桀挤点精油涂到她头发上,细细一嗅,有清甜的樱桃果香,想吻她的脖颈,却被她拨过来的头发挡住。

"真小气。"

樱桃推开他:"我要回去了。"

程桀也没拦。

可走出他的家门,樱桃竟看到纪様。

纪様看她一眼,又望向她身后的程桀,丢了个东西给他,什么也没说就走了。

樱桃觉得不对劲,回头看程桀,只见程桀举起一个红本朝她扬了扬,那红本上印着"居民户口簿"几个字。

樱桃愣住。

程桀轻拍户口本,笑道:"看来你弟也希望你赶紧嫁人啊,我提了一句他就巴巴地把东西送过来。"

樱桃过去抢,程桀慢条斯理地把户口本举高,她踮着脚去够,两人之间的距离顿时变得很近,几乎唇瓣相贴,能看到彼此眼睛里的自己。

程桀稍稍凑近,满眼笑意:"你今天似乎跑不掉了。"

"你这是强娶。"

"我承认。"

"我不同意的话，这婚就结不了。"

"为什么不同意？"程桀漆黑的眼睛像是能把她看透，"你不也喜欢我吗？"

樱桃愣神："谁说我喜欢你？"

"你哥。"

"……什么时候？"

"上次和他喝酒，他酒后吐真言。"

樱桃半信半疑，但并没有表现出来。

"我不会相信。"

"是吗？"程桀很少看到她这副模样，明明已经有些慌了，却还故作镇静。

他语气里多了几分兴味盎然的调侃："喻天明醉言醉语时说，绝不会让我知道你喜欢我。喻樱桃，你告诉我这句话是什么意思？你究竟偷偷喜欢我多久了？"

他的唇几乎贴着她的耳朵，笃定地轻笑："你分明就是暗恋我。"

樱桃想起了那年和喻天明一起放孔明灯的事，还在思考找什么说辞蒙混过去，程桀突然抱起她往外走："看在你喜欢我喜欢得这么辛苦的份上，我愿意和你结婚，让你对我好一辈子，咱们现在就去民政局。"

樱桃根本没机会拒绝。

她知道程桀做事我行我素，但没想到在这件事上他也如此轻狂。

去民政局的路上，樱桃趁程桀开车没注意，暗暗给媒体发信息，匿名提供他今天要和人领证的消息。所以程桀刚把车开到民政局附近，就看到无数媒体堵在那里。

他要是带着樱桃下车，这里势必会堵得水泄不通，领证也八成会被全网直播，樱桃的身份暴露无遗，从此以后就没有平静的生活。

程桀很快想明白怎么回事，转头看副驾驶座的姑娘，盯着她看了好一会儿才问："你搞的鬼？"

樱桃佯装无辜："没有啊。"

"装，接着装。"

"真的没有。"

她现在的模样简直称得上人畜无害，眨巴着水灵灵的大眼睛，谁能忍心凶她怪她呢。

程桀舔着唇，皮笑肉不笑："行，你厉害。"

他单手打方向盘开车倒退："为了逃婚你可真是什么都做得出来，就是看准我舍不得你被人打扰是不是？"

她没说话，颊边有几分浅浅笑意。

程桀看到她的笑，郁闷心情竟然莫名其妙地消失。他们之间难得有这样斗智斗勇的情形，比只有冷言冷语的时候好多了。

把车开到安全的地方，程桀一言不发地把安全带解开下车。樱桃看到他绕过车身走过来,莫名地有些紧张。

程桀拉开她这边的车门,忽然托起她的脸,指尖压住她没能收起来的嘴角,漆眸欲燃,语气不咸不淡:"欠教训是吗?"

"程……"

深而重的吻,极有冲击力地压上来。

樱桃想躲,找机会往后退。

程桀睁开眼看到她不适的样子,吻变得温和缠绵,用手安抚她想让她放松,声音低哑:"这样喜欢吗?别躲。"

大抵是这一刻的程桀太过温柔疼惜,樱桃有片刻的迷茫,也是这半分钟给了他可乘之机,以至于接下来的拥吻时间持续得比较久,程桀虽没有如愿领证,也算尝到一点甜头。

他俩虽然没有领证成功,但程桀想领证这件事不胫而走,媒体围堵民政局也登上热搜。

樱桃帮喻丽安看店时,偶尔会听到买花的顾客议论这件事。

程桀"神秘女友"成为全网热议话题,媒体浑水摸鱼,各种假料层出不穷,樱桃担心再这样下去,迟早会纸包不住火。

她再次有了快些离开的想法。

正想得出神时,花店门外的风铃突然响起,进来的不是人,而是一只通体雪白的萨摩耶犬。

萨摩耶犬看到她很欢喜,尾巴摇得很欢快,几乎蹦蹦跳跳地跑到她跟前,不断地蹭着她的脚踝。

"雪花,你怎么又乱跑?"文正跟进花店,连忙把萨摩耶拉回去,"喻医生,不好意思啊。"

雪花被拉离樱桃,竟凄厉地叫起来。文正觉得奇怪,雪花平时很乖的,今天怎么有些反常?

樱桃有些怔然地看着他怀里的狗:"它叫'雪花'?"

雪花叫得厉害,文正边安抚,边抽空回答:"对。"

"是你的狗吗?"

"不是,是桀哥的。"

樱桃愣了下,心里忽然冒出不切实际的猜测。

"程桀养狗?"

"养的。"文正说,"这只萨摩耶桀哥养了八年。工作忙的时候就交给我照顾。今天送它到宠物店洗澡,洗完出来不知道怎的突然发狂,发疯一样朝花店跑,打扰了喻医生,真是不好意思。"

樱桃摇摇头,温柔地看着雪花。雪花似乎被她的眼神安抚到,叫声逐渐变弱,最后竟眼巴巴回视樱桃。

这眼神让文正觉得，就像小孩控诉狠心的母亲为什么抛弃自己。

樱桃："能让我抱抱吗？"

文正把萨摩耶送过去。

雪花呜咽着，乖巧地窝在樱桃怀里。

文正觉得怪异，雪花平时虽然很乖，却不会轻易与外人亲密。他只见过雪花这样亲近程桀，樱桃是第二个。

"喻医生，雪花和你真投缘。"

樱桃抚摸着萨摩耶雪白的毛发："是啊。"

文正想到程桀喜欢樱桃，想帮他一把："咱们桀哥可有爱心了，他不止养雪花一只宠物，喻医生，你都想不到他还养了什么。"

樱桃神色微顿，故作漫不经心："还养了什么？"

"他还养了布偶猫、乌龟和鱼，最诡异的是他还养鸭子。"

樱桃愣住。

文正没发觉，说得越来越兴奋："刚认识桀哥的时候，我就觉得他太冷太锐利，不好说话，可亲眼见证他细心照顾那些宠物后，我改变了想法。喻医生，你别觉得我们桀哥不好相处，他的心其实挺柔软的。有次雪花生病，他都快急死了。所以你别怕，你要是跟他在一起，他肯定对你好。"

文正仔细打量樱桃的表情，她始终不咸不淡、平平静静的样子。

文正还想添油加醋地夸程桀，樱桃开口："文助理如果有事就去忙吧，雪花跟我投缘，你告诉程桀来接它就好。"

文正心想这样也好，能让桀哥和喻医生多相处。

他点头答应。

文正走后，雪花从樱桃腿上跳下来，围着她绕来绕去，像要将她仔仔细细地看清楚。

樱桃温柔地摸它的头："他对你很好对不对？"

雪花吐出舌头轻轻应了一声。

樱桃浅笑："那就好。"

她怎么也没想到，她走后会是程桀收养了雪花。文正说的其他宠物，应该也都是她曾经养过的。

看着已经长大的雪花，樱桃语气怅然："刚接你回家的时候，你还很小呢……"

在故水镇度过的第一个冬天，樱桃养的小黄狗去世，她因此很伤心，简直称得上以泪洗面。

这事不知道怎的就传到程桀耳朵里。

那段时间她不愿意出门，他便爬上她窗外的树，在树上叫她的名字。

樱桃开窗看到他坐在树干上，很惊讶："你怎么在这里？"

程桀给她扔过来一个东西，是小黄狗玩偶："抱着睡。"

樱桃本来就伤心，看到小黄狗玩偶，伤心地吸了吸鼻子。

"哭什么。"程桀又给她扔来一包糖，还有几本小人书。

樱桃虽然伤心，但没有拒绝这份好意，把他送的东西收起来放好，乖乖道谢。

程桀嘴里咬着根嫩草，懒声哄她："别哭了，明天去集市，我带你玩。"

"不要。"她低头扯玩偶的耳朵。

程桀吐出草，下树，站在她窗户下面就往上爬。

樱桃吓坏了，又怕被家人发现，压着声音阻止："你干什么？小心摔了！"

程桀哪能怕这个，三两下爬到她窗边坐下。冬天很冷，少年穿得并不多，一件黑色外套和一件黑T恤。他理着寸头，更凸显他五官的凌厉锐气，像一把可以出鞘的刀。

樱桃刚想斥责他乱来，脸颊就被男生捏住。

他屈腿坐在窗台，捏着她脸把她往自己的方向拉，慢慢低下头，清晰地看着她齐刘海下溪流般清澈的眼睛。

"不准哭。"

他的表情有几分严厉。

樱桃拍开他的手，低头揉着脸颊："为什么管我？"

"你说为什么管你？喜欢你呗。"

樱桃揉脸的动作忽然停下，愣在了那里。她从未想过，他会如此坦然承认喜欢她。

樱桃不敢抬头，不动声色地挪动脚跟后退。

程桀早就发现她鬼鬼祟祟的动作，将她拽过来，抬起她的脸。

樱桃立刻把视线别开。

程桀笑出声："害羞啊？"

她咬住下唇："你别乱说。"

"谁乱说。"程桀带笑的嗓音很低，"看着我。"

樱桃不敢。

程桀双手扶正她的脸，让她不得不看着自己。

樱桃实在躲不过去，只能看着程桀。

程桀和她认识的男生不一样，他自带锋芒，冰冷锐利，看人时眼神直勾勾不加掩饰，非常具有侵略性。

樱桃受不住，干脆闭上眼。

程桀没想到小姑娘这么害羞，更肉麻的话他都还没说呢，以后她可怎么办啊。

樱桃因为程桀的突然表白而忘记悲伤，一整晚都没怎么睡好。

第二天，程桀很早就在她家附近等她。

喻天明心里骂骂咧咧地把樱桃送出来,他可不放心让妹妹和小混混一起逛街,死活要跟着。

三个人逛了一个小时左右,樱桃有些累。

程桀想去给她买水,喻天明怎么可能让他在妹妹面前表现,自告奋勇跑去超市。

程桀看看樱桃的傻哥哥跑远,忽然拉起樱桃拐进左边的小巷。这里人少,他把樱桃抱起来走。

樱桃连忙拒绝:"你让我自己走。"

程桀眉毛轻动:"不是累吗?"

"那也不能抱啊……"

"背可以吧?"

"也不行。"

"真麻烦,背和抱选一个。给你三秒钟考虑,三,二……"

"背!背我好了!"

程桀把她放下。他个儿高,在樱桃面前蹲下,让娇娇软软的小姑娘趴在自己背上。

程桀搂住她的腿时,感觉到小姑娘身体微僵。

程桀本来觉得没什么,背女孩子罢了,可她真是好软好香,他都没敢用力,弄疼她怎么办。

樱桃犹豫着用手圈住他的颈肩。

"你要带我去哪里?"

"到了你就知道。"

程桀背她到小镇的文身店,店里没几个人,都是些染着各种颜色头发的年轻人。他们见程桀背着个漂亮小姑娘过来,都看直了眼。

程桀冷着脸踢开他们店里的凳子,男生们没敢再看。程桀脾气不好,打架又狠,这肯定就是他传说中的小女朋友。

樱桃对这种地方很陌生,拘束地问:"我们来这里做什么?"

"文身。"

樱桃摇头:"我不要,我怕疼。"

程桀有些好笑,他怎么舍得让她疼:"我文。"

他直勾勾地看着她说:"文个你。"

"啊?为什么要文我?"

"你说呢?"

樱桃想到他昨天说的那句话,有些害羞地低下头,

他对文身师说出樱桃这两个字的英文"cherry"。

"不行。"樱桃忽然认真地说,"你也会疼,我不要你疼。"

程桀怔了怔。

第一次，有人会怕他疼。
程桀看着女孩清澈的眼睛，樱桃用力点点头，表明她的认真。
程桀轻笑了一声，抬手，似乎随意地摸了摸她头发。
但是心，早已塌陷。
"好，不文。"

喻天明找到他们的时候非常生气，然而看到程桀淡漠的眼神，他敢怒不敢言。
三人继续逛集市，程桀给樱桃买了挺多吃的和玩的。樱桃知道他赚钱不容易，本不想花他的钱，可不收他会生气。
傍晚的时候，程桀请他们吃饭，回家之前，程桀从店里抱出来一个纸箱送给樱桃。
喻天明阴阳怪气："能是什么好东西。"
程桀不咸不淡地看着喻天明，喻天明立刻闭嘴。
樱桃打开箱子，里面竟是一只萨摩耶幼犬，浑身雪白，可爱得像团棉花。
樱桃非常惊喜，爱不释手地抱起它，可想到程桀打工赚钱那样不容易，顿时感觉怀里的萨摩耶幼犬烫手。
"多少钱？我给你吧。"
程桀现在已经有了点积蓄，生活并没有从前那样困难，他还想多攒钱："用不着，给你花钱我高兴。"
喻天明在旁边气得磨牙。
"准备给它取什么名字？"程桀问。
樱桃看向窗外静悄悄飘落的雪，纯白得毫无杂质，如同怀里的萨摩耶幼犬。
"就叫'雪花'吧。"
她期待地望着他，眼神比萨摩耶幼犬更可爱。
程桀没忍住牵起唇："那雪花以后就有妈妈了。"
樱桃微愣："谁是它爸爸？"
程桀捏了捏她的脸："我呗。"
…………

樱桃陪着雪花晒完太阳，守着它午睡，花店外面的风铃再次响起。樱桃抬起眸，看到推开玻璃门走进来的挺拔男人。
无声的对视后，她率先挪开视线。
程桀瞥到樱桃脚边睡觉的雪花，轻声笑，一步步走近，手撑在樱桃的座椅上，散漫的模样和多年前有些相似："看来雪花找到它抛夫弃子的妈了。"
樱桃没理他。
"喂，喻樱桃。"

樱桃抬眼看去。

程桀伸手，漫不经心地轻抚她的头发："雪花很想你。"

樱桃弯唇："看得出来。"

"我也是。"

【7】

程桀到店里没多久，外面便下起了雨。

气温下降，睡着后的雪花缩着脖子无意识地往樱桃脚边靠近。

樱桃安抚地摸摸它的头，让它睡得更安稳。

"这些年一直都是你在养我的宠物？"

程桀懒洋洋地"嗯"了声，从花瓶里抽出一枝郁金香，百无聊赖地端详："它们非要跟着我，我有什么办法？"

"谢谢你。"

程桀玩着郁金香的动作微顿，视线移到她娴静温柔的侧脸。她睫毛很长，十分卷翘，轻扇时有种脆弱的楚楚动人。

"想去看看它们吗？"程桀折下郁金香的花骨朵，打量着樱桃今天的编发，将花插到她头发里，语气随意，"它们大部分时间都在我的工作室，我让文正把它们送回家。"

他以为樱桃一定会同意，但她却摇头。

她想既然它们都过得很好，她又何必去打扰它们的生活，让它们记起她又要花时间忘记，太残忍了。

程桀捏过她的下巴，盯着她人比花娇的面庞，清冷一笑："喻樱桃，你是真心狠。"

明明眼神那么清澈温软，却心如铁石，不管是对人还是对宠物都是一样。

程桀无趣地把花枝扔进垃圾桶："准备怎么谢我？"

樱桃疑惑："谢？"

她容貌精致，气质温柔，耳旁簪着一朵花，俏丽得很是娇媚。

程桀喉咙里有点发痒，嗓音微哑："我给你养这么久宠物，白养的？"

樱桃明了地点头，取出银行卡给他。

程桀看着她递过来的卡，握住她的手腕拉近："谁要你的钱，陪我喝酒。"

"我不会喝。"

"看着我喝总会吧。"

樱桃虽然不明白看着他喝有什么乐趣，但还是答应了。

花店打烊后，程桀让文正把雪花接走，他俩去了附近的小酒吧，人少环境优雅，不容易被拍到。

程桀叫了很多酒，包厢里光线不那么清晰，樱桃坐在角落，程桀招手她才缓慢地移过去。

"会玩骰子吗？"问完，他才觉得自己说的是废话，前几次的聚会她就没玩过。

"我教你。"程桀又说。

樱桃轻轻皱眉："我不想玩。"

程桀朝她勾手指，她靠近。

他偏头在她耳边撂两个字："晚了。"

程桀拿出骰子给她讲："就玩最简单的，猜大小，输了就……"他坏笑着点自己的唇，挑眉，"亲对方。"

樱桃站起来想走。

程桀把她拉到腿上，圈住她的腰，说："跑什么，我会吃了你？你不想亲嘴也可以亲脸。"

樱桃被他的胡搅蛮缠弄得不知道怎么回答。

程桀用鼻尖蹭她耳郭，嗓音压低："玩吧，好不好？"

樱桃身体瞬间僵住。

程桀早就发现她受不了自己撒娇，几乎百试百灵。

果然，樱桃有些无奈道："……好吧。"

程桀没把樱桃放下去，樱桃坐在他腿上很不适应："你先放开我啊。"

程桀单手扶着她的腰，语气懒散："就这样玩。"

"不要。"

"那你求我。"男人在她耳边沉笑。

樱桃皱了皱眉："别闹。"

"成成成。"程桀心情不错，松开手。

樱桃立刻离开他的腿坐到他旁边。

程桀开始摇骰子，樱桃学他的样子操作。

程桀猜大，樱桃猜小，拿开骰盅，程桀赢。

樱桃呆住。

程桀似笑非笑地点自己的唇，樱桃狡辩："你说过可以不亲那里的。"

程桀凝视她微红的面颊，笑着让步："行。"

樱桃迅速亲了下他的侧脸，一触即分。

程桀"啧"了声。

两人继续玩，还是樱桃输，她为难地皱眉。

程桀懒笑着靠近，嗓音酥磁地喊："宝宝。"

这个亲昵称呼让樱桃脸更红了："别这么叫。"

程桀诱哄："你也可以亲别的地方哦。"

"……比如呢？"

157

程桀扯开衣领,修长手指点着自己的锁骨:"这儿。"
樱桃一鼓作气地亲了程桀另一边脸,把程桀逗笑了。
第三次摇骰子,樱桃终于赢了,蓦然想到赢了也没好处,还是得给程桀亲。
程桀看出她心里的纠结,笑得东倒西歪。他趁樱桃没注意,忽然勾住她的腰压到怀里,直直盯住她眼睛,嗓音特哑:"想让我亲哪里?"
樱桃觉得亲哪里都不行,程桀一下子含住了她的耳垂。
樱桃愣住,感觉到他舌头顶着自己的耳垂戏玩,用唇摩挲和轻咬,她呼吸逐渐急促时,一句话响在耳边:"今晚去我家?"

樱桃当然没有留下,事实上在程桀说出这句话后她便逃之夭夭了。
好在纪良和喻丽安的婚礼近在眼前,樱桃把工作之余的大部分时间投入他们婚礼的准备中,很快忽略了程桀。
让樱桃意外的是纪樣,他最近懂事很多,不怎么和长辈顶嘴,对她的态度也从随意变得谨慎,每天没有课的时候还会来医院等她。
樱桃下班后再次看到他,少年单肩挎着书包,篮球搁在脚边,靠墙打游戏。
"怎么又过来了?"
听到她的声音,纪樣结束游戏把手机收起来:"我爸非要让我接你回家。"
他在撒谎。
樱桃问过纪良,纪良没有让他这样做,一切行为都是纪樣主动的。
回家的出租车上,樱桃思考着他最近的变化,随口问:"你知道什么了吗?"
如果不是因为知道什么,纪樣不会有这种改变。
纪樣的心思并不复杂,被拆穿也不打算隐瞒,点了下头。他第一次见这个所谓的姐姐时就觉得樱桃看起来病恹恹的,脸白得像死人,却从没往这方面想。
没想到,她真的生病了。
纪樣问得直接:"你会死吗?"
樱桃微笑:"每个人都会死,或早或晚。"
纪樣不明白樱桃为什么这样从容:"你就不怕吗?"
樱桃说:"怕啊。"
但纪樣根本就没感觉到她在害怕,她好像早就已经接受了自己的命运。
纪樣忽然有些难受。
"你多久会死?"
这样直接的问话方式并没有触怒樱桃,她明白他只是单纯地想知道。
"可能是两年后,可能是一年后,可能是几个月后,也可能是明天。"
难以想象,一个人到底经历过什么才会这么平静地陈述自己生命仅剩为数不多的时间。
亲生母亲去世的时候,纪樣还小,从未体验过亲人离世是什么感觉,现在却隐隐约约感觉到了这种压抑和无力。

纪樣忽然有点不敢看她的眼睛:"他知道吗?"

樱桃明白纪樣问的是谁,愣了愣。

"他不会知道。"

"为什么不让他知道?"

樱桃看向窗外被枯叶铺满的街道:"有太多理由。"

"比如呢?"

樱桃却没说,只是浅笑:"小孩子别问这么多。"

纪樣不服气:"我不是小孩子。"

樱桃笑容更深:"嗯,你很快就要长大了,真不知道我能不能活到那天。"

纪樣忽然就说不出话了,他替樱桃感到可悲。

"你会的。"

"谢谢。"

樱桃将手伸出窗外,接到从树上落下的叶子。

"秋天真好。"

"你喜欢?"

"我更喜欢夏天。"

遇见程桀的时候,便是盛夏,但如果让她许愿的话,她更想在秋天离开,就像落叶归根。

尘归尘,土归土。

纪樣终于明白樱桃身上那种脆弱但是顽强的生命力到底是怎么回事了。她虽然已经接受自己会死的事实,却从容地过好每一天。

那么,那个人呢?

那个明明喜欢她到极致,却总是嘴硬不敢承认的人,如果有一天知道,会不会后悔?

纪樣开始犹豫要不要把这件事告诉程桀……

纪良和喻丽安婚礼那天很热闹。

向权儒忙完工作赶来,喻丽安和纪良正在交换戒指。望着穿着婚纱的喻丽安,向权儒感觉有些恍惚,好像回到他们结婚那天,他也是这样珍重地为她戴上戒指。

樱桃不知何时走到他身侧,同他一起看着台上幸福的新人。

"我妈妈很美对不对?"

向权儒看向身侧精心打扮过的女儿,心情复杂:"……你特意给我送请柬,就是要我看到这个场景?"

樱桃答非所问:"她和纪叔叔真的很配对吧?"

"向暖!"

159

"是喻樱桃。"柔软的声音格外平静,樱桃抬起眼与他对视,慢慢抿起嘴笑,"向先生不要叫错了。"

她看起来那样温和淡雅,却藏着尖锐的刺,和八年前那个小姑娘完全不一样。

"你怎么会变成这样?"向权儒的眼神充满失望和陌生。

"说什么悄悄话呢。"玩世不恭的慵懒嗓音传来,程桀端着香槟走到樱桃身边,目光在她裸露的双肩上停留。

作为艺人,他竟还参加普通人的婚礼,不是没有人好奇,对此程桀的解释很简单,称新人中有自己的熟人,虽然对方不知道究竟谁才是那个熟人,倒也没有过多深究。

樱桃不想被过多关注,转身去宴席角落。程桀也没想给她造成困扰,刚才只是怕向权儒欺负她。

烦琐的婚礼仪式结束后,樱桃和纪樣在入场处送宾客。

樱桃头上忽然被一件衣服兜头盖住,对方站在她身后帮她披好衣服。

樱桃回眸看到程桀漫不经心的脸:"你怎么过来了?"

程桀把她双肩遮得严严实实,散漫地凝视她:"阿姨让我过来帮忙送客人。"

"我妈?"

樱桃看向正在和宾客交谈的喻丽安和纪良。

喻丽安虽然希望他们在一起,但是知道分寸,应该不会让程桀在这种场合过来帮忙招待客人。唯一能解释的是,这是程桀的自作主张。樱桃也没有拆穿,反正这是最后一次了……

程桀站在她身侧,将婚礼伴手礼递给今天来参加婚礼的宾客,俨然一副主人的模样。等送完所有人,樱桃脱下西服还给他:"我去后台换衣服,你先回去吧。"

"那不行。"程桀将衣服搭肩上,完全无视纪樣,伸手揽住她的细腰,"等下我送你回家,成不成?"

他眼里蕴满笑,樱桃和他对视的时间有些冗长。

"……好。"

程桀目送她渐行渐远。

樱桃步伐慢,忽然回头看他。

程桀微愣,总觉得哪里不对劲,刚想上前询问,樱桃已经收回目光继续往前走。

程桀笑自己小题大做,他去车里等,可半个小时后樱桃也没出来。

程桀脑海里突然蹦出她刚刚回头看他的那个眼神。

像……告别……

他心里不安的情绪迅速蔓延。

越想越不对劲,程桀立刻下车,回到婚礼后场,里面只有纪樣一个人。对方见他回来似乎并不意外,又好像刻意在这里等他。

不好的预感更强烈,程桀在后场里里外外找了一圈,根本没有樱桃的踪影。

"她走了。"躺在沙发里打游戏的纪橡忽然出声。

程桀眼眸微眯:"去哪儿?"

他能想到的是樱桃耍弄他,她或许先回了家,但纪橡的回答却是:"伦敦。"

一阵沉默。

程桀就这样愣了很久,纪橡目睹他的眸光一点一点变得黯淡,打心眼里觉得他可怜。

"她说以后不回来了。"

程桀什么也没说,转身往外走,看起来也没什么改变,谁离开谁都能活。

可纪橡却觉得这一刻的程桀无比疲倦脆弱,步履沉重得如同被抽走魂魄的行尸走肉。

纪橡犹豫了一会儿,还是开口:"关于我姐,有件事我想告诉你。"

第五章·管不住的心

病人：喻樱桃。

✦

【1】

再次回到伦敦，樱桃感觉有些恍如隔世。

她其实也感到抱歉，在喻丽安和纪良刚完婚就离开，都没有多陪他们两天，也许会扫了他们的兴，但实在没有办法，总觉得再耽误下去会越来越难离开。

回到伦敦后的一个星期，她照常去之前的医院上班，但还总是收到淮城平安医院的复职邀约，以及秦叙打来的视频，哭诉着没有她的生活很无聊。

樱桃很开心，也有些受宠若惊，毕竟她早就习惯孑然一身，没想到离开后竟会让除了家里的人想念。

就和从前一样，她独居，按时上下班，定期做检查和吃药。

其实她每天都会想起程桀，反复回味这段时间的相处。这段回忆就像那些被她放进匣子里的物品，会被永久保存，最后陪着她长眠地下。

樱桃的生活趋于平静，程桀更像一潭死水。

她离开的那天，他追去了机场，但就像八年前那样晚一步，飞往伦敦的最后一班飞机在他到达机场的十分钟之前就已经起飞。

程桀那天在机场待了一整天，手里紧紧捏着的是一封信。

纪樑告诉他："听喻天明提起过，八年前我姐给你留过一封信，在信里骂你痴心妄想，让你对她死心对吧？其实她还准备了另一封信，只是那封没有送出去，一直留在家里。我爸和喻姨买新房后搬家，我在她房里发现了这封信，你要看吗？"

深夜来临，空荡荡的屋子里挤满孤寂，程桀一个人靠在沙发里，胸腔里一阵阵闷痛。他拿出那封信展开，认认真真看上面的每个字。

和八年前那封写满对他的侮辱的信件不一样，樱桃在这封信里温柔地与他告别。

程桀：

展信佳。

我没想到会用这样的方式告诉你，我将要离开。

写这行字的时候我忍不住想，你知道这件事后会怎样的生气以及愤怒。

但都没有关系，你大可以埋怨我、讨厌我，但请一定不要难过。

分开之后，希望你好好生活，学会体贴自己。天凉加衣，生病吃药。

你的表白和爱意我无福拥有，不能做你的女朋友我很遗憾，但请不要妄自菲薄。你很好，非常好。

程桀，你是我见过的最努力、最积极向上的男生。我始终坚信你会有光明的未来和前程，也会遇到比我更好的女孩。

而这封信不会送到你手里，它是我的心事。我在这里偷偷写下这句话，你应该一辈子都不会知道。

但我还是想说，我很喜欢你，并不比你少。

程桀将信压到怀里，用力到颤抖，仿佛可以借此拥抱到八年前的樱桃。

分明已经不是第一次读这封信，可里面的每个字都把他的心碾得千疮百孔。

樱桃离开的这一个星期，程桀几乎没有好好睡过一觉。他总在想一件事，樱桃到底有什么不得不离开的事？

当然，他也询问过纪樑和喻天明，但他们支支吾吾，就是不说。

程桀预感不好，能让樱桃毅然决然地离开，一定不是什么好事。这让程桀更着急，分分秒秒都想找到她问清楚。

但这也是奇怪的地方，樱桃的家人，包括她的母亲喻丽安，没有一个人知道她在伦敦的住址。

她仿佛刻意不想让任何人靠近。

她到底在隐瞒什么？

之后的日子，程桀通过各种各样的方式去查，总算在秦叙的帮助下，在平安医院的入职资料中找到樱桃在伦敦住址的蛛丝马迹。

"听说你回来了。"樱桃接到张哲安的电话，对方在电话里问，"怎么没告诉我？"

"怕打扰你。"

"还跟我客气。你在伦敦这么多年，我有怕你打扰过吗？"

樱桃声音温柔："是要谢谢你照顾我。"

"这次还回去吗？"张哲安问。

"如果我能活到过年的话，会回去看看他们。"

"瞧你说的，我怎么着都不会让你这么早死。"

樱桃和张哲安认识多年，两人谈起这个话题并没有避讳。

张哲安说："今天我过来接你去吃饭，打扮漂亮点。"

樱桃无奈："都这么熟了，没必要吧。"

"那不行，咱们有好几个月没见了，你漂亮点，我好养养眼。"

"……好吧。"

程桀乘坐的航班落地，第一时间去樱桃租住的公寓。

他来得匆忙，甚至没时间订个酒店好好梳洗整理一番，只想快点见到她。但樱桃没在家，他摁门铃摁了很久，里面都没反应。

程桀就在门外等，直到晚上八点，外面下起了雨，樱桃还没回来。

程桀没办法给她打电话，她换号了，所以只能一遍遍地看手表，心里焦急。

晚上十点的时候，程桀听到有车子开过来的声音，便从楼道的窗户往外看。

车里先下来一个"男人"，对方撑开伞，从车里牵下来一个姑娘。樱桃精心打扮过，娇美温柔地把手递给"男人"，被对方搂着腰拉到伞下面。

张哲安拍拍她的腰："怎么回国这么久也没见你长胖点，还是这么瘦。"

樱桃温柔的声音从那边传来，碾碎程桀的心："那你给我好好养养。"

张哲安十分乐意："那敢情好。"

到家门外，樱桃总觉得哪里不对劲，打量四周，迟迟没有开门。

张哲安拿了她的钥匙替她开门，推着她的腰把人送进屋："赶紧睡觉去，你不能熬夜。"

门关上，站在上一楼层转角处的程桀僵了很久才动了动。

他始终垂着眼，沉默地订了回国的机票。

樱桃在回到伦敦半个月后，还总是收到平安医院发来的邮件。他们求贤若渴，非常希望樱桃能回国。

各行各业都需要人才，人才的引进总能保证某些项目平稳推进。

樱桃在心外科领域颇有名气，秦叙告诉她，有的病人指定要她看病，某些症状也的确需要她给出评估，但她不在国内，远水解不了近渴，病人因此耽误了治疗。

樱桃作为医生，听到这些消息，自然焦急难受。

查完房回科室，张哲安看出她的心不在焉，主动提出："想回去的话我陪你。"

樱桃不想给别人添麻烦："你在这里工作这么久了，回去怎么办？"

张哲安不服气:"你是不是瞧不起我?我怎么说也是你的前辈,平安医院能不要我?你等着,我这就给平安医院发邮件!"

樱桃笑得无奈,不过她确实动了回去的心。离开的时候太匆忙,没考虑到平安医院的病人。

只是这次回去,再遇到程桀又怎么办?

下午的时候,平安医院回复了张哲安的邮件,对方非常欢迎张哲安的加入。在张哲安的撺掇下,樱桃没犹豫太久,两人很快订机票离开。

回国后,樱桃马不停蹄地投入工作中,光是第一个星期就做了三台重量级手术。这几天太忙,她倒是没怎么想起程桀。

樱桃午休吃饭回来,乘电梯上心外科住院部,遇到有段时间没见的文正。

文正看到她同样惊讶:"喻医生回国了?"

樱桃温和地应声:"嗯。你怎么在医院?"

"噢。桀哥生病了。"

樱桃轻蹙起眉:"程桀病了?"

"对啊,前段时间他从伦敦回来后就开始发高烧,开始的时候他不愿意吃药,后来在剧组晕倒才进的医院。"

说起这事,文正就觉得玄乎。程桀当初去伦敦是去找喻樱桃的,结果人没带回来,他自己倒是变得更不爱讲话更冷淡了。别人只要不小心提到"喻樱桃"三个字,程桀的脸色就很吓人。

电梯先到程桀住院楼层,文正却没立刻下电梯:"喻医生要不要去看看他?"

樱桃还在出神,没想到程桀竟然去了伦敦,是去找她吗?

"……他病得严重吗?"

文正立刻点头:"严重!特别严重!"

"那就去吧。"

文正高兴地给她引路。

程桀住的是单人病房,陪护就文正一个,文正出去的时候程桀在睡觉。

文正心想他把喻医生带过来,桀哥一定会非常惊喜吧!然而病房里面不止程桀一个人,还有向佳佳,她正温声细语地哄程桀喝粥。

程桀也不像个病人,倒像个进来喝茶的闲散客,姿态惫懒地躺病床上盯着窗台的栀子花,根本没理向佳佳。

二人都没有发现文正和樱桃。

文正用力咳嗽,向佳佳转过脸,看到樱桃时,本来就不好的脸色更难看了。

程桀丝毫没分心,依旧冷冷地盯着那盆花。从伦敦回来后,他就把家里的栀子花都烧了,这是最后一盆。

樱桃走向病床,程桀始终没发觉她。

165

樱桃打量他更加瘦削冷锐的侧脸："怎么病了？"

程桀霎时一僵。

这个声音……

最先涌到心口的是欣喜若狂，可紧接着，她和别的"男人"在一起的亲密画面在脑海里回放，喜悦骤然被冷却。

他没有看樱桃一眼，把她当空气，朝向佳佳玩味地调笑："不是要喂我吃东西吗？"

向佳佳愣了愣，立即喜笑颜开地将汤勺递到程桀唇边，声音娇滴滴的："我喂你。"

樱桃表情平静，程桀的笑意不达眼底，始终没有张口吃向佳佳喂过来的东西。

三个人僵持。

樱桃觉得没必要再待，向外走去。

回到心外科后，有台紧急手术要做，张哲安和她搭档。手术结束已经将近晚上八点，樱桃换好衣服离开更衣室，高大人影突然从门侧闪过来，用力将她抱住，熟悉得让樱桃一秒分辨出是谁。

"程桀？"

"嗯……"

不知是不是错觉，樱桃总觉得这声回答有些轻颤。

程桀收紧抱她的手臂，嗓音闷哑："喻樱桃，对不起。"

"……为哪方面？"

"刚才我没吃向佳佳喂的东西，我把她赶走了。你别生气行吗？"

总归，程桀还是妥协了，哪怕她在伦敦有另一个"男人"，他也不想管了。他不知道她为什么回来，但这次他会用尽一切留住她。他可以装作什么也不知道，只要她可以留下就好。

"喻樱桃，樱桃……"

他声音低低，终于不再嘴硬："别走了。"

樱桃摸到他外衣下的单薄睡衣："你来这里等多久了？"

"你从我病房走后没多久我就追出来了。"程桀轻蹭她温暖的颈弯，声音委屈。

"……快回去吧，你还病着。"

"那你来看我。"他变得有些黏人，双臂紧紧缠住她的腰，慵懒嗓音撒娇，"好不好？"

"……可以。"

送走程桀后，樱桃回到科室，总觉得张哲安看她的眼神带点调侃。

她问："怎么啦？"

张哲安摇头轻笑："刚刚在更衣室里看到你和一个男人抱在一起，搞得我都不好意思走出来，被硬生生逼着吃狗粮。"

张哲安揉着樱桃泛红的脸:"虽然你的确脾气好,但我从没见你对哪个男人这么耐心温柔过。

"他就是程桀吧,什么时候给师姐介绍一下?"

程桀是医生最恼火的那一类病人,生病了还不好好待在病房休息。因为心心念念要把樱桃从另一个"男人"手里抢过来,他打算利用好每分每秒。

樱桃值晚班,半夜的时候科室里忽然来了一个病人。

樱桃出去瞧,对方一身黑衣打扮,身材修长,戴棒球帽和口罩,懒洋洋地转着打火机。

樱桃哪能认不出这是谁。

"哪里不舒服?"

他指尖按在胸口上,帽檐下的眼睛里带着戏谑。

樱桃在他胸口轻拍:"胡闹。"

程桀就笑,抱住她的腰:"想你啊。"

樱桃想拿开他的手:"我还在上班。"

程桀偏不放,隔着口罩碰她的鼻尖:"那你亲我一下。"

"我们不是可以随便亲亲抱抱的关系。"

程桀沉默地看着她认真的眼睛。

他们不是,可她却可以把别的"男人"带进家。

程桀感觉心房某个地方在钝痛,却什么也不能表现出来。

他问:"我是不是让你失望了?"

樱桃不太懂他的意思。

"我太嘴硬,言行不一致,害怕被你看轻。我对你不够好,所以才让你想离开吗?"

樱桃想否认,程桀带着她的手摸到自己心窝处:"那么我言行一致,像你说的那样,用你们女孩子喜欢的方式来爱你。"

他摘下口罩,学会弯腰和低头,不再担心妥协和认输,认真地哄她:"今天交往第一天。答应吗?宝贝。"

他这样少有的正经让樱桃不适应,一时之间找不到合适的拒绝方式,沉默时,忽然听到护士站护士的呼喊声:"喻医生?喻医生过来看看这个病人好吗?"

樱桃下意识地应声:"好!"

【2】

没来得及回复程桀,樱桃匆匆过去接急诊病人。

忙碌起来很容易忘记时间,樱桃并不知道程桀始终没有回病房。

早上九点交班结束,樱桃揉着眉头疲倦地走出急诊室,一个蓝莓蛋糕忽然递

167

到她面前。

樱桃愣了下，视线上移，看到靠在墙边挑眉笑的程桀，他的穿着还和昨晚一样单薄。

樱桃这才意识到他昨天没回去。

程桀把蛋糕往前递一点："蛋糕店的新品，尝尝？"

樱桃没有接。

程桀忽然皱起眉："嘶……"

他不太舒服地捂住头。

樱桃扶住他："怎么了？"

"……头疼。"

樱桃皱眉轻声训："你穿这么单薄肯定会不舒服，我不是让你回病房休息吗？"

程桀慵懒地靠在她身上，嗓音没劲儿："帮我拿下蛋糕。"

樱桃没想太多就把蛋糕接过来。

程桀眼里浮笑，继续循循善诱："我衣兜里有药，帮我拿一下。"

樱桃将手伸进他兜里，却没有摸到药，摸到的是纸质的东西，她觉得有些奇怪，拿出来看到一封信。信封整体是澄澈的蓝色，绘制着茂盛的老槐树，少男少女坐在树下交谈，一如多年前的他们。

这是樱桃曾经亲手画上去的，她再熟悉不过。

怎么会……

这封信怎么会在程桀这里？

樱桃心绪有点乱，完全不太敢看程桀现在的表情。

程桀始终注意着她的变化，当然能感觉到她在慌乱，几次抿唇的动作泄露紧张，真是少见的可爱。

"你……"

"我没有！"她抢先否认。

程桀被她戒备的样子逗笑："那……"

"我不知道，跟我没关系！"

"可……"

"你别误会，我怎么可能写这种东西！"

程桀也没反驳，眼神似笑非笑，说："我又没说里面写了些什么，你这么紧张做什么？"

樱桃略尴尬地撩头发，伸手才意识到自己绑着马尾，头发根本撩不到。

她用咳嗽掩饰自己的紧张，尽量显得从容："走吧，我送你回病房休息。"

程桀意味深长地轻笑："行。"

虽然他没有追问，可樱桃不敢有丝毫的放松，这种感觉不亚于她第一次站在手术台时。

回病房后,程桀也不去床上躺着,反倒把樱桃按在床边坐下:"休息一下,我已经叫了早餐外卖。"

樱桃不躺:"我不是病人。"

程桀心疼她值夜班,抱住她的腿把她放床上,给她盖好被子,把她和被子一起团在怀里:"我疼女朋友。"

"我什么时候成你女朋友了?"

护士刚好进来给程桀打针,看到程桀和心外科的喻医生举止亲密,瞳孔瞬间放大。

程桀在病房时不会戴口罩,医护人员都知道他是谁。

樱桃把程桀推开从床上起来,护士装作什么也没看到,端着打针的工具过来。

"您好,打针了。"

程桀随意地"嗯"了声,旁若无人直勾勾地盯着樱桃。

樱桃被他看得坐立难安,护士也被他们之间的气氛影响到——她生活中也会吃"瓜",当然知道程桀身上的"感情大瓜",但做梦也没想到,程桀和女孩子亲密时会被她撞破。而且还是在医院!这是多么刺激啊!

那么,也就是说……

喻医生就是那个甩了影帝的女人?

护士表面淡定,内心却在号叫,这"瓜"也太大了!

可惜她作为医护人员有自己的职业操守,不能泄露病人的隐私,否则她真想立刻掏出手机拍三五百张照片放在网上。

大家一起"嗑"啊!

氛围有点古怪,樱桃主动说:"我去洗把脸。"

她起身时手机从包里滑到床上,程桀低头正好看到上面多出来的短信。

亲爱的,在哪儿呢?

护士挂好水,正准备给程桀打针,忽然看到程桀阴沉的眼睛,吓得拿针的手一抖。

怎么回事?

刚刚还很和煦啊,怎么突然就要"刀"人了一样?

"那个……程先生,要打针了。"

程桀冷淡:"嗯。"

樱桃洗完脸回来,坐到程桀对面。护士在程桀手背上找着血管,程桀玩味的声音冷不丁地响起:"亲爱的,离我那么远做什么?"

护士戳进去的针有点歪。

樱桃疑惑:亲爱的?怎么感觉这个语气有点酸且阴阳怪气?

她示意程桀别乱讲话。

程桀笑得痞懒:"好疼,过来帮我吹吹好不好?"

169

护士往前探的针再次戳得有点歪,程桀轻轻"咝"了一声,竟用一种可怜的眼神望着樱桃。

护士心虚地道歉:"程先生,真是不好意思。"

赌上职业生涯发誓,她的扎针技术真的很好,除非遇到特殊情况。

现在谁能比她更幸福呢?居然吃到第一手糖!

护士甚至陪程桀一起眼巴巴地望着樱桃,希望她过去帮程桀吹吹。

樱桃无奈地坐到程桀的身边,按住他的手,倒也没有真的吹:"只要你不说话,就不会影响到别人,也就不会疼。"

樱桃看向护士:"扎吧。"

刚刚扎歪的地方有点肿了,护士用棉签给他摁住,眼神期待地看着樱桃、程桀。

樱桃默默接过那根棉签,替程桀摁住。

护士去找程桀另一只手的血管。

程桀忽然又开口:"护士小姐,你们喻医生答应做我女朋友了哦。"

护士一下子暴露了"吃瓜"原形:"真的?"

"什么时候?"樱桃语气幽幽。

程桀拿出手机里的录音,播放一段话。

——"今天交往第一天。行吗?宝贝。"

嘈杂的环境音中,樱桃回答得嘹亮:"好!"

樱桃呆滞了,这声"好"明明是在回答急诊护士。

……这也行?

莫名其妙地,樱桃成为程桀"名正言顺"的女朋友。

当然,这在樱桃看来,无非是他耍赖的结果。但那天有外人在,樱桃也不知是不想让程桀没面子,还是源于自己内心的渴望,居然没有否认,于是他们开始了所谓的交往。

樱桃看着程桀给自己发来的信息,陷入茫然中。

这并不是她想要的,为什么会走到这一步?

而程桀直到收工也没收到樱桃的回复,他放下手机,审视着正啃鸡腿的文正。

文正感觉到一道逼人的寒光落在自己身上,不用想都知道是谁,突然就觉得手里的鸡腿不香了。

"桀哥,你这么看着我做什么?"

"你吃这么多,身体能好?"程桀的语气轻飘飘,怎么听都有点不怀好意。

文正以为程桀嫌弃自己的身体素质,要开了他,连忙扔下鸡腿表忠心:"别啊桀哥,我身体好着呢!你让我干啥都行。"

"都行?"程桀轻笑,"那你病了。"

"……啊?"

"心脏不舒服。"

"什么意思啊？"

"找喻樱桃看。"

文正瞬间明白了程桀的意思，立刻捂住胸口："桀哥你别说，我心脏好像真有点不舒服。"

他扶墙虚弱地坐下，用尽自己在影帝身边耳濡目染的演技，费劲地喘气，不忘发挥自己的求生意识："请务必帮我找到喻医生看病，只有她给我看，我才能放心！"

快到下班的点，门诊部这边已经没什么人，张哲安从自己诊室串门到樱桃那里，樱桃还在忙。秋末的阳光斜落在姑娘光洁的皮肤上，她整个人像块温润无瑕的美玉，就连敲键盘的指尖都闪着细碎的光，充满美感。

张哲安欣赏完美人，问："等会儿吃什么？"

樱桃抱歉道："师姐一个人去吃吧，我有点事。"

刚才一直没有回复程桀信息，可能得安抚一下他。

"什么事儿？要我帮忙吗？"

"不用了。"

樱桃的电脑显示又进来一个号。

"我还有个病人。"

张哲安抬眼看墙上的钟表："这个点还有？下班了哎。"

诊室门被突然推开，矮胖病人夸张地叫唤着进来，跟在病人后面的男人吸引了张哲安的注意力。对方一身黑色工装机车服，衣服领子高高竖起，眉骨略深邃，显得不好接近。他个子很高，比例优越，英俊不羁，自带野性桀骜的气场。

程桀进诊室后第一眼看到喻樱桃，随后才发现张哲安。看到张哲安的一瞬，他眼里的笑意凝固，脚步停住。

张哲安被他敌视的眼神盯着，有些心虚地吞口唾沫，虽然不知道自己为什么要心虚。

她挪开眼，视线再飘回来时，程桀还在盯着她。

要不要这么吓人？她什么时候招惹到这样的人了？

张哲安没有正式见过程桀，上次撞破他和樱桃在一起，也没看清程桀具体长什么样，自然不知道他是谁。

"你们来看病？"樱桃看到程桀，基本能猜到他们来这里的用意。

文正艰难地坐下后，捂着胸口气喘吁吁："……喻医生，我心脏不舒服。"

樱桃是专业医生，哪能看不出他是装的。

不过，她还是拿出听诊器："我听听心跳。"

在樱桃帮文正检查时，文正拼命朝程桀眼神示意，他只负责装病，不知道程

171

桀究竟有什么计划。

樱桃检查完，取下听诊器放桌上："没问题。"

"是吗？可我觉得喘不过气，桀哥说你是专业医生，不可能治不了的啊。"

樱桃看向程桀，程桀面色阴霾，生人勿近的模样。

他以为那个"男人"不会出现在国内，没想到对方竟追来了，现在看起来，对方和她应该朝夕相处地工作吧，难怪她一整天不回复他的信息。

张哲安朝樱桃耸肩，表示疑惑。

樱桃想到程桀刚刚对张哲安的敌对，突然想明白了原因："程桀，你是不是……"

"无所谓。"程桀忽然变得云淡风轻。

樱桃试图解释："你听我说。"

"我不太想听。"程桀拎开文正，把她从办公椅里搂起来，"下班了吧，想吃什么？"

樱桃感觉到腰上的手掌在抚摸移动，声音有点慌："你助理不是心脏不舒服吗？"

"他好了。"

"啊？"

文正一秒变精神："是的，我好了。"

张哲安听到"程桀"这个名字，好奇地多看了几眼。

樱桃像是要和程桀去约会，张哲安不便打扰，准备自己去觅食。

她离开后，程桀让文正也出去。

"让他出去干什么？"樱桃往门那边看。

"你说呢？"程桀握住她的腰，忽然把她抱到办公桌上坐好。

"亲你呗。"

程桀用力地吻住她。

樱桃听到他亲自己的声音，脸羞得红透。他亲了很久才放开，并意犹未尽地舔舔她的嘴角。

樱桃难为情地摸摸那里："都被你亲痛了。"

本来是想责怪他的，可话说出来的一瞬间，她自己也觉得不对劲。

程桀轻笑："嗯，知错。"

他抬起她的脸，凑近看着她被吻得红润的唇，满是促狭："不改。"

【3】

樱桃和张哲安走得近，再加上张哲安一直以来都是一副男性化的假小子样子，医院里很多同事在不知道张哲安真实性别的情况下，甚至以为两人在交往。但很多人不看好，因为喻医生太好脾气，性子太软，而张哲安看着就花心，这才进医院没多久,就已经打入好几个科室内部,成为"妇女之友"。

秦叙偶然间还看到张哲安居然摸护士和年轻女医生的屁股和腰,简直极其猥琐。

就在秦叙纠结要如何才能让樱桃远离这样的人时,四处留情的张哲安回来了,把一袋水果放在樱桃的办公桌上。

樱桃笑问:"哪里来的?"

张哲安潇洒地甩了甩刘海:"刚从内科过来,那里的医生太热情了,非要送我,给你吃了。"

张哲安看到坐在樱桃旁边的秦叙:"秦医生看上什么就拿啊,别客气。"

秦叙不冷不热道:"不用。"

张哲安耸肩:"那好吧。"

她从袋子里挑个苹果,用小刀削好皮递给樱桃,樱桃也没跟她客气。

秦叙余光一直在注意两人,见此,敲键盘的手指更加用力,吸引了樱桃的目光。

樱桃把苹果递给她:"秦医生,你吃吧。"

"真不用。"秦叙冷瞥张哲安,鼻子里轻轻一哼。

张哲安莫名其妙:"秦医生对我有意见吗?"

"不敢。"只是敲键盘的手越来越重。

张哲安回到自己的办公桌后,秦叙立即靠近樱桃:"喻医生。"

樱桃转眸:"嗯?"

"你怎么能这样呢!"

"怎么了?"

"你都有我们程桀了,为什么还要和其他男的走这么近?"她压低的声音极其愤懑。

樱桃弯起唇,颊边梨涡浅浅浮现,样子很温柔。近距离看着她的笑容,秦叙作为女生都被晃到,难怪程桀被迷得晕头转向。

"你误会了,张哲安是女生,是我的师姐。"

"……什么!"秦叙立刻看向张哲安。那厮正在打理她的油头,浑身上下都透着花花公子的气质,到底哪里像女生了?

身高不像,外形不像,声音也不像!明明就是个男人啊!秦叙想不明白,但大受震撼!

"这……她……怎么……真的?"

她已经不能组织好语言了。

樱桃从袋里拿出几个水果放秦叙桌上,微笑:"真的哦。"

樱桃将其他水果分给办公室里的其他同事,给张哲安剩下的最多。

张哲安想揽她的腰,被樱桃拍开手:"在医院不要乱来。"

张哲安皱鼻子:"就知道管我,到底你是师妹还是我是师姐?"

秦叙看到这幅画面，不得不再次感叹张哲安的猥琐。

秦叙觉得为了程桀着想，她也要为他保护好樱桃，就算是女人也不能吃樱桃的豆腐！

比如午休强行加入二人饭局，比如工作强行组个三人小组。

秦叙想想都觉得感动，这世界上还有比她更盼着正主和嫂子相亲相爱的粉丝吗？她真是付出太多！

下班时已经有些晚，樱桃独自走去公交站。路上行人稀少，树灯闪动，秋末的细雨盛满四季里所有的萧瑟。

樱桃在路边咖啡店买杯热饮，店员告诉她第二杯半价。

樱桃从前遇到这样的推销方式，一般会婉拒，但今天忽然不想。

"给我第二杯吧。"

她拎着两杯热饮到公交站，75路还有一会儿才到，手机里收到程桀发来的信息。他说剧组有些忙，不能过来送她了。

樱桃看向自己手中多出来的咖啡，感到微微失落，但她回复：好。

75路开过来，樱桃刷卡上车。车里空荡荡的，只有她一个乘客。

樱桃走到最后面坐下，目光投向窗外。

回家的路程超过半个小时，樱桃喝过热饮后有些犯困，闭上眼睛想养养神，一不小心睡着了。等醒过来的时候车里已经挤满人，她的身边也坐了人，而她竟然靠在人家的肩上。

车里好些人在说话，有些嘈杂，樱桃想向身旁的人道歉，一只耳机忽然塞进她耳朵里。

樱桃看到对方压低的帽檐下熟悉的玩味笑眼。

车外风景掠过，车内人们谈天说地。

唯有他们安静地看着彼此。

耳机里的歌声适时响起——

  Cause it's hard for me to lose
  In my life I've found only time will tell
  And I will figure out that we can baby
  We can do a one-night stand, yeah...
  （因为失去你是一种煎熬
  我发觉在我的生活中只有时间会证明一切
  宝贝，我会找到答案的
  至少我们可以一夜相拥……）

时光回溯。

"这是什么歌?"

按照约定,樱桃来到老槐树下帮程桀讲课。

程桀已经在树下等她,身边放着一个破破烂烂的音响,音响里播放着一首英文歌。

程桀背靠树,眼睛被阳光晒得好像睁不开,微微眯着看她。

"《管不住的音符》。"

樱桃抱着书走到他身边:"真好听。"

头上的树叶"沙沙"作响,英文歌热烈。

程桀忽然说:"我也会唱。"

"是吗?"樱桃惊讶,"那你唱一句给我听。"

程桀勾勾手指,樱桃好奇地靠近,少年偏头停在她耳边,嗓音沙哑慵懒:"I won't see you tonight so I can keep from going insane(今晚若见到你,我可能无法控制自己)……"

樱桃的英文很好,当然听懂了这句歌词,她红着脸,连忙坐远。

程桀低声笑问:"怎么来这么晚?我都等一个小时了。"

"没有啊,我看着时间过来的,没有迟到,是你来早了。"

程桀"啧"了声:"难怪……"

"难怪什么?"

他指着音响:"我觉得这歌不应该叫《管不住的音符》"

"那叫什么?"

"叫——"程桀语气慢悠悠,"'管不住的心'。"

樱桃的脸更红了:"你怎么这样?"

他挑眉:"我怎么了?"

就很坏,明知她经不起撩。

樱桃羞愤地翻开书:"我要开始讲课了,你要不要听?"

"你离那么远我都看不到书了。"

樱桃才不离他近呢,她把书举起来,并且不准他靠近。

程桀被她逗笑:"哪有你这样讲课的。"

"你要不要听?"

"要要要。"程桀收起不正经,拿出纸笔。

樱桃之所以给他讲课,是因为他小时候没好好学习,所以基础差,需要补习。

程桀其实很聪明,很多东西樱桃教教就会。刚开始的时候她讲小学的知识,程桀很快就全部掌握,后面讲初中的,对他来说也没有难度。现在她讲高中的知识,给他做喻天明刚考完的数学试卷。

本以为对程桀来说会有些难度,毕竟最后一道题她都花了一些时间才做出来。

没想到程桀结合之前她教他的数学知识，很快就解出正确答案。

　　樱桃惊呆了："你好聪明！"

　　樱桃捧着他的运算过程看，他有极其清晰敏捷的数理逻辑。

　　"你如果好好上学，一定会很厉害！"樱桃撇嘴，"可惜……"

　　程桀捏住她撇起来的嘴巴："我都没伤心，你伤心什么？"

　　樱桃说话含糊，眼神真诚："替你难过嘛。"

　　程桀心尖一颤，伸手摸她的头："没事儿，你现在教我也一样。"

　　虽没读多少书，但他懂道理，以后樱桃跟着他，他死活都不会让她吃苦。他会赚钱养她，会努力配得上她。

　　因为樱桃，程桀有了史无前例的奋斗欲望。他不再满足在故水镇打工，他开始想要出人头地。他把赚到的钱存一部分给抚养自己的老头养老，一部分钱用来做以后创业的资金，其他的都给樱桃花。

　　快过年的时候，镇上新开一家小型电影院，程桀约樱桃去看。

　　樱桃答应得爽快，可电影上映那天，程桀却没在电影院等到她。

　　第二天，程桀特意骑车去她看书的图书馆路上等她。

　　樱桃坐在喻天明的自行车后座，一个眼神也没有分给程桀。

　　程桀："我送你去。"

　　樱桃抓紧喻天明的衣服催促："哥哥，我们走吧。"

　　程桀用力按住喻天明的自行车车头。

　　他心里烦，因为被樱桃忽视和冷漠。

　　她从来没这样。

　　他承认自己有点慌。

　　"我怎么惹到你了，给个明话。"

　　樱桃摇头。

　　程桀把给樱桃买的珍珠手串给她戴上，樱桃连忙摘下还给他。

　　程桀笑容冷淡："玩我？"

　　樱桃不看他："嗯，玩你。"

　　沉默后，他强行把手串帮她戴上，并不准她摘下。

　　"继续玩。"

　　…………

　　耳机里的歌曲播放结束，车也到站，樱桃发现这里不是她家。

　　程桀牵着她下车。

　　"我们去哪里？"

　　"你欠我一场电影。"

　　樱桃愣了愣，他竟然还记得。

那年她之所以没有赴约,是因为心脏病发,然后决定不能耽误程桀。

时隔八年,樱桃陪程桀去看了那场电影——《怦然心动》。

电影院里,程桀为她戴上和当年类似的珍珠手串,只不过质地更好。没想到当年的桀骜少年真的褪去了平凡,满身荣华耀眼,却还是会为她低头仔细做这样的小事。

她听到电影里那句经典的台词——"斯人若彩虹,遇上方知有。"

程桀扣好手串抬眼,发觉樱桃看着自己出神。

他凑近,让她看得更清楚:"喜欢吗?"

"喜欢。"

"亲我?"

对于她会不会主动这件事,程桀其实没抱希望,可唇上突然一软。

她居然真的亲了上来!

程桀惊讶地愣住。

樱桃学着程桀往常的样子轻轻吻他,程桀眼里逐渐有了笑意。

她亲完就害羞地退开,双手捂住脸,不敢再看他。

电影散场,回家的路上,樱桃还在想程桀到底是什么时候上车的。

"你不是说……"

"忙?"程桀截断她的话,漫不经心地调侃,"小喻医生还没下班我可就过来了。"

樱桃更是惊讶:"来这么早干什么?"

"我也不想。"程桀举起她买的第二杯半价咖啡,"管不住的心。"

【4】

直到现在,樱桃也还在想要如何才能疏远程桀。

人是极其复杂的生物,总是在沉迷和清醒之间反复摇摆。

她清楚地知道这样对程桀不好,却在和他的相处中逐渐有些迷失,甚至主动亲了他。

"才七岁,真是可怜。"

"治疗已经好几年了,一直收效甚微,这次转到咱们医院,已经是最后的希望。如果咱们医院都不行,她就真可能不行了。"

同事的谈话让樱桃摈弃杂念,她现在有更重要的事。昨天医院里转来一个患有先天性心脏病的七岁女孩,查出心脏病已经四年。这四年来女孩几乎没上过学,都在医院接受治疗,可是收效甚微。

樱桃是女孩的主治医生,她看过女孩的病历。

小女孩的情况和她小时候很相似,如果……她能拯救这个女孩,是不是也意味着自己也有救?

同事们的话题很跳脱，没一会儿就谈到明星八卦。

"听说程桀在咱们医院附近取景拍戏欸！"

"哇，那咱们岂不是可以看到明星？"

"那等会儿下班咱们过去瞅瞅？"

"就这么说定了！"

刚好到查房时间，樱桃和同事一起进病房。小女孩病情较严重，住在单独的加护病房。

樱桃过去时，小女孩坐在床上看书。

七岁的小孩头发不算长，编着两根辫子，容貌可爱水灵，而她手里捧着一本白雪公主的童话故事书在看。

她母亲正在给她削水果，看到樱桃进来连忙将削好的水果递过去。

樱桃含笑婉拒，和女孩对视，目光温柔："今天感觉怎么样？"

女孩摸摸胸口，声音软糯："这里难受。"

樱桃轻轻问："能坚持吗？"

女孩点点头。

"真棒。"

樱桃看着故事书："你喜欢白雪公主？"

女孩眼里有了光，立即点头。

樱桃抿唇淡笑："白雪公主也经历过很多磨难，但她都没有放弃，最后才过上美好的生活。你也可以的，对吗？"

女孩郑重地点头，露出笑容，单纯天真。

樱桃也笑了。

"医生姐姐，你有没有喜欢的人？"

樱桃摸摸小女孩的麻花辫，这时候没有口是心非："当然有。"

小女孩顿时像找到知音，笑容更加灿烂。

女孩的母亲心里却不是滋味，紧张地问："喻医生，什么时候可以动手术啊？"

樱桃看到女孩的母亲，蓦然想起她几岁的时候，那会儿和喻丽安相依为命，母亲陪着她四处求医，也是这样紧张不安地询问医生，把所有的希望寄托在医生身上。

樱桃的声音柔软了几分："会尽快安排的，你们放心。"

小女孩轻轻把书合上，对母亲说："妈妈可以先出去吗？我想和医生姐姐说几句话。"

女孩的母亲愣了愣，尴尬地看向樱桃，她不确定这位医生是否能满足女儿的要求。

樱桃回答："好。"

病房里只有她们时，小女孩拉住樱桃的手指。樱桃看一眼她小小的手指头，没有推开:"把你妈妈支开,想跟我说什么?"

"我要死了对不对?"小女孩稚嫩的声音很平静。

樱桃沉默一瞬,总觉得在她身上可以看到自己的影子,过早地知道死亡这件事,也过早地成熟。

樱桃有些回答不上来:"……我会尽力。"

小女孩摇摇头:"我最近总是梦见有人在叫我的名字,他们都想带我走。"

樱桃立刻按住她的手:"这些话不要告诉妈妈。"

"我知道,所以我才让妈妈出去……"

小女孩有些悲伤,也很害怕:"医生姐姐,我不想死,我死了,妈妈会伤心的。而且我还有许多想做的事没有做,许多想见的人没有见……"

樱桃摸摸她头发,温柔地拭去她的眼泪:"我会努力让你活下来,你也要坚强,好吗?"

直到走出病房,樱桃还在发怔。

想见的人?

她也有,但那是必须克制着不能去见的人。

有些心不在焉地忙到下午下班,樱桃被以秦叙为首的医生们带去程桀拍戏的地点。

现场围观的人很多,剧组请了很多保安维持秩序,秦叙带领着同事们挤在人群里。樱桃从人群的缝隙里看到程桀和张月莘等人,程桀穿着白大褂,戴着眼镜,正在听导演说着什么。

他在戏中的角色定位是位医术高超的心外科医生,清冷而内敛。

这和程桀的气质简直南辕北辙,但身为影帝就是要把不可能变成可能。

此刻的程桀白衣清俊,金丝边眼镜中和了五官的凌厉感,和身边人侃侃而谈,倒真有几分斯文的样子。

樱桃听到秦叙以及其他女医生的尖叫。

大概是太过大声,竟然吸引了程桀的目光。

樱桃不可避免地和程桀对视上,程桀镜片后的眼睛略眯。

她有些尴尬地避开视线,但她越想离开人群,越被她们挤到前面,也看到了程桀似笑非笑的眼神,脸变得有些烫。

剧组重新开工,樱桃目睹了一场戏的拍摄过程。

程桀工作时和平时很不一样,哪怕这么多人旁观,也丝毫没有影响到他的专业水平。

导演喊了"过"后,现场立刻又响起粉丝们的高呼声。

樱桃的心脏被这些震耳欲聋的尖叫声弄得有些不舒服,趁秦叙和同事们不注意,低着头溜走。直到离人群越来越远后,她才终于能呼吸到新鲜空气,还没缓过神,

179

手腕蓦然被握住，已经换过一身打扮的程桀把她带走。

文正开车在附近等他们，程桀护着她上车，跟着坐进去。

樱桃："你要带我去哪里？"

程桀取下口罩扔开："吃饭。"

刚才走得有些急，樱桃微微地喘。

程桀轻抚她的胸口："你这走两步就喘的毛病怎么就是好不了？我带你去医院瞧瞧。"

感觉到他的手掌放在自己胸口，樱桃的脸红了个透。

她急忙推开："你！"

程桀看了一眼手掌，又瞥向她饱满的地方，笑出声。

他没想占她便宜，就是怕她难受。他俩就有过一夜，程桀到现在还记得清清楚楚。

看她害羞，他忍不住逗："回家再继续？"

樱桃瞪他。

程桀笑了："那你自己拍拍，看你喘我心疼。"

樱桃稍稍背过身，轻抚自己的胸口："……我这个病生来就有，好不了的，不用去医院。"

程桀回想认识她这么久，每次都觉得她分外虚弱，好似易碎品，是得好好疼着。

程桀干脆把她抱到腿上。

樱桃下意识地看前面开车的文正："你干什么啊，放开我。"

"知道你害羞，等着。"程桀按下车里某个按钮，车中间升起隔板，挡住了文正。

他懒洋洋地搂住她："现在好了吗？"

"那也不行啊。"

"别说不。"程桀喜欢她身上的香气，上瘾似的想念，用力地深吸，"一天没见到你，想得我头疼。让我抱一抱。"

樱桃愣着神，没有再动。

程桀感觉到她的乖巧，嘴角微牵："怎么会想到过来看我拍戏？想我了？"

"不要乱讲。"

"乱讲？喻樱桃，你就不怕遭报应吗？"他轻捏她的两颊，"我想你想得寝食难安，你就一点也不想我？"

"你好好说话。"樱桃的视线飘来飘去，不太敢和他对视，现在他不再嘴硬，但是说话荤素不忌，越发坏，越发浑。

樱桃招架不住。

程桀其实挺喜欢她这慌乱的样子，单纯、乖，让人就想欺负一下。

程桀亲在她耳尖上。

樱桃躲他："我们去哪里吃饭啊？"

程桀怀抱着她，心情放松："去你喜欢的地方。"

"我有件事……"樱桃试探着开口，发觉程桀不错眼地盯着自己，不太自在地揪住他的衣服，"有件事想跟你商量。"

程桀慵懒地轻"嗯"一声，捉住她的指尖吻："说说看。"

"我有个病人，是个小女孩，不久之后就要做手术了，你能去给她加加油打气吗？"

程桀玩着她的手指，像在思索。

樱桃继续说："她的病情特殊，你……"

"可以啊。"程桀笑容蔫坏，"但我有个条件。"

"什么？"

"咱们公开。"

"不行。"

大早上，科室里的人都沸腾了。

据说程桀得知一个小女孩有严重的心脏病，特意来医院看望她，现在人已经在病房了。

樱桃听到这个消息的时候有点愣。那天她拒绝他公开的要求，还以为他不会过来了呢。

她正好也要过去查房，可以顺道过去看看情况。

樱桃在病房外就听到小女孩的笑声，是从未有过的愉快。走进病房，程桀和小女孩都发现了她。

"医生姐姐！"

樱桃看了眼坐在病床边笑容懒散和煦的男人。

樱桃问："聊了什么？"

小女孩："聊你呀！"

樱桃一愣："聊我做什么？"

小女孩和程桀交换眼神："原来医生姐姐就是程桀哥哥喜欢的人啊。"

樱桃没想到这么小的孩子都很八卦。不过程桀的看望的确有效果，原本很不开心、整日阴霾的女孩现在重新振作起来。

"哥哥姐姐，你们能陪我拍张照片吗？"程桀离开前，小女孩提出这个请求。

她模样乖巧，任谁都无法狠心拒绝。

程桀和樱桃一左一右站在小女孩的病床边，女孩的母亲替他们拍下照片。

樱桃和程桀离开后，小女孩珍惜地看着照片很久，决定把它发到自己的抗病微博上。而樱桃被程桀带到无人的楼道，被他不由分说地抱住。他淡淡的清冽冷香包裹她，他的怀抱显得执拗霸道。

"程桀，我还要去忙。"

"知道，就抱一会儿。"

"那……"

"嘘，樱桃乖。"

磁哑的声音低哄着，樱桃心软没有再开口，任由他抱着。

对于那张合照，樱桃没有在意，却万万没想到也就是那张照片，让她和程桀的关系再也藏不住……

【5】

这世界上除了福尔摩斯，粉丝的"侦查"能力也非常强悍。

小女孩将樱桃和程桀的合照发到网上没多久，粉丝就发现了这张照片。起初没人觉得有什么不对劲，程桀只不过是去看望生病的小姑娘而已，这样的关爱行为让其他粉丝非常感动。

渐渐地，大家开始关注到照片里那位身穿白大褂、笑容恬淡温和的美丽女医生。大家总觉得在哪里见过，但就是想不起来。

女医生长相美丽，哪怕粉丝不愿意承认，但她和程桀共同出现的画面极其养眼，且非常登对。

后来终于有人想起来，女医生就是体坛新星纪樣的圈外女友，已经有主了。

但也有个别粉丝不放心，进行了深入调查，这么一调查，就调查出大众一直以来想知道的东西。

某天程桀的超话里，忽然多出这样一个帖子——"那个女医生名叫樱桃"。

这对别人来说或许是无厘头的一句话，可在程桀粉丝这里就如一颗炸弹，因为大家太明白程桀对"樱桃"的执念有多深。

什么意思？

也就是说程桀之所以喜欢樱桃，是因为那个女医生名叫樱桃？啊啊啊，我原地爆哭！

为什么我"嗑"到了？多年等候，因为一个人的名字而有某种执念，这真的很不程桀，却又真的很程桀！

破防了家人们，嫂子终于找到了是吗？

可这个女医生不是纪樣的女朋友吗？

我的天啊！所以说程桀被绿了？

果然没多久，"程桀 樱桃"就登上热搜。

程桀团队有专门的工作人员监控热搜，看事态不对劲赶紧联系程桀。

樱桃对此一无所知，在好不容易的调休时间里被张哲安邀约着一起逛街。张哲安女相男装，很容易被人误认为是男人，与樱桃逛街的途中都遇到不少女生要微信。

张哲安正要拒绝，忽然听到一声："她在那里！"

四面八方的记者围上来把樱桃和张哲安堵住，摄像机镜头捕捉到二人的脸，两人还没弄明白，话筒就递到樱桃嘴边。

"你是平安医院的心外科医生吗？请问你和程桀是什么关系？"

"你是否就是程桀一直在等的那个女孩子？"

"你真的没有怀孕吗？还是你们已经隐婚了？"

"你不是纪樣的女朋友吗？为什么和程桀扯上关系？难道脚踏两条船？"

张哲安被记者注意到，话筒立刻递给她："请问你和喻医生是什么关系？为什么会和她亲密逛街？"

"你们的关系程桀知道吗？"

各种各样的问题让樱桃意识到一切都藏不住了。张哲安短暂地愣怔几秒后，立即护住樱桃为她开路："无可奉告，请你们让让！"

但她们被围得水泄不通，还吸引了很多路人的注意，也围了过来。

程桀在最混乱的时候出现，将樱桃带离现场，记者追在身后，张哲安被挤得不知所终。

程桀冷着脸把帽子摘下给樱桃戴上，两人东躲西藏，总算躲过媒体乘车离开。

上车后，樱桃把帽子拿下看着程桀。

他呼吸急促，胸膛起伏，像在克制什么，凌厉锐气的脸庞笼罩着一层阴霾。

樱桃握住他紧紧攥着的拳头，感觉到他在战栗。混浊的光线里，二人对视，樱桃看到他眼里撕裂般的痛苦。

"程桀……"

程桀猛地抱住她，声音嘶哑："不准说。"

他猜到她可能想讲明她和那个"男人"的关系，但他不想听，其实是因为害怕，害怕听到她说心里也有那个"男人"的位置，会因为那个"男人"想要回伦敦。

绝无可能！

程桀的手臂缠紧。

"我和她不是你想的那个样子，她是……"

程桀忽然捂住她的嘴。

他眸色复杂，煎熬和挣扎共存，紧咬的齿缝里挤出几个字："我说了不准说！"

他是真的害怕极了樱桃说出什么凿他心窝子的话，手捂得有些紧，樱桃就是想说也说不了。

当他以为樱桃会安静的时候，才慢慢放下手。

樱桃立刻开口："她是……"

"喻樱桃！"程桀恶劣地盯住她，"你有没有心？我不想听！你一定要说出来践踏我吗？"

樱桃："我……"

"不管你要说什么我都不想听！"

他相信自己的眼睛，看得清清楚楚两人是怎样亲密，她又是多么温柔，明明那样的温柔都没有给过他。

就算嫉妒得发狂又怎样？他实在拿她没办法啊，哪怕委曲求全也要留住她。

后来直到被程桀送到家，樱桃也没机会开口解释。

今天的事还是上了新闻，众人原本还在猜测喻樱桃、程桀和纪樣之间的关系时，没想到第三个"男人"又搅进来。

> 不是吧，这个喻樱桃怎么这么水性杨花？脚踏三条船？
> 震惊我全家，明晃晃玩三个男人？
> 竟然还是医生，感觉医生这个职业被侮辱了。
> 程桀听我的，这女的配不上你！
> 想给程桀众筹一双眼睛，怎么会钟情这种女人？
> 唉，影帝也会为情所困啊！

对此各种猜测，程桀团队发布律师声明，谴责恶意造谣辱骂樱桃的网络言论，将护短进行到底。

纪樣刚打完球休息，队友扔瓶水到他怀里："喂，你那个神仙女友好像被别人勾引走了。"

纪樣后知后觉地明白什么，打开很久没登的微博，果然看到无数中伤樱桃的言论。他突然开始后悔自己之前的冲动行为，给樱桃带去这么多麻烦。

纪樣没有多待，收拾好东西回家，第一件事是找出家里的户口本拍照发微博：都说是我姐。

户口本上，他和樱桃的关系是"姐弟"。

> 啊？
> 原来是重组家庭的姐弟……
> 吓死我了！原来真的只是姐姐！
> 散了吧，孩子之前太皮了。
> 可是喻樱桃还是脚踏两条船啊，跟她逛街还给她拎包那个男的怎么说？

此时张哲安和樱桃正在给病人做手术，实在没时间理会这些。

程桀这两天有些忙，其实也有刻意的成分，想借此分走一些注意力，不再满脑子都是喻樱桃和别的"男人"在一起的画面。

他怎么可能不在意？可以的话，他甚至不愿让任何一个男人认识她，更不想和人共享。

共享？

想到这个词，程桀自嘲地笑了出来。

这两天他刻意没去找樱桃，樱桃也没主动问候，或许是她太忙，或许早就把他抛到九霄云外。

程桀心里很烦，回想起那天送她回家的态度，觉得自己有点太凶了，她可能是因为这个生气？

手术结束后，张哲安第一时间澄清自己的身份，怕网友不信，还发出自己打了马赛克的身份证，上面明明白白写着"性别：女"。

得，这下真相大白了！
惊呆，第一次看到这么像男人的女人。
姐姐好帅啊！
现在最重要的难道不是给喻医生道歉吗？之前很多人骂得好脏啊，结果呢？
惨还是喻医生惨，网友真的很会给人泼脏水。
这么说的话，喻医生和程桀是不是两情相悦？
家人们，就是说我"嗑"到了！平常冷淡示人的影帝其实有一个求而不得的白月光，深情等候，情深不悔。白月光回国后上演久别重逢的戏码。
啊啊啊，怎么会这么带感！
有没有人写小说，快点安排人啊！

程桀对网络上发生的事一无所知，也就不知道张哲安已经澄清。他来到医院想哄哄樱桃，去她办公室，发觉她和张哲安都没在，询问秦叙，秦叙表情为难。

程桀还有什么不明白？

他倏然转身往外走，在医院里每个两人有可能去的地方寻找，找遍心外科很多地方，终于在洗手间外听到熟悉的声音，里头传来些暧昧的对话，不堪入耳。

程桀拳头发抖，猛然踹开洗手间的门。

洗手间的门摇摇欲坠，里面的情景一览无遗。

程桀愣住。

柯易被张哲安摁住，满脸悲愤欲绝。

柯易看到程桀宛如看到救星，也不管之前程桀是怎么对他的，连忙从洗手间里爬出来抱住程桀的腿，声音撕心裂肺："救我！救我！救我啊！"

程桀忽然想到,难不成张哲安荤素不忌,是在玩弄樱桃?

在程桀的拳头就快要砸到张哲安的脸上时,刚好赶到的樱桃急忙阻止:"程桀,你别打人。"

程桀根本不听,樱桃拦不住。

柯易抱着他的腿哭骂:"打她!打死这个无耻的女人……"

可怜的七尺男儿被一个女人摁着欺负,柯易想死的心都有了!

程桀再次捏紧拳头上前,忽然意识到不对劲。

"女人?"他狐疑地打量张哲安很久,"……你是女的?"

张哲安被他现在这副要宰人的阴戾模样吓得缩成一团:"不明显吗?"

程桀从未如此无语。

"你到底哪里明显?"

他不客气地甩开柯易,心里却如释重负,为自己这么久以来荒诞的醋意长长地松了一口气。

【6】

深秋凋零,凛冬将至。

昨夜一场雪铺满整个淮城,枝条银装素裹,道路上雪积半尺。

樱桃起床刚拉开窗帘,环卫工人已经在清扫路上的雪。

她穿戴整齐下楼,竟看到程桀在家。

自从程桀的神秘女友身份被曝光之后,他们交往的事也不再是秘密,现在围绕着他俩最火热的话题是分开的这八年。

网友"嗑CP"永远冲在最前线,事情没过多久,竟然就诞生了他俩的CP超话。秦叙经常会拿网友写的同人文给樱桃看,她实在不看的时候就一个字一个字念给她听,常常让樱桃听得面红耳赤。

现在正主就在帮喻丽安分碗筷,不知道和他们说了什么,把喻丽安和纪良都逗笑。

他似有所感,散漫地抬眸望来,看着她轻挑眉。

喻丽安笑着朝她招手:"程桀过来接你。"

樱桃走到桌边,被程桀牵着坐到他身边。

樱桃还不太习惯已经和他交往的这件事,还在找时机谈分手,因此有些心不在焉,也就没发觉程桀亲自给她擦了几次嘴,摸了她几次头发,拍了她几次腰。

这样的亲昵,让喻丽安生出点奢望。

也许呢……

也许樱桃能活到嫁人呢?

大约是喻丽安的眼神太过希冀,程桀神色探究:"阿姨在看什么?"

"噢……"喻丽安忙低头喝粥,"没、没什么。"

她承认自己自私地并不想告诉程桀有关樱桃的病情，她希望女儿能在这段感情里获得一些欢愉，哪怕可能是短暂的。至于程桀能否接受最后的结果，会不会被耽误……

她的确想得不多。

只能说她是一个自私的母亲，从知道程桀喜欢樱桃开始，她就幻想着女儿可以结婚生子。

清晨七点半的时候，道路的积雪已经被清扫干净。

樱桃被程桀牵到车里，他亲自为她系好安全带，发觉樱桃一直在看窗外。

男人薄热的唇贴到她的眉心："看什么呢？"

"雪。"

这样的雪景，让她想起那年的冬天——

故水镇的冬天比淮城更要冷，雪更大，厚厚实实地落在树枝上，把树枝都压弯。

樱桃抱着雪花坐在卧室里赏雪。

她非常向往打雪仗，但天太冷，她不能出去玩。

喻天明为了逗她开心，跑到树下踢树，让树上的积雪都落在自己身上。他整个人一激灵，慌乱地跑开，果然听到妹妹欢乐的笑声，觉得被冻也值了。

樱桃趴在窗台问："哥哥，我可以捏一个雪团吗？"

喻天明皱眉："不可以，你感冒的话，我爸妈会打我的。"

小姑娘亮晶晶的眼睛变得黯淡，耷拉地看着雪花。雪花样子好奇，不懂主人为什么不开心。

樱桃想起程桀，不知道他最近在忙什么，她已经一周没有见到他。

夜晚准备入睡时，却忽然听到窗外有响声，樱桃走到窗户那里推开窗。

程桀从下面爬上来，肩披风雪坐到窗台上。

"你怎么来了？"

程桀眼眸中仿佛藏着另一个夜晚，漆黑深邃。被他盯着，樱桃有些脸红。

程桀取下手套，把带来的东西拿出来给樱桃戴上，是一条藕粉色毛茸茸的围脖。

樱桃看到围脖的牌子标志，立即蹙起眉，这不是程桀买得起的。她赶紧取下来想要还给他。

程桀按住她："不准取。"

他浓黑的眉皱着，表情不悦。

"买这个花了很多钱吧？"

她家世好，根本不缺钱，身上穿的戴的都是好东西。他想送她一件像样的礼物都不能让她心安理得地收。

樱桃的眼神太柔软，程桀的心却很疼："给你花钱我愿意。"

"这怎么行呢。"买这条围脖的钱都够他生活很久了。

樱桃赶紧去找钱:"我给你吧,算我买的。"

程桀心情有点坏:"瞧不起我吗?"

樱桃立刻摇头,小心翼翼地摸到脖子上的绒毛:"太贵重了。"

程桀瞧出她喜欢,嘴角微扬,低下头看着她的眼睛:"我以后赚大钱,给你买更好的,别嫌弃。"

樱桃才不嫌弃,她其实很开心。

小姑娘没继续执着地要给他钱,心里有点甜蜜,但要心安理得地花他打工很久才赚到的钱,她做不到。

几天后,她带上雪花,偷偷把钱放在他家门外。大功告成之际,雪花却突然叫起来。

樱桃吓坏了,连忙往回跑,可是她身体不好,跑也跑不快,三两下就被程桀捉住。他表情凶神恶煞,盯得她缩起脖子。

程桀把钱塞回她兜里:"你可真行。"

樱桃的脸发热,低着脑袋想回家。

程桀揪住她的后衣领:"听你哥说,你想玩雪?"

樱桃立刻转过身,眼眸晶亮地点头。

程桀原本在生气,这会儿也没忍住笑了下:"等着。"

他从家里拖出一个木头做的雪橇,把自己的帽子和手套给她戴上。

"这是什么?"樱桃好奇地凑过去。

程桀把她抱上车:"玩雪不行,但可以带你滑雪。"

"哇。"樱桃没有体验过,但这不妨碍她期待和兴奋。

故水镇很多坡度都适合滑雪,程桀陪着她玩了很久。

听到她的笑声,程桀回头看到她脖子上戴着的围脖。她怕雪花害怕,把它抱在怀里,还怕雪弄脏围脖,保护得很好。

少女注意到程桀的目光,朝他笑得灿烂乖软。

雪橇很快,风声刮过耳畔,樱桃好似听见了程桀的声音,但是没听清。

"你说什么?"

程桀靠近她:"一直在一起吧。"

…………

程桀送樱桃到医院,下车前忽然拎出礼品袋拿出里面的东西,是一条和八年前一样的藕粉色围脖,却贵重了很多。

"答应过要给你买更贵的。"

帮她戴好后,程桀轻刮她的鼻尖:"我做到了。"

樱桃看着他漆黑的眸,这么多年过去,他看她的眼神竟然一点也没改变。

"知道我现在有什么愿望吗?"程桀嘴角噙笑。

"……什么？"

"普普通通，平平无奇，就想让你亲我一下。"他慢悠悠地拉近距离，声音低磁，"你忍心让我愿望落空吗？"

樱桃上一秒还在思考怎么跟程桀说分手，可是看着这一秒的程桀，心又软了下来。

她忽然亲了他嘴角一下，然后匆匆开车门离开。

程桀看着她走远的背影，摸到自己的唇，低声笑了笑。

亲完樱桃就后悔了，她应该克制住的。

到办公室没多久，她还没能平复心情，就见护士急匆匆赶到，说："喻医生！15床岁月情况不好！"

15床的岁月就是那个患有先天性心脏病的小女孩。樱桃面色严肃，抓过墙上的白大褂往外走。病人已经送到急诊室，樱桃和张哲安在诊室会合。

抢救中，樱桃无心想其他，但总有种深深的无力感，她承认自己把希望寄托在岁月身上。

如果岁月能活，她是不是也可以？

如果岁月死去，那么她会不会也只能离开？

经过一番努力后，岁月抢救成功，急诊室外她的母亲已经哭成泪人。有那么一瞬间，樱桃像是听到了喻丽安的哭声，好像就发生在她死后。

她有些脱力，身体往下坠。张哲安连忙扶住她："你还撑得住吗？"

樱桃面色惨白，非常虚弱："还好。"

"好什么好！下班后跟我去做检查。"

傍晚时分，岁月才醒过来，樱桃立刻过去看她。她现在很虚弱，和之前的俏皮灵动完全两个样，只能戴着呼吸机躺在床上。

小姑娘缓慢地睁开眼，看到哭泣的母亲，还有温柔的医生姐姐。

她手指动了动，却怎么也举不起来。

樱桃握住她的手指，俯下身看着她嘴唇嚅动。

她在问："我要死了吗？"

樱桃心里忽然生出一股悲凉感，好像真的有什么要抓不住了……

医院里病人和医护人员都散尽后，张哲安陪樱桃去做检查。

张哲安心情紧张，但樱桃很平静，没有人比她更清楚自己的身体，更何况她还是心外科医生。

拿到检查报告后，张哲安捏着检查单，犹豫了好一会儿才艰难地递给樱桃。

樱桃早有预料，扫了一眼后将检查单折起来放进包里，笑容没什么变化："走吧，今天我妈生日，去我家吃饭。"

189

张哲安声音哽咽："樱桃……对不起。"

樱桃浅笑："这怎么能怪你呢？"

"休假吧！从现在开始好好在家休养！"

"不用了。"

"可是你……"

"师姐，还记得我们穿上这身衣服那天是怎么宣誓的吗？"她笑容平和，从容淡定，"我们发誓要用尽全力救治每一位病人。师姐，既然事情都已经到了这个地步，回天乏力，无济于事，不如利用有限的时间多做有意义的事。"

"那你自己呢？"张哲安又气又心疼，"你就不管你自己了吗！"

樱桃笑容坚定："我绝不会在病痛里消亡，我就算要死，也要死得其所。"

张哲安心情不佳地陪樱桃回家，竟在家门外遇到许久未见的向权儒。他在外面张望，想进又不敢进的样子。

樱桃让张哲安先进屋，她朝向权儒走过去。

"向先生。"

向权儒回头看到她："嗳……樱桃。"

"你怎么会过来？"

向权儒手里拎着几个奢侈品袋子，有些无措："哦……我记得今天是你妈妈的生日。"

樱桃点点头："难得你记得，我替我妈妈谢谢你。"

"樱桃，你一定要用这样陌生的态度和爸爸说话吗？"

樱桃没理会他的责问，漫不经心地看向他手中的礼物，都是一些喻丽安平时会穿的牌子。

"东西给我吧，我拿进去给我妈。"

"我想亲手给她，你能帮爸爸把你妈妈叫出来吗？"

外头寒风呼啸，冰天雪地，她身体不好，冻得手指发僵。

程桀过来时看到父女俩在说话，没有立刻靠近。

樱桃笑了笑："纪叔叔知道会吃醋的，不如我替你拿进去偷偷告诉她。"

提到纪良，向权儒心里厌烦："你跟他关系很好？"

"没有和爸爸的关系好。"忽然的一声"爸爸"，让向权儒愣住，紧接着便是欣喜若狂，"你认我是你爸爸了！"

樱桃微笑："爸爸永远都是我爸爸，"她轻柔地叹息，"我只是气爸爸这么多年对我不闻不问。"

"是爸爸错了！"

这个女儿他是真心实意爱过的，更何况她现在还这么优秀，他没有理由不认她。

向权儒坚定地保证："爸爸会补偿你们的，可是……"

樱桃听懂了他的弦外之音，意有所指地暗示："我也想让爸爸和妈妈重归于好。"

向权儒今天能来,或多或少有想重温旧梦的心思,现在被女儿点破,他也不再装:"你打算怎么做?"

樱桃接过他手里的东西,语重心长:"慢慢来,急不得。爸爸放心,我会帮你的。"

程桀远远看着樱桃的笑容,真称得上蛊惑,也不知道她到底在和向权儒说什么。

向权儒离开后,程桀才过去。

"我不信你对他能有什么好态度。"

樱桃表情无辜:"我有这么坏吗?"

程桀看到她被冻红的鼻尖,慢悠悠地凑近,她澄澈的双眸中倒映着他锋锐冷峻的脸庞。

程桀的薄唇在她冻红的地方稍作停留:"管你坏不坏,都是我的心尖尖。"

樱桃抿唇笑起来:"借我打火机。"

程桀挑了下眉,猜到她想做什么。

樱桃用打火机点燃那几个奢侈品礼品袋。

太迟了……

不管是夫妻感情,还是他们之间的父女情谊都已经在八年前丢弃。现在想重拾,哪里又是那么容易的?

火光映亮樱桃稍显冷淡的脸,程桀无意间看到她脚边的雪地里有一张孤零零的纸。

"那是什么?"他俯下身。

樱桃在看到纸张的一瞬迅速摸自己的包,却发觉里面的检查单不见了,而程桀已经把那张单子捡了起来。在程桀还没完全展开纸张时,樱桃就迅速将那张纸抢过去扔进火里,火舌很快将薄薄的纸吞噬。

樱桃微不可察地松了一口气,并没有去看程桀的表情:"该吃饭了,我们进去吧。"

程桀盯着她审视,樱桃背脊僵硬。

他牵住她凉得刺骨的手:"怎么这样凉?"

原来只是问这句话,樱桃僵硬的身体逐渐放松:"天这么冷,当然凉啊。"

"进屋暖暖。"

他没松开手,牵着她一起进去。

程桀没表现出任何异样,整场生日宴和喻天明等人喝酒聊天,看起来极为放松,但只有樱桃知道他的目光时不时就放在自己身上,充满打量和审视。

她刚才那个行为终究还是引起了他的怀疑。

正常情况下,程桀应该会调侃她为什么那样紧张,可今天却没有。所以他到底有没有看到,还是在怀疑?

樱桃心不在焉地吃完饭,秦叙递给她生日蛋糕,樱桃摇摇头:"我不吃甜食。"

191

"是吗？程桀就爱吃。"

樱桃下意识地看向程桀，他坐在沙发一角，修长手指摇晃着半杯香槟，直直地盯着她，不知道已经看了多久。他的眼神没有往常的挑逗和玩味，只有深不见底的幽暗以及少见的严肃和沉着。

樱桃知道这时候不能躲开他的目光，故意装出从容不迫的样子，硬着头皮和他对视。

程桀把香槟喝掉，朝她走来，俯下身亲她嘴角："这么看着我，想我过来亲你？"

秦叙已经呆掉，竟然近距离看到偶像亲嫂子！

她嘴里的蛋糕忽然有点发苦，总觉得自己端着一盆狗粮在吃。

樱桃轻声嗔怪："这里很多人呢，别闹。"

程桀到她身边坐下，放松地揽住她的腰："怎么不吃蛋糕？"

"我不是说过不吃甜食了吗？"

程桀其实记得，但很多次见面总是下意识地给她买，因为八年前的樱桃喜欢吃。但是现在认真想想，她那时候虽然喜欢吃甜的，但吃得不多，很多时候只是眼馋地看着，喻天明不准她多碰一点甜食。

当年程桀没多想，现在却觉得不对劲，她明明想吃甜食，为什么不能吃？是否有什么必须戒掉的理由？

八年前在故水镇，她为什么总是被关在家里？刮风下雨不能出来，只有天气好的时候才能见到人。

为什么她身体总是这么柔弱？哪怕是胎里带的毛病，也不可能这么夸张。

更重要的是，她八年前到底为什么离开？前段时间又为什么再次不告而别？她为什么不告诉家里人在伦敦的住址？

程桀刚才从喻天明嘴里套出话，樱桃这几年只有过年的时候才会回家，平时几乎见不到人。

她为什么不回来？为什么要一个人孤身在外？

刚刚那张被她抢过去烧掉的检查单上，他没来得及看完整，却看到了两个字——"心脏"。

程桀只觉樱桃瞒着他一个天大的秘密，而这个秘密，是可以解开他所有疑惑的钥匙。

那种抓不住摸不着的恐慌再次在心内蔓延，程桀沉默地看着樱桃和秦叙相谈甚欢，目光胶着在她泛白的唇色上。

他一定忽略了什么，一定是……

但他不能逼问樱桃，她既然想瞒，又怎么会说？这样做只会适得其反，让她更想把自己藏起来。

程桀又望向眼眶红红的张哲安，这个和她共事多年的师姐一定知道什么。

生日宴结束，樱桃陪母亲送走客人。

客人都走得差不多的时候，程桀转着车钥匙出来，盯了眼樱桃身边的张哲安："师姐，要不我送你？"

张哲安被他这声吊儿郎当的"师姐"惊到，连忙摇头："不用不用。"

樱桃不动声色地将张哲安往身后拉："她今天住这里。你喝酒不能开车，叫代驾了吗？"

程桀意味深长地笑，别以为他看不出，她明显不想让他在张哲安那里打听事，今晚过后应该也问不出什么了。

他笑着调侃："阿姨，您看看您女儿，还没嫁给我呢，就知道管着我了。"

喻丽安摆摆手："我可不管的。"

她并不知道樱桃的检查结果怎么样，最近都沉浸在结婚的幸福生活中，笑容洋溢地进屋陪纪良收拾残局。而张哲安上次差点被程桀打了一顿，有点心理阴影，连忙跟在喻丽安后面，屋外就只有他俩。

房梁上挂着几盏樱花的灯笼，给这料峭寒冬，带来一丝温暖。

樱桃披着杏色的斗篷，如果忽略她过于苍白的脸色，她的容貌实在精致美丽。

程桀替她紧了紧斗篷，像喝醉酒般用脸贴了贴她的脸，樱桃扶住他紧实的腰腹。

程桀闻到她发丝里的馨香，闭上眼，嗓音沉溺沙哑："我们会一直在一起吗？"

"回去时小心点。"

她的声音虽温柔多情，却没有正面回答他的问题。

程桀的心一点点往下沉，他害怕是他猜想的那样，却又不敢泄露慌张。

"喻樱桃。"

"嗯？"

"我好喜欢你管着我。"

樱桃弯起唇："那你刚才还跟我妈告状？"

程桀轻笑，亲她的耳垂："那叫口是心非。其实我最想说的是，我爱你。"

樱桃的笑容有点僵。

"……回去吧。"

程桀并没指望她能给予一点回应。他伪装出酒醉的模样，捧着她的脸，在她耳边落下一个接一个的吻。

"我爱你。

"每分每秒，每时每刻，我都在爱你。"

樱桃慌乱地推开他，别过脸去没敢看他的眼睛："我有些冷，先进去了。"

程桀望着地上她的影子消失，门被关上，灯笼被风吹得摇晃，光有些斑驳。

程桀踏下台阶，走到她刚刚烧东西的地方，那里已经什么也没有。

程桀停在那里，寒风刺骨，也不及心内半点痛。

无论如何，他一定会查到樱桃到底瞒着他什么事。

院长体恤樱桃身体状态不好,给她排班减少,周末还可以休息。这样也好,可以多点时间陪家人。

樱桃在厨房陪母亲准备中饭,观察到她最近红光满面,和幸福的婚姻分不开。

"妈妈有没有想过再生个孩子?"

樱桃帮喻丽安把生姜洗干净递过去,看到喻丽安切肉的刀略有停顿。

"你这孩子乱说什么,妈这么大年纪了还生什么?"

喻丽安生樱桃的时候很年轻,现在也一点不显老,很多和她年纪差不多的女人都生了二胎。樱桃对于生孩子这样的事并不热衷,但她担心自己走后喻丽安没有慰藉,会终日活在痛苦里。

"我知道你是为妈妈好,但妈妈这辈子只想要你这个女儿。"

樱桃心里有些不好受,喻丽安本来高高兴兴的,现在被她弄得笑不出来。这就是她不想长时间生活在喻丽安身边的原因,因为不想成为别人的拖累。

快吃饭时,纪良拎着公文包要出门,喻丽安准备了他爱吃的菜,见此有些失落:"吃了再去忙吧。"

纪良有些不敢正视喻丽安:"不用,学校现在要开会,我和几个同事吃吧。"

喻丽安嘀咕了一句,重新进厨房。樱桃望着纪良离开的身影出神,记忆里,这一幕出现过。

当年向权儒出轨,好像就是这副模样,永远不敢正视喻丽安的眼睛。

虽然樱桃觉得纪良不是这种人,但是为了喻丽安后半生的幸福,她必须阻止一些事情的发生。

樱桃没留在家里吃饭,随便找个理由出门,跟了在纪良身后。路上没有任何异常,纪良到学校后就直奔办公室。

樱桃站在远处看,终于看到一个女人在门口守株待兔等候纪良。

那女人妩媚妖娆,正是严嫚。

樱桃面无表情地拿出手机,点开录像功能。

纪良和严嫚明显不是第一次见面,虽然隔得远听不清他们说什么,但是镜头可以放大他们的一举一动。

严嫚对纪良暗送秋波,有意无意地想碰碰他,都被纪良严词拒绝。每次要被她碰到的时候,纪良都会退开很远。但是严嫚根本不放弃,好像纪良越躲,她就对这种老实温润的男人越感兴趣,脸上出现狩猎的兴奋。

要不是周围有学生路过,纪良不知道要被严嫚纠缠多久。

没有勾引到纪良,严嫚兴致缺缺地离开。

樱桃也没有多留,离开学校转头进入一家酒吧。

她很少来这种地方,灯红酒绿,音乐嘈杂,会让她的心脏不舒服,但今天这件事她必须要做。

樱桃找到酒吧老板，与他耳语几句。

老板将她引到包厢，还带来几个女人，都是些风情万种的女人，就算面对樱桃这种女性客人，也不忘释放魅力。

樱桃选了一个留下，和陪酒女同处一室。对方十分热情，亲热地抱住她的手臂："小姐姐想做什么？"

樱桃浅笑地推开她，也不卖关子，拿出几沓粉红钞票："想请你帮个忙。"

女人妩媚地挑眉："什么忙啊？"

樱桃拿出向权儒的照片放桌上，指尖点了点上面的人："比起我，他会更符合你的要求。"

女人几乎一瞬间明白了她的用意，娇笑着问："他是谁啊？"

"我爸爸。"

女人笑容停住，开始正视起樱桃来。这个年轻姑娘来到这里不喝酒不玩乐，叫得动老板把"镇店之宝"喊过来，居然打这样的主意。

女人不太理解："为什么要这么做？"

"这个你就不要多问了，他是淮城有名的富豪，你只要让他对你上心，要什么有什么。"

女人显然很动心，但仍旧非常疑惑："他老婆不是你妈吗？你就这样对你妈？"

"不。"樱桃将钱推给她，"他现在的老婆是第三者，我妈是被他们破坏感情的原配。"

女人懂了："这么说，你就是想一报还一报？"

樱桃笑而不语。

女人爽快道："成交！"

程桀先从故水镇查起，但故水镇里了解樱桃的人少之又少。想来也是，就连他都没有看透喻樱桃，别人又怎么会知道？

最近几天一无所获，他一个人在屋里发呆时，雪花跑出来蹭他的裤脚，在他脚边绕来绕去，黑溜溜的眼睛里充满希冀。

"想见她？"

雪花叫了声。

樱桃在房里看书，忽然响起敲门声，纪樣推门告诉她："你男朋友带着全家老小来让你负责了。"

一头问号的樱桃合上书放下钢笔，穿好衣服下楼。

雪花率先蹦到她脚下，摇着尾巴围着她打转，然后是她之前养过的猫、鸭子，连乌龟都朝她爬来，鱼缸里，从前的小金鱼都长成大金鱼了。

樱桃蹲下来摸摸猫，摸摸鸭子，又摸摸乌龟，实在很惊喜。

195

"程桀。"
樱桃好不容易才从宠物们身上移开目光看着他。
程桀感受到她的快乐,散漫地勾起唇,慵懒地哼出个鼻音:"嗯?"
"它们都还在,一个也没少。"
程桀轻笑地挑眉:"我不也在?"
又在逗她。
樱桃朝他皱鼻子,继续和许久没见的宠物们互动。
程桀却有些愣,她刚刚是……朝他皱鼻子了吗?用从前那种古灵精怪的表情?
重逢让宠物们很雀跃,猫咪开始往樱桃腿上爬。
程桀单手把樱桃抱起来,樱桃坐在他臂弯里,猫咪只能围着程桀打转。
"都长大了啊。"
樱桃面露怀念,语气怅然。
"给你养宠物可不容易,就没点奖励?"耳畔是他低沉的嗓音。
樱桃听文正提起过,宠物们生病的时候,程桀比谁都着急。
"你想让我怎么奖励你?"樱桃问得真诚。
"如下所示。"
程桀突然吻住樱桃,她微愣,缓慢地给予回应。

冬天总是分不清哪一天更冷,但要给岁月做手术的那几天,淮城的雪越发下得大,樱桃哪怕坐在开着空调的办公室也觉得骨头生寒。
她有点不好的预感,越接近手术时间就越容易紧张,这在以往从来没有发生过。
她正望着窗外的雪景出神,怀里突然多出一个温暖的东西。
她垂眸,看到龙猫形状的热水袋。
张哲安把保温杯推给樱桃,视线在她苍白的面颊上停留:"今天怎么样?"
她的唇涂过口红,却依旧看得出气色不好,双眼中有掩饰不住的疲倦。
"还好。"
张哲安心里不是滋味,摸摸她的脑袋:"你啊,就会睁着眼睛说瞎话。"
樱桃也没有反驳,温软地弯起唇,摸着热水袋问:"哪里来的?不会又是去其他科室顺来的吧?"
"才没有。"张哲安从口袋里掏出几个热鸡蛋给她,"这才是顺的。"
樱桃失笑,没有接鸡蛋。
张哲安边剥蛋壳,边问:"你老实告诉我,给岁月做完手术后,你有什么打算?"
这次回国,樱桃是为了平安医院的病人回来的,但命运捉弄,她的身体已经承受不住高强度的工作和每次手术都需要几个小时的消耗。
樱桃如果早些年听她的话好好在家休养,兴许可以多活几年,但樱桃偏偏要出来拼命。说什么身为医生就要担起自己的责任,张哲安头一次希望她不要那么有责任心。

樱桃抚摸着龙猫身上的绒毛，语气平和温柔："应该是找个没人认识的地方生活吧。"

张哲安把鸡蛋塞进嘴里，堵住喉咙里的酸。她就知道，喻樱桃不想给任何人添麻烦。樱桃从来都是这样善解人意，温暖得让人心疼，把所有人都考虑到了，唯独把残忍留给自己。

"你妈呢？程桀呢？"

"他们……"樱桃浅笑，"没有亲眼看到我离开，也可以认为我还活着，这样不好吗？"

"你就不怕我告诉程桀？"

"你不会的。"

樱桃看得出张哲安在强忍难过情绪，她叹了一口气，握住张哲安的手："这么多年谢谢师姐，为我想过那么多办法，是我不争气。"

"你怎么能这样说？"

樱桃越是平静地讲述着自己的死亡，张哲安心里就越难受，这么多年了她也没能给樱桃找到合适的心脏配型，有的只是歉疚。

张哲安急切地安慰她，也安慰自己："也许适合你的心脏很快就能找到了呢！我一直在找，从来没停过！"

樱桃眼圈逐渐湿润，笑中带泪："谢谢师姐。"

办公室外忽然传来重物落在地上的声音，张哲安出去看，樱桃听到她惊讶的声音："纪樣？"

樱桃一愣，连忙起身走出去。

纪樣从地上抱起篮球，手里还有饭盒，他将饭盒递给樱桃："我会告诉喻姨和程桀。"

"不行。"

纪樣往外走，步子很快。樱桃追出去，但她跑不快，勉强追到医院外面，纪樣已经把她甩出老远的距离。

"纪樣！"

他没停，依旧走得很快。

"你希望我为数不多的日子都在担惊受怕吗？"

纪樣立刻停住不动，他回过头，樱桃看到他微红的眼圈。

"你老实告诉我，你就快要死了吗？"

樱桃看了他好一会儿，朝他走近。站在男生跟前，樱桃柔声问："谁让你给我送饭的？"

"回答我刚才的问题！"

樱桃沉默一瞬，点头。

197

纪樣转过脸去抹眼睛,樱桃递给他纸巾:"抱歉啊。"

"你刚刚说的话什么意思?为什么会担惊受怕?"

"我们换个地方说话吧。"

现在室外温度太低,纪樣看她说话有气无力,没拒绝。

找家餐厅坐下后,樱桃点了两杯热饮。

纪樣等不及地催促:"你说吧。"

樱桃手捧杯子,温和地开口:"我看得出来你最近对我妈的态度改变很多,而我妈也沉浸在婚姻的幸福中。我不忍心破坏,你忍心吗?"

纪樣沉默下来。

经过这么久的思考,他已经放下对喻丽安的芥蒂,试着去接受她之后才发现,她真是一个非常好的母亲。尽管他不是她的亲生孩子,可她还是能时刻嘘寒问暖,完全满足他对母亲的幻想。

纪樣承认他开始爱上了现在的家,不想让这个家承受一点风波,更不想让家里的任何人缺席。

樱桃看他有所软化,继续往下说:"至于程桀,你想让他也死吗?"

她直视他的眼睛。

纪樣皱眉:"什么意思?"

"这得从八年前说起……"

【7】

快过年的时候,故水镇的集市变得更热闹,樱桃软磨硬泡很久才能跟随喻天明出门。

镇上家家户户都挂上了红灯笼,附近的邻居都在贴春联。顽皮的孩童们在路上扔炮仗,新年的喜庆充盈着整个镇子。

樱桃也穿得喜庆,外套和帽子都是红色的。

她和哥哥一起去逛集市,顺便可以见一见程桀,但是从街头逛到街尾,都没有看到程桀在摆摊。

樱桃向认识的地摊老板询问,对方听到程桀的名字抬起头:"你说程桀啊,他爷爷去世,已经好几天没有出来了。"

樱桃听完,立刻往程桀家的方向快走。

喻天明买东西回来时已经找不到樱桃。

樱桃不是第一次去程桀家,和故水镇大多数房子比起来,程桀家的屋子矮小又阴暗,但被他收拾得很干净。现在他家大门紧闭,门外贴着白纸黑字的对联,小小的房子更加凄凉孤寂。

樱桃上前敲敲门,敲了很久也没有人开。她趴在窗户那里叫程桀的名字,里面也没有人应她。

樱桃绕着房子看了看,努力搬来几块石头垫在地上,费了很大劲才爬上他家的院墙。

天气很冷,院墙上有雪,樱桃的手早就冻得生疼,她的衣服也湿了一大片。

樱桃踩着院里面的石砖下去,院里的门也是关着的,樱桃有些焦急地敲门。

屋里没开灯,程桀已经在黑暗里呆坐了一天一夜,忽然听到院子里柔软的女孩呼唤声。

程桀缓慢地看向那扇门。

"程桀?"

"程桀你在吗?"

"我是樱桃。"

樱桃……

程桀起身时才发现自己的四肢已被冻得麻木。

在樱桃以为程桀不在家的时候,门忽然开了,就开了一条缝,少年冷峻的脸色笼罩着一层厚重的阴郁。

樱桃没有害怕,立刻推开门安慰性地抱住了他。

程桀愣住,感受到少女体温带来的温暖,才发现她穿得很单薄。

"怎么不穿外套?"

"我今天穿的是红色外套,这样对你爷爷不尊重,在路上脱掉了。"

她神态认真单纯,程桀坚硬的心渐渐融化,然后慢慢变成懊恼、自责、心疼。

他立刻脱下自己的外衣裹住她:"胡闹。"

"我没有。"樱桃轻轻摇头,语气很乖,"我知道你很伤心,我来陪你,你可以冲我发脾气,我不会生气的。"

程桀的心理防线突然崩塌,猛地抱紧樱桃。

两个年少的灵魂在这个充满死亡和孤寂的阴暗房子里互相汲取温暖。

程桀失去了这世界上唯一的亲人和支撑,却在茫然时,被樱桃拯救。

这一刻,他清楚地知道自己有了新的支撑。

很久后,程桀哑声问:"冷吗?"

屋子里已经几天没烧火。

樱桃点头。

程桀摸了摸她的头,声音轻哑:"去那里坐,我烧火。"

"我帮你。"

"你不会。"

樱桃的确不会做家务,但她担心程桀,像条尾巴似的跟在他身后,他去哪里她就去哪里,眼睛亮晶晶地陪着他点火放炭。

程桀得知她还没吃过饭,便手忙脚乱地为她煮饭。

看到在厨房忙碌的程桀,樱桃怪不好意思。她过来是想安慰他的,没想给他添麻烦。

樱桃坐在炉火旁问:"对于你爷爷,你有什么心愿吗?"

程桀愣了愣,心愿谈不上,有遗憾。

"他喜欢钓鱼,做的鱼不管是清蒸还是红烧,味道都挺好,可惜你没吃上。"

樱桃看着他冷寂的背影,有些心酸地沉默。喻丽安做菜也很好吃,以后她死了就吃不到了。

这一天樱桃陪了程桀很久,一直到晚上才离开,这让她的家人很担心,她往后出门要更加困难了。

除夕的前一天,她偷偷爬墙溜出去,去集市买了鱼竿跑到河边钓鱼。她忍不住幻想,如果自己能钓到鱼,把鱼给程桀的时候他会不会开心一点?

因此她干劲十足,可是等了好几个小时也没有动静。

樱桃蹲在河边看,起身时忽然滑了一下跌进河里。

喻家是在饭点时才发觉樱桃不见了,四处找也找不见。

喻天明想到程桀,樱桃上次消失就是去找程桀。他气冲冲地跑到程桀摆摊的地方,程桀正要收摊。

喻天明气昏了头,上前将他的东西全部扔到地上:"我妹妹呢?"

程桀皱了下眉,不是为喻天明的蛮不讲理,而是因为樱桃。

"她没在家?"

喻天明怒极反笑:"你还跟我装!"

程桀冷冷地盯着喻天明,喻天明这时候也不那么怕他了。就在喻天明以为程桀要和自己动手的时候,他忽然转身离去,步伐越来越快,摊位上的东西竟然都不管不顾了。

喻天明嘀咕了一句,连忙追上去。

程桀往村口的河边跑,喻天明觉得他奇怪,樱桃怎么会在这里,可是跑到河边竟看到樱桃的衣服漂在河面上。

喻天明的脸色瞬间就白了。

"樱桃……"

程桀猛地扎进河里,游到深处去找,需要换气时才浮起来吸一口气,然后再扎进去找,周而复始。

喻天明呆呆地看着河面那件衣服。

"程桀!"他目眦欲裂,"你怎么知道我妹妹在这里?是不是你害了她!"

程桀浮上来换气,也不知是被河水冻的还是其他原因,脸色同样惨白,眼眶充血肿胀,森冷地瞥向喻天明。

"闭嘴!"他砸了一拳在河面上,"去找人!快啊!"声音颤抖。

喻天明连滚带爬地跑回喻家,告知喻家所有人后,喻家付钱请工人去河里打捞,却一无所获。

程桀一刻不停地在河里寻找,身体的每一寸皮肤都被刺骨的河水冻得麻木,哪怕这样也不肯上岸……

樱桃最后选择在集市买鱼,因为河里的鱼实在太难钓了,她还不小心掉进河里,费尽全力才爬上来。她哆哆嗦嗦去集市重新买一身衣服,拎着买到的鱼去程桀家,在路上听人议论河边出了人命,是喻家的小姑娘。

樱桃愣了愣,"喻家的小姑娘"是说她吗?

她好好的呀。

樱桃连忙赶去河边,被人从河里捞起来的并不是哪个小姑娘,而是……

程桀。

"当年程桀以为我落水不见,泡在水里很长时间,被人捞起来后已气息奄奄,在医院抢救很久才九死一生地活下来。"

樱桃说完,热饮已经凉透。

她摸了摸指尖,轻轻叹气:"我不敢赌,如果让程桀知道这件事后,他会做出怎样可怕的举动。"

"所以你瞒着他,宁愿让他恨你?"

樱桃听出了纪樣话语中的不赞同和嘲讽。

是啊,很少有人会认同她的做法。

但樱桃想,与其让程桀知道陪她痛苦,不如让他活得肆意一点、潇洒一点,哪怕恨她,也比遗憾更好。

"我希望他可以幸福。"

纪樣:"你真的觉得,他离开你就会幸福吗?"

樱桃无法回答这个问题,毕竟这是未来的事,但她相信程桀可以遇到更好的人。

纪樣转移话题:"你打算如何收尾?"

"我会彻底地离开。"

与此同时,到达伦敦的程桀联系到樱桃的老师,对方得知他的来意后,给了他一本病历,里面是一张张确诊单,有许多程桀看不懂的专业术语,但结论清楚地写着:先天性心脏病。

病人:喻樱桃。

【8】

纪樣知道自己不应该被樱桃说服的,可是樱桃好像总有一种令人信服的力量。

她那般温柔从容,即便是面对死亡。

纪樣终于懂得,和有些人的遇见注定是要成为遗憾。

热饮已凉透,樱桃准备回医院,从纪樣身侧经过时忽然听到——

"姐。"

樱桃一愣,这是这么多年来纪樣第一次叫她"姐"。

纪樣抓住樱桃的衣袖,有一瞬间,他仿佛不再是十八九岁的少年,好像变成了多年前初遇的小男生。那时候他看她的眼神充满打量、审视,以及一点期待。

"姐,咱们回家治病吧。"少年嗓音略哽。

樱桃的心忽然有些酸:"……治不好的。"

这么多年吃过这么多药,做过这么多手术,她的心脏要维系她的生命实在太过艰难和疲惫,到如今已经山穷水尽。

"阿樣,以后咱们家要辛苦你了。"樱桃叹着气轻拍他的肩,义无反顾地将他的手推开。

下午是岁月的手术,她必须赶回去。

回到医院后不久,樱桃首先去观察了岁月的情况。小姑娘心态不错,很坚强,这让樱桃的心微微定了定。

一切如常,到了手术的时间,岁月被送进手术室。

这场手术无疑是艰难的,大家都很重视,自然也有些紧张,但大家看到樱桃,像是看到主心骨。

樱桃镇定道:"听我说,不要慌,一步一步来,按我说的做。"

众人连忙应:"好!"

手术难度本就大,向来从容镇定的樱桃也有些紧张。好在她的紧张并不外露,表面依旧平静,让人觉得她胸有成竹,也让其他医生渐渐不那么慌。

手术时间有些长,一整夜过去,快天亮时才结束,樱桃走出手术室时已经有些站不稳。

岁月的母亲希冀地看着樱桃,樱桃疲倦地弯唇:"恭喜你,手术成功,小岁月可以健康长大了。"

岁月的母亲愣了好一会儿,忽然激动地抱住樱桃。

张哲安怕樱桃受不住,连忙把她拉开,岁月的母亲泣不成声,连连对樱桃鞠躬。

樱桃很不舒服,没有多待,换过衣服先去医院临时休息室睡一觉。这一睡就睡到傍晚,醒来时看到桌上的饭菜,应该是张哲安送来的,现在都已经冷了。

手机里还有喻丽安发来的信息,询问她什么时候回家吃饭。

樱桃走出休息室,医院里已经很安静。

她去病房看了岁月,没有进去,只站在门外。

岁月的母亲正和昏睡的岁月讲话,温柔慈祥,充满对未来的期待。

樱桃放下心,慢慢走出医院。

大多数时候,她是不容许自己沉溺在喧闹和热烈环境中的,这会使自己太过留念这个世界而产生不甘心,但现在却改变了想法。

樱桃徒步走到附近的闹市，广场人很多，路边的小吃摊香味浓郁，情侣牵手同行，老人带着孙子，父母牵着小孩。

　　樱桃看得入神，看得欢喜。

　　她会离开这个人世，人世不会因为她的离开而有丝毫变化，大家依旧会这样生活，可是这样的生活她却没有拥有过。

　　她羡慕这里的一切，包括花草树木，只要能活着就好。

　　她摇摇头，挥散脑海中不适宜的难过。

　　樱桃继续走，往家的方向，那里才是她的归属。

　　等红灯时，樱桃盯着那闪动的红点，视线逐渐模糊，绞痛的心脏一点点抽空肺部空气。在这突然的疼痛里，她恍惚看到对面人群里的程桀。他拨开人群到最前面，疯狂朝她奔过来。

　　樱桃愣了愣，心情无奈。

　　看样子……还是没有瞒住他啊，还是被他知道了。

　　那场手术让她透支了全部气力。

　　死神终于想起来，要来收割她了吗？

　　樱桃感觉到身体在下坠，在程桀恐惧的眼神中，她落到了冰凉的地面上，听到人们的惊叫声。

　　程桀跌跌撞撞而来，手忙脚乱地把她抱起来。

　　樱桃感觉自己失聪了，明明看到程桀在呼喊自己的名字，却什么也听不见。

　　她好像听到有人在唱歌，听到了故水镇的风声，老槐树的枝叶被吹得"沙沙"作响，程桀站在河边朝她招手。

　　她露出向往的笑容，慢慢闭上眼睛。

第六章·嫁给你的第四十天

我会让你活下来。

❖

【1】

樱桃昏迷后,张哲安最大的感受是程桀疯了。

他当街出现,没有任何遮掩便抱着樱桃狂奔进医院。这一幕当然被拍到,然后在网上发布。网上怎么讨论暂且不提,令人头疼的是现在除了他,任何人都见不到樱桃。

喻天明试图去劝,最后竟被程桀揍得鼻青脸肿丢出来,理由是瞒着他这么重要的事。

大家明白他需要时间来接受,也就没有再打扰。

樱桃所住的病房里光线昏暗,程桀没开灯,桌上心电监测仪的声音提醒着他,樱桃还有微弱的心跳。

她戴着呼吸机,眼睛紧闭,脸庞瘦削苍白,好像随时都会离开。

程桀一动不动地看着樱桃,到现在耳边还回响着樱桃的老师对他说过的话。

"她的日子不久了。"

骗鬼呢。

程桀忽然一笑,笑得眼睛湿润。

他用手掌压住眼睛,低哑的哽咽声到底还是从指缝中泄露出来。

他在这里陪樱桃,哪里也不去,总会喃喃地和她说话,哄她赶紧醒过来。

她睡得安静,一点都不听话。

程桀心乱如麻:"喻樱桃!你别想用这种方法吓唬我。"他声音冷淡,俯下身盯着她,用刻薄冷漠的嗓音警告她,"我不吃你这套!"

心电监测仪忽然有些不平稳,程桀立刻惊慌起来。

张哲安赶来时,程桀正紧紧地抱着樱桃,是那样的张皇失措和茫然害怕。

"程桀,你快放开她!"

张哲安和其他医生一番忙碌。

确认樱桃的心跳平稳后,张哲安才看向程桀。

他用力抓着樱桃的一只手,好像这样就可以把她从死神手里抢回来。

张哲安平生第一次觉得,一个人可以这样可怜。

张哲安要离开时,程桀忽然叫住她。

"你告诉我。"

张哲安回头,那个总是玩世不恭,总是云淡风轻,仿佛什么都不在意的男人,这一刻竟如此弱小。

"她有救的,对不对?"

张哲安:"除非找到匹配的心脏。"

程桀毫不犹豫:"我会找到。"

张哲安不想打击他,她和老师通过各种各样的渠道找了那么久,也没有消息,程桀怎么可能找到?

张哲安走后,程桀安静下来,仍旧看着樱桃,怎么也看不够。

他温柔地轻轻吻她的额头:"我会找到适合你的心脏。如果没有……"

他的语气变得疯狂:"把我的给你。"

樱桃躺在病床上陷入沉睡,好像永远都不会再醒过来,这对程桀来说如凌迟一般。

这样的日子一直持续到年前。窗外万家灯火,烟花漫天,而病房里一片死寂,只有心电监测仪冰冷的声音。

喻天明走进病房时感受到的只有漫无边际的荒凉,就像荒无人烟的孤岛,没有人气,也没有温度。

程桀坐在床边的背影宛若枯木,好像要和昏暗光线融为一体。

喻天明脚步放轻,缓慢靠近。

嘶哑的声音突兀响起:"你又来做什么?"

喻天明沉默了一会儿,说:"来看看我妹妹,她还好吗?"

程桀一动不动,盯着樱桃灰白的脸:"她会醒过来的。"

他始终坚信这一点,不肯睡,不肯挪开眼,不想错过她的一丝一毫。

喻天明谨慎地在他身边坐下,看到他脸上笼罩着的阴霾。

程桀抬起眼,不知道从什么时候开始,他的眼神变得阴戾瘆人。

喻天明面色僵了僵,有些发毛。他不太敢惹这样子的程桀,颇有些小心翼翼:

"我给你带了饭,吃点吧。"

程桀已经连续几天不吃不喝不睡,大家都担心樱桃还没醒过来他就会先倒下。

程桀扫了一眼喻天明手中的饭盒,站了起来。

喻天明吓得后退,程桀没看他,而是极温柔地贴在樱桃耳边,讨好地问:"你要吃点吗?"

喻天明皱了皱眉,神情古怪。

睡着的姑娘没有任何回复,程桀用手指轻轻摩挲她的脸:"你睡了好多天,都饿瘦了,吃点好不好?"

程桀没得到樱桃的回应,冷漠地瞥向喻天明。

喻天明多少有些紧张。

"她不吃,你走吧。"程桀重新坐到刚才的地方,视线胶着在樱桃脸上,心无旁骛,专心致志地凝视她。

喻天明欲言又止地放下饭盒。

程桀这个样子,他并不是第一次见。八年前故水镇,樱桃丢下一封信离开后,程桀也曾这样颓废度日。

"你不是怪我没有早点告诉你真相吗?"

程桀不为所动,好像没有听见喻天明说话。

喻天明也不在意:"一开始我的确认同樱桃所说的话,瞒着你是不想让你被我们拖累。但现在你既然已经知道,我觉得是时候告诉你所有经过了。"

程桀漠然的表情终于有所松动,视线移到喻天明那里。

"你们的事应该没有谁比我更清楚,其中也包括樱桃对你的喜欢到底有多深。"喻天明伸手摸了摸樱桃的头发。

从前在故水镇,他和程桀总是围着樱桃打转。

年少时无忧无虑,谁能想到今天,樱桃竟躺在这冰冷的病床上呢?

"她很小就有这个病,可一直都坚强勇敢,总是反过来安慰我们。哪怕受病痛折磨,也一点没有消磨她活下去的意志,她一直都在积极地治病。命运不公,喜欢捉弄人。在她最痛苦的时候却得知父亲出轨,随后她父亲选择了另一个健康的女儿而抛弃她们母女。樱桃曾经偷偷哭过几次,被我抓到总是不承认。其实我知道她很难受,虽然她总装作不在意自己的病情。

"其实她比谁都希望自己能够健康,她总觉得如果自己足够健康,那么向权儒就不会抛弃她们,也因此总觉得对不起她妈妈。

"遇到你之后,樱桃变得开心很多。我是她哥哥,怎么会看不出她的心思。虽然我不想让她和你多接触,可是每次看她脸上洋溢的笑容,我都会在心里感谢你。

"就在我们都沉浸在故水镇平静的生活中时,某一天她的心脏病发了。那时候她才明白她给不了你未来,无法陪你长长久久地走下去。她没有办法,只有离你远点。

"我们和国外的医生通过电话,她的情况必须再次手术。谁都不能保证手术能成功,所以她给你留下那样一封信,只是希望你看过之后能够对她死心,然后忘掉她好好生活。"

喻天明看着程桀没什么血色的脸:"后来她的手术还算成功,命保住了。她没有再回国,留在伦敦念大学,主修心外科,救助像她这样的心脏病患者。而那时的你已经在娱乐圈崭露头角,我曾看过你的几次节目。和从前相比,你更加冷漠薄情,也更加锋利冷锐。我就知道,樱桃的目的达到了,你真的开始恨她了。"

程桀忽然抓住床上樱桃的手,像有些透不过气,急喘着慢慢弓着腰。

喻天明停顿了一会儿,继续往下说:"你第一部电影刚上映的时候,观众并不买账,樱桃便把你的电影海报印成传单,一个人跑到街上发。如果有人愿意接,她会特别高兴;如果有人把传单扔掉,她甚至去翻垃圾桶,只是为了把印着你照片的传单找回来,只是不想让你蒙尘。"

喻天明摇头叹气:"你不知道,你的每部电影她都去看,你的每本杂志她都会买,你的所有节目她都会看,你送给她的礼物,她都留着。

"程桀,你说她多傻,让你恨她,却偷偷地喜欢你,不让你知道所有事,扛下所有,唯一希望的就是你可以一直做那个光芒万丈的人。"

心电监测仪的声音和这些话一起响在耳边,莫名地有种奇妙的讽刺,让程桀胸腔里的心脏绞痛得厉害,滴在地上的不知是汗还是泪。

喻天明看不到程桀的表情,他苍白的手指紧紧握住樱桃的手。

"滚。"

程桀的低吼有气无力,比起樱桃,他更像是油尽灯枯的人。

喻天明最后看了看樱桃,轻叹着离开,却在走出病房的一瞬蓦然听到里面压抑的低泣声。

撕心,寸断。

【2】

从未有哪个冬天像今年这么冷,一切都像蓄意的铺垫,包括昨夜突然而至的暴雪。

病房的窗户结了冰,哪怕开着空调也阻挡不住低温侵袭。

樱桃的手越来越凉,程桀小心地握住,努力想让她暖和起来。她的手指病态纤细,好像稍微用点力就可以伤害到她。

程桀不敢看,但可以感觉到她的瘦和脆弱。

"明天就是除夕了。"

樱桃闭着眼睛的样子如同安静美丽的瓷器,冰冷而没有生命力。程桀不在意这样的冷漠,现在的他有从未有过的耐心和温柔。

他服软般,在她耳畔轻语:"快醒过来,我带你放烟花。"

樱桃没有理他，回答他的只有寂静。

"真是贪睡。"

他这样安慰自己，脸埋进她的颈窝里，却很久很久也没有起来，久到枕头都湿润之后，有什么轻轻盖在他的头上。

程桀一愣，身体逐渐变得僵硬，有些不敢动惮，怕惊扰了对方，心跳的声音就要盖过心电监测仪。

他缓慢抬起头，看到樱桃温柔心疼的眼睛。

两人对视很久。

程桀一直没动。

樱桃的指尖无力地抚摸他憔悴的脸："你一直都在这里吗？"

她的声音是这样真实，确定不是幻觉后，程桀的眼圈忽然就红了。

樱桃温柔安抚："对不起，让你担心了。"

"喻樱桃……"他声音如同被巨浪拍打过，细碎颤抖，沙哑哽咽。

樱桃努力微笑："嗯。"

有泪落在她的脸上。

程桀手忙脚乱地帮她把脸上的水迹擦掉，迅速跑出去叫医生。

张哲安和秦叙来到病房，按捺着欣喜检查过樱桃情况后，两个人都松口气。

张哲安告诉程桀："目前情况还算稳定。"

樱桃握住程桀的手指，程桀愣了下，低头看床上的姑娘，俯身亲吻她的眉心。

张哲安和秦叙自觉地离开病房，把空间留给他们。

樱桃在病床上挪出一个位置。

程桀坐下来一个劲儿盯着她。

樱桃拉拉他的手指："上来躺会儿，你肯定没睡觉。"

程桀什么也没说，脱下外衣上去搂她。他也实在佩服喻樱桃，都已经是现在这样的情况了，她还沉得住气，一点也没有主动交代的想法。

"为什么要瞒我？"

沉默一段时间后，她回答："我哥哥应该告诉你原因了。"

程桀又好气又心酸："小浑蛋。"

他抱紧她："你就是仗着我爱你。"

这话他曾经说过，和现在语境却完全不同。

樱桃弯了弯唇："是啊。"心中却惆怅感叹，瞒了这么久最后功亏一篑，多年的分开成无用功。

樱桃忽然感到茫然，不知道当初的决定到底对不对。

"你还是想把我推开是吗？"程桀抬起她的脸，像能看穿她的心。

樱桃浅浅笑开："你都知道了，为什么还要和我在一起呢？程桀，我能给你的太少。"

"我要得不多。"

樱桃无奈:"可……"

"喻樱桃,"程桀淡笑一声,一副无所谓的样子,"你没那么难忘,假如你真的死了,我一定会把你忘记。"

樱桃审视他:"真的?"

"我这个人很潇洒的,拥有过就不会再惦记,之所以记你这么多年,只是因为从来没有得到过。你懂的吧,男人都这样。"

如果这话对别的女孩子说,对方可能会气得暴跳如雷,但樱桃只会高兴和放心。

她终于抿起点真心实意的笑:"那就好。"

程桀不想和她粲然的眼睛对视,痞痞坏坏漫不经心道:"所以啊,你尽管放心大胆地和我恋爱,等我什么都得到之后,我会转头找个人结婚生子,把你抛之脑后,谁管你死活。"

"好。"樱桃笑着回答。

程桀心很痛,但讽刺的是,他是演员,表演是他的拿手好戏,只要他不想表现得在意,樱桃就会被他迷惑。

樱桃伸出小拇指:"那就拉钩约定好,我走之后,你忘记我好好生活。"

程桀嫌麻烦地轻"啧"一声,钩住她的小拇指和她拉钩盖章。

"反悔的人下辈子是小狗。"樱桃笑着说。

程桀望着她晶莹清澈的眼睛,心想做狗就做狗吧,反正是下辈子的事。如果真的做狗,他也要待在她身边。

"你说什么就是什么。"程桀顿了顿,神情认真起来,"但以后你必须专心和我谈恋爱,毫无保留地把所有的喜欢都给我。"

樱桃若有所思,忽然亲了下他的唇。

程桀一愣。

她笑着讨教:"就像现在?"

程桀刚要说话,樱桃再次亲他。

程桀有点顶不住,用咳嗽掩饰心里的欢喜。

樱桃凑近看他:"是这样吗?"

所谓天然克傲娇,大概如此,她用这样单纯的样子吻完他后问他感受,有点要命。

程桀是真服,低笑着捏住她下巴亲回去。

"是,我爱死了。"

樱桃把这点记下:"你喜欢的话,我以后多亲亲你。"

她从来没有谈过恋爱,是真不知道要怎么谈才会让程桀喜欢,所以想照顾他的体验。

"你还喜欢什么?你可以告诉我。"

程桀被她柔软的眼神看得浑身酥麻。

他是真没想到,樱桃下定决心谈恋爱是这样可爱,像个爱学习的好孩子,有在认真研究。

程桀抱住她:"以后慢慢教你。"

樱桃听话地点头。

程桀拿手机给文正发信息,让他带点吃的过来。

文正很高兴程桀终于愿意吃东西了,准备了丰盛的饭菜带到医院。

程桀让他放下吃的离开,然后把饭菜摆好,先喂樱桃。

樱桃拿起筷子,程桀说:"不用你来。"

她盛起的粥却递到程桀嘴边,他微愣。

樱桃见他不动,想起他往常喂自己吃东西的情景,捏开他的嘴把粥塞进去,想了想,也刮他挺拔的鼻尖:"你也吃。"

程桀心想,他应该是完了,完得很彻底。

樱桃看到他微红的耳朵,后知后觉地弯起唇:"看来你喜欢呀,那我知道了。"

谁撩谁啊。

学得还挺快。

程桀第二次咳嗽,故作淡定地继续喂她吃东西。他夹菜,她也夹菜;他喂什么,她也喂他什么,偶尔还会亲亲他。

程桀彻底没招,放下碗筷轻捏自己的眉心。

樱桃也放下筷子,端正地坐好:"我哪里做得不对吗?"

就是做得太好了。

程桀将手撑在她身侧:"想亲……"

"我?"她问。

程桀笑:"嗯。"

樱桃主动亲了他。

程桀被撩得要死,等樱桃吃完躺下后,他自己出去冷静。

在医院休养了十来天,樱桃身体暂且稳定后办了出院手续。

喻天明特意买来轮椅接她回家,但结果根本用不着。

程桀亲自抱她出医院,离谱的是樱桃竟然没有拒绝,非常温顺。她好像还偷偷亲了程桀,程桀耳尖红透,低声警告她别耍坏。

喻天明就很蒙。

喻丽安留程桀在家里过年,程桀当然同意。

所有人都在准备年夜饭时,喻天明趁人不注意跑来问樱桃:"程桀给你灌了什么迷魂汤,你竟然会对他那样。"

樱桃浅笑:"哪样?"

喻天明还是习惯她现在这副温温淡淡的模样。

喻天明做出嘟嘴亲人的动作，义愤填膺："就这个，我看到你偷亲他了！"

樱桃有些好笑，就和从前一样，喻天明总是把她看得很紧，对于她和程桀的接触和亲密很不乐意，很多事倒也没有变。

樱桃微笑说："我剩下的时间不多了，想尽情地和他谈一场恋爱。"

喻天明沉默着推推眼镜："决定了？"

"嗯。"

"不怕他忘不了？"

"他说过会忘记。"

"你明知道这是……"

"哥。"樱桃打断。

喻天明在她脸上看到难得的委屈，蓦然后悔说刚才的话。所以啊，他作为哥哥为什么要求自己的妹妹这么无私？

樱桃不傻，怎么会不知道那是谎言？只是借此放肆一回罢了。

喻天明连忙握住她的手安抚："你说得对，他是大人了，以后会过好自己人生的。"

"嗯……"

程桀从外面回来，看到喻天明和樱桃握在一起的手，皱紧眉把他们分开，把樱桃拉到卧室，刚想说话，樱桃就笑着开口："我知道，不能拉别的男人的手对不对？以后不会了。"

程桀依然臭着脸，帮樱桃把头发撩开，为她戴上新年礼物："这个以后不用藏起来，戴着比较好看。"

樱桃去照镜子，是粉色的钻石项链。

她爱不释手地摸了很久，有些舍不得挪开眼："真好看。"

一句话让程桀心似火煎。

原来她是这样的喜欢，原来毫无保留的时候，她也有这样的热烈。就像她信里所说，她的爱意的的确确一点也不比他少。

她只是在忍，比他更克制而已。

樱桃回头看他，欣喜的样子和八年前如出一辙："好看吗？"

程桀上前抱住她，喉咙酸痛，怕一说话就泄露自己的情绪。

他控制了很久，漫不经心地哄着她："好看，我的樱桃最好看。"

樱桃笑了笑，但是真可惜……

"以后每天，我都会送你礼物。"程桀拨开她耳边的头发，亲吻她的锁骨。

"你这么好，我也要送你礼物。"樱桃牵着他走到储物柜前，用钥匙打开一个被锁起来的柜子。

程桀看到里面堆满的男士物品，有领带、手表、钢笔……

211

"这都是什么?"

"这些年你的生日礼物。"

程桀骤然看向樱桃。

樱桃含笑拿出里面的领带放在他胸前比了比:"还以为永远都不能送出去了呢。"

程桀捏紧她的手腕:"你……"

樱桃温柔地抬眸,对视的瞬间,程桀立刻将她揽入怀:"傻不傻啊你!我不配。"

她形单影只那么多年,而他心里对她始终有埋怨。

他都不敢想樱桃一个人在伦敦是怎么度过的,当他在纸醉金迷的娱乐圈名利双收的时候,她却躺在狭小冷冰的手术台上,承受一次又一次的手术,还要分出心神惦记他。

他不配。

他原来真的配不上这么好的樱桃。

樱桃什么也没说,温柔地陪伴他。

拥抱很久之后,程桀突然哑声恳求:"结婚吧,嫁给我好不好?"

樱桃心底波澜再起,神色茫然。

结婚?

明明不应该答应,可是总有个声音和念头召唤她,让她越来越贪心。

"好。"

【3】

年初七的时候,民政局上班,当天是个好天气,崭新的曙光融化沉积许久的雪。

樱桃捧着杯温热的水坐在阳台,出神地看着远方一点一点升起的太阳。

她如枯叶般快要凋零的生命,真不知道还能迎来几个日出。所以最近她最喜欢做的事就是看日出,阳光照到身体上,感受到暖意的那一秒她能真切地感觉到自己还活着。

喻丽安拎着准备好的衣服进屋,静默地看了一会儿女儿的背影。

从前小豆芽般的女孩不知不觉就长大,今天便要和心爱的人组成家庭,喻丽安心里喜忧参半。

她拭去眼角的湿润,走到女儿身侧,手轻轻地放在女儿薄瘦的肩上:"怎么还没打扮起来?等会儿程桀就来接你了。"

樱桃笑着抱住母亲的腰,喻丽安愣了愣。

樱桃像小时候那样在母亲怀里轻蹭,难得撒娇:"舍不得妈妈。"

喻丽安慈祥地抚摸她的头发:"傻孩子,结婚也可以随时回家,妈妈永远在家等你。"

樱桃有些鼻酸："嗯。"

喻丽安牵着女儿进屋，有些兴奋地展示她准备的新衣服。那是一件正红色的旗袍，绣着樱桃喜欢的栀子花，喻丽安最近加班加点熬夜绣出来的。

她既期待又紧张地等待女儿评价："喜不喜欢？"

现在的年轻人都喜欢新潮的东西，她完全是一腔热情就准备了，现在才感觉到忐忑。

樱桃珍惜地抚摸裙子，以及那些精致的绣花。从小到大喻丽安都把她当作心肝宝贝，生怕没有给她最好的，从来没有嫌弃她不健康。

樱桃低着头仔细地看，慢慢地摩挲，不让母亲发现眼眶里的泪意，用平稳的声音回答："好看，我很喜欢。"

喻丽安放了心："那就好，那就好。"

她十分欣喜："妈妈帮你穿。"

樱桃笑着说"好"。

旗袍很适合樱桃，贴身的剪裁衬出她玲珑曼妙的身材，因为是正红色，更显唇红肤白，贵气雍容。

喻丽安笑着帮她整理衣服："我的樱桃真漂亮，待会儿程桀看到你肯定看呆眼。"

樱桃含蓄地低头浅笑。

喻丽安心头更软："妈妈为你梳头。"

"好。"

喻丽安帮樱桃把头发盘起来，化上妆，温婉的美人有了些动人的妩媚。

樱桃不喜欢自己过于苍白的脸颊，多打了点腮红。

敲门声响起，纪良的声音从门外传来："你们好了吗？程桀过来了。"

樱桃有些许紧张，看向喻丽安。

喻丽安眼中泪光闪烁，握住她的手说："走吧，妈妈送你出门。"

大家心里都清楚，也许他们等不到樱桃穿着婚纱出嫁的时候了，所以每个人都默认今天就是她出嫁的日子。

樱桃走出卧室，看到家里的门墙贴着"囍"字，纪良穿着隆重，一脸笑呵呵，就连纪樑都穿正装。

她穿着平时不太会穿的恨天高高跟鞋，下楼时纪樑搀了她一把。

樱桃浅笑："谢谢。"

纪樑别开脸，淡淡地说："以后他要是对你不好，随时回家。"

樱桃愣了愣，发觉他紧绷的嘴角，有些诧异地抿起笑："阿樑舍不得姐姐啊。"

"才不是！"

最多，只有一点点而已……

他更多的是生气，生气那个每年过年都会给他带礼物，会帮他补课，也会耐

213

心温柔和他说话的姐姐被人拐走了!

樱桃失笑地转开眸,和程桀的目光不期而遇。

他早就已经等不及,听到姐弟二人说话即刻上楼。

樱桃笑得好美,眼神恰好看着他,程桀心潮一瞬间汹涌起来。

她身穿旗袍,褪去原来的清纯和温婉,竟这么娇媚美艳。

程桀递给她手捧花,抱起她下楼。

樱桃涂着口红的唇亲到他侧脸,有个浅浅的印子,她笑着为他擦干净。

程桀吻她额头:"不擦也行,多亲几下。"

樱桃小声道:"等会儿。"

程桀扫了眼臭着脸的喻天明和纪樣,轻"啧"一声,当着他们的面重重地亲上樱桃的唇,把自己的唇也染得有点红。他挑衅地朝那两个人瞥去,果然看到对方的脸色更黑。

去民政局的路上,程桀一个劲儿直勾勾地盯着樱桃。樱桃用捧花挡住脸,被程桀挪开。

"躲什么,我看自己老婆理所当然。"

樱桃虽低着头,可嘴角弯着,显然也高兴。

程桀嗤笑凑近:"说好的亲我呢?"

樱桃看向开车的文正,示意他还有其他人。

程桀不理会,把脸凑过来,闭着眼漫不经心地点点唇。

樱桃犹豫一下,亲上他的脸。

他摇头,点点唇。

樱桃无奈,只能吻他。

程桀得逞,嘴角微勾,低声教她:"记住,我就喜欢你在人前亲我。"

樱桃虽然不好意思,但心里认真地记下。

她乖乖听讲的样子真像从前,程桀喜欢惨了,故意偏头在她耳边逗:"魂都被你勾住了,宝贝。"

樱桃脸微红,想了想,也凑近他的耳朵,说:"我也是,最喜欢你了。"

程桀猛地咳嗽,耳尖完全红透。为免丢脸,他假意用手撑额头挡住自己被撩到的表情。期间他一直没太敢看樱桃的眼睛,装作随意地握住她手放进西装的心窝处,自己偷偷勾起嘴角,爽到翻天。

到民政局,程桀难得紧张起来,相比之下樱桃倒显得从容些。

排队填表时,程桀几次三番打量樱桃淡然的脸,语气涩然:"不高兴?"

樱桃摇摇头。

程桀心情有点闷:"是不是想反悔?我告诉你喻樱桃,没门!"

他扣紧她的手,才发现她手心里都是细汗。

他眼神诧异地看着她。

樱桃有些不好意思："怎么会不高兴呢，我很开心，阿桀。"

程桀僵硬地滚动喉结。

阿桀……

他口干舌燥地舔唇，非常用力地抿住唇才能压制住笑。

他不能太喜形于色，这里人很多，他要面子。

今天他没有做任何遮掩扮，从进民政局开始，他俩就收到四面八方投来的目光，虽然没人敢上前打扰，但四处都有人拍照。

程桀揽着樱桃的腰，感受到她的紧张，手掌轻抚她的背，警告地瞪视周围越来越放肆的偷拍。

轮到他们登记时，工作人员用种哀怨和惊喜交错的神情看着程桀。

樱桃很快分辨出这个工作人员应该也是程桀的粉丝，因为接下来，工作人员开始审视她。

程桀皱了下眉，不喜欢樱桃被这样对待，手指敲敲桌子："麻烦快点。"

工作人员带他们走完流程，送上结婚证。

结婚证送到程桀手里，他捧着看了很久。

樱桃忽然踮起脚，虽然穿着高跟鞋，但要碰到程桀的唇还有一点距离。

程桀微愣住，樱桃有些尴尬："……你说喜欢我在人前亲你的。"

但显然程桀刚刚不是在等她亲吻，樱桃羞红脸，急促地往外走。

程桀轻笑着追上去抱起她，在她唇上亲了三下："补给你。"

樱桃发现有好多人在拍，藏进他怀里："都被拍到了。"

"拍呗。"程桀浑不在意地挑眉，"我们的相爱并不丢人。"

"你的粉丝会很惊讶吧，我想你应该给他们一个交代。"

程桀怀抱着她，手里拿着他们的结婚证，心都是醉的，她说什么是什么："我以后都听你的。"

程桀领证的事没有意外地引爆热搜，好在虽然大家感到震惊，但大多数粉丝理解并接受，坦然地祝他们幸福。毕竟程桀是实力派演员，粉丝对演员的恋情要相对宽容。而且自从上次樱桃昏迷，程桀抱着她狂奔送入医院后，粉丝们就明白他们之间的牵绊太深，已经逐渐接受这件事，很多人甚至已经开始"嗑CP"。

领证第一晚，程桀陪樱桃住在家里。

喻丽安准备了丰盛的饭菜，亲朋好友到齐，庆祝他们结婚。

饭后是朋友们组织的牌局加酒局。樱桃不能喝酒，大家针对的对象就变成程桀，他高兴，也就来者不拒。

所谓酒不醉人人自醉，从前很少会喝醉的程桀今晚喝到最后竟然有些晕头转向，转头看着樱桃温柔担忧的眼神，更晕得厉害。

"你别那么看着我。"

215

程桀放下酒揉眼睛。

樱桃为他倒了蜂蜜水,温柔地问:"怎么了?"

程桀笑:"会想亲你啊。"

樱桃便捧着他的脸,学他往常亲自己的模样,凑上去轻轻咬他。朋友们骂骂咧咧,她也没退开。

程桀愣怔地看她吻自己,混沌中听到她轻声细语地哄:"亲你啦。"

程桀上头到心潮澎湃,感觉自己能喝死对面那群单身狗。

他把牌丢出去,揽着樱桃的样子,有些挑衅和耀武扬威:"再来。"

他又问樱桃:"我赢一局就亲我一下?"

樱桃温柔地笑:"你输了我也亲你啊,老公。"

程桀差点死在这声"老公"里,眼神都飘了起来。

"有没有搞错!"张哲安摔牌大骂,"你们两个能不能节制点?整天亲亲亲!有完没完?"

喻天明气愤地附和:"说得对!樱桃你是女孩子,就算结婚了也要矜持!"

纪樣什么也没说,用冷哼表示自己的不爽,而秦叙含泪吃偶像和嫂子的狗粮——呜呜呜,真香。

对于反对的声音,程桀轻挑起眉:"行,都看过来。"

等所有人都看着他之后,程桀转头吻了樱桃。

众人无语。

屋外的夜浓倦深沉,这个亮着灯的窗户里充满欢声笑语。

程桀记着樱桃不能熬夜,差不多的时候结束牌局,带着樱桃回去睡觉。

虽然新婚,但他什么也没做,也知道上次那一晚,樱桃是带着多大的风险。

他是真心疼,也十分后悔,在她身体没有好之前,再也舍不得碰她。

樱桃睡着后,程桀还毫无睡意。

白天装得无所谓,只有夜深人静的时候他才敢放肆担忧害怕。最怕早上醒来,躺在怀里的姑娘没了呼吸,所以闭上眼便是噩梦。

程桀吻了吻她熟睡的脸,起身去阳台。他摁亮手机,给一个没有备注的号码发信息过去——心脏找到了吗?

对方很快回复:别急啊,只要你能付得起代价,什么样的心脏我都能给你找到。

【4】

领证后没多久,程桀就在微博晒出结婚证,对樱桃的病情并没有过多阐述,只是简单讲了讲这几年。

粉丝们大多表示支持和祝福,总体来说一片祥和。

对此,樱桃也放了心。休养得差不多她回到医院时,科室里所有同事都知道了她的身体情况,钦佩她的同时也很担忧。

216

毕竟医院的工作强度高，心外科手术难度大，随便一台都是几个小时，一般人都会觉得承受不住，更何况还是患病的樱桃呢？

万一她在手术台倒下，不止她会错过治疗的时机，还会影响到病人手术的进度。

院方也考虑到这一点，召集了科室所有医生开会，共同商讨樱桃的去留，最终决定让樱桃回家休养。

程桀出现在会议厅后门时，恰好看到身穿白大褂的樱桃走上台。

她落落大方，从容温雅地表达自己的看法："对于医院的建议，我很感谢，但我不太能接受。"

在程桀的印象中，樱桃一直都是柔弱的，如温室里的花朵一般需要用心呵护，可经过几年的打磨，让这朵花长出一些尖锐的刺。

她浅浅弯唇，目光无比坚定："我不会离开我的工作岗位，我选择心外科，便决定为心外科奉献我的一生，哪怕这是短暂的，充满坎坷的，我也无怨无悔。

"如果大家担心我的状态会影响病人的手术，那么我可以尽量少上手术台，迫不得已必须要上手术的时候，也请安排另一位医生与我配合。当我倒下的那一刻，请先救病人。"

樱桃笑了笑，用调侃的语气继续说："院方不必担心我的家人会追究你们的责任，我可以为自己的行为负责。"

偌大的会议厅里满座皆是医生，纵然他们本身就见过无数的死亡，却还是惊讶樱桃的坦然无畏，如此不慌不忙，令人敬佩。

"可是喻医生，你才新婚，你的丈夫能接受吗？"

樱桃愣了下，程桀的确非常反对她回来上班。如果她没有选择做医生，可能会考虑他的意见，但现在她不可以。

就在大家都以为樱桃会为此妥协的时候，她轻声开口："这世界上总有比相爱更重要的事，我能多看一个病人，多做一台手术，就能多拯救一条生命和一个家庭。这样是委屈了他，但我想他会明白我的。"

她浅浅微笑，只是那笑容终究带着一抹无奈和内疚。

程桀看了她好一会儿，转身离开会议厅。张哲安看到他的身影，有些不放心地追出去。

他走到楼道，静静地愣神。

张哲安犹豫着要不要上去安慰，程桀的手机忽然响起，他接电话前先看了看四周，张哲安下意识地躲藏起来。

程桀和对方的谈话声传来。

"有消息了？"

"你想要什么？"

"只要给我想要的，我可以加入你们。"

程桀讲这几句话的语气分外冷漠严肃，和平时的漫不经心大相径庭，张哲安总感觉哪里不对劲。

　　她偷偷溜走，回去时大家已经开完会，樱桃可以继续留在医院。

　　张哲安回到自己的工位，几次三番看向樱桃，欲言又止，刚鼓起勇气想说的时候，程桀走进办公室。

　　虽然大家都已经知道樱桃嫁给了大明星，可当银幕里的人出现在眼前，科室里的医生还是很恍惚。

　　樱桃在翻看病历，并没有发现程桀的靠近，找资料时想推椅子，发觉推不动，狐疑地转头，看到程桀漾着笑意的眼。

　　他的腿不知何时抵在椅子上，她当然推不动。

　　樱桃露出笑容："你怎么来了？"

　　程桀低头亲她。

　　办公室里瞬间响起哄声，樱桃才发现同事们都在吃"瓜"。

　　樱桃忙拉着程桀离开，步伐匆忙。程桀轻笑，样子懒洋洋的。

　　这几天不算冷，出了太阳，樱桃有空的时候都会在医院外面晒太阳，但程桀现在挺嚣张的，来找她时已经不会戴口罩和帽子，带他出去的话会引来更多人围观。

　　樱桃把他拉到医院里安静的角落，还没来得及说话，程桀便黏上来抱住她。

　　"老婆……"

　　他嗓音哑，亲她耳垂。

　　樱桃的耳朵都被他亲得发烫："过来怎么不提前说一声？你人气这么高，引起围观不好。"

　　"嗯。"

　　他含混不清地应声，从耳垂那里亲过去，移到樱桃的脸颊和嘴角。

　　樱桃无奈："收工了吗？"

　　"休息一个小时。"

　　樱桃拉住他，让他停下亲吻："才休息一个小时怎么就过来了？"

　　"想你呗。"

　　程桀抓住空隙就亲她。

　　樱桃忍不住笑，搂住他的腰回亲。

　　程桀意外地挑眉，轻挠她的下巴逗："你还知道主动了。"

　　樱桃躲开他的手笑问："下班想吃什么？我给你做。"

　　程桀"啧"道："怎么，想做贤妻良母啊？"

　　"对啊。"

　　"那行吧。"

　　程桀告诉樱桃几道菜，但竟然都是她爱吃的。

　　不知道从什么时候开始，程桀把她的喜欢当成了自己的喜欢，把她的习惯当成了自己的习惯。

樱桃心头微涩,笑容不改:"好。"

程桀回剧组后,樱桃也回科室。

张哲安一整天都心神难安,快下班的时候樱桃总算看出她的欲言又止。

"师姐,你怎么了?"

张哲安叹了一口气:"没什么。"

樱桃虽疑惑,但也没有勉强,继续收拾东西。

张哲安突然开口:"我还是决定说。"

樱桃浅笑:"你说吧。"

"是关于程桀的。"

樱桃微愣。

程桀?

"他怎么了?"

"就是……"张哲安神情纠结,"我老感觉他不对劲。"

樱桃心事重重地回到家,程桀和喻丽安已经在厨房忙碌。

她闻到熟悉的香味,是程桀说过想吃的那几道菜。望着他的背影,樱桃又想起八年前他溺水的场景。那时他以为她死了,也失去生的意念,后来被抢救回来,樱桃问过他为什么。

程桀给出的回答是,怕她一个人孤单。

现在仔细想想,是有些不对劲。她昏迷醒来后,程桀并没有表现得太反常,反而与往常一样,甚至从来不提她心脏病的事。

太正常,就显得有些奇怪。

程桀端菜出来时看到客厅里盯着自己的樱桃,他假装看不透,笑得漫不经心:"怎么,看你老公看呆了?"

他连说话都是老样子,当着喻丽安这个长辈的面也痞气散漫。

樱桃也笑:"不是说好我回来做饭的吗?"

程桀过来搂她,握起她漂亮的手细看:"我能舍得让你这双手沾阳春水?"

樱桃笑得甜蜜,程桀往厨房看一眼,喻丽安在忙,没看他们。

他将脸凑过去:"亲一下。"

樱桃难得撒娇:"想亲嘴。"

程桀被她柔媚的语气撩得险些腿软。

程桀自己也想亲嘴,但更想逗她:"不成,不给亲。"

樱桃有些失落。

程桀立刻投降:"成成成,给你亲。"

樱桃高兴地亲他一口,她觉得甜蜜,程桀心里更是满足。两人转过头才发现喻丽安尴尬地看着他们,樱桃的脸一下子红透。

219

程桀坏笑说:"你看吧,都说不给你亲嘴,被咱妈看到了吧。"

"你!"樱桃瞪他,"你住嘴。"

程桀笑着拉她过去坐下吃饭,樱桃不太想理他。

喻丽安说:"你们就当看不见我。"

樱桃的脸更烧,有些不想吃程桀给她剥的虾。

程桀低声哄:"饭还是要吃的,好不好?"

樱桃还有一点生气。

程桀挺有耐心:"小祖宗,求你了,吃点。"

樱桃被哄得甜蜜起来,忍不住笑:"好。"

吃过饭,傍晚的时候,程桀和樱桃一起出门遛雪花。他背着她,雪花摇着尾巴走在前面,发觉走得有些远的时候,会停下来等两个主人。

樱桃这段时间有些容易犯困,程桀走得慢,她枕着他的背,舒适又安心,逐渐有些睁不开眼睛。

金黄色的夕阳洒在身上,程桀感觉到樱桃钩在他脖子上的手逐渐松开。

他停住步伐,艰涩地低唤:"樱桃?"

没人应。

"樱桃?"

程桀侧过头,努力用脸去贴她总是冰凉的脸,眼圈被晚霞染红。

"看夕阳,好不好?"

她没有回答。

程桀嗓子发干发痛,自言自语:"小浑蛋,说好陪我散步,又睡着了。"

樱桃醒来的时候是在程桀怀里,他们坐在公园的长椅,雪花坐在地上。天色已经暗下来,晚风摇曳,树枝轻晃。

樱桃有些茫然:"我又睡着了啊?"

程桀吻她惺忪的眼睛:"嗯。"

樱桃笑得抱歉,刚刚她其实发觉了的,当她醒过来的时候,程桀黯淡的眼眸才亮起光。

以后她走了,他会不会只有雪花的陪伴?会不会一个人孤独地看夕阳?

如果雪花也不在了呢?

程桀帮她把眼角沁出的湿痕擦掉,没有追问原因。

"是不是冷?回家了好不好?"

"好。"

程桀背着她走回去,就像从前在故水镇,他知道她身体不好后,总是背着她走过很多地方,还总哄着她做他女朋友。

"程桀。"

220

"嗯？"

"不要做犯法的事。"

程桀步伐微顿，装听不懂："我为什么要做犯法的事？"

"如果你做了，我不会原谅你。"

程桀没再说话。

深夜，樱桃睡着，陌生号码给程桀打来电话，程桀把通话声音调小接通。

"怎么样大明星，愿意赌上你的后半生去救你心爱的人吗？敢的话就来，我这里有你要的东西，地址发你手机里了。"

程桀挂掉电话，看向怀里睡熟的樱桃，缓慢地挪开她起床。

在他关上门离开后，樱桃睁开眼睛。

【5】

夜色深沉，城市充满寂静，程桀开车前往约定的地点。那是人烟稀少的郊外烂尾楼，在车灯的照耀下，楼房在黑暗里若隐若现。

程桀把车停在附近，拿出车里的电筒下去。

现在是凌晨三点，下着点小雨，程桀朝着烂尾楼走去。

靠近烂尾楼，程桀看到微薄的亮光，里面传出嬉笑的声音。

他走上二楼，站在门外往里看。

四五名流里流气的男人在打牌，每个人都戴着大金链子，露出来的手臂上文着奇怪的符号，地上很多东倒西歪的酒瓶，还有几张床。

除此之外的角落里正在进行着一场交易，一对年轻的男女和几个吊儿郎当的人，看样子是个团伙。

团伙中为首的人拿出一张照片，是个生命垂危的人："你们想要的东西很快就能得到。我可提醒你们，机不可失，失不再来，很多人排队在等。"

年轻女人想凑近看看，那人已经把照片收起来，不耐烦地抬了抬下巴："要不要？"

女人定了定神，像是下定某种决心："要！"

他们将带来的装着现金的箱子递给吊儿郎当的几人，对方不紧不慢地数着现金。

年轻女人期盼地望着对面，身旁的男人安抚她别着急，得到的是对面几人的嘲笑。

他们数好现金，恶劣地扬了扬眉，吹声口哨，才慢悠悠地开口："成交。"

女人一瞬间整个人倒进身旁男人的怀里，喃喃着："有救了！"脸上绽放出如释重负的喜悦笑容。

程桀进去时，立刻有人发现了他。

团伙中为首的男人"哟"了声，吐掉嘴里的牙签调侃："大明星真的来了啊。"

其他人转头看着程桀，每个人的表情都如出一辙，卑劣、锐利、市侩，一群游走在道德边缘的人渣。

为首的男人拍拍身边脏兮兮的凳子："大明星过来坐啊。"

程桀没动："你说我加入就可以给我想要的东西？"

那男人笑出声："当然，你不就想要心脏吗？"

他眯起眼，说得格外神秘："医院找不到的我这里都有，你老婆差啥我给啥。"

其他人哄笑起来。

程桀冷漠地盯着对方。

男人耸肩："别生气啊，开个玩笑。大家以后都是兄弟，咱们怎么可能见死不救呢，大伙儿说是吧？"

其他人捞起酒瓶附和："说得对！"

程桀开口："你们想让我加入，是想利用我的人脉给你们掩饰，把生意做到娱乐圈？"

为首的男人拎着酒瓶走过来拍了拍程桀的肩膀："谈什么利用，你加入咱们自然就是自己人，自己人帮自己人哪里谈得上利用？只要你答应，我保证过不了多久，平安医院就可以找到合适的心脏给你老婆。"

他声音更低，充满诱惑："不会有谁知道你在干什么，你也不用管这个心脏是哪里来的。你只要知道你老婆可以活下来，你们可以白头到老。别人的死活关你什么事，对吧？"

程桀压着眉眼，看不清表情。

男人胸有成竹地拍两下他的肩："兄弟，这世界上，人不为己天诛地灭。"

程桀点头笑："你说得对。"

他明白，只要加入他们，他这辈子都有把柄捏在他们手中，如果想陪在樱桃身边，就只能无止境地帮他们掩盖。

而且很可能……

给樱桃的心脏就是残害其他人而获得的。

好一个"人不为己天诛地灭"！

程桀忽然抬腿将男人踢开，其他人一直注意他们的动向，见此迅速摔了酒瓶站起来。

也就是这些声响给了信号，早就包围这里的警察从四面八方出现。

程桀往后退，冷眼看着那群男人被警察制伏。

其实他们这群人早就被警察盯上了，也是程桀主动报案后才知道的事。

为首的男人终于明白过来，今晚的一切都是程桀设的局，警察是他叫来的。

他狞笑起来，死盯着程桀："你会后悔的！等你老婆死的时候你会后悔的！"

男人分明看到了程桀眼里的忍耐和挣扎，他放肆痛快地大笑："程桀，你明明可以救她！你明明可以！"

这话像诅咒和惩罚,深深钉在程桀心口。

警察带走了所有人,包括那对刚刚完成交易的年轻男女,程桀也跟随着去派出所做笔录。

做完笔录离开派出所时已经很晚,警察与程桀握手,说几句感谢配合,但这并不是他想要的。

他重新回到烂尾楼,这里很空,只有他独自感受着风从四面八方有缝隙的地方吹进来,地上孤零零的影子陪着他。

樱桃一直站在门外,从程桀离开家之后她就跟出来,只怕他会做傻事。

还好……

可是这样子的程桀,樱桃看得心痛。那样的无力而脆弱,不应该是程桀。

她没有进去,也不打算揭穿,在程桀发现之前,她先回了家。

程桀是在快天亮时回来的,经过玄关时,他看到樱桃的鞋子放得有点歪,鞋底还粘着点土。

他身形顿了下,走进卧室。

樱桃已经"醒"了过来,正在梳头发。

程桀站在门边看了会儿,她回过头对他微笑:"你去哪里了?"

程桀没回答,过去抱了抱她,身上还带着点夜风的凉意。

樱桃温柔地问:"是不是出去晨跑了?"

程桀虽然平时会健身,但没有晨跑的习惯,樱桃是在为他找理由,也就是说,她知道他晚上出去过,很大可能她昨晚也在烂尾楼。

程桀吻她的发丝:"是啊,晨跑去了。"

樱桃心里松了一口气,因为他没提昨晚的事:"跑得怎么样?"

程桀将她抱坐到腿上,给她梳头发:"看到好多美女。"

樱桃眼神移了过来:"她们跟你搭讪?"

程桀兴味地挑眉,没接话。

樱桃抓住他的衣服:"说啊。"

程桀笑:"对啊,美女谁不喜欢啊。"

樱桃瞪他,抢过梳子自己梳。

程桀没想到她还能有这种反应,喜欢得不得了,搂着她腰凑过去想亲她的耳朵,被她躲开。

程桀乐了:"吃醋啊?"

樱桃不理人。

他轻声笑:"没想到你还挺爱吃醋。"

樱桃摁下梳子:"那你还回来干什么,和美女过日子去。"

虽然知道是假的,但还是酸。

223

程桀就想逗逗她,可没想把她惹生气。他立刻服软,慵懒的声音钻进她的耳朵:"骗你的,美女这不在我怀里嘛。"

樱桃嘴角微翘,用手心拍他脑门。

轻轻的,一点都不疼。

程桀就知道她舍不得,但他装疼,没骨头似的靠着她,实则是更紧地把她团在怀里:"谋杀亲夫?小浑蛋胆子大了,得亲我才能好。"

樱桃被逗笑:"你正经点。"

程桀抱起她轻轻颠了颠:"成,不亲是吧,我这就去告诉咱妈。"

樱桃气定神闲:"你才不敢。"

"你看我敢不敢。"他抱着她就要往外走。

樱桃是真无奈,程桀喜欢犯浑这点真是谁都不能比。

她只好亲他,好声好气地哄:"还疼不疼?"

程桀笑着捉弄:"根本不疼,骗你亲我的,小浑蛋真笨。"

樱桃抱着他脖子咬,这下是真有点疼。不过程桀只是摸了摸她的头发,什么也没说。昨晚的事就在两个人的笑闹中翻篇,好像从来没有发生过。

可程桀却怎么也忘不掉那个男人对他说的话。

他明明可以救樱桃,明明可以的……

领证后的一个月,程桀决定带樱桃回到属于他们的小家。

他重新买了房,就在平安医院附近,这样樱桃上班很方便,中午还可以回家休息。

入住新家后的第一个周末,樱桃邀请家人朋友来吃饭。

樱桃和程桀作为男女主人招待客人。

喻天明无意间看到程桀手腕上多出来的菩提手串。

喻天明笑问:"怎么想起来戴这个?"

程桀语气散漫:"祈福。"

喻天明看了眼和朋友说话的樱桃,明白他是为了谁。可如果祈福真的有用,喻丽安这么多年的虔诚应该早就打动神佛了。

喻天明倒也没说风凉话。

吃饭的时候,大家发觉程桀竟然不碰荤菜了。

樱桃望向他时,他语气淡淡道:"最近想做个素食主义者。"

大家没吱声,程桀手腕上的菩提手串太明显,谁都知道他因为什么。人活在世,走投无路的时候总想为自己找个信仰和寄托。

程桀感觉到樱桃的情绪低落,忽然不太正经地开口:"不是我不想吃肉,是喻医生管我管得太严。"

樱桃微愣,有些茫然。

程桀："前几天我就是偷偷看了会儿美女，她非要生气，还咬我。"

他指了指脖子，凑过去给喻丽安看："妈，您可得给我做主。"

喻丽安笑了笑："这我可得帮我女儿了。我女儿还不够漂亮吗？其他女孩子有什么好看的？"

喻天明接话："就是！娶到我妹妹你就偷着乐吧！想当年在故水镇，喜欢我妹妹的男生一抓一大把。"

喻天明的妻子文莉悠举手："我做证，妹妹当年可是迷倒了整个小镇的男生。"

"何止是一个镇啊。"张哲安样子更夸张，"她在伦敦的追求者也很多，我有时候得装她男朋友帮她挡桃花。"

程桀轻轻笑着，懒洋洋地耸肩："我就知道没人会帮我。这么着吧，喻医生。"

他已经很久没有叫过她"喻医生"，现在这么喊，有些暧昧的调戏："晚上你多咬我几口？"

大家都咳嗽起来，示意他秀恩爱不要太过分。纪良和喻丽安表示什么也没听见，端酒干杯。

樱桃知道程桀这么闹腾是想让她转移注意力，也是想活跃古怪的气氛。她伸手握住程桀戴着菩提的手腕，感觉到菩提上雕刻的经文，心里忽然很难受。

程桀天性潇洒，自由自在，无拘无束，是从不信神佛的人。如果是从前，他怎么可能戴这样的东西，可现在为了她，竟也开始心存痴念。

聚会到深夜，客人们结伴离开，樱桃在家门外目送他们离开后，转头看程桀英俊的脸。

"你求的是什么？"

新家挂着灯笼，阳台有许多栀子花的盆栽，灯笼的光映在栀子花翠绿的枝叶上，也笼罩着樱桃清灵温婉的面庞。

程桀和她对视很久，说："没有。"

"是吗。"樱桃虽然疑惑，但也没有追问。

她想着，程桀求的大概是她能多活一段日子，绝不会想到那串菩提代表的含义并不是生……

樱桃进屋后，程桀把手机里关于墓地的信息删除。

【6】

淮城冬天的寒冷连绵得有些长，春天已经来到，竟还没有多少暖意。这是一座经常下雨的城市，像首唱不完的歌，讲不完的故事。

樱桃常常坐在窗边看雨，就像在故水镇时那样。

那会儿下雨的时候，她不能走出家门，只能抱着猫窝在房里，向往地看着外面。

怀里传来一声猫叫，樱桃低头看看怀里已经上了年纪的猫："你也想故水镇对不对？"

自从和程桀搬到新家后，她所有的宠物都被接回了家陪伴她。

老猫无法回答这个问题，只是看着她。

樱桃温柔地抚摸它的头："我长大了，你们也老了。"

有时候樱桃也会觉得奇怪，从前的她怎么会那样单纯天真呢，真像个没有烦恼的傻瓜。

她失笑着摇摇头，太过怀念从前也不是什么好事。

樱桃放下猫，拿出三脚架和相机，她把相机固定在三脚架上，打开相机调至录像。

她抱起猫重新坐到椅子上，看着相机镜头露出浅浅的微笑。

"你好，程桀。"

"这是嫁给你的第四十天。"

窗外淅淅沥沥的雨声被一起录进去，樱桃的嗓音最为温柔。

"我想告诉你，我现在很开心，也很幸福。"

她像往常那样习惯性地录制每天的心情，说的也不是什么重要的事。

当然，这样做并不是希望这些东西被程桀看到，她能带走的不多，这算是其中之一。

录制结束后，樱桃把录像保存，把相机藏起来，确保不会被任何人发现。

距离程桀回家还有一会儿，樱桃准备给他烤一个蛋糕。

他其实并不喜欢吃甜食，因为从前的她喜欢，所以才爱屋及乌。

程桀回来时，迎接他的是雪花和猫咪。

程桀俯身摸了摸雪花和猫咪，低声问："妈妈呢？"

雪花摇着尾巴跑进了厨房，没一会儿，樱桃从里面探头出来，戴着糕点帽，围着可爱的围裙。

"你回来了啊。"

她一笑，颊边有浅浅的梨涡。

程桀张开手，樱桃小碎步跑过来抱住他。

程桀笑着亲她的梨涡："在做什么？不是不准你进厨房吗？"

"也不累，做你喜欢的，你猜猜？"

樱桃脸上粘着点白色面粉，程桀一眼就可以猜出来，但故意装不懂让她得意："这我可猜不出来。"

樱桃用粘着面粉的手指点他鼻尖："真笨。"

他也不反驳，只是玩味地笑："给我看看？"

"你闭着眼睛进去，等会儿才有惊喜。"

程桀闭上眼，被樱桃牵着走进厨房："什么东西这么神秘？"

"进去你就知道了。"

程桀早就猜到，但配合樱桃，想让她开心。他走到蛋糕跟前，樱桃说："可以睁开眼睛了。"

程桀睁眼,刚出炉的蛋糕摆在桌上,精致漂亮。幸好他是演员,能恰到好处地表现惊喜和意外。

樱桃很受用,可如果是十八岁的樱桃应该已经手舞足蹈起来,现在的樱桃只是含蓄地微笑,唯有眼睛里藏不住的满足泄露她的开心。

程桀心很酸,怪自己没有早点找到她,让她从一个单纯天真的小姑娘成长为大人。

程桀把她抱到桌上,仔仔细细地擦掉她脸上的面粉:"怎么想起要给我做蛋糕?"

"你喜欢啊。"

程桀抹了点奶油在她唇上,他凑过去吻干净,看到她苍白的脸微红,才满意地挑眉:"我喜欢的明明是你。"

樱桃红着脸转移话题:"还是快尝尝吧,我很久没做了,不知道好不好吃。"她总是抵挡不住程桀直勾勾的放肆眼神,容易紧张,慌忙拿起切蛋糕的刀给他。

程桀笑意慵懒,接过刀把蛋糕切成块。

程桀将勺子递给她:"喂我。"

樱桃失笑:"你是小朋友吗?"

程桀凑到她的耳边,声音沙哑:"求你。"

樱桃握着勺子的手略颤,认命地开始喂。

程桀虽然会吃甜食,但吃得不算多。今天樱桃做的蛋糕,他一点不剩全部吃完了。

鲜发微博的程桀发了一张蛋糕一扫而空的照片秀恩爱。

粉丝们送上祝福。所有人都知道他们很幸福,可没有谁能懂程桀心里到底有多么煎熬。

蛋糕明明是樱桃喜欢的食物,她却不能吃。这世界上很多东西她明明喜欢却无法拥有,就因为那该死的心脏病!

在被樱桃发觉异常之前,程桀将樱桃拢进怀里,在她看不到的地方擦干净眼角的痕迹。

"甜不甜?"

怀里的姑娘问。

程桀收敛起坏情绪,笑声低沉:"没你甜。"

樱桃抿了抿唇,笑得有些无力:"我有些困了。"

她最近容易犯困,不工作的大部分时间都是睡觉。程桀虽然想和她多说说话,但不忍心让她难受,抱起她轻吻她疲倦的眉眼:"我陪你。"

樱桃回答的声音细弱,程桀的心一点一点揪痛。他极为小心地抱她回到卧室,把她放在床上时她已经睡着。

程桀躺在她身边,缓慢温柔地把她抱在怀里。
樱桃睡着后的呼吸越来越细微,程桀茫然地看着天花板。
刚刚吃下去的蛋糕好像不是什么甜食,而是毒药,他现在五脏六腑都有些痛。
"樱桃……"
回应他的只有外面的雨声。
程桀看着她苍白的脸,坚定地收紧抱她的手臂。
没关系,不管她去哪里,他都会跟随,再也不会丢下她一个人了……

这场雨下得有些长,一直到《心外科》剧组杀青那天,雨势竟滂沱起来。
文正抱着几个新剧本回到休息室时,程桀正望着雨出神,指腹不断地摩挲着手腕上的菩提。
文正感觉最近的程桀有些奇怪,整个人阴沉沉的,有时候被他冷不丁看一眼,竟会有点不寒而栗的阴森。
"桀哥……"
他小心翼翼地开口,把剧本铺在桌上。
"这是公司新送来让你挑的剧本。你现在结婚了,更需要作品巩固人气,杀青之后直接进下一个剧组吧。"
程桀慢悠悠地转过头,撩起眼皮盯人。
文正特别怕他这种冷淡的眼神:"怎么了?"
"不接。"
程桀毫无兴趣地闭上眼,抚摸菩提的动作却非常温柔。
文正知道他有脾气,耐心地劝道:"别啊,这次送来的剧本是经典老剧翻拍,角色是你喜欢的,特别有挑战性。主角为拯救心爱的妻子走上违法犯罪的道路,最终成为一个杀人狂。现在许多人听说剧方在接洽我们,都在热烈讨论,觉得你很适合演这个角色呢。"
程桀皱了下眉。
文正特别兴奋:"怎么样?是不是很有挑战性?"
程桀懒洋洋地伸出手,文正立即把剧本递过去。
程桀翻开几页看完大概的剧情,心内冷嗤,这是老天送来嘲笑他的剧本吗?
"没兴趣。"
程桀将剧本扔开。
文正没放弃,给他推荐另外的剧本,但都没能入程桀的眼。

樱桃知道今天程桀杀青,猜想他应该会和大家吃顿饭,打算下班去喻丽安那里吃饭。然而刚从病房出来,护士站有个护士突然冲她喊:"喻医生,你老公找你。"

樱桃心里一突，看了过去。

程桀穿着黑衣，堆帽浅浅挡着眼睛，五官锋锐凌厉，慵懒地靠着墙，抬眼朝她看。大家都在看她。

樱桃脸上烧红，赶紧走到程桀身边："你怎么来了？"

程桀笑："接老婆下班吃饭。"

樱桃示意他正经点："我还在上班。"

"快了。"程桀看眼墙上的钟表，把她带到怀里，压低声音，"今天我有杀青宴，没你不行。"

"为什么？"

"喻樱桃，"他轻笑，"都结婚了，就不能管管我？你就不怕我泡妞？"

樱桃被他逗笑："那你等我下班。"

樱桃推开他回到科室。

大家满脸调侃，就算问过无数次，但每次见到程桀，都会有人问："喻医生，嫁给影帝是什么感觉啊？"

樱桃笑答："很幸福。"

起哄声就更大了。

"喻医生，你们什么时候办婚礼啊？"

樱桃笑容略僵，这个问题程桀也不止一次问过她，但她不打算办婚礼，领证已经够自私，怎么能再去妄想结婚仪式？她想以后程桀喜欢上别的女孩子，还可以给她一个初次的婚礼。

"再等等吧……"

见樱桃面色不佳，同事们这才想起樱桃的身体情况，讪讪地闭了嘴。

十分钟后下班，樱桃担心程桀久等，匆匆去更衣室换衣服，却听到里面传出来的对话。

"喻医生这个情况，程桀对她也是真爱了。"

"是啊，现在的男人可都现实得很。换个人的话，应该早就跑了吧。"

"如果喻医生没生病的话，还是勉强可以配得上程桀的，可她现在病恹恹的，程桀到底怎么想的？就不怕以后成为鳏夫？"

"说起来，喻医生也是挺自私的，明明都这样了，还耽误程桀。"

樱桃以为自己对万事万物都已经心如止水，原来在听到别人对她的议论时，还是会心头苦涩。

说得也对，她这样子的确配不上程桀，也的确不应该耽误程桀。

樱桃想转身离开，身后忽然走出一个高大身影。他踢了踢更衣室的门，声音阴戾："里面的人出来！"

里面一阵沉默，程桀再次踢门："滚出来！"

樱桃赶忙上去抱住他："程桀，我们走吧。"

程桀怕伤着她，把她往身后拉。

几个女医生磨磨蹭蹭地走出来，看到程桀和樱桃，明白刚才的话都被听见了，顿时有些畏畏缩缩。

程桀表情阴寒："把你们刚刚的话再说一遍。"

她们哪里敢？程桀这样子看起来像是要吃了她们似的。

这边的动静吸引了医院还没离开的其他医生，樱桃怕有人拍，想拉程桀走。

程桀握住樱桃的手，能感觉到她的指尖很凉，她心里肯定很难受。

她不好过，他便更心疼。

程桀冷冷地盯着那几个头也不敢抬的医生："道歉！"

几个女医生连忙对樱桃说对不起。

樱桃什么也没说，抱住程桀的手臂："咱们走吧。"

樱桃从不去争这世间的对错，她有比这更重要的事要做，可程桀忍不了，他不想让樱桃受丁点的委屈。

"你们错了。"

他声音不大不小，足够让所有人听清楚。

"是我配不上喻樱桃。

"她是这世上最善良、最坚韧、最好的姑娘。我程桀能娶到她是三生有幸！我才应该烧高香，才应该对她感激涕零！"

很多人举着手机在拍，不过程桀不在乎，他就是要让所有人都听见。

程桀不想让樱桃再被众人凝视，抱起她离开。他走得很快，因为感觉到樱桃身体在轻微战栗。

"别哭。"

他嗓音哽咽。

樱桃闷闷应声，伸手抱住他。

程桀抱樱桃上车后，樱桃不肯对着他，程桀猜到她应该在哭。

他很慌，捧着她的脸亲她泛红的鼻尖，自己的眼圈也红透："对不起，让你受委屈了，别哭好不好？"

樱桃不想让他担心，乖巧努力地露出笑容。

程桀骤然心如刀割。

他忽然意识到，这么多年樱桃过得太难。一个人坚强，一个人承受所有，不能哭，不能懦弱，就连现在和他在一起也要承受别人的议论和指责。

他心爱的姑娘，原来过得这么委屈。

程桀吻她用力憋住哭声的唇："可以哭，有什么委屈都可以告诉我。"

樱桃扑在程桀怀里，轻轻哭了会儿，问出的话让程桀痛得骨头僵硬："……为什么我不能活？"

她与人为善，治病救人，为什么好人没好报，为什么不能好好活着？

这是第一次,樱桃说出心中的埋怨。

程桀抱紧她,沙哑嗓音透着点古怪,喃喃说:"我会让你活下来。"不惜任何代价。

两天后的夜里,淮城南边的树林里惊现一具没有心脏的尸体。

第七章·心中的雨停了

阿桀,我们回家吧。

◆

【1】

樱桃的身体每况愈下,大部分手术都交给了张哲安,她在医院的口碑越来越好,事业稳步上升,加上这天又是她的生日,双喜临门,她便决定叫上大家,办个生日聚会。

当夜的庆祝,樱桃和程桀都有参加。

张哲安没顾上其他人,而是忙着追柯易,为了追他,还准备了一些小游戏,死活要拉他一起来。

其中之一就是根据口型猜成语,张哲安按照纸牌上的提示做出动作,要柯易猜。

纸牌上的文字当然是张哲安事先设置过的,柯易就没猜对过。

"过。"

张哲安让人换纸牌,下一个成语是"朝思暮想"。

张哲安对着柯易就是一通肉麻的比画,柯易神色痛苦,被她"油腻"到了。

柯易猜不出来,张哲安却一点都没有泄气,却突然听到一声嘲弄轻笑。那人正是程桀,揽着樱桃看戏一样。

张哲安:"你笑什么笑?"

"你们这游戏太小儿科。"

程桀参加过综艺,这些都是玩剩下的。

张哲安冷笑:"那你来。"

程桀轻声问樱桃:"玩会儿?"

"我不会。"

"怕什么,有我在。"

柯易如释重负地跑到角落坐下。

张哲安把樱桃和程桀分开,对程桀说:"既然你这么豪横,那你猜,猜不对今天晚上不准上樱桃的床睡觉。"

程桀瞥了张哲安一眼,张哲安顿时觉得脖子凉。

"行。"

张哲安跑过去找出纸笔,亲自在纸牌上写字。

第一句:你是傻瓜。

樱桃有些无奈,但还是遵守游戏规则,用口型说出这几个字。

程桀扬眉:"我是傻瓜。"

张哲安兴奋:"你错了!"

程桀漫不经心:"口型说你是傻瓜,但我可舍不得这么骂我老婆。"

张哲安感觉自己被塞了一嘴狗粮。

就离谱。

游戏继续。

张哲安写:你是王八蛋。

樱桃失笑着用口型说了出来。

程桀瞥了瞥张哲安。

"我是王八蛋。"

张哲安感觉自己周围凉飕飕的,但她顶住了程桀给她的压力,写:西瓜橘子草莓我爱你哈密瓜蓝莓。

她就不信这么一大长串,程桀还能在无数干扰词中迅速地捕捉到关键信息"我爱你"。

樱桃按照纸牌上的字说完,也期待程桀的反应。

程桀定定地看了樱桃一会儿,樱桃不明所以。

张哲安以为程桀终于猜不出来,正沾沾自喜。

程桀走到樱桃面前,注视着她茫然的眼睛,挑了挑嘴角:"我更爱你。"

樱桃没想到这样他都能猜出来。

"不奖励一下我吗?"

"好。"

樱桃笑着踮起脚,程桀也俯身,两个人吻在一起时,听到了所有人的起哄声。

张哲安端着纸牌傻掉了,不带这么玩的好吗!

程桀摩挲着樱桃有些泛红的脸颊,问张哲安:"还来吗?"

张哲安甩掉纸牌:"不来。"

这纯属就是自找伤害,她跑到柯易那里寻求安慰,可柯易恨不得离她几丈远。

她表情哀怨，对柯易动手动脚，柯易被她吓得满包厢到处躲，两个人的互动成为大家的快乐源泉。

聚会到晚上十点左右，程桀打算带樱桃离开，其他人知道樱桃的情况，没有强留。

他们从包厢出来，程桀背着她走去停车的地方："今晚玩得开心吗？"

樱桃声音带笑："开心。"

她附在他耳边，说话声音轻细："跟你在一起，什么时候都开心。"

简直可以撩晕人。

程桀嘴角微勾："叫老公。"

她乖乖地喊："老公。"

程桀走路的步子都有点飘，忽然听到她的甜言蜜语："最爱老公啦。"

程桀险些腿软："不准使坏。"

"没有使坏，我爱你。"

她凑在他耳边，甜软的声音钻进他耳朵。程桀喉咙干涩，忽然把她放下来，摁进怀里狠狠亲了几口。

"还敢吗？"

樱桃笑得眼睛弯了弯："程桀，你明明很喜欢。"

她拉住他的衣服，踮脚继续说："我爱你呀。"

程桀感觉嗓子眼都快冒烟，他是喜欢，喜欢得要死，只好投降地吻了吻她的嘴角。

"樱桃……"

熟悉的声音打断他们。

樱桃和程桀望过去，向权儒和一个妩媚妖娆的女人在一起，女人亲昵地挽着他的胳膊。那个女人不是严嫚，而是樱桃在酒吧里找过的女人，看来她已经成功了。

"有事吗？"樱桃淡淡地问。

向权儒有些难受，刚刚女儿和程桀的互动他看在眼里，是那样的娇俏甜蜜，可面对他这个亲生父亲，就是这样的冷漠。

关于程桀，他是知道的，向佳佳很喜欢程桀，可程桀最后竟然娶了樱桃。结婚的事，樱桃也没有告诉他，向权儒多少有些想法："樱桃，你怎么能抢妹妹喜欢的人呢？"

程桀的眼神冷了下来，刚想说话，樱桃按住他："向先生竟然也会问我这个问题？我以为你是最懂的，毕竟向佳佳的母亲，当初也是这么从我妈妈身边抢走你的。"

向权儒被噎住，突然无话可说。但当着情人的面被女儿怼，他面子上过不去，脸色沉了沉："你怎么这么跟爸爸说话！"

樱桃没理会他，看向了他身边的美艳女人："这位小姐看起来好面生，应该不是严婳吧。"

向权儒是成功男人，平时的私生活混乱一点并没有什么稀奇。但是这种情况被女儿看到，还是有些尴尬的，他突然后悔走过来搭话。

樱桃笑了笑："前不久我妈妈生日的时候，向先生还想挽回她，这么快就有了新欢吗？"

她轻轻叹气："我对向先生真是失望啊……"

向权儒恼羞成怒，越来越觉得樱桃不如向佳佳懂事，竟然当着外人的面下他的面子。

他神色冷淡："好了！你赶紧回去吧，大街上亲亲抱抱成何体统！"

程桀笑了起来，玩味道："难道像你这样抛妻弃女的男人就是体统的？"

向权儒气得不轻，但说不出反驳的话。

程桀警告地瞥他，带着樱桃离开。

直到回家，樱桃都有些心不在焉。

程桀帮她洗完澡吹头发时，她忽然握住他的手："我想请你帮我一个忙。"

程桀抓了抓她的头发："曝光你爸爸和严婳的事？"

"嗯。"

程桀淡笑："你不说我也会帮你。"

樱桃讶异地抱住他："为什么啊？"

"就凭他今晚欺负我的小心肝。"

樱桃主动亲他，趴在他的膝头温柔地看他。程桀顶不住这样的眼神，身体里的燥热四处乱窜。

他先把她抱上床盖好被子："先睡，别等我。"

"你去干吗？"

程桀坏笑道："解决呗，你想看？"

樱桃明白过来后，用被子蒙住头，可是根本睡不着，没一会儿，她就听到浴室里传出来的声音。

很久之后程桀才回来，掀开被子看到她还睁着眼睛，面颊绯红。

樱桃用手捂住脸，程桀笑着上床抱她，嗓音还哑："羞什么，你又不是没经历过。"

"闭嘴，不要说。"

她轻声怒斥，藏进他的怀里。

程桀揉揉她的头发，声音有释放后的微哑慵懒："快睡，我守着你。"

樱桃哪里还能睡着，心"怦怦"跳，那仅有的一晚，画面不断地跳进脑海。

她越发把脸埋得深，程桀轻按她的肩："别乱动，你男人没定力。"

樱桃不敢动了，缩成一团。

程桀亲她柔软的头发："睡不着吗？要不要给你讲故事？"

"我又不是小孩。"

"你是我的小心肝。"

"好肉麻呀。"

程桀耐心十足地哄她睡觉，卧室彻底安静下来之后，程桀很小心地出门。

第二天一早，城南再次出现一具没有心脏的尸体。

这事引发媒体的高度关注，也是最近网民热烈讨论的事。

程桀送樱桃去医院后回公司，文正神秘兮兮地在办公室等他。

"桀哥……"

程桀扫了他一眼。

文正慌忙找出那天给程桀看的剧本："桀哥，你记得我跟你说过吗？有个杀人狂的角色很有挑战性。最近发生的两起命案，竟然和剧本上写的案发地点，内容都很相似，连死者的死状都差不多！"

他说完，感觉四周都是阵阵阴风，而程桀没有一点惊讶，面无表情。

文正总觉得程桀落在剧本上的目光有些古怪。

"桀哥……"

程桀蓦然抬眼，眼神森然。

文正被吓了一大跳。

程桀调整了坐姿，淡淡道："这剧本是经典电视剧翻拍，经典自然是广为流传，难保那杀人凶手就有模仿这部电视剧剧情的爱好，所以才有相似的作案手法。"

文正觉得有道理，点了点头。

程桀拍拍文正的肩膀，文正却觉得被程桀拍过的地方透着凉意，这股凉意渗透进骨子里，让他整个人忍不住发抖。

他安慰自己太敏感了，怎么会胡思乱想到桀哥身上。

可是很快，巧合的事情发生了。

程桀在医院护妻的那段视频被曝光在网上，但程桀说的那番话有些没头没尾，还让那几个医生给樱桃道歉，到底是为什么事而道歉？大家很好奇。

没多久就有人爆料，喻樱桃患有心脏病，程桀之所以暴怒，是因为那几个医生背后说闲话。

此消息一出，广大网友热烈讨论起来。

就离谱，患病为什么还能做医生？就不怕在手术台上发病影响到手术吗？也太不负责了！

她自己都有这个病，能治好病人吗？

是关系户吧。

那几个医生说得对啊，程桀到底有什么想不通的会喜欢她？疯了吗？

话也不要说得这么难听,感情这种事你情我愿,我倒是觉得程桀这样很有情有义,比那些现实的男人好多了。

对啊,难道你生病的时候也希望你男朋友抛弃你?

大家对这事褒贬不一,大部分人都希望平安医院给予回应,但根本不需要平安医院出来澄清,一些被樱桃治疗过的患者自发地发微博维护樱桃。

小岁月:大家好,我是小岁月的妈妈。我想告诉大家,喻医生是一位非常优秀的医生。当初小岁月在很多医院治疗过,都收效甚微。我们听说平安医院的喻医生很厉害,千里迢迢赶到平安医院。喻医生不仅对病人温柔耐心,还非常负责。小岁月做手术那天,手术途中大出血,是喻医生力挽狂澜救回我的女儿。她是一个伟大的医生,不能因为这个病就受到歧视。现在我的女儿很健康,能跑能跳。我们一家人都非常感谢喻医生,喻医生是我们一辈子的恩人!

是桃子呀:喻医生是我遇到过的最专业的医生,手术后我的病情改善很多,现在还可以做一些轻微的运动,真的非常感谢喻医生!请大家对喻医生多点善意,她只是想治病救人!

大大大哥:当初家人患病,很多医院拒收,我们都很害怕。送到平安医院后是喻医生做的手术,是她让我的家人活过来,现在还很健康,非常感谢喻医生。

白茶清欢:我是平安医院心外科的护士,想请大家不要对喻医生这么大的恶意,她是一个非常好的医生!她本可以留在伦敦最好的医院,可是为了国内的病人还是选择回来。在不知道她有心脏病之前,我们都觉得她比其他医生更专业温柔,仅此而已。知道她有心脏病还坚持在一线的时候,我们对她只有钦佩!她大可以回家养病,可是她为了病人愿意奋战到最后,她真的非常好!

随后,平安医院官微发出一则视频,里面有樱桃为继续留下来工作,在会议厅说的那番话。

破防了,当喻医生说如果她在手术室倒下,请先救病人的时候,真的泪目了……她是真的爱这个职业……

所以有心脏病又怎样呢?她还是救了那么多人啊,能优秀到让医院破格录用,已经让很多人望尘莫及。

她好美啊,特别是坚定地说要为心外科奉献一生的时候,我仿佛看到了天使。

这就是程桀这么爱她的原因吧,她真的值得被爱。

虽然还是觉得有心脏病不适合做医生,可是谁能拒绝一个不顾自己也要治病救人的医生呢?救死扶伤,大抵如此!

令人钦佩!终于明白程桀为什么说配不上她。在这方面,喻医生的确有大爱。她说的那句话我很喜欢——这世界上总有比相爱更重要的事!又虐又令人佩服!

把我感动哭了,希望喻医生身体健康,和程桀好好的!绝美爱情啊!

啊等等……虽然不合时宜,但我突然想起最近的心脏被掏命案。

怎么可能啊!程桀怎么可能做这种事!

文正看到新闻后呆了很久。

喻医生竟然有心脏病……

杀人狂掏心脏……

文正后背被汗湿透,第一件事是把剧本撕毁,他还觉得不够,偷偷地把碎纸烧毁。

程桀在门外看到他的行为,缓慢地推开门。

文正回头,看到似笑非笑的程桀。

"怎么,想替我掩饰啊?"

【2】

樱桃的身体情况曝光后,喻丽安有些担心她的状态,特意让她回家住几天。

晚餐时,纪良几次欲言又止。

樱桃注意到这一点后,其实已经猜到他想说什么。对于纪良,她还是比较放心,他和向权儒不是一类人。

樱桃给纪良夹菜:"纪叔,您尝尝这个。"

纪良赶忙道谢,态度唯唯诺诺,有些不敢看樱桃的眼睛。

喻丽安嗔道:"瞧你,女儿给你夹菜还紧张。"

纪良勉强笑了笑,把脸埋进碗里吃饭。

纪樣皱眉看他,总觉得他有什么不对劲,平时的纪良在面对樱桃时虽然很紧张,但从未这样夸张过。

纪樣狐疑地望向樱桃,猜测她和纪良之间是不是有什么秘密。

樱桃准备给他夹菜,被程桀的筷子拦下:"他会自己来。"

纪樣非常无语:"你管得未免太宽了!"

程桀挑了挑眉,懒洋洋的语气带着嚣张:"我老婆,你说呢。"

纪良突然被饭呛到,咳嗽得厉害。

喻丽安蹙起眉:"你最近是怎么了,总是这么猴急。"

樱桃放下碗筷问："纪叔，您是不是有什么事想对我们说？"

纪良偷瞧喻丽安。喻丽安很疑惑："你看我干什么，樱桃问你呢，你有什么就说呗，这都是家里人。"

"我……"

他好歹是个大学教授，这件事对他来说太羞耻，有些难以启齿。

樱桃决定帮他一把："严婳找过您对吧。"

纪良立即看着樱桃："你怎么知道？"

身旁的碗筷重重搁在桌上，沉闷的声音把他吓得一哆嗦。

喻丽安冷笑："她找你做什么？"

见老婆发火，纪良就算硬着头皮，也不得不说："是……她想勾引我。"

"什么！"喻丽安嗓音立刻拔高。

纪良知道这种事是她的大忌，连忙安抚："我没有！我和她什么也没有！"

喻丽安眼神复杂。纪良怕她不信，站起来对她发誓："我和她真的什么也没有发生！我怎么会伤你？怎么会破坏咱们来之不易的家庭！你相信我！"

喻丽安沉默不语。严婳是她这辈子的心结，她当年有多爱向权儒，到最后就有多失望。遇到纪良后，她好不容易才走出过往的阴影，现在组建了新家庭，可严婳还是不打算放过她，还是这么阴魂不散！

樱桃明白喻丽安的苦，握住母亲的手给予无声安慰："妈妈，你相信纪叔吧，他真的和严婳没什么。他心里有你，是怕你乱想才不敢轻易告诉你。"

纪良立即附和："是是是！我就是这么想的。"

樱桃把当初录制的视频给喻丽安看。视频里，无论严婳怎么纠缠，纪良都坚决拒绝，喻丽安看过之后心情好了点。

纪良松了一口气，却又觉得奇怪："樱桃，你怎么知道这件事的？"

樱桃收起手机说："有段时间我发觉您有些不对劲，就跟了上去。当时之所以没有立即告诉我妈，是想等您亲自向我妈坦白。纪叔，您会不会怪我？"

"怎么会呢！"

纪良赶紧握住喻丽安的手，喻丽安象征性地挣扎几下，倒也被他拉住了。

纪良安心一笑："我还要谢谢你有这个准备呢，不然我跳进黄河都洗不清了！"

程桀在一旁淡淡地问："您今天特意说出来，是遇到了麻烦？"

纪良头疼地点点头："不瞒你们说，那个严婳隔三岔五就来学校找我，把我名声都搞坏了。我想着再不告诉你们，怕你们真觉得我和她有一腿。"

"她也太不要脸了！"喻丽安眼神如刀。她这辈子都是一个温和的女人，只有提到严婳母女才会咬牙切齿。

纪樑什么也没说，突兀地起身，没一会儿就从仓库里提了一根棍子出来。

樱桃大概猜到他想做什么："你想去收拾严婳？"

纪樑瞪着纪良："我可没某些人那么窝囊，谁敢破坏我家庭，我弄死她！"

239

他神色发狠,"我去学校等那女人过来。"

程桀气定神闲地问:"你准备把她打死?"

"这种贱女人就该打!"

"好孩子,"喻丽安把他手里的棍子拿走,"不管对方有多坏,咱们都不能主动惹事。"

纪樣:"难道就这样放任她?"

"说你笨还不服气。"程桀笑得随意,"这事交给我,用不着你。"

看出纪樣的不服气,程桀说话也不客气:"就你这样冲上去打人,只会给家里惹事。你的前途还要不要?咱妈和咱爸不会担心吗?"

纪良被那声"咱爸"哄得心花怒放,心情大好,严肃地对纪樣说:"听你姐夫的。"

纪樣撇嘴:"现在咱家就是程桀说了算呗。"

樱桃抿起笑,声音温柔:"你还小,现在你姐夫给你把把关,以后你长大了,家里就是你说了算。"

纪樣还算听樱桃的话,就没再闹腾,问程桀:"你准备怎么做?"

程桀只让他瞧好。

第二天,程桀用引爆全网的舆论回答纪樣这个问题。

"严姗第三者""向佳佳小三之女""富豪向权儒抛妻弃女",三个人的名字排在热搜前列,每个话题都足以让网友泡在网络一整天。

樱桃拍到严姗勾引纪良那个视频也在热搜里,向权儒看到视频时勃然大怒,立即从公司赶往家中。

与此同时,什么都不知道的严姗收到匿名包裹,里面有向权儒和情人的照片,还附有情人的嘲讽信。

严姗从未受过这样的屈辱,有些歇斯底里,让保姆给向权儒打电话,要他回来说个清楚。

没多久,家里的门被踹开,向权儒怒气冲冲地走进来。

看到他,严姗当即露出冷笑,正想冷嘲热讽,向权儒走过来直接给了她一巴掌:"贱人!竟然敢背着我去勾引男人!"

严姗被打得有些蒙,这么多年她和向权儒感情不错,他现在竟然动手打她!

"你打我?你竟敢打我!"

严姗捂着脸,眼神尖锐。

向权儒掐住她:"打的就是你这个贱女人!"

严姗虽然被娇养这么多年,但从来不是什么省油的灯,长长的指甲抓住向权儒的脸:"你还有脸打我!你竟敢背着我养情人!"

向权儒看到桌上的照片,抓住严姗的头发讽刺:"养情人怎么了?你当初不就是我的情人吗?我告诉你严姗,我当初能养你,现在就能养别人!"

"你这个王八蛋!你对得起我吗?我为你生了一个女儿!"

240

两个人扭打在一起,但严姵到底是女人,力量上无法和男人抗衡,三两下就被向权儒摁在地上狠踹。

"贱女人!我能让你怀孕,也能让别人怀孕,有的是人愿意给我生孩子!"

向佳佳看到热搜赶回家,原本是想找父母商量怎么解决这件事,没想到父母正在打架,她连忙冲上去把两人分开。

严姵从地上爬起来,不管不顾,撒泼般冲上去给了向权儒一巴掌。

向权儒被激怒,想推开向佳佳,向佳佳努力拉住向权儒,向权儒怒火攻心,也对向佳佳动了手。

两人继续扭打,没人多看一眼被打得摔倒在桌上的向佳佳。

向佳佳看到了桌上的床照,心中沉了沉。

严姵勾引有妇之夫,向权儒再次出轨,现在他们还像仇人一样地打在一起。这个家……好像真的完了……

傍晚时,向家豪宅里已经一片混乱,向权儒离开之前告诉严姵:"我要离婚!"

这句话如当头棒喝,严姵终于清醒。和向权儒离婚后她什么也不是,她绝不能离婚!

严姵一改刚才的跋扈,连忙抱住向权儒的腿:"不要!我不会同意!"

向权儒已经下定决心,现在他对严姵已经没有半分留恋,这种女人就不安于室,留在家里迟早是个祸害。

向权儒俯下身来拍拍她被打肿的脸:"我告诉你,你同意也得同意,不同意也得同意!你知道我的手段,最好不要让我对你赶尽杀绝!"

向权儒能在商界有一席之地,绝不是好惹的。

他掰开严姵绝望的手。

向佳佳跪下来祈求:"爸爸!爸爸不要抛下我们好不好?"

抛下……

向权儒忽然想起喻丽安和樱桃,那个女人如水一般温柔,生出来的女儿也乖巧懂事。

如果当初他没有出轨,现在她们母女都还属于自己,是他抛弃了她们……

向权儒没有再停留,毅然决然地离开。

向佳佳望着男人的背影,神色变得冰冷,厌恶地看着茫然的严姵:"你最好想想怎么挽回他的心,绝不能让向权儒离开咱们。"

严姵也知道不能离婚,之后的几天她想方设法地和向权儒联系,可等来的只有离婚协议。

严姵闹到向权儒公司,反被向权儒冻结所有的银行卡。

她奢侈成性,如今真正算得上寸步难行。

而向佳佳原本背靠大树好乘凉,向权儒不管她之后,她混得越来越差,成为

241

全民抵制的劣迹艺人，人气一落千丈，凉了个彻底。

这样的好消息，喻家是一定要庆祝的。喻丽安为大家准备了丰盛的晚餐，和向家不同的是，这里其乐融融，温馨和睦。

新闻里在播放最近发生的几起命案，樱桃吃饭时分心听了两句，程桀注意到她心不在焉，起身去把电视关掉。

喻丽安随口感叹："真不知道是怎样的禽兽，才会在杀人之后还把人家的心脏都掏了……"

樱桃正要说话，程桀把牛奶推给她："喝点这个。"

樱桃轻轻"嗯"了一声，喝牛奶时看到他手腕上的菩提。她最近查过很多资料，那菩提上刻的经文在经书上找不到，而且那菩提看久了，她觉得有些古怪。

程桀到底戴这个做什么？

晚饭后，樱桃陪喻丽安看了会儿电视就回房。程桀洗完澡出来，樱桃的视线从他湿润的面庞移到他手腕的菩提上。

程桀注意到她的目光，挡了一下。

樱桃微愣，缓慢抬起眼。

"困了？"

程桀一只手用毛巾随手擦头发，另一只手调笑地捏她的耳垂。

"没有。"樱桃拿出吹风机，"我帮你吹好不好？"

程桀没拒绝，坐在床边，樱桃跪在他身后为他吹头发。

她吹得有些不专心，一直在想最近的命案。头发差不多干了之后，程桀把她抱到腿上亲一亲："今天还没送你礼物。"

他说过每天都会送她礼物，是言出必行的，樱桃每天都能收到一些小惊喜。

她来了点兴趣："什么呀？"

程桀拿出两块手表："这是我定制的心跳监测仪，能监测你的心跳。你一块，我一块，这样我随时都可以知道你的情况。"

程桀比谁都希望樱桃能好好养身体，可也明白这不是她的追求。

没和她在一起的时候，程桀每分每秒都提心吊胆，有了这个，他就能知道她是否安好。

"我很喜欢。"樱桃甜笑着伸出手，"给我戴上。"

戴在手上后，手表果然可以显示樱桃现在的心跳情况，程桀手上的那块也同样能反映出来。

樱桃对他送的礼物都爱不释手，欢欢喜喜地看了很久才愿意睡觉。

程桀依旧不太能睡着，听着两块手表上传来的心跳频率，他心绪烦乱。睡不着，他就把有限的时间利用起来给她找心脏。

程桀极轻地下床，在床边看了樱桃好一会儿才出去。

【3】

在向权儒对严姳采取一些特殊手段后,她终于崩溃地签了离婚协议。

办理完离婚手续的当天,向权儒鬼使神差地来到喻丽安的花店。店里的生意一直不错,纪良不上班的时候就会在店里帮忙。

向权儒站在店外,穿过玻璃窗看着喻丽安。

岁月从不败美人,她真是一点也没有老,和纪良相视微笑,互帮互助的样子像极了曾经的他们。

一直到花店打烊,向权儒也没有离开。

喻丽安和纪良有说有笑地走出来,看到向权儒的一瞬间,两人脸上的笑容都有些淡。

"你怎么在这儿?"喻丽安冷着脸问。

向权儒笑得有些讨好:"我来看看你。"

"不需要。"

纪良不动声色地握住喻丽安的手。

向权儒见此心里很不是滋味,看纪良的眼神有些不善。

喻丽安替纪良挡住向权儒锐利的目光,纪良心中微暖,但只要是个男人都不会站在自己女人身后让她来保护。

纪良站出来淡声问:"向先生有事吗?"

向权儒没搭理他,只看着喻丽安:"丽安,咱们能吃个饭吗?我有件事想跟你聊聊。"

喻丽安态度冷淡:"我没空。"

她拉上纪良想走,向权儒迫切地拉住她:"我离婚了!"

喻丽安脚步一顿。

向权儒继续往下说:"我现在才明白当初的自己有多愚蠢,我想和你重新再来,你再给我一个机会好不好?"

纪良蹙起眉,严厉地警告:"向先生,她现在是我的妻子!"

向权儒仿佛没有听见这句话,他只知道自己想挽回喻丽安,想和她过上从前的生活,不管她现在是谁的妻子。既然他可以离婚,她也可以,他不在乎!

"丽安,再给我一个机会好不好……"

喻丽安转过头,打量他半响,缓慢地露出微笑来。

向权儒以为喻丽安被自己说动,心中正欣喜,喻丽安忽然抬起手臂,狠狠地给了他一巴掌,打得他趔趄,可见这巴掌到底带着她多少恨意。

"我一直信一句话'风水轮流转',报应不爽,我也终于等来这一天了!"

喻丽安很少会有这样的一面,像是所有尖锐的刺都跑了出来:"向权儒!你怎么有脸来对我说这句话?自从樱桃查出心脏病,你对她的关心就少了,很多时候都是我陪她看病吃药。

"小时候她总是问爸爸是不是嫌弃她,你知道我听到孩子这么问,心有多痛吗!

"这些我都可以忍受,可你竟然养情人,还生下向佳佳,你让我和樱桃成为一个笑话!"

她将向权儒逼到墙边,目光尖锐狠毒:"我早就巴不得你倒霉了。我告诉你,你倒霉,我就是世界上最开心的人!

"再给你一次机会?我就是死也不可能和你再有任何牵扯!向权儒,你这喜新厌旧、无情无义、刻薄寡恩的王八蛋!我这辈子瞎了眼才和你在一起,有过一次的错误,你觉得我还会犯第二次吗?你这样的人渣就只能配严娴那种女人。

"我警告你离我和樱桃远点!她没有你这种爸爸,我也不需要你的忏悔!"

向权儒像有些不认识现在的喻丽安:"你就这么恨我?"

"对!"喻丽安咬牙切齿,"我恨你!"

向权儒实在不明白喻丽安,他和纪良,谁更优秀不是一眼就能看出来吗?她为什么不理智地选择纪良?果然是平庸的日子过久了吗?

向权儒:"你会后悔的。"

喻丽安懒得看他这副鬼样子,带着纪良离开。

不远处,樱桃和纪樣将这一幕收入眼中,纪樣不客气地嘲讽:"你这爸爸挺不要脸。"

樱桃丝毫没有维护的意思:"是啊。"

纪樣意外地看她:"你真不把他当亲人了?"

"在他抛弃我妈和我的时候,他就失去了我们。大名鼎鼎的向先生不缺孩子,他这么有钱,有大堆女人想给他生。我又算什么,更何况还是一个生病的孩子。"

早就该明白的,自从她查出心脏病,向权儒对她的态度就冷淡了很多。她想要得到父爱,就必须更加懂事可爱,竭尽全力去讨好他。

"想这么多做什么。"纪樣没安慰过人,语气有些生疏,"你看我爸多疼你,好像你才是他亲闺女,我像捡来的。"

樱桃微笑:"我妈对你不好吗?"

"好。"纪樣第一次这么坦然地承认,"喻姨对我的好不比对你少,她是个很好的人,我爸能娶到她是我爸的福气,也是我的福气。"

樱桃深深地看他:"阿樣长大了。"

纪樣几乎都能猜到她下一句话会说什么,肯定又要把这个家托付给他:"闭嘴,不准说丧气话。别的我不信,我相信程桀绝不会让你死。"

樱桃浅浅地笑了笑,抬头看着天,忽然说:"夏天快来了。"

纪樣记得她说过喜欢夏天。

樱桃伸出手像感受什么,她慢慢握起手指,想要抓住那缕光,不过都是徒劳而已。

"可我的时间不多了。"

《心外科》电影发布会那天,程桀公布了两个事先谁都不知道的消息。

第一件事,他即将息影。

第二件事,他会成立自己的影视公司。

也就是说,他将从台前转到幕后。

这对于娱乐圈来说是不小的事,粉丝一时之间接受不了,但谁都没能改变程桀的决定。

樱桃事先也并不知道这件事,是下班后才看到的新闻,刚想给程桀打电话,一个女孩子的声音传来。

"你好。"

樱桃抬眸,看到一个长相甜美乖巧的女孩子。她点点头,温和地微笑:"你好,有事吗?"

"你是纪樣的姐姐吗?"女孩紧张而小心地试探。

樱桃打量着年轻女孩子,猜到些什么:"我是。"

女孩松了一口气,语气轻快起来:"我叫顾璟,是纪樣的同学!"

樱桃也笑:"你好,顾璟同学。"

顾璟心中惊叹,纪樣的姐姐果然很漂亮。

樱桃的美丽没有任何攻击性,温婉柔弱,让人忍不住想要呵护。

顾璟说话都不敢太大声,怕吓到这么漂亮的姑娘:"姐姐有空吗?我请你吃个饭吧!"

樱桃本想婉言拒绝,但女孩很自来熟地挽住她:"求求你了姐姐,我想跟你打听打听纪樣。"

小姑娘的心思全都写在脸上,樱桃便决定把询问程桀的事往后挪挪:"好。"

顾璟家境不错,订的餐厅很高档。

她不是个啰唆的女孩子,开门见山地问樱桃:"姐姐,纪樣会和怎样的女孩做朋友?"

樱桃想了想说:"兴许甜一点,乖巧可爱的。"

顾璟抓耳挠腮:"甜?我不甜吗?我不乖巧可爱吗?"

樱桃忍不住笑:"你为什么要和他做朋友?不怕他吗?"

"酷呀!打篮球的时候好帅,就是太高冷了,的确有点怕……"

顾璟已经关注纪樣有段时间了,与他搭讪却一点收获都没有,这才鼓起勇气来找樱桃讨教的。

"姐姐教我追他好不好!"

樱桃没这方面的经验,还真有些困惑。

"姐姐……姐姐你就告诉我吧,求你了!"

245

顾璟撒娇太厉害，樱桃有些招架不住，无奈地笑："我想你如果用这招对付纪樑的话，他也会投降的。"

"哪一招？"

"撒娇啊。"

小姑娘的眼睛滴溜溜地转，带着机灵的可爱："那我改天试试！"

她热情地握住樱桃的手："姐姐这么帮我，我一定会报答你的！"

樱桃很久没有与这样的女孩子打交道了，顾璟就像十几岁时的她，单纯而真诚，现在的她就像索然无味的白开水，自己都觉得自己没意思。

至于报答，樱桃并不放在心上。

"纪樑其实是一个外冷内热的人，你这么好，我相信他肯定会想交你这样的朋友。"

顾璟被夸得开心又憧憬，决定回去就给身在国外的爸爸打电话。

爸爸的医术那么厉害，一定可以救纪樑的姐姐！

和顾璟的这顿饭一直吃到天黑，程桀开车过来接她。

晚上两人洗完澡，程桀帮她抹身体乳。

樱桃有些害羞，竭力保持镇定，但还是能感受到男人的手掌滚烫。

"……你为什么息影啊？"

程桀在她腿上打圈，把身体乳抹均匀，声音沙哑："想多点时间陪你。"

樱桃感受到他修长粗粝的手指移到了自己腰上，缓慢地摩挲慢揉。

"不……不觉得可惜吗？"

这可是很多年才有的成绩，很多演员一辈子望尘莫及。

程桀发觉樱桃一直都很紧绷，白皙的肌肤粉嫩可爱。他笑着把人抱到怀里，用睡衣盖住她的身体，亲一亲她秀挺的鼻尖："替我可惜？"

"对啊。"

身体被衣服盖住，樱桃总算能平稳地呼吸，说话也自在很多。

程桀抚着她柔顺的长发，喜欢极了她眼中只有自己的模样，说："那你要怎么补偿我？"

樱桃穿好睡衣，在他怀里坐好。程桀挑眉看着她，眼中的笑意掺了些兴味。

樱桃的双手放在他肩上，抬起头慢慢触碰到他的薄唇，碾转轻压。程桀没动，噙着笑看她害羞地主动亲吻。樱桃坐在他怀里往前蹭，程桀身体微紧，按住她的腿。

樱桃笑了，伸出有些颤抖的舌头描绘他好看的唇，试探着将舌头伸进去。

程桀没让樱桃得逞，她柔声撒娇："你配合一下嘛。"

程桀低笑出声："怎么配合，教我呗。"

他哪里会不懂，他懂的东西比她更多。

樱桃有些气愤："张嘴啊。"

程桀慢条斯理地笑了起来:"你来。"
樱桃捧住他的脸,在唇碰上去时突然轻轻说:"我爱你。"
程桀睫毛略颤。
樱桃耐心地往前开拓,忽然被程桀托住后脑勺,他吻势很凶。和她的循序渐进不同,他的吻热烈而缠绵,让樱桃面红耳赤。程桀的确比她会太多,在他面前,她刚刚的动作简直就是班门弄斧。

他的手掌很大,掐住她的腰,呼吸很急:"再说。"
樱桃紧张得声音微抖:"我爱你。"
程桀抱她上床,又再次吻了上来,只是吻,并没有进一步的动作,最后只是靠在她耳边调整气息。
"有你这话,我死而无憾。"
樱桃原本混乱的心神清醒过来,好好的,程桀干吗提死?

【4】
樱桃虽然在坚持上班,可大家都看得出来她越来越虚弱疲倦,脸上的腮红都已经遮不住病态的苍白。
"结果很不好。"
最新一次检查,张哲安只告诉樱桃这句话,具体的检查单并没有给她看。
樱桃回以虚弱的微笑:"我知道不会好,我能感觉出来。"
这具身体就像快要燃烧结束的蜡烛,火苗已经开始摇摇欲坠,随时可能完全消亡。
张哲安不忍心多看她这样子:"回家休息吧,最后一段时间去做自己想做的事,医院的事你不要操心,你现在这样也无法再上手术台了,其他的事大家也不忍心让你做。"
樱桃低下头,沉默地摸着自己的指甲:"师姐,我是不是很没用?"
"别这么说。"张哲安鼻酸得厉害,但她知道樱桃不喜欢别人因为这件事而难过,总是害怕自己给别人添麻烦。
张哲安努力扬起笑容:"樱桃,你是我最骄傲的师妹!老师们都说,如果你没有患病,你的成就一定很高!"
樱桃苦笑,可惜她偏偏就是个病患。
"师姐,我听你的话。我会离开工作岗位,接受治疗。"
虽然现阶段的治疗已经没有必要,但能拖一天是一天,她舍不得程桀和大家。
张哲安欣喜地点头:"好!你能这样想就好。"
之后,樱桃向医院递交了辞呈,脱下了她珍重而热爱的白大褂,珍惜地把它折叠得整整齐齐摆在自己的办公桌上。
秦叙握住樱桃的手腕,眼泪直直地砸在她的手背上,樱桃被那热度烫得心酸。

247

"没事的。"她仍是平和温柔,耐心地帮秦叙擦掉眼泪,"好好照顾自己。"

科室里很多医护人员都来送她。

樱桃走出大楼,迎接她的是灼眼的阳光。

她回头看大家。

总觉得有些好笑,做医生这几年,她也送走过许许多多的病人,可是今天,要被送走的竟然是她。

"回去吧,都要好好的。"

院长郑重地说:"做完自己想做的事就回来医院,病房给你留着,全科室上下一定为你全力以赴。"

大家附和着院长的话,纷纷点头。

樱桃心中宽慰温暖:"谢谢。"

踏着地上的光影,樱桃走出医院。

辞职的事她还没有告诉程桀,最近他在忙影视公司的事,已经确定好公司地址,正在装修。

樱桃打了个车过去,在公司里遇到正在监工的文正。

文正见着她挺意外:"嫂子怎么过来了?"

樱桃对这个称呼有些腼腆:"我来看看程桀。"

"我带您上去。"

"谢谢啊。"

文正笑了一声:"跟我客气什么啊,桀哥出道我就跟着他了。嫂子,有事您说话。"

樱桃其实一直都好奇程桀的成名经历,忍不住问:"程桀当初是怎么被导演看上的?"

她也问过程桀,程桀从没正面回答过。

文正有时候挺缺心眼,问什么答什么:"就能吃苦呗。在影视城里做群演替身,别人不敢的他敢,别人怕死但他不怕。我当初也是个群演,但我没桀哥能吃苦,桀哥要是没混出头,我肯定也还什么都不是,哪里有现在这样吃香的喝辣的好日子。

"那时候他没名气,就像一块砖,哪里需要哪里搬。人家来拍戏的明星有咖位,什么飞天遁地、下水跳崖的戏都用他。做群演的时候他身上就没好过,断胳膊断腿都是常有的事,但桀哥从不喊苦喊累,下了班就在狭小的出租屋里学习怎么演戏。

"那会儿我目光短浅,总觉得他这是在浪费时间。但是后来他做替身都能做得很出彩,渐渐让导演注意到他,觉得他形象好,也开始给他一些小配角。

"后来,他遇到愿意给机会的导演,陪那个导演喝酒,喝到胃出血后,终于把那个导演喝高兴,拿下了电影的男主角。一炮而红后,随之而来的就是各种各样名利的诱惑,但桀哥都抵挡住了。

"我永远都记得桀哥对我说过的一句话。"

文正想起那天就忍不住感叹："他说做人最重要的是守住本心。"

所以文正愿意死心塌地地跟着程桀这么多年，别人总觉得程桀不近人情，但文正知道程桀顶天立地。

电梯到了他们要去的楼层，文正把樱桃引到程桀的办公室外："嫂子，就这儿，您自个儿进去吧，我还要去忙。"

樱桃点了点头，目送文正离开后，她上前把办公室门推开一条缝，看到程桀侧靠着沙发，手拿平板电脑在看什么。

樱桃没急着进去，就这样静静地望着他。和以前比起来，现在的程桀更有成熟男人的魅力，他压着眉不声不响的样子看起来挺冷淡，但她知道，他有一颗温柔的心。

她最喜欢程桀的一点是他总是努力生活，不管是在故水镇通过各种方式打工挣钱，还是进入娱乐圈吃苦磨炼自己。

樱桃悄无声息地走进办公室，程桀的余光早就发现她，在她想要蒙住他眼睛的时候，程桀先伸手把她拉到怀里。

樱桃诧异地问："你什么时候发现我的？"

程桀把平板电脑上婚纱的页面盖住："从你在门外时就发现了。怎么，看你老公还偷偷摸摸的？"

樱桃和他在一起总能被逗笑："我老公好看啊。"

程桀轻佻地"哟"了声，捏她的小耳朵："可以啊，还会反撩了，跟谁学的？"

樱桃笑着钩住他的脖子："跟你啊。"

程桀快被她甜化："成，跟我学的。"他大大的手掌摸她的头，"我多教你几招？"

"好啊。"樱桃笑容甜美，"不过等回到故水镇再学好不好？"

程桀一愣："故水镇？"

她点点头，温柔对程桀说："阿桀，我们回家吧。"

早上雾还浓，黑沉沉的天色还没有化开，程桀把樱桃抱上车让她继续睡，他开车前往故水镇。

他开车开得很小心，樱桃睡觉完全不会被影响到。

樱桃醒来时已经是上午九点，乡间的雾被阳光驱散，只有山林间还有一点白，阳光洒满整个车窗，落在樱桃的脸上。

程桀把车停在路边，喂她喝点水，把昨晚提前做好的三明治给她。

程桀等她吃好才继续开车。

樱桃很有兴致地看着窗外，哪怕是一草一木都看得津津有味。

进镇时正好赶上赶集，程桀找到停车的地方停好车，牵着樱桃去集市。

故水镇有些变化，和记忆里不再一样，这里多了很多新房子，新修了路，街

249

上的小吃也很多。

樱桃的目光落在糖葫芦上,那卖糖葫芦的也不再是以前那个老爷爷。

程桀过去买了一串,回来递给樱桃。

"我不能吃的。"

程桀知道她不吃的原因:"看看也开心。"

樱桃接过来。

他们继续逛,这里多是留守的中老年人,大多不认识程桀。

程桀给樱桃买了些之前没见过的小玩具,不值钱,胜在新奇。

"樱桃!"

人群里忽然响起高亢的呼喊。

樱桃循着声音看去。对方是个胖胖的女人,白白净净,笑起来一脸福相,站在一家早餐店门外。樱桃恍惚了一会儿,女人扔下手中的水瓢跑过来,想抓樱桃的手,可被程桀冷沉的脸吓得不敢。

"是我呀!你哥哥喻天明的同班同学,读书那会儿经常约你出去玩呢。"

樱桃其实已经想起来她是谁,主动握住她的手:"福妞,我记得你,你那时候总给我带你家里做的米糕。"

"是是是!"福妞笑得见牙不见眼,惊叹地打量着樱桃,"从前你就漂亮得不行,现在更好看,我刚才一直都不敢认你呢。"

她连说几个"真好看",樱桃好笑地露出笑容。

福妞偷瞄程桀,觉得他比从前更凶更冷了,整个人有种难言的锋芒锐气。

樱桃挽住程桀的手臂说:"程桀你还记得吧?"

福妞连忙点头:"怎么会不记得啊。当年咱们镇,你和程桀都是风云人物,那时候你老是照顾他生意……没想到你现在嫁给他了!"

中老年人不追星不看娱乐新闻,他们年轻人还是看的,对于樱桃和程桀的事,福妞通过新闻了解得差不多了,只是她没想到,樱桃一直柔柔弱弱,竟然是因为有心脏病。

她看樱桃眼底总有一股疲倦之色,赶紧停止寒暄,邀请樱桃和程桀去她家,樱桃没拒绝老同学的好意。

福妞嫁给了镇上的人,用这些年攒的钱修了一栋小楼,在镇上还算不错。

她把两人引到客厅,客厅里两个小孩正在打闹,福妞把他们哄去房间。

"他们是你的孩子?"樱桃问。

福妞忙着给他们泡茶,随口说:"是,皮着呢。等你以后有了就知道了。"

说完才意识到话不对,这不是在戳人家的痛处吗?

她把茶端过去,幸好樱桃面色不变,但程桀好像有点不爽,警告地瞥了她一眼。

她不太敢挨着程桀,在樱桃身旁坐下,还是忍不住一个劲儿盯着樱桃看,觉得樱桃比电视上的明星还好看有气质。

樱桃被福妞的样子逗笑,以前福妞就喜欢这么看她。
"你过得好吗?"
福妞笑得有些不好意思:"挺不错的,开了几家早餐店,生意还行。之所以卖早餐,还是读书那会儿太馋程桀卖的包子。"
樱桃说:"真好。"
程桀和福妞都听出了樱桃话里的羡慕向往。
程桀最看不得她这样子,心都揪在了一起。
"最近镇上有店面卖吗?"他忽然问。
"有啊,你要做什么?"
"以后和樱桃做点小生意。"
福妞哪能不懂这是程桀想哄樱桃开心,忙说:"包在我身上,我打听好合适的告诉你们。"
饭点的时候,福妞热情地挽留他们,樱桃盛情难却,只好留下吃饭。
福妞的丈夫憨厚老实,两个儿子虽然调皮但不讨厌。
樱桃和程桀离开福妞家后都还在回味:"像福妞这样过完一生也是幸福的。"
这世上很多人讨厌平淡的日子,殊不知平淡而幸福有多么难得。
程桀抱起她,迎着夕阳走回家:"我答应你,等你的病治好后,咱们就回到故水镇,做点你喜欢的小生意。你做老板娘,我就是你的长工。赶集的时候开门做买卖,没人的时候就陪你去钓鱼散步。你喜欢孩子的话,咱们就生一个,不想生的话就咱俩过一辈子。"
樱桃听他描绘着未来,几乎要哭出来,这都是她梦寐以求的生活。
她把脸埋进他怀里,闷闷地应了一声。
程桀喉间哽痛,怕她吹到凉风,快步走回家。
喻家的别墅已经空置很久,樱桃的外公外婆和舅舅一家也早就搬到淮城。程桀带她回的是他早年在镇上买下的房子,每年回来祭奠程老头时会住几天,这次回来之前他就雇人打扫过,现在干干净净。
故水镇夏天的晚上可以听见很多虫鸣,时不时还有狗叫,乡间气息浓郁。
樱桃坐在窗边的沙发里看星星,程桀正为她洗脚。她的脚丫子不老实,用力地踩水,洗脚水溅到程桀的脸上。
他挑起唇,没分毫怪罪。
樱桃抬起他的脸,擦掉他脸上的水:"谁能知道在外不可一世的程大影帝回到家,竟然给老婆洗脚呀。"
"很得意?"
程桀抱起她的脚擦干,顺便给她做个足底按摩,很有伺候人的觉悟。
樱桃被他摁到痒处,笑着乱踢,踢到了程桀脸上,他也一点不生气,握住她的脚踝亲她的脚背。

251

"要不要给你揉揉全身？"

他问这话时，眼神挑逗邪气。

樱桃的脸很快就红透："光摸不能吃，你不难受？"

程桀被她这话逗得笑了几声，把她抱起来放床上，慵懒嗓音特哑："那我也爽。"

【5】

梦里又是故水镇，故乡的风和阳光镌刻在心里，成为樱桃在伦敦多年的慰藉。

半梦半醒时，樱桃闻到了栀子花香，脸上笼罩着暖意，仿佛是阳光。

她眼皮有些重，努力很久才能看清楚，那窗户半开，风把窗帘吹得轻飘起来，阳光就是从那缝隙里透进来的，正正好好落在她脸上。

程桀正在为花浇水，从来都喜欢穿黑色的他，今天竟穿着一件白衬衣，身上所有的锋芒都好似被消融在这样好的阳光中，有种从未有过的干净和清冷。

故水镇的早晨可以听到商贩的叫卖声，孩童追逐打闹声和狗吠声，和城市里拥挤紧促的生活方式很不一样。

樱桃安静地看着程桀给两盆栀子花浇完水。

"哪里来的花？"

程桀抬眼，发觉她醒来，放下水壶进屋。

樱桃主动依偎到他怀里。

程桀为她整理睡得有些散乱的头发说："天刚亮福妞就送来的，还给咱们带了早点，我喂你吃点。"

"我又不是小孩子，不用你每次都喂我。"

程桀盯着她越发苍白瘦削的面颊没说话。

从她越来越无力的笑容、眼底潜伏着的深深疲倦，程桀就能看得出来，她在承受着怎样的煎熬。

"我想喂你。"

樱桃其实没多少胃口，但没有再拒绝："好。"

程桀拿出福妞送来的早点，有小笼包、蒸饺、鸡蛋和瘦肉粥，还有烧卖和米糕，都是从前在故水镇随处可见的早点。

程桀把它们一一摆放好，询问她想先吃什么。

樱桃指了指小笼包，程桀把热腾腾的小笼包吹凉喂她。

樱桃被那香味勾起些食欲，可她这具身体就像垂垂老矣的老人，各项功能都在消退，喉咙里像堵着几块硬石头，吞咽起来都有些费力。

樱桃虽然竭力掩饰，但程桀还是看了出来，握着筷子的手发僵。

樱桃吞下去后，努力扬起笑容："好吃。"

程桀奖励般地摸摸她的头，怕她不好咽，只喂她吃点粥和豆浆。

樱桃很快吃饱:"你也吃点吧。"

"我不饿。"

"不能不吃,我也喂你。"

樱桃去拿筷子,才发现自己的手有多无力,竟连筷子都险些握不起来。

她没有表现出来,定了定神,夹起蒸饺递到程桀嘴边,才发觉他一直盯着自己,刚才的伪装应该没有逃过他的眼睛,不过两个人都默契地不提起。

"吃点好不好?"

她甜笑着撒娇,甜蜜得让人无法拒绝。

程桀抬手握住她的手腕替她支撑,张嘴吃下她递来的蒸饺。

味道其实不错,可程桀觉得发苦,苦到了心里,苦得让人眼眶发热。

"好吃吗?"樱桃柔声问。

"嗯。"

她仍是笑,语气感叹地替他擦眼尾的湿润:"好吃得你都哭了呀。"

程桀垂眼淡笑,无所谓地抹眼睛:"是啊,福妞手艺不错。"

樱桃浅浅地笑了笑,没有拆穿:"我也这么觉得。"

风把栀子花的香气吹进来,樱桃的目光移到花上。

程桀说:"我带你出去走走。"

樱桃笑弯眼:"好。"

程桀帮她穿好衣服,梳好头发,折了一朵栀子花别在她耳朵上,抱她出门。他准备了一辆自行车,想带她慢慢看故水镇的风景,一帧一帧都记在心里。

今天的阳光不算晒人,空气清新宜人。

樱桃坐在自行车后座,遇到有印象的街坊邻居就打声招呼。

好像回到那年,程桀和喻天明带她一起出去玩的情景。

樱桃轻晃起脚,看着影子跟着自己的脚在动,清风一直在吹,栀子花的香味一直在。

她将头枕在程桀后背,忽然有些感动,好像大家都来送别她了。

这风,这花香,这些树,今天的阳光。

樱桃闭上眼,抬起头感受阳光笼罩整张脸的暖意,她抬起手,感受风从手指间穿过。

"我们快到了。"程桀说。

樱桃睁开眼,看到越来越近的老槐树,依旧郁郁葱葱,枝繁叶茂。

程桀把车停好,牵着樱桃走到树下。他把带来的折叠轮椅拿出来打开,扶樱桃坐下,又拿出水杯,倒温过的牛奶给她喝。他还准备了蒲扇,给樱桃扇风。

樱桃托腮好笑地看着他:"原来我的老公这么细心啊。"

程桀笑了下,凑近亲她:"疼老婆呗。"

两个人在老槐树下乘凉,忽然听到远处传来福妞的声音。

253

"樱桃!"

樱桃回过头,看到福妞和她丈夫老王拎着桌椅走来,两个小豆丁跟在后面,还有一只黑色的田园犬摇着尾巴跟随。

福妞走到他们身边,气喘吁吁地把折叠桌放好,老王憨笑着拿出麻将,两个小豆丁趴在樱桃的轮椅边好奇地看她。

樱桃对他们笑,两个小男孩有些害羞地躲到母亲身后。

福妞笑着把他们拉出来:"害什么羞,是谁昨天一直嚷嚷着想来看漂亮阿姨的?"

樱桃笑得和善温柔,朝两个小男孩招手。

他们只敢偷偷看樱桃,羞涩得不敢靠近。

福妞笑得纯朴:"樱桃你别见怪,小孩怕生。"

"怎么会,我很喜欢他们。"

福妞看了看程桀说:"还是程哥对你好,专程让我们来陪你打麻将。"

樱桃疑惑地看向满脸轻松笑意的程桀:"我不会啊。"

程桀摸了两个麻将盘在手里,靠着她的轮椅说得漫不经心:"有我在,不会让你输。"

麻将开始后,樱桃一头雾水,程桀替她整理好牌,手把手教她。学习方面向来都很聪明的樱桃,在这方面有些呆,倒给了福妞调侃的机会。

几个回合之后,樱桃逐渐拾得一些乐趣,也找到打牌的规则和思路,不用程桀教也会和牌了。

当樱桃和牌的时候,福妞和老王都会真心替她高兴,两个小孩也会围着樱桃转悠,黑犬的尾巴摇得欢快。

来看他们打麻将的人越来越多,与黑犬做伴的田园犬也越来越多,都趴在麻将桌附近睡觉。

樱桃摸了一张牌,然后把剩下的牌推出去,又和了,人群里响起很多惊叹声,樱桃转头看着程桀。

他嚼着笑懒洋洋地为她摇着蒲扇,似乎很为她骄傲。

老槐树的枝叶"沙沙"响,偶尔有零食商贩在附近叫卖,这个夏天还是和从前一样热闹有趣。

樱桃弯起唇,突然凑近亲程桀一口,被他按在怀里。

"开心吗?"

"开心。"

程桀用蒲扇挡住他们的脸,低下头来吻她。

他最喜欢的,也是遇见樱桃的夏天。

在故水镇一周,每一天都轻松欢愉,这里的美好甚至让樱桃险些忘记她是一个快死的人,但他们终究要离开。

因为不想告别,樱桃没有去见福妞,而是托人转交一些她给孩子买的礼物。

回到淮城后,樱桃第一时间住进心外科病房,开始一系列的检查。

住院后,喻丽安和程桀常常被医生叫出去谈话。

樱桃有些想笑,她自己也是心外科医生,这些事没必要避着她,她知道自己身体的情况。

等她睡醒,病房里只有喻丽安,不见程桀的踪影。

"程桀呢?"

喻丽安也觉得有些奇怪:"从医生办公室出来后,他说有事要处理,就先走了。"

樱桃皱了皱眉,总觉得哪里不对劲。

当晚,程桀没有回来,而城市偏僻一角,流浪汉居住的巷子里,一个高大的的黑色身影拖着一个没有意识的人移动。

流浪汉早在几分钟前就被惊醒,屏气凝神瞧到现在,多年的流浪生活让他敏锐察觉到了危险的事物,例如现在。

他唯恐对方发现自己,小心翼翼地跟随人影移动。

他总觉得这人很眼熟,后知后觉地回头,看到商场外 LED 屏上的巨幅广告,那是影帝程桀。

他再看向眼前的黑影,越看越觉得和程桀一模一样。

还没等他想明白这到底是怎么回事,他看到那男人用手术刀切开受害者的胸腔……

流浪汉顿时害怕得身体发抖,死咬着牙才没有尖叫出来。

他缓慢移动想要逃离现场,却慌不择路撞倒了旁边的物品。

男人背影微微一顿,警觉地打量四周,流浪汉迅速地躲了起来。

男人似乎觉得今晚不是继续下去的好时机,离开了。

人走后,流浪汉汗流浃背地瘫倒在地,为自己的死里逃生而庆幸,喘着粗气缓神的时候,发现了黑衣人遗留的一把刀具,看起来像是手术刀。

【6】

纪樣最近的比赛发挥得不太稳定,教练都能发现他的心不在焉,考虑到他家里的事情,大学的课也不多,好心地让他最近先不要练球,调整一段时间。

纪樣抱着球回学校,在食堂随便吃点东西就回了教室。

距离上课还有半个钟头,大部分学生都在。

纪樣平时上课都是踩点来,很少会提前这么早。顾璟和女同学买水回来看到最后排的男生,喜从心起,兴冲冲就要跑过去。

女同学连忙拉住她:"你还要过去找他啊?"

"对啊。"

女同学恨铁不成钢:"你忘记上次他为了不让你靠近,竟然用自己姐姐当挡箭牌吗?分明就是不希望你打扰他。我跟你说,女孩子不要倒追男生,这样是没有好下场的!"

顾璟丝毫不放在心上:"纪樣那么优秀,肯定不是随便一个人就能追到的啊。他拒绝我是不知道我的好,等他知道了,一定会对我有所改观的!"她信心满满地捏紧拳头,"我可是获得过他姐姐认证的,肯定能行!"

"行行行。"女同学撇嘴,"你去吧,被嫌弃了不要再找我哭。"

顾璟练习好微笑,把状态调整到最好,走到纪樣的桌边。

纪樣虽然长相斯文俊逸,但是性格太冷,一个人占据一整排课桌,没人敢靠近。

他正刷着心脏病方面的新闻,身旁忽然笼下一片影子。

"你好,纪樣同学。"

纪樣没理。

顾璟也不生气,把一瓶水放在他桌上:"请你喝啊。"

纪樣头也不抬。

"哟。"教室里响起一道讥讽的声音,"咱们的体坛明星真拽啊,是娱乐圈的大美女看多了,瞧不上咱们班花了吗?"

说话的是那个曾经和纪樣打过架的男生,经过上次被叫家长的经历,他更加讨厌纪樣。

"怎么不说话?

"看来你姐姐快没命这件事真的很困扰你啊。"

纪樣抬起头阴狠地盯住男生。

男生笑得很欠:"你那么看着我做什么?你姐姐离死不远这件事不是全国人民都知道吗?"

纪樣什么也没说,猛然朝那个男生冲过去。

他动作太快,很多人都没有反应过来,顾璟也是。等她回过神的时候,纪樣已经把那男生按在地上了。

要是平时,男生还有机会还手,可他千不该万不该提樱桃,纪樣下手完全没留情,三两下就把他打得鼻子喷血。

所有学生都被纪樣吓到,自动远离,只有顾璟敢上去拉架,可刚碰到纪樣,她就被甩开了。

顾璟被甩到地上,因为担心纪樣把人打坏,赶紧爬起来抱住他的胳膊:"纪樣!纪樣你别打了!你再这么打下去会出事的!到时候所有人都会把错误归咎到你姐姐身上!"

纪樣愣了愣,狠狠踹了那男生一脚,转身出了教室。

顾璟追出去,纪樣步子快,她需要小跑才能跟上。

"纪樣,纪樣,你怎么样?有没有受伤呀?

"你给我看看你的手好不好？"

小姑娘叽叽喳喳，吵得纪樣烦躁。

他忽然停下脚步，顾璟撞到他后背上，赶忙乖乖站好，在纪樣回头时露出甜美的笑容。

她记得樱桃姐姐说过得甜一点，这样够甜吧！

纪樣盯着笑得像个傻子似的女孩，说话一点不客气："你有毛病？"

顾璟眼神懵懂："没有呀。"

"那跟着我干什么？"

顾璟笑眯眯地道："我觉得你人很好、很优秀！我想和你交朋友呀！"

这种事一回生二回熟嘛，顾璟深深意识到，她上次就是太紧张太犹豫，才让他有机会拿姐姐当挡箭牌，以后都不会了。

纪樣从小到大都备受关注，这种事以前不知道遇见过多少回，这次也一样，心里没有一点起伏，眼神冷淡地警告："那你想错了，我做人很差劲。别跟着我！"

顾璟看着纪樣走远，有些伤心，但她想，纪樣现在肯定很担心樱桃姐姐，所以脾气才这么不好。

纪樣一个人到操场找张椅子睡觉，上课铃响也没有回去上课。

他本想一个人安静会儿，可没多久，又听到鬼鬼祟祟的脚步声。

他拿开挡眼睛的手臂，看到还是刚才那个小姑娘，绑着高高的马尾，长相甜美，和樱桃那样的大美人不能比，但是有种独特的青春靓丽。

"你又干吗？"

顾璟笑嘻嘻："给你挡阳光呀。"

纪樣这辈子都没这么无语过："我不需要跟班。"

可真够直白的，但顾璟不生气："我才不是你的跟班，我就是想和你做朋友。既然是朋友就要对朋友好，用跟班来形容是不礼貌的！"

纪樣乐得一笑："你还挺有理。"

顾璟点点头，在他腿边坐下，纪樣轻踢她："离我远点。"

"你怎么踹我屁股呀！"她大惊小怪时瞪圆眼睛，像樱桃养的雪花。

纪樣："你是女孩子，别乱说。"

她很乖地点头，拿出饮料和零食递给他。

纪樣看了眼，没接："你怎么不去上课？"

"你逃课，我也逃课。"

"好的不学。"

顾璟撕开一包薯片说："反正我向你学习，你怎么做我就怎么做。"

纪樣冷哼，闭上眼不理人。

顾璟看着他俊逸的脸，越看越顺眼。

纪樣就算脸皮再厚，被这样炙热的目光盯着，多少有些不适。

他火大地睁开眼："你有完没完？"

顾璟仿佛没脾气似的，笑得特喜人。

纪樑头一次有点无奈。

她忽然说："我知道你为什么不开心，为了你姐姐对不对？"

纪樑懒得理她。

顾璟笑得神秘："我知道有人可以救她哦。"

樱桃现阶段的治疗只能称之为延续生命，她的身体状况每况愈下，昏睡的时间多，清醒的时间少。

程桀坐在病床边麻木地听着心电监测仪的声音，数着时间等待樱桃醒来。

樱桃最近每到一个时间点就会沉睡，醒来的时间却一次比一次晚，今天已经比昨天晚了十分钟，她还没有醒来。

程桀握住她的手，祷告般地放在唇边吻。

"樱桃……"

她没有反应，像具精美的躯壳。

又是十分钟过去，樱桃才悠悠转醒。看清程桀熬得通红的眼睛时，她心疼地想摸摸他的脸，却怎么也抬不起手。

程桀将她的手贴在自己脸上，温柔地蹭她手心。

"饿不饿？"他问得极其温柔。

樱桃笑容费力，艰涩地发出声音："……有些。"

她现在这样子，是程桀曾经最害怕的噩梦，原来当这一切真的发生时，才明白梦中的痛远没有梦外这样折磨。

程桀没有表现出来让樱桃担心，拿出早就准备好的保温饭盒。

"我陪你吃。"

与此同时，淮城警方就最近发生的连环命案成立刑侦小组。

调查犯罪现场时，警方发现了巷子里的流浪汉和现场遗留下来的手术刀。

流浪汉似乎受过很严重的惊吓，见到警察害怕得东躲西藏，嘴里念着一些大家不太能听懂的话。考虑到这个流浪汉可能看到过什么，警察将他带到局里，请来心理医生疏导很久之后，他终于愿意开口说话。

"你都知道些什么？"心理医生问。

流浪汉很没有安全感地抱紧自己，嘴唇颤抖着嚅动："他是明星……他是程桀……"

樱桃住院以来，程桀绝大部分时间都用来陪她，一点剩余的时间用来寻找心脏。

影视公司成立后，文正替他处理公司的事，也签约了许多艺人，其中还包括张月莘和王华珊。

新公司的第一部作品，是以程桀和樱桃为原型创作的电影。

因为作品的特殊性，程桀匀出些时间回公司谈细节，谈得差不多时，办公室的门忽然被一群警察推开。

程桀皱了下眉。

为首的警察走到他跟前，出示证件后开口："程先生，我们怀疑你和最近的连环命案有关，请跟我们走一趟。"

办公室的员工们即刻紧张起来，震惊地看向程桀。

程桀冷笑："有证据吗？"

警察沉稳道："有目击者证实看到过你。"

程桀刚想说话，手腕上那与樱桃相关联的心跳监测仪手表忽然停止了跳动。

【7】
沉闷的午后积蓄很久的高温，几声惊雷之后，滂沱大雨倾盆而下。

天空被阴霾覆盖，城市被暴雨笼罩，车辆拥挤堵塞，程桀不知疲倦，麻木而机械地朝医院狂奔。

平安医院的大楼就在前方，快了，就快了！

程桀逆着风雨跑得疯狂，忽然被身后警察扔来的警棍打中左腿，踉跄着摔倒在地。

他没有放弃，匍匐着爬起来，跛着一条腿继续往前跑，只是速度要慢很多。

身体在风雨中颤抖，那条跛腿越来越肿，他却跑得越来越快。

可再怎么快，他到底还是受了伤，警察们很快追上来将他按在地上。

"我没有杀人！"

程桀狂怒地低吼，六名身材健硕的警察险些没有摁住他。

"让我去医院！"他挣扎得实在厉害，眼睛始终盯着医院的方向，红透的眼圈流露出祈求，"我妻子身体不好，让我去医院看看她行吗？"

"程先生，请你配合我们的工作！"

还真不是警察不讲情面，实在是程桀刚刚一见他们就往外跑，很让人怀疑他是在心虚。

警方现在高度怀疑程桀是嫌疑犯，哪敢轻易相信他的说辞，万一他博同情，然后借机再次逃跑呢？

再说程桀是名人，这一路追过来，引起了很多人的注意，使得交通更加拥挤，人行道上已经挤满拿着手机录像的市民，现在去医院的话，恐怕会引起群众围观，不好控制。

最好的办法是先带他回警局。

程桀这辈子从来没有求过谁，在故水镇时哪怕过得再拮据困顿，也绝不会丢掉尊严，除了喻樱桃，他从未向谁低过头。

文正追上来后，竟看到往日桀骜不驯的程桀低声下气地恳求警察："她情况不好，我只看一眼，只看一眼我就跟你们走！"

几名警察对视后，其中一名警察说："你放心，我们会派人去医院核实，您先跟我们去警局配合调查。如果调查结果没问题的话，你就可以去医院探望你的妻子了。"

程桀立刻挣扎起来，可他双手都被押着，无法用力。

几个警察合力架起他塞进警车，文正手足无措地跟在后面。

程桀忽然盯住文正，文正这才看清他眼中歇斯底里的恐惧："去看看她，来告诉我她怎么样！"

文正哭着说"好"。

程桀急吼："快去啊！"

文正点着头往医院跑。

樱桃被推进急救室，文正赶到医院时并没有见到她，见到的只有她手上已经被摘下来的心跳监测仪手表。

他不敢离开。他知道，如果给程桀带去的是樱桃的死讯，那么难以想象程桀会做出怎样的事。

另一边，程桀被押到警察局后，第一时间被带入审讯室。可无论警察问什么，他始终垂着头冷漠对待。

警察发现他总是看着腕上的手表，好像在等待什么，可那块手表没有任何反应。

"程先生，请你配合我们的工作，如果你是冤枉的，我们调查证实后，会尽快释放你。"

程桀像没听见，仍旧聚精会神地看着那块手表。

审讯室外的警察面面相觑，实在拿程桀没办法后，把他带回了拘留室。

一整夜，程桀什么也没做，只是盯着手腕上的心跳监测仪。

直到天快亮起，它还是没有动静，文正也没有回来，程桀知道樱桃凶多吉少。

他摸到手上的菩提，终于还是打开其中一颗，拿出里面的药丸。他就着拘留室昏暗的光线打量这颗药，黑色的，闻起来没什么气味，却是致命之物。

从知道樱桃很有可能没救后，他就做了这样的决定。

他怎么忍心让她一个人上路？而且，没有樱桃的后半生，他实在不知道要怎么度过。

他这辈子对不起樱桃，给她的欢愉太少，到最后都没能陪着她。

只盼，他这段时间不碰荤腥的修行能让他和樱桃下辈子再相遇。

只盼，下辈子的樱桃是个健康快乐的姑娘，所有苦痛折磨都给他。

程桀将药丸缓缓递到嘴边，就在药丸快被放入口中时，心跳监测仪手表忽然一跳。

程桀的手微颤,立即压低视线,屏气凝神地等待,心跳监测仪手表忽然再次跳动,慢慢地,跳动的频率逐渐变得正常。

确定樱桃的心跳真的回来后,程桀忽然把手紧紧抱在怀里,低声笑起来。

拘留室外面看守的警察很不理解,程桀干吗抱着自己的手哽咽。

一个小时后,文正匆匆赶到警察局。见到程桀时,文正有些心酸。

程桀独自坐在拘留室望眼欲穿地等待,只是盼着他能带来樱桃的消息,明明程桀自己身上还背着嫌疑,却全心全意都只有喻医生。

"桀哥……"

文正一开口有些鼻酸。

程桀原本放松的心登时提了起来:"她怎么了?"

"你别担心,喻医生已经脱离危险。"

"只是……"

文正难过地说道:"只是等喻医生醒过来后一定会知道你的事情,她一定很担心。"

程桀怎么忍心让樱桃为他操心?

"帮我叫警察过来。"

文正连忙去叫了警察,半个小时后,程桀再次被带进审讯室。

两个警察,一人负责审问,另一个负责记录。

程桀看向他们身后的玻璃,那后面肯定还有很多警察在旁听。

"程先生,听你助理说,你愿意说了?"

程桀表情淡淡,手指摩挲着菩提手串,嗓音慢悠悠:"让我见我妻子,之后的调查我可以完全配合你们。"

两个警察沉默着对视,他们派人去核实过了,程桀的妻子确实性命垂危。

程桀知道他们不能做主,于是看向他们身后的玻璃,目光仿佛有穿透性,能看到玻璃后面的人:"我只是嫌疑人,还没有确凿的证据证明我杀人,我有人权。"

审讯室里其中一名警察被叫出去,程桀紧皱的眉头才微微一松。

很快,那个警察回来告诉他:"程先生,你可以去看你妻子了。"

从昏迷中醒来后,樱桃能更明显地感受到身体的迟钝和疲倦,生命力在这具躯壳里一点一点流失。

樱桃盯着窗外的滂沱大雨出神,她刚才看过了新闻,知道了所有的事,现在所有人都在讨伐程桀,骂他丧尽天良,骂他变态,也骂她,觉得是她害了程桀。

没有人再相信程桀,所有人都认定他杀了人。

樱桃听到病房门被推开的声音,大约又是喻丽安来劝她吃东西了。

对方缓慢地靠近,樱桃听出脚步声有些不一样,立即转头,看到穿着皱巴巴衬衫的程桀。只是一晚上没见，他竟然憔悴这么多，脸色灰白，面庞瘦削，胡子拉碴。

两人无声地对视。

樱桃眼眸微垂，眼里一下子聚起水雾。

程桀连忙捧起她的脸，用指尖慌乱地为她擦拭着："不哭，我没关系。"

樱桃忽然抱紧他，十分的努力与用力："我有！我有关系！"

程桀心中刺痛："对不起，昨天没能赶回来。"

"我不怪你。"樱桃用力摇头。

她越是这样懂事，程桀越煎熬，几番忍耐才忍住眼中的潮热，假意扮凶训她："笨蛋，你应该骂我。"

樱桃努力抱紧他："我舍不得。"

程桀吞下满腹的心酸："别这么乖，你在我这里尽管任性点，知不知道？"

"不可以。"她知道他才是满腹委屈那个人，很努力想给他一些温暖，"我知道你很难，没人心疼你，我心疼。"

程桀咬住颤抖的牙根，脸深深地埋进她颈弯里。樱桃感觉到那里有一点濡湿。

"对不起啊，是我这身体太不争气了。"

"不是。"程桀嗓音嘶哑，很温柔地哄，"你什么样子都是我的心肝宝贝。"

樱桃破涕笑了笑："嗯。"

"你相信我吗？"

樱桃知道他问的是什么："相信。"

"为什么？"

因为……樱桃曾经进入过他的秘密之地。

程桀以为他掩饰得很好，每次当她入睡后就会离开卧室，其实她好几次都醒着。

程桀根本没去杀人，而是夜以继日地为她寻找心脏。他开辟出一间地下室，整间屋子都是关于心脏移植的相关信息，包括相关新闻、权威医生、心脏捐献渠道等等。

可是他努力这么久，并没有收获，和她匹配的心脏并不是那么好找。

樱桃并不想拆穿，不想让他失落。

"你永远不会做让我失望的事，对吗？"

程桀笑了下，轻轻吻她的面颊："对。"

门外的警察开始催促，樱桃不舍地握住程桀的手。

程桀低声哄："别担心，我很快回来。"

他起身往外走，樱桃这才发觉他的左脚是跛的，走起路来一高一低。

程桀回头时，她立即扬起笑容。直到他被警察带走时，樱桃也满面笑容，可人离开后，樱桃一瞬间泪如泉涌。

喻丽安回来看到她哭成泪人的样子，吓得心惊胆战。

当妈的看不得女儿哭，也红了眼眶，连忙抱住她叠声问："怎么了？这是怎么了？哪里疼？"

　　樱桃很少会怨恨上天不公，她一直相信人这一生，所有的苦难都是修行。可程桀是无辜的，他那样不可一世骄傲的人，竟因为她过得这样狼狈，他明明有光明的未来和前程。

　　离开医院，警车并没有回警局，因为程桀又提出想去平山墓地看看。

　　警察不知道他有什么用意，但为了程桀能配合，还是同意。

　　到平山墓地后，程桀找到他和樱桃的墓，两名警察看到墓碑上刻的字，有些惊讶地对视。

　　程桀摸了摸墓碑和湿润的泥土，他都已经准备好了，如果真的找不到适合的心脏，这里就是他和樱桃以后的家。

　　"程先生，我们该回去了。"

　　程桀再次被带回审讯室。

　　警方阐述了流浪汉的笔录，并拿出现场遗留的手术刀，经过刚才鉴定部门的同事比对，上面残留的指纹与程桀的一致。而经过法医的鉴定，这把手术刀与受害者胸腔的伤口吻合，证明这便是凶手使用的作案工具，这使得程桀的嫌疑变大。

　　"请程先生解释一下。"

　　程桀扫了一眼手术刀："我没有杀过人，我是很需要心脏救我妻子，但杀人这种事我不会做。"

　　警察问："有什么证据证明不是你吗？"

　　程桀："没有，哪个被冤枉的人能分分钟拿出证据？"

　　审讯的警察被他噎了一下。

　　"我有一间地下室，收集着世界各地的名医信息，以及心脏捐献的正规渠道，事发当晚我就在我的地下室里，这是钥匙，你们可以去那里查监控。"

　　他拿出钥匙推向审讯的警察，整个人往后靠了靠，嗓音严肃而低沉："至于这把手术刀，我从未见过，假如我真的要杀人，为什么不使用方便称手的水果刀，而要用不太熟悉的手术刀？"

　　几名警察对视一眼，对于这一点，他们其实也有疑惑。

　　不久前法医那边提供了线索，那具尸体的切割手法非常专业，哪怕程桀饰演过医生这个角色，也接受过专业的培训，但要达到这样高超的水准几乎是不可能的。

　　"有没有一种可能，有人伪装是我？"程桀若有所思着，做了一个大胆的假设。

　　玻璃后面旁听的警察们暗中打量程桀，发觉他根本没有一点杀过人的心虚和紧张，要么是真的没有杀人，要么就是太能掩饰。

　　听审的警察立刻让人着手去查，一个小时后，队员带来结果，确实像程桀说的那样，凶手作案时他的确没有离开过家，而是一整晚在自己的地下室里，监控也已经拷贝一份带来了。

263

审讯室里，程桀淡淡一笑："不如我们做个实验，你们放出消息，就说因为证据不足，只能把我释放。然后看看那个凶手会不会再作案嫁祸我。"

警察问："假如根本没有凶手作案，你只是想拖延时间呢？"

程桀笑容轻嘲："试试不就知道了。"

不管怎样，案子还是要查的，程桀就是关键，如果凶手不是他，也一定和他有千丝万缕的关系。

警察最后决定采用程桀的建议，做个圈套，引蛇出洞。

【8】

雨一连下了很多天，而樱桃的身体就像这大雾笼罩的天气，越来越没有精气神。

她有些庆幸程桀不在，可以不用看到她这个样子，免得伤心难过。

如果可以的话，樱桃想离开所有人，找个地方睡一觉，做个梦，也就去了。而不是现在每天睁开眼，只能看到喻丽安哭得红肿的眼睛和家人担忧的目光，她总是因此感到很抱歉。

令人意外的是，今天的病房里出现了一个陌生的中年男人。

他慈眉善目，宽厚敦实的模样，对刚醒来的樱桃露出笑容："你感觉怎么样？"

樱桃嚅动着嘴唇，费劲地说："累……"

男人点点头，笑问："你还记得我吗？"

身边的顾璟和喻家人都有些惊讶，难道他俩认识？

樱桃的确有些印象，可总也想不起来。

男人看着她如今虚弱苍白的脸，不禁想起了曾经。

"可我还记得，你是我遇到过的最有灵气的学生。"

樱桃学医这条路遇到过太多的指路明灯，每一个老师她都清晰地记在心里，可是这位……

"实在抱歉，我对您有些印象，但想不起来。"

男人温和一笑："想不起来也没关系，我不是你的老师，我叫顾松。"

樱桃微惊，"顾松"这个名字在整个心外科都是如雷贯耳的存在，他不仅在医学上有巨大的贡献，还投身于医学科学，致力于研究适合人体的永久人造心脏。是心外科学子们心中的灯塔，也是樱桃尊敬的前辈。

樱桃当初刚入行，有幸见过顾老师一面。

她赶忙要起身，顾松按住她："别动，你现在应该好好休养。"

樱桃有些难为情："真没想到再重逢，我和老师竟会在这样的境地谈话，辜负了老师的'灵气'二字。"

顾松严肃地摆手："我夸过的学生很少，你是其中之一，千万不要妄自菲薄。我常常跟我的学生说，咱们做医生最重要的就是有舍己为人的品质。喻医生做得很好，丝毫不比健康的医生差！"

樱桃笑容谦逊,并未有任何骄傲自满。

顾松暗自点了点头,说出这次来的目的:"你放心,你是我看中的学生,又是我女儿未来的姑姐,我怎么可能不救你?"

樱桃看向满面笑容的顾璟,终于明白前因后果,原来顾老师是顾璟的父亲。

喻丽安一听女儿有救,激动不已:"顾医生,我们家樱桃这个情况必须进行心脏移植,您看……"

顾松示意喻丽安少安毋躁:"现在有两种方案,一种是心脏移植。我的医院有几名垂危病人,已经签署了遗体捐献,但具体能不能配型成功还得看后续的指标。第二种是我们研究室最新研究出的人造心脏。较以往人造心脏的寿命有所提高,产生的并发症也相对减少。当然,我最希望的是她能有配型成功的心脏。"

喻丽安无比感激:"谢谢顾医生,这也是我们所希望的!"

她满怀期望地握住樱桃的手,破涕为笑:"有救了!"

就算是人造心脏,只要维系得好,也可以活得长久些,说不定未来还可以等到永久型的人造心脏,只要人活着,总有希望!

樱桃也笑:"嗯,有救了。"

只是这个好消息,程桀还不知道。

程桀因证据不足被释放的消息很快登上各大新闻头条,网民自然不同意,四处痛骂警方无作为,但淮城警方根本不给予任何回应。

程桀不能去看望樱桃,电话联系也不行,警方虽然采用了他的提议,并不代表信任他。

警察二十四小时监控他,当然,这一点进行得非常保密,除了程桀,没有其他人知道。

一周的时间足以发生太多事,例如无数戏剧性的转折,樱桃花了八年都没有找到的心脏,竟然在顾教授这里发生了转机。

他在美国供职的私立医院前不久收治了一名垂危病患,这颗还没有登记录入系统的心脏受到樱桃的关注,后来有幸获得捐赠。

现在的配型很成功,这颗心脏年轻而健康,充满活力,完全适用于樱桃。

除此之外,在这一周里,淮城一酒吧里再次出现命案,目击者证实是程桀行凶。

警察局接到报案,听完这套说辞后,看向了监控视频里正在家里专心致志为妻子寻找心脏的程桀。

离开警察局后,程桀一步也没有踏出家门,连吃饭都是自己做,因此没有任何人去过他的家。程桀二十四小时都在警方的监控范围内,没有机会出门犯案,也就是说,他根本不是凶手!

如他所说,真的有人假扮他四处杀人,想要栽赃嫁祸,可是为什么呢?对方又是谁呢?

又一起命案的发生让舆论越演越烈，无数网民请愿封杀程桀。

樱桃在看过几次新闻后难以入眠，辗转反侧时，忽然看到病床前的黑影。

对方不知道什么时候进入病房的，也不知道站在那里多久了。

樱桃没动，黑影也没动。

冗长的沉默后，樱桃伸手摁亮床头灯，看到了院长。

"院长，您怎么在这里？"

不对，院长和平时很不一样。平时的院长亲切和蔼，犹如家中爱护幼小的长辈，可眼前的院长眼神冷漠，面色冰冷。

他拿出手术刀，冷笑："你说我要做什么？"

院长高举着手术刀迅速地扑了过来，一下子将樱桃摁倒，樱桃也迅速抓起桌上的水果刀插进他的小臂。

院长惨叫一声，破口骂了出来："贱人！"

就在院长再次向樱桃扑上去时，病房的门忽然被踹开，程桀带领警察蜂拥而至。

男人转头想对程桀出手，程桀大步上前踢开他手中的刀，警察迅速上前将其制伏。

程桀看向樱桃，她握着水果刀满脸戒备。

程桀担心她伤着自个儿，替她把刀扔开，樱桃立刻抱紧他。

程桀忙哄："别怕，我来了。"

安慰好樱桃后，程桀走到男人跟前，忽然捏住他的脖子想要将其拖到墙边，警察拦住了程桀的动作。

程桀自然不依，只要想到晚来一步樱桃就有可能出事，就控制不住地暴躁。

警察安慰道："我们理解你的心情，但请将人交给警方，程先生所受的冤屈，警方一定会还你公道，一定会将坏人绳之以法！"

樱桃下床拉住程桀："别冲动。"

有她的温柔安抚，程桀才渐渐冷静下来。

樱桃看向院长，觉得不可思议："为什么是你？"

院长冷冷一笑："他断我财路，让我的亲人都进了监狱，我怎么可能不恨他？我也要让他尝尝众叛亲离，失去挚爱的滋味！"

程桀眯着眼睛想了会儿："器官买卖那几个人渣是你的亲人？"

如果是这样，他这些年做的缺德事绝不止这几件命案。说不定私立医院院长这个身份只是掩饰，他背地里有更庞大的灰色交易网，警察们意识到这一点，想尽快带他回局里审问。

警察："感谢程先生配合我们查案，之前多有得罪，请见谅。"

程桀要说一点不埋怨那是假的，如果当初樱桃真的有个三长两短，他又因为被警察带走而没有见到她最后一面，会抱憾终身。但当时的情况的确紧急，警方也是按规章做事。"

程桀淡淡点了下头,表示自己不计较。

警察们没有再打扰,押着院长匆匆离去。

程桀看向乖巧坐在床上的樱桃,一阵后怕。

院长的目的很明显,他的身形与程桀相似,在深夜作案时,又故意仿照程桀的穿搭风格打扮。程桀是万众瞩目的大明星,他的广告在商场、地铁站、电影院等大型公共场所随处可见,就算有人不认识他,至少也会觉得眼熟。这样在有人目击到他在行凶现场时,目击者将在他的有意误导之下,直指程桀是作案者。

可仅仅是人证还不够,要想让程桀定案,必须有更关键的证物。

院长准备的铁证便是那把手术刀。

程桀曾在他就职的医院取景拍摄电影,他很轻易就能拿到程桀沾过的医疗器械,上面还保留有程桀的指纹。院长用这把手术刀犯案,在被流浪汉目击后,又"非常偶然"地遗落在犯罪现场,使它成为日后能给程桀定案的物证。

而院长之所以这样苦心孤诣地设计,甚至不惜杀人,就是想让程桀身败名裂,在监狱里度过一生。但是程桀因证据不足被释放的消息传出后,院长开始感到着急,就在程桀和警方都觉得凶手会再度杀人栽赃嫁祸的时候,他竟然把目标对准了樱桃。

程桀这段时间一直不敢出现在樱桃身边,就是怕给她带去危险,千防万防……

好在他们发现得及时,赶来得也正是时候。

程桀用力把樱桃揉进怀里,深呼吸平复着不安的心。

"我没事。不仅没事,我还要告诉你一个好消息。"樱桃弯起唇,在他耳畔轻轻说,"我找到和我配型成功的心脏了。"

周遭的空气一下子变得静谧,樱桃甚至感觉到他瞬间的木然,连呼吸都变得小心翼翼。

"阿桀,你开心吗?"

她以为程桀会笑,会和喻丽安他们一样激动。她期待着他的反应,可他做的第一件事竟是放开她,走进了洗手间。

樱桃疑惑地站在洗手间门外,听到里面传出来的水声,那水声里隐藏着深沉压抑的哽咽,都是他再也撑不住的恐惧和精疲力竭,现在终于可以完全释放。

樱桃没有打扰,默默在门外陪伴。没有人比她更清楚程桀承受着什么,他表面装得潇洒无所谓,其实比谁都害怕她离开。

半个小时后,洗手间的门打开,程桀走出来一把抱住她,嗓音沙哑地问:"所以,你一辈子都会陪着我对不对?"

樱桃笑着点头:"我会。"

"开心。"

"啊?"

程桀多日来充满阴霾的眼眸终于漾起笑意："回答你刚才的问题。
"喻樱桃,我非常开心。"

真相大白,警方公布调查细节与最终结果,嫌疑犯另有其人,程桀洗脱罪名,所有误会解开,网友纷纷向程桀表达歉意。

警察一举端了他背后的器官买卖团伙以及相关交易链。当然,法律一定会给予这些人应有的惩罚!

考虑到诸多因素,樱桃的手术在国外医院进行,当天天空不合时宜地下起雨,这让程桀想起很多事,她走的那天在下雨,她心跳骤停的那天也在下雨。

是否,今天这场雨也是为了带走她?

程桀从兜里拿出一颗樱桃从前喜欢的糖放进嘴里,虽然怎么也尝不出甜味,心底却出奇地平静下来。

不管结果如何,他都接受。

樱桃走或者留,他都跟随,这样的结局也算圆满。

很久之后,久到程桀的身体被冷风吹得麻木的时候,手术室的门终于打开,顾松从里面走出来。

所有人屏息凝神,煎熬地等待着最后的宣判。

顾松在众人脸上扫视一圈,最终定在程桀脸上,与他对视着,露出如释重负的微笑:"恭喜,手术很成功。"

也就是那瞬间,整个世界大雾散尽。

程桀身后和心中的雨,都慢慢停了。

—正文完—

番外一·甜蜜日常

我会爱你很久很久,直到我们老去,死去。

✦

【1】
樱桃给很多病人做过手术,但今天是她躺在手术台,这样的心情有些微妙。
顾松看出她的紧张,温和地安慰:"相信我。"
樱桃笑容自嘲:"我不是不相信老师,是不相信我自己的身体。"
进入手术室后,她就有种说不清道不明的心慌。
"要像相信我一样相信你自己,喻医生,我们一起努力。"
樱桃尽量摈弃杂念:"知道了。"
就像往常她给病人做手术时一样,麻醉师先为她推进麻药,让她放轻松,别紧张。
当麻药完全进入身体后,樱桃的眼皮慢慢变重,很快就闭上了眼睛。但奇怪的是,身体虽然已经麻木,但头脑还很清醒,她试图说话,却发现张不开嘴。她能清楚地感受到顾医生用手术刀切开了她的胸腔,她听到皮肉被割开的声音,可是没有一点痛感。
当自己的心脏被取出来时,她的灵魂仿佛也被一股力量推出了身体。
樱桃透明的身体飘在半空中,目睹着一颗鲜活跳动的心脏被装进自己的胸腔里。
这一切是怎么回事?
她为什么会离开自己的身体?
是梦境吗?还是……

接下来的手术非常顺利，一切都很完美。

她看着顾医生走出手术室，对程桀和所有人宣布手术的成功。

她看到所有人为这个喜讯喜极而泣，看到了程桀眼中的狂喜。

可是这一切都不应该，她不应该看到这些，正常情况下，她现在麻醉还没醒，而不是像幽魂一样飘在半空中，没有任何人发现自己。

樱桃试图回到自己的身体，可肉身像有一道屏障将她弹开，无论她怎么努力也回不去。

她看着自己被送进ICU观察，脱离危险期后转入普通病房。

她看着程桀和家人精心地照顾自己，可奇怪的是，一个月过去，两个月过去，她竟然还没有醒过来。

她看着程桀从一开始的满怀期待，到后来的煎熬折磨。

她想与他建立联系，想拥抱他，可她是透明的，任何人触碰不到也看不见她。

哪怕她再不愿意，现在也不得不思考，是不是在心脏被拿出体外时，她就已经死了？

最终的答案出现在她忽然停止的心跳上，那颗崭新的心脏到底还是没能拯救她，连同她身体里每个器官都已衰竭，回天乏力。

没有人能接受这个打击。

是啊，本以为一切都会好起来的时候，事情忽然超出意料。

樱桃看到母亲哭得昏厥，朋友与家人们乱作一团，令人意外的是，程桀最为平静。

他似乎没有听到医生残酷的宣判，无悲无喜，专注地凝视她已经苍白得没有任何血色的脸。他抚摸着她的面颊，无比温柔和虔诚，他缓慢地俯身吻在她那凉透的唇上，像种膜拜的仪式。

那之后，悲伤笼罩着所有人，没人顾得上程桀，当喻丽安准备为女儿处理后事时，却已经找不到她的尸体。

樱桃的灵魂跟在程桀身后，她努力呼喊他，阻止他，可他什么也听不见，而是抱着她的尸体走向荒凉的远方。

他走了一天，到深夜时仍旧不知疲倦地继续前行。

他抱着她上山，极为小心地不让任何杂草触碰到她。

天黑后路不好走，只有一轮月照亮前路，程桀险些跌倒时立即用膝盖撑在地面的石头上，牢牢地抱住她。石头硌得膝盖很疼，但都没关系，他不能让樱桃的婚纱弄脏，更不能让她摔在地上。

没错，她现在穿着他挑选很久才挑出来的婚纱，她活着的时候他没能来得及给她一场婚礼，现在……

程桀看着她被月光笼罩的脸，就像睡着了一般沉静温柔。

程桀像害怕吵醒她似的，低低地呓语："就快到了。"

他站起来继续走，走进那片黑暗的树林，惊走树上的鸟。

他背影孤寂，月光影影绰绰落在树林旁的小河里，倒映出今夜旷世的悲凉。

终于，程桀抱着她走到墓地。

他早就购置好棺材放在里面，很宽敞，够两个人睡。

樱桃想要阻止，却怎么都触碰不到程桀，只能眼睁睁看着他将自己的尸体抱进棺材里，也跟着躺进去。

今夜星河灿烂，月色美不胜收，好像一种礼赞，又像是另类的告别。

程桀抱着她冰凉的身体，心已经变得很平静。

"你看，"程桀轻声在她耳边哄，"带你看星星了。"

风声似哭泣，回答他的只有墓地的沉闷。

程桀抚摸着她的头发，然后亲吻她的脸颊和唇，每一个吻都充满从未有过的用心和疼爱。

"你肯定不知道，让你穿上婚纱嫁给我，是我的人生理想。"

他轻声笑："喻樱桃，你别嘲笑我没出息。你不知道你有多好，自从遇到你，我每天只想一件事，那就是娶到你。我这人没读过多少书，家境不好，身世不好，人憎狗嫌，你竟然会愿意和我做朋友，傻不傻啊你？"

程桀用食指轻轻敲她的眉心，好似又怕她疼，怕她生气一样，忙亲了亲："你给我留的那封信，我并不恨你，只是有一些埋怨。我不怕你嫌弃我，就怕你不要我。我怎么可能舍得让你跟着我吃苦？我拼了命也会让你过上好日子。

"分开的这八年，是我人生中最遗憾的日子，我去国外找过你很多次，也去过伦敦。可是你真会藏啊，不愿意出现让我看一眼……"

他忽然停下来打量她的脸色，明明还是和刚才一样麻木冷冰毫无变化，他却有些紧张和神经兮兮。

"你不要生气，我没有怪你的意思，我只是恨自己为什么没有早点找到你，让你一个人承受那么多。

"你知道吗？你走后的每一天我都很难受，只有发了疯地努力才能稍微转移一些注意力。我每次费尽心机往上爬，都是希望你能注意到我，都是在求你回到我身边。

"现在好了。"

程桀抱紧她已经僵硬的身体，笑容有种古怪而诡异的满足感："从今以后你只能留在我身边了。"

他捧起她的脸，在月光下缱绻地吻自己的新娘："等我们到世界的另一边，你别这么欺负我了好不好？

"……别扔下我。"

飘在半空的樱桃心急如焚，无计可施，想要冲进自己的身体，却总是被屏障弹开。而程桀已经打开那颗菩提，拿出里面的药，没有丝毫犹豫地放进嘴里。

271

他最后吻了吻樱桃，缓慢而坚定地拉上棺材盖，直到棺材完全合上，身为"阿飘"的樱桃也没能阻止。

　　她慌乱地在墓地周围打转，思考用什么方法救程桀，却被一股力量忽然拽走……

　　"程桀！"

　　睁开眼睛时，樱桃正躺在温暖的怀抱里，熟悉的手掌放在她腰间。

　　程桀抬起她的脸，表情和刚才的诡谲完全不一样，温倦慵懒，眼睛也是有温度的。

　　他很温柔地擦去她眼尾的湿润，低声问："我在这里，做噩梦了吗？"

　　樱桃愣怔地看着他，神情不可置信。

　　程桀让她躺得更舒服些，轻拍她的后背，抚摸她的头发："梦见什么了？"

　　所以……是噩梦吗？

　　但梦境实在太恐怖，樱桃到现在还觉得胆战心惊："梦见我死了，你也跟着……"

　　程桀的手微顿，如果樱桃真有个三长两短，他是有这个打算。万幸的是樱桃恢复得很好，很健康，身体对新心脏的接受度良好。

　　见她心神难安，程桀笑得有些不正经起来，慢条斯理地挑开她睡衣的蝴蝶结。

　　樱桃还沉浸在梦里那个恐怖的世界，糊里糊涂地被他搵住腰。程桀沙哑的声音提醒她："与其担心梦里的我，还不如想想你接下来的处境。"

　　樱桃："不是刚刚才……"

　　程桀封住她的唇，手指揉进她头发里托起她的脸，深深吻下去："不够。"

　　尽管是噩梦，但这样的噩梦给人留下的影响太深，樱桃之后几天还总是想起梦里的情景。

　　她实在不放心，在之后的一段时间里多番留意程桀的一切动向，通过许多渠道和方法才终于得到墓地的信息和地址。

　　她一路找去，果然在荒凉的山上找到一块墓地，墓碑上刻着她和程桀的名字，明显是双人墓。

　　下午时，程桀从公司回到家，看到樱桃一个人坐在阳台上吹风。

　　程桀皱眉上前，从后面抱住她："身体刚好一些，怎么就吹风？"

　　樱桃没说话。

　　往常樱桃总会乖巧地依偎过来，程桀觉得有些不对劲，将她的脸转过来，看到她一脸的泪痕，他的心杂乱无章起来："怎么了？是哪里不舒服吗？"

　　樱桃抓起他的手，看着他的菩提手串："里面装的是什么？"

　　想到那个梦里他吃下早就准备好的致命之物，樱桃既生气又心痛，不等他回答就急切地寻找着他装药的菩提珠。

　　程桀按住她的手，用指腹擦去她的眼泪："你别哭好不好，我给你。"

　　他打开其中一颗，拿出里面的东西。

　　是的，他还没有扔，仍旧做好随时陪她共赴黄泉的准备。

　　不管是现在，还是未来的某一天。

　　樱桃抓过那颗药扔在地上，程桀立即抱住她："别哭，别哭。"

　　他用手轻抚她微颤的身体。

　　樱桃轻声问："你不是说过，我不难忘吗？"

　　程桀舍不得她难过，心揪成一团，格外疼宠地吻她的发丝："笨不笨啊，那是骗你的。"

　　"所以真话是什么？"

　　程桀轻声低语："我不能失去你，樱桃。"

　　樱桃鼻酸："以前我就是这么被你骗到手的。"

　　他笑："嗯。"

　　"我去看过墓地了。"

　　程桀已经猜到这一点，用一种轻松的语气说："留着咱们以后用，就算是死，我也跟你埋一块儿。"

　　樱桃有点想哭，又有点想笑："说不定老了以后你就嫌弃我了。"

　　"不会。"

　　"你怎么知道不会？"

　　程桀把她抱进屋，搂在腿上，耐心地哄着自己的心尖尖："因为我会爱你很久很久，久到以后的每一分钟，每一天，每一年，直到我们老去，死去。"

【2】

　　淮城这座城市，向来雨水比阳光多，可自从樱桃手术成功之后，却再未下过一场雨。

　　樱桃的身体已经完全康复，如今和常人一样健康。

　　对樱桃来说，最幸福的事莫过于从前不敢奢望的事现在成了真，例如早晨醒来是在程桀怀里。

　　她一动，程桀就睁开眼睛，偏过头看着她轻轻挑起眉："睡够了？"

　　"嗯。"

　　"那行。"程桀搂着她起来，"去吃东西。"

　　他其实很早就醒来，提前准备好了早饭保温，就等着她醒过来。

　　程桀先抱她去洗手间，陪她一起洗漱。

　　樱桃看着镜子里帮自己梳头发的男人，眼睛弯了弯，从未想过这样的生活会属于自己，虽然平凡简单，却十分幸福。

程桀同样勾起唇，替她接一杯温水让她漱完口，然后转过她的身体，用擦脸巾一点一点温柔地擦去她嘴角的湿润。

"检查。"

樱桃踮起脚，给他看自己刷得白白净净的牙齿。

程桀笑了声，煞有介事地捏着她的下巴打量。

樱桃自从病好后，被娇养得气色越来越好，从前瘦削的双颊变得饱满，美貌自然进阶。

程桀承认，他现在确实被她迷得五迷三道。

"很好，表扬。"

他轻轻啄吻她嘟起来的唇。

樱桃笑得格外甜蜜，也踮脚亲他。

她的眼神再也不是从前的克制从容，温柔缠绵得能腻死人，简直能用"含情脉脉"来形容。这世界上没有任何一个正常男人能顶得住心爱的女人这样看自己，程桀同样。

几乎是一瞬间，他体内就有股欲念在蠢蠢欲动，可想到昨晚的放纵，他还是舔着干燥的唇强压下去："先吃东西。"

"听你的。"

她乖巧又顺从，满眼都是他。

程桀感觉整个人被她拿捏得死死的，都舍不得让她走过去。

"我抱你。"

樱桃把柔软的身体靠过来，纤细的手臂圈住他的脖子："好呀。"

程桀的视线落在她饱满的地方，心口火烧火燎的，暗骂自己没骨气。

程桀抱着樱桃去阳台，把早餐端到外面来吃。

最近天气很好，多晒太阳对樱桃身体好。

"吃完想做什么？"程桀问。

"逛超市。"

太过朴实无华，程桀看着她。

樱桃却是期待："就想和你手牵手做一些很平凡的事。"因为这些都是她从前想都不敢想的。

程桀回忆起过去就心疼，喂她吃块水果，揉她的头："你说什么都好。"

吃完饭，樱桃化妆的时候，程桀和雪花都陪着她。

樱桃看着镜子里专注看自己的男人，忽然想到什么。

程桀捕捉到她眼中闪过的狡黠，懒洋洋地靠过去："想给我化妆？"

"你怎么知道？"

程桀将脸贴到她脸上，嗓音里带着宠溺："化呗，只要你高兴。"

樱桃开心地在他脸上亲一口，捧起他的脸左瞧右瞧。他的五官英朗深邃，很有男人味,化了妆应该格外"好笑"才对。

"先上粉底吧。"

程桀"嗯"了一声,完全把自己交出去,随便她玩的样子。

樱桃挑选出一个挺白的粉底液,细心地为他涂上。程桀凝视着专心致志为自己化妆的樱桃,稍稍凑近就可以吻到她。

樱桃笑了笑,杏眼跟着弯起。

程桀喜欢极了她的笑,又亲她。

樱桃声音带嗔:"别动呀。"

程桀索性把她抱到腿上,环着她的腰,手有些不老实。

樱桃抽空拍了他几下。

程桀被逗笑:"摸一下又不犯法。"

樱桃看着程桀,他立即投降:"成成成。"

给他化好底妆,樱桃开始为他描眉,刻意把男人锋锐的剑眉化成两条"毛毛虫"。她边化边笑,乐不可支。

程桀漫不经心地往镜子里看一眼,他的眉毛好像两根黑黑的烧火棍。

樱桃笑得瘫倒在程桀怀里,他扶起她:"继续不?"

"当然。"

可是一见他,樱桃就忍不住笑,给他化眼线时手略抖,化得歪歪扭扭。程桀也没管,只看着她思考,很想个办法让她一直这么开心。

接下来,樱桃为他打腮红,涂上口红,用黑色眼线笔在他鼻子旁边化一颗硕大的痣。

程桀看着镜子里的自己,一时之间找不到合适的形容词。

樱桃笑得东倒西歪,程桀第一次见她这样开心,也露出笑容。

雪花歪着脑袋打量程桀,似乎在思考这个人是谁。

樱桃笑眯眯地去穿衣服,程桀过去帮她。

好在樱桃顾及程桀是个公众人物,出门前给他戴上墨镜和口罩。只要遮住脸,他仍旧是那个高不可攀的矜贵影帝。

超市这种地方虽然随处可见,但樱桃很少逛,程桀能感觉到她的期待。她也真是容易满足,简单逛个超市就可以开心,让程桀很心疼。

他们来到淮城最大的超市,共八楼,准备从一楼的服装区逛起。

樱桃看到情侣装专卖店,有些向往。程桀果断地牵着她的手走进去:"喜欢哪套?"

樱桃不太相信程桀这样的性格也会愿意穿情侣装:"你不会觉得很幼稚吗?"

程桀戴着墨镜,樱桃看不到他眼中的宠溺,却能听到他低沉的嗓音:"不听老婆话的人才叫幼稚。"

275

樱桃被他哄得开心，选了一套最契合他们风格的衣服带走。

二楼是生活用品，樱桃准备为他们的小家添些东西，程桀推着购物车跟在后面。

她拿不到东西时，只需要看他一眼，他就会走过来抱起她。

逛到三楼的时候，樱桃发现很多人在偷拍他们，程桀虽然戴着口罩和墨镜，但并没有十分难认，况且有她在，别人很容易就辨别出这个男人是谁。

樱桃忽然有些后悔出来逛超市。

程桀把她往怀里揽，嗓音散漫低柔："继续逛，别怕。"

"咱们买好东西还是快走吧，以免造成超市拥堵。"

程桀用口罩蹭了蹭她馨香的发丝："听你的。"

似乎是因为程桀对她的亲昵，樱桃听到附近几名女生小声兴奋地尖叫。

樱桃脸皮薄，把他推开些。

程桀偏要贴上来，嗓音低缱迷人，懒洋洋地撩拨她："怎么了？"

"有人看。"

"有人看怎么了？你是我老婆，我亲近你光明正大。"

樱桃发现那几个女生朝他们这边走了过来，连忙让程桀规矩些。

"请问……是程桀和喻医生吗？"

程桀转过脸。他气场强大，戴着墨镜的样子更显淡漠，让人不敢接近。

"有事？"

几个女生很激动，毕竟在这种地方遇到大明星实在难得。

"没什么没什么，就是觉得二位郎才女貌，天作之合，佳偶天成，实在非常般配！"

几个女生双手竖起大拇指，特别是在看到程桀和樱桃牵在一起的手时，双眼放光。

程桀兴味地扬眉，明白了，这是遇到传说中的"CP粉"了。

"谢谢。"

樱桃被夸得不太好意思。

其中一个女生大着胆子问："能不能跟两位合张影？"

程桀看向樱桃："你愿意吗？"

樱桃脾气好："可以的。"

几个女生兴高采烈地围过来自拍，拍完后看照片。照片中的程桀始终没摘墨镜和口罩，不熟悉他的人根本认不出是他。

一个女生再次大着胆子问："能不能……摘掉墨镜和口罩？"

樱桃想到程桀化了妆，如果这样拍照被曝光，所有人都会笑他的。她刚想帮程桀拒绝，程桀却已经摘下墨镜和口罩，露出了整张脸。

惨白的底妆，烧火棍一样的眉毛，弯弯曲曲的眼线，两坨高原红和夸张的口红，最令人啼笑皆非的是他脸上那颗媒婆痣。

沉默在蔓延……

"还拍吗？"程桀顶着一张滑稽的脸，用非常漫不经心的语气问。

女生们表情呆滞："拍。"

拍完照后，樱桃迅速为他戴上墨镜和口罩，赶紧拉他走，还没走远就听到几个女生肆无忌惮的笑声。

樱桃也觉得好笑，程桀俯身看她努力控制的嘴角："想笑就笑呗。"

樱桃才不，板起脸故作严肃："你就不怕影响你的形象吗？"

程桀望着她忍得有点痛苦的脸，指尖顶起墨镜，露出叫人忍俊不禁的眉毛和眼线："我觉得挺好看的，你每天都给我化呗。"

樱桃怕被别人再看到，赶忙把他的墨镜戴上，挽着他手臂离开。

他们没有立即回家，毕竟淮城里有很多樱桃没有去过的地方，接下来的日子，程桀将用自己全部的时间陪伴她。

恢复健康的樱桃也发生了一些改变，开始会释放自己的情绪，学着去感受，会表露自己的心情。

散步到公园，樱桃仍兴致勃勃，会认真地观赏公园里的花草树木，对什么都充满乐趣，和以前很不一样。

程桀明白她是想认真地活着，真是可爱又令人心疼。

程桀："开心吗？"

樱桃收回目光，看着他，答得认真："只要和你在一起，我每时每刻都开心，就算什么也不做，只要这样看着你，我都很开心。"

程桀呼吸一窒，心都快被撩酥了："喻樱桃，谁教你说的这些话？"

樱桃踮起脚，声音甜软，略带撒娇："你不喜欢吗？"

程桀都快喜欢死了，但承认好像有些丢脸，口是心非地咬牙切齿："我迟早被你玩死！"

樱桃皱了皱鼻子，模样娇俏。程桀被她可爱到，觉得自己快完了，给她当牛做马都行。

程桀："还可以更开心，想玩吗？"

"什么呀？"

程桀忽然把她背起来，朝前跑了起来。

秋风送爽，公园里的银杏叶铺了一地，程桀背着她去抓树上飘落的银杏。

听着她的笑声，程桀整颗心都被填满。

"喻樱桃。"他嗓门忽然提高。

樱桃茫然："怎么了？"

"我爱你！"

几个老头老太太朝这边走过来，刚好听到这句告白，樱桃的脸有些发烫。

"喻樱桃！"

程桀知道她肯定害羞了，开始犯浑使坏。

樱桃连忙捂住他的嘴："不准说，快走！"

程桀被这小傻子逗笑。

她捂得很紧，他根本说不了话。

几个老人家都走远后，樱桃报复地咬住他的耳朵："你真讨厌！"

程桀听她说讨厌，心里反倒有些痒，真想对她做点讨厌的事。

"我也爱你。"

他正心猿意马的时候，樱桃忽然这样说，简直火上加油。

程桀的心被她搞得七上八下，颠三倒四。

樱桃怕他听不见，双手做喇叭状，甜蜜蜜地轻声细语："程桀，我也爱你，很爱很爱。"

【3】

程桀现在热衷于做公益，从前这种事他一般交给团队负责，他只负责出钱。

但现在，他会认认真真地了解情况，给看不起病的穷人送钱，为贫困山区设备不完善的医院送去先进的医疗器材，还捐钱修建医院，资助没钱上学的医学生。

他仍旧戒烟酒、忌荤食素，手腕上戴的菩提始终没有取下来过。朋友们都笑他居然信这个，无人知晓，程桀唯一的信仰只有喻樱桃。

她现在很健康，虽然还是不能做高强度运动，需要好好保护心脏，但是比起从前真的好了太多。

程桀心怀感恩，便想竭尽所能回馈社会。

他想，有很多人像他曾经那样无助过，那么既然他挺过来了，在力所能及的情况下为什么不帮帮他们呢？

多年后，这世上就会有很多和樱桃一样健康的人，他们的爱人和家人都会获得救赎。

当然，程桀也有一点自己的私心，他信"好人有好报"这句话，所以多做善事，说不定下辈子还能遇见樱桃。

樱桃因此很开心，总夸奖他，用一种崇拜的目光看他。

程桀是男人，哪顶得住，表面浑不在意，心里早就乐开花，特受用。

最近他还成为某健康栏目的代言人，樱桃特意从书店买回他的代言海报。

她把海报贴墙上时，程桀懒散的嗓音明明透着愉快，却口是心非："贴这玩意儿做什么，我不天天在你眼前？"

"不行。"樱桃贴得很认真，"以后家里要贴满你的海报。"

程桀笑着扶稳她的腿："怎么不贴你的？"

"你是明星啊，我又不是明星，家里出个影帝多不容易。"

程桀没多说什么，可第二天，樱桃发现她贴在墙上的海报不见了，取而代之的是喻丽安和纪良试婚纱那天，程桀参与进来，而她被纪樣推到他怀里的那张照片。

他原来真的向摄影师买下了那张照片。

照片上喻丽安和纪良看着镜头微笑，纪樣有些不耐烦，而她和程桀抱在一起，都有些惊讶和愣怔。

那时候的樱桃绝不敢想，她真的会嫁给程桀，还会恢复健康。

程桀环抱双臂倚在门边看樱桃，樱桃笑问："怎么换了？"

程桀走过来揽她入怀："两个人的家当然要放两个人的合照，我在你面前只是你老公，不是明星。

"更何况——"

程桀玩味地看着她，话锋突然一转："我听说你还收藏着我很多海报，就是不知道你什么时候拿出来给我看看。"

八成又是喻天明喝醉后胡言乱语，樱桃才不愿意承认自己偷偷做这种事，明明脸都已经红了，还淡然摇头："我听不懂你在说什么。"

程桀觉得她这副一本正经撒谎的样子也挺可爱，轻笑："小骗子。"

樱桃不想继续这个话题，依偎到程桀怀里搂住他的腰："我有点饿了。"

程桀握住她手带进衣服里，摸到自己紧实的腹肌，使坏道："吃我呗。"

樱桃的手和脸一样烫："什么啊。"

程桀沉沉地笑："怎么回事啊你，结婚这么久了还没习惯？"

话是这么说，可他其实喜欢极了樱桃害羞的样子。

程桀没再逗她："吃什么？"

虽然樱桃刚吃过没多久，他也明白这是她找的逃避理由，却没有嫌麻烦。

小心肝嘛，就得宠着。

樱桃其实根本不饿："我突然想出去走走。"

程桀好整以暇地看着她乱编："去哪儿？"

"去哪里都可以啊，只要和你在一起。"她就像个矛盾体，容易害羞，又总是说出一些程桀平时都有些说不出口的情话，把他撩得晕头转向、糊里糊涂。

他几乎瞬间就投降，嗓音跟着哑下来："老公喜欢去床上。"

就这样，樱桃被安排得明明白白。

中秋节那天，程桀带着樱桃回娘家。

他俩来得正是时候，恰好遇到向权儒苦苦哀求喻丽安回心转意。喻丽安态度坚决，还用擀面杖打人，向权儒却始终不愿意走，甚至跪下来求喻丽安原谅。

他最近发生的事樱桃都听说了，听说那个情人骗走他很多钱，公司也遇到了一点麻烦。

人身在福中的时候看不到幸福，贪恋外面的野花，等清醒过来的时候，家花已经变得高不可攀。

樱桃远远看着那个所谓的亲生父亲跪下来求喻丽安,简直和当初坚决要离婚的男人完全是两个人。

程桀握紧她的手:"别不开心。"

樱桃愣了愣,看到他担忧的目光。

程桀轻抚她的脸:"你脸色看起来很不好,很恨他?"

樱桃浅浅弯唇:"也谈不上恨,就是感觉很悲哀。一个人怎么会那么虚伪,我妈在没有发现他出轨之前,他完全可以称得上是一个好丈夫……"

可是到最后,竟然都是假的,这大概也是喻丽安心凉的原因吧。

"你是不是想暗示我什么?"

樱桃听到程桀痞气的问话,有点茫然。

他的手掌摸上她的细腰,故意装得有些吊儿郎当:"我可告诉你,我就喜欢家里这朵栀子花,对外面的野花不感兴趣,你可别借机跟我吵架。"

樱桃本来不太好的心情很快烟消云散,嗔笑:"谁要跟你吵架。"

那边向权儒终于被纪樣和纪良赶走,樱桃牵着程桀回家。

家里的气氛并没有被向权儒破坏,程桀在厨房帮岳父母做饭时,纪樣把樱桃拉去外面,别别扭扭地问:"他对你好不好?"

纪樣如今也会关心人了,樱桃很欣慰:"他要是对我不好你怎么办?"

纪樣冷着脸:"我跟他拼命。"

樱桃浅笑:"你放心,他对我非常好,好得不能再好了。"

"那就成。"

樱桃反问:"你和顾璟怎么样?"

提到这个名字,纪樣瞬间皱眉:"麻烦,话多,啰唆。"

纪樣的性格樱桃清楚,高傲得很,也不缺女孩子献殷勤,顾璟有可能会因为他而伤心。

"阿樣,有些事姐姐不能干涉你太多,但顾璟是个好女孩,记得用心去感受,不要被性格牵着鼻子走,有天如果失去了,会很难受的。"

纪樣最近被顾璟烦得厉害,哪能听得进去,随便就把樱桃打发了。

程桀出来找樱桃时看到纪樣臭臭的脸,挑眉问樱桃:"你弟又怎么了?"

程桀印象里就没见纪樣笑过,臭小子比他还能摆脸色。

樱桃:"和他提了一下顾璟。"

纪樣这高傲的性格迟早受挫,樱桃目露担忧。

程桀可不喜欢她心里想别的男人,挡住她的视线,煞有介事地看自己的手表:"我有一件很严肃的事跟你说。"

樱桃立即端正表情:"什么?"

她太好骗,程桀看着她认认真真的样子,嗓音带笑:"你已经半个小时没有亲我了。"

樱桃一愣,笑得无奈。

程桀张开手臂,樱桃笑着趴在他怀里,仰头去亲他。

程桀声音低沉地说:"随他们去呗,不是谁都像我一样,看到你第一眼就喜欢得不得了。"

樱桃从不知道程桀对她原来是一见钟情。

"你呢,从什么时候开始喜欢的?"程桀问。

这件事说来有些害羞,从前她主动接近他,为他说好话,喻天明的同伴们总是调侃她是不是喜欢上了程桀。

那时候正是情窦初开的年纪,樱桃茫然又羞涩,也这样悄悄问自己。越是思考越是害羞,为了验证自己的想法,她还总是偷偷跑去他打工的地方偷看他。

少年人锐不可当,野性桀骜,和当时文文弱弱的同龄男生们完全不一样,樱桃多看一眼都心"怦怦"跳。

很长一段时间,她都不太敢和程桀对视,还被程桀误以为讨厌他。

樱桃把这些告诉他后,整张脸都红透滚烫,就像那年一样,不敢看他。

程桀慢悠悠地"啧"一声,樱桃把头垂得更低。

樱桃这鸵鸟般的尿样,让程桀看得又好笑又无奈,突然很庆幸是他先喜欢她,直接明了地表白,否则以樱桃这闷葫芦性格,他俩可能就错过了。

"原来……"程桀故意拖长尾音,散漫而戏谑,"你真的暗恋我,羞不羞啊?"

樱桃本来就觉得羞,他还这样逗她,于是恼怒地捂住他的嘴,却能看到他满是笑意的双眸,充满对她的调侃。

樱桃干脆把脸埋进他怀里,死活不再抬起来,这样的躲避方式让程桀笑得双肩微颤。

真是可爱死了。

程桀摸她的头发:"宝宝。"

"别叫我。"

程桀温柔地抬起她的脸:"不生气了。"

"那你不许取笑我。"

程桀帮她把蹭乱的头发一绺一绺地整理好,亲她:"我哪敢。"

"你刚刚就有啊。"

"对不起好不好?"

他简直没脾气,哄她时总是好声好气,樱桃能感受到被认真疼爱。

她哪里会生气?根本舍不得啊,而且程桀也不会让她有机会生气,他简直太能哄人了。

樱桃心里甜蜜,觉得承认也没什么大不了的,轻声对他说:"你说得没错,我就是暗恋你啊,很多年了。"

程桀的心,蓦地漏跳一拍。

281

【4】

跨年前,电影《心外科》上映。

这是程桀的最后一部电影,再加上妻子是心外科医生,还曾经患有心脏病,所以这部电影从定档开始就备受关注。

程桀的名字就是口碑的保障,首映当天,票房打破他往日电影首映纪录,好评如潮,引发前所未有的热烈讨论,很多人开始关注起心外科以及心脏方面的健康。

程桀在电影中的表现令人惊艳,也让人再度惋惜他的息影。

电影投资方深谙情怀营销,打着"程桀最后一部经典电影"的口号,票房一路高歌猛进。

程桀的名字占据各大版面头条,即使已经息影,可依旧在巅峰。

樱桃现在每天打开手机,都是程桀的相关新闻,而正主……

樱桃看向正在给她穿袜子的男人,明明长着最凌厉冷峻的脸,看起来冷冷淡淡不好接近,却会这样疼爱她,细到给她穿衣喂饭。

樱桃笑着用脚尖挑起他的下巴。

程桀略抬眼瞧她,忽然拉住她的脚踝拖下去,把她压住:"闹什么?"

樱桃举起手机:"你要不要重回娱乐圈?"

程桀坐起来帮她穿好另一只袜子,嗓音懒散:"不回。"

樱桃认真打量他的表情,竟然没有找到一丝一毫的不舍:"这么多年的事业,放弃了不会舍不得吗?"

对这件事程桀想过很多,继续拍戏固然光鲜亮丽,但他追求的从来不是这个,而且做演员陪伴樱桃的时间会很少,自己开公司,可以每天都见到她。

"你是不是不想见到我?想赶我走?"程桀似笑非笑。

樱桃发现他最近真的很会脑补,如果哪一天少亲他一下,少说一句情话,他就会怀疑她是不是不喜欢他了。

樱桃有些无奈:"没有啊。"

程桀盯着她,很明显不信,一言不发地帮她戴好围巾和帽子。

他们准备回娘家过元旦,外面这会儿在下雪,樱桃忽然取下他给自己戴的围巾。

程桀皱起眉:"冷。"

樱桃把围巾给他套上,拉他回卧室。

被樱桃推倒在床上后,他挑起眉,慢悠悠地笑了起来:"程太太想做什么?"

樱桃爬到他怀里,程桀松松地扶住她的腰,笑意倦懒:"小浑蛋。"

樱桃早就羞红脸:"我是为了哄你,闭嘴。"

程桀轻笑,虽然没有再说话,可充满情欲的眼神似乎能在她身上点起火。

樱桃干脆蒙住他的眼睛。

程桀笑出声,她立刻捂住他的嘴,反被程桀摁倒……

两个小时后两人才离开卧室,程桀还有些恋恋不舍,被樱桃羞怒地瞪了好几眼。

他们拎着礼物回娘家,喻丽安和纪良早就在家里翘首以盼。

这是樱桃恢复健康后过的第一个元旦,对一家人来说意义重大,每个人都喜气洋洋。

纪良心血来潮,还写了好几副对联贴在家里,樱桃跟他讨要一副,他有些受宠若惊。

家里还买了灯笼,喻丽安和纪良在家里准备饭菜,程桀和纪樣就在外面挂灯笼。

程桀挂好灯笼低头看着樱桃。瑞雪映美人,樱桃身后的白雪簌簌而落,安静祥和,而她看过来的目光温柔如水,足以融化今天的寒冷。

"你俩肉麻不肉麻?"纪樣从另一边窗台跳下来,表情有点厌烦。

程桀冷睨他:"你这单身狗懂个屁。"

"你在侮辱我?"

程桀走到樱桃身边,慢条斯理地把她揽到怀里,当着纪樣的面亲她:"是又怎样?"

樱桃轻拍程桀,想让他别闹,可这落在纪樣眼里,分明就是打情骂俏。

他心情不爽地进屋,朝厨房里的人喊:"妈,有酒吗?"

樱桃和程桀后脚进屋,愣了好一会儿。

纪樣刚刚叫谁"妈"?

很快,喻丽安应了一声:"有!"

纪樣转过头盯着程桀,挑衅地问:"决一死战?"

程桀笑:"上次是谁被我喝到吐?"

纪樣到底小程桀好几岁,有点沉不住气:"你就说喝不喝。"

程桀笑着点头:"行。"

樱桃还有些云里雾里,她这几天没回家,纪樣和喻丽安发生了什么,纪樣怎么就开始喊"妈"了?

程桀和纪樣喝酒,樱桃去问喻丽安,喻丽安对此也有些糊涂:"我其实也不知道他为什么突然改变了态度,但是他能喊我一声'妈',我就觉得这么多年的辛苦都值得了。"

喻丽安笑容满足。樱桃看到母亲鬓边的一两根白发,这么多年喻丽安不止要为她操心,还要照顾纪樣,是绝对值得纪樣喊一声"妈妈"的。

饭菜上桌后,程桀和纪樣还在喝,纪樣已经有些醉,饭都吃不下,而程桀还非常清醒,樱桃觉得纪樣简直是自讨苦吃。

她拿走纪樣的酒,把他扶起来:"我送你回房休息。"

程桀知道他们姐弟有话说,也就没跟去。

樱桃让纪樣躺下后,为他倒杯水,也坐了下来:"怎么突然喊她'妈妈'了?"

纪樣沉默不语,樱桃也不催。

很长一段时间后，樱桃听到他发哽的声音："我错了……姐，是我错了。"

樱桃温柔而耐心："发生什么事了吗？"

他用沉闷的声音讲述前因后果，原来他前几天又跟人发生争执，再次被辅导员要求叫家长。

纪樣本来以为自己已经习惯喻丽安因为他而被老师骂得狗血淋头，可是这一次，却是那样难过。他回想起喻丽安为了他卑躬屈膝地给对方家长道歉，回想起喻丽安竟然被对方家长甩耳光的场景，就特别后悔。

"我以为她会骂我，可回到家她什么也不跟我爸说，还讨好地问我想吃什么，我突然觉得自己不是人，我对不起她。"

樱桃沉默良久，并没有说什么怪罪的话，温言温语地安慰，这让纪樣更加愧疚。

樱桃从纪樣房里出来，程桀在外面等她，她牵住他的手问："你是知道他想喝酒才陪他喝的吧。"

就像上次一样，程桀看出纪樣心情不佳，才陪他借酒浇愁。

程桀漫不经心地说："谁让我是他姐夫。"

樱桃笑着亲他："你真好。"

"这就算好？还有更好的呢。"程桀将她搂过来，"我送你个东西。"

"什么呀？"

程桀刚刚在家里仓库发现的，有很多竹条。他小时候在故水镇为了谋生学过很多手艺，突然庆幸以后都可以用来哄她。程桀用竹条给樱桃做兔子灯笼，在里面放置一盏暖灯，再给灯笼糊上红色的纸，灯笼就算做好。

樱桃很惊喜，也很喜欢。

"你竟然会做灯笼！"

她语气赞叹，眼神很崇拜，好像他完成了一件十分了不得的事。

程桀看着她温柔的杏眼问："我好不好？"

樱桃笑眼弯弯，认真点头："你教我做灯笼好不好？"

她的手这么嫩，程桀可舍不得："还想要什么样的？我给你做。"

樱桃摇头："我想给我妈妈做。"

程桀沉默下来，刚才在纪樣的房门外，他其实听到了他们的谈话。

"好，你要做什么？"

"也做一只兔子吧，做得大一些。"

程桀开始手把手地教她，但怕她手受伤，特意给她找来一副手套。

樱桃最后做出来的灯笼大虽大，但是歪七扭八，丑是唯一的特点。

深夜十二点的时候，新的一年到来，一家人在院子里放烟花。

樱桃把自己准备的新年礼物拿给喻丽安，她有些不好意思，因为这个兔子灯笼实在太丑了。但喻丽安一点都不嫌弃，还非常感动，几乎喜极而泣，爱不释手地摸着灯笼："好看，真好看，妈妈喜欢。"

樱桃看着母亲惊喜的模样有些心酸,才意识到这么多年,她没怎么送过妈妈亲手做的礼物,顿时觉得很抱歉:"妈妈新年快乐。"

"快乐,快乐。"喻丽安笑得慈祥,"妈妈有你在身边,每天都开心。"

樱桃伸手摸她的右脸,听纪樑说就是这里,前几天刚被人打过。

樱桃很心疼:"值得吗?"

这么多年无私的付出,到现在才换来纪樑的真心,樱桃有时候也会怨纪樑不懂事,只是不能表现出来让母亲为难。

喻丽安握住樱桃的手,感叹地一笑:"做母亲的都盼着孩子能好,等你做妈妈了就会明白。而且这世界上的事,只要你心甘情愿就值得,不用管结果,瞻前顾后想太多只会什么也得不到,不如随心随性。"

雪停的时候,程桀和樱桃回家。

程桀背着她,她手里提着兔子灯笼,还在想喻丽安告诉她的那些话。

程桀问她:"想得怎么样?"

灯笼的光映着地上的雪,樱桃看到雪地里兔子的形状。

"妈说得有道理。"

"那你悟出来什么了吗?"

樱桃煞有介事地点头,趴在程桀耳边轻声说:"我忽然想再做只小兔子灯。"

程桀被她说话的热气弄得脖子痒:"行,回家给你做。"

"你没有明白我的意思。"

程桀洗耳恭听:"那你教我呗。"

樱桃声音很轻:"我想再做只小兔子灯,将来给我们的孩子。"

樱桃忽然想知道喻丽安口中的"母亲"二字是怎样的,她能不能做好一个母亲?她和程桀的孩子会是什么样?

程桀原本走得很平稳,被樱桃这句话弄得脚下一滑,幸好他迅速垫在樱桃身下。

樱桃笑了出来:"你被吓到啦?"

程桀揪起始作俑者,紧紧看着她笑盈盈的脸:"你说真的,你想要孩子?"

樱桃点点头,趴在他怀里亲他:"我有点想做妈妈了,有点想看一个小团子围着咱们打转。"

程桀盯了她好一会儿。

樱桃觉得他肯定会答应,但没想到他居然有点生气:"不生。"

"啊?"

樱桃被他从地上抄起来抱进怀里。

"为什么啊?上次你明明很想要孩子啊。"

那是因为程桀害怕不能和她在一起,想在他们之间建立起不可分割的纽带和桥梁,但现在他们过得这么幸福开心,凭什么要生个孩子占有他们在一起的时间?

"你死了这条心,我不生。"他冷酷得完全不为所动。

"你不是想要女儿吗？"

"我什么时候想要？"他仿佛失忆了一样。

"小气鬼。"不要以为她不知道他不想生孩子的原因。

程桀承认得理所当然："谁能把我怎么着？"

樱桃笑着去揪他的耳朵。

程桀任她胡闹，嗤笑吻她。

雪又重新落下，落在他们乌黑的头发上，坠在樱桃鸦羽似的睫毛上。程桀看着她温婉柔弱的脸，酥磁嗓音酒酿般温柔："我们不急，你这样美好，我想让你做女孩子久一点。"

【5】

昨夜温度骤降，一场暴雪覆盖淮城。

樱桃醒来时，窗户结着一层薄薄的冰霜，程桀已经没有在被窝里，而桌边有他提前放好的保温杯，里面有蜂蜜水。

樱桃坐起来喝点水，推开窗户往外面看。雪像厚重的棉花铺在地上，而天空还在下雪，鹅毛一般汹涌。

程桀正在忙碌，把她喜欢的栀子花一盆一盆地搬进来，不让它们被雪淋到，他的头发和衣服上都已经落满雪。

樱桃很心疼，连忙穿上衣服起床，拿上伞出去为他遮雪。

程桀转头发现她披着一件厚衣服，里面还是睡衣，他眉头紧皱，又不敢用冰凉的手碰她："进屋去。"

"我帮你遮一下。"

樱桃还想用手帮他把肩上的雪扫开。程桀哪能让她碰，轻轻地拍开："真不让我省心。"

他把人抱进屋里，家里开着空调，很温暖。

程桀顾不上自己，赶紧给她倒杯热水，找来袜子半跪在地给她穿好，从始至终沉着脸，不太高兴的样子。

樱桃用手捧住他的手。

程桀赶紧把她推开："冷不冷！"

樱桃笑："不冷啊。"

她一把抱住程桀，程桀身上还有雪，这会儿凉着呢，特怕冻着她。

"喻樱桃！"

他把她两只手扒拉下来，她被他这么紧张的样子逗笑："抱抱都不行啊。"

程桀冷着脸："你就不能乖点，你感冒我比你更难受，你就给我省点心吧，祖宗。"

樱桃噘起嘴。

"行行行。"他迅速投降。

外面的花暂时不搬了,程桀赶紧去把身上的雪弄干净,换身干净衣服回来抱她。

"祖宗。"程桀把她团在怀里。

樱桃八爪鱼似的黏在程桀怀里,程桀笑得无奈,轻拍她的屁股:"黏人精。"

"我醒来你都不在。"

怀里的姑娘嗓音闷闷,程桀顿了顿,低头看着她的头顶。

她手术后,程桀每天雷打不动等她睡醒再去做别的事,今天要不是担心她的花被冻坏,他是不会出去的。

"我错了行吗?"

这搁别人,要指望程桀道个歉比登天还难,可跟怀里的祖宗在一起,他一天到晚要说无数次,没有分毫不乐意。

程桀抚着她的头发低声哄:"让我宝贝儿独守空房了是不是?"

樱桃才没有生气,只是日子这样甜蜜,被程桀宠得娇气很多,她发现自己竟然也会开始找事了。

"什么独守空房啊。"樱桃没忍住笑出来。

程桀的手指绕着她的一缕发丝,送到鼻间轻嗅,她最近换了香水,迷人得厉害。

"我得补偿你。"他的手指插进她的头发里,又从她后背缓慢地抚下去,有情欲的味道。

樱桃假装听不懂:"外面的雪下得很大,栀子花会冷的。"

程桀的手停顿,轻捏她腰上的软肉:"你可真会玩我。"

樱桃只是笑,程桀把她抱回床上:"等着,我去给你搬进来,不准再出来,否则等会儿收拾你。"

樱桃乖巧地点头。

等程桀出去后,她从床上起来坐到窗户那里,哈气把上面的雾擦去,看着程桀把院子里剩下的栀子花搬进来。他会先把栀子花上面的积雪扫掉,再极为小心仔细地抬进屋。

他其实可以不用做这些事,但是他做了,只是因为那些花是她喜欢的,只是因为担心她会因为花被冻坏而伤心。

他想她所想,照顾她有可能出现的坏情绪。

程桀忙完,转过身时看到窗户里托着脸看自己的姑娘,她笑得很甜,朝他挥着手。

程桀就知道她不会老实,他抓起地上的雪捏了一会儿,进屋递给她。

樱桃看到程桀手里的雪兔子,想伸手拿,程桀把手收回去:"你不能碰。"

他用玻璃罩子把雪兔罩起来,才放进她的手心。

樱桃虽然只能看不能摸,但也很高兴,从沙发里直起身亲他的脸:"谢谢老公。"

程桀挑了下眉:"想打雪仗吗?"

樱桃的眼睛一下子亮起来:"想啊!"

这么快乐的事她从前只能看别人玩。

"……我可以吗?"她轻声试探。

程桀不忍心让她失落:"可以,就是不能玩太久。"

樱桃开心地跳到程桀的怀里,他轻声低笑,手托住她的腿,在她弯起来的嘴角亲一亲。

打雪仗就两个人不太好玩,为了让樱桃玩得开心,程桀特意邀请好些人来家里。

喻丽安和纪良不参与年轻人的游戏,但是过来给他们准备晚饭。

纪樣带上顾璟,张哲安带上柯昊,秦叙和文正勉强组队。

不知是谁喊了一声"开始",雪仗开始,一个一个的雪球在空中飞来飞去。雪仗打得急了,众人已经顾不得滚雪球,抓起一把雪就胡乱地扔。

樱桃还没有加入战局,程桀正不紧不慢地给她戴围巾和帽子,还有手套。

她眼馋,有些着急,轻声催促他:"快点好不好?"

程桀瞥了一眼她跃跃欲试的样子,嘴角微牵:"把我跟你说的重复一遍。"

"不能快跑,不能玩太久,不能在雪地里打滚,我知道的,我又不是小孩子。"

程桀牵着她走出去:"最重要的就是不能离我太远。"

樱桃的目光已经被雪仗的战局完全吸引,敷衍地点了点头。

程桀轻"啧",忽然说:"要不咱们不玩了。"

"啊?"樱桃呆滞,沮丧地扒拉他,"我不要。"

她裹得就跟个雪球一样,可可爱爱的。程桀心软,亲她娇嫩的脸颊:"不要玩得太疯,身体要紧。"

"我知道的。"

虽然很想玩,但她还是等程桀发话,乖得让程桀心疼。

程桀把她牵进战场,揉了几个雪球给她:"打。"

樱桃接过来朝朋友们砸去,其他人发现樱桃加入,好像统一了战线,每个人都朝着樱桃扔雪。程桀哪能让她被欺负,不知从哪里弄来一把铲子,铲着一堆雪朝对面那群人扔过去,糊了对方一脸。

"哈哈哈哈……"樱桃笑得很开心。

纪樣吐掉嘴里的雪:"姐夫你是不是人?"

回答他的是又一铲雪。

顾璟站出来护着纪樣,但终究抵不过程桀,被程桀几铲子雪弄得很狼狈。

程桀听到樱桃的笑声,进攻得更猛。朋友们四处躲闪,有人大喊:"程桀,不带这么玩的!"

樱桃跟在程桀身后,时不时就团一个雪团朝对面扔出去,打中谁也不管了。但只要谁击中樱桃,程桀就反攻得更激烈,让对方毫无还手的机会。

一个多小时后,雪仗结束。

288

程桀和樱桃身上还算干净，其他人像是从雪地里刨出来似的，每个人都用哀怨的眼神看着程桀。

喻丽安在屋里喊："吃饭了。"

大家也玩累了，冲进家里找位置坐下。

程桀和樱桃不着急进屋，他帮她把围巾和帽子上沾到的雪弄干净，樱桃也踮起脚帮他扫干净肩上的雪。

"开心吗？"

这个问题程桀每天都会问，仔细想想，他似乎每天都会花心思让她开心。

樱桃说不清是感动，还是幸福，总之很满足。

"很开心。"

她扑到他怀里，几片雪花轻盈地挂在她睫毛上，秀气美丽，叫他心爱不已。

"那……"程桀把她的帽子推开一些，露出耳朵，让她听清楚，"嫁给我？"

樱桃微愣神："我不是早就嫁给你了吗？"

"再嫁一次，穿上婚纱嫁给我。"

樱桃还没来得及说话，程桀忽然抱着她转过身，一个雪球打在他身上。

刚刚进屋的人不知道什么时候又跑了出来，原来兜里还揣着"暗器"，就等他们不注意的时候反击。但他们没有打到樱桃，程桀反应很快，所有的雪球一下子都打在他背上。

"就这点伎俩？"

程桀拍掉身上的雪，嗓音懒洋洋地挑衅那几人。

张哲安还剩最后一个雪球，她非常不服气："你就会护着她，有本事让开啊。"

"那不行。"程桀笑容散漫随意，话却温柔，"谁也别想欺负她。"

樱桃在他怀里露出笑容。

真好啊，现在有个人可以为她遮风挡雪，拥她入怀保护她。

"好，再嫁你一次。"

樱桃的突然回答，让程桀愣住。

张哲安看准时机，那个雪球砸在程桀的脸上，糊了他一脸雪。

大家都笑了起来，程桀也笑，高兴的。

樱桃很心疼，踮起脚把他脸上的雪抹干净："疼不疼啊？"

"你亲我一下就不疼。"

程桀心情极好，哪还能感觉到疼，语气温柔地逗她。

樱桃很大方："那我亲两下。"

她立即照着他左右两边脸分别亲了亲。

张哲安等人：纯属自讨狗粮吃。

【6】

婚礼定在故水镇举行。

离开前夕,程桀收拾行李时发现了樱桃一直藏着的东西,那是一个檀木制作的匣子,里面放置着他送给她的所有东西。

有那枚樱桃胸针、拍卖会上的玉镯、玩具球、小人书、珍珠手链……

还有一盘光碟。

程桀端详片刻,来了点兴趣。他以为那里面可能是一些歌曲之类的东西,把碟片放进DVD之后就继续收拾衣物,却没想到一阵"沙沙"声过后,会听到樱桃温柔的声音。

"程桀。"

程桀愣了下,眼帘上抬,看到电视上的录像,里面的姑娘很青春,那是樱桃年少时的样子,只是齐刘海下面的一双眼睛很红,像是哭过。

"这是我到伦敦的第一个月,我很不适应,很想念故水镇的一切。当然,我最想念的是你。"

程桀慢慢放下手中的物品走到沙发边坐下。

樱桃说了很多,讲述自己在伦敦的学习和生活。

程桀用遥控器调出目录,有很多录像,刚开始的时候她每个月录一次,后来一年一次。录像里记录着她的变化,她慢慢变长的头发,慢慢从齐刘海变成中分,慢慢从女孩成为大人。

一开始她会絮絮叨叨地说很多,好像倾诉一样描述着生活,也会哭着说想他,像个没长大的孩子。

渐渐地,录像里的樱桃越来越像大人,笑容恬淡温和,气质也越来越从容不迫。那些让她委屈不适应的异国他乡生活,最终还是磨砺了她,让她从会哭的女孩成为处变不惊的大人。

后来她已经不会再抱怨,而是轻轻道一句:"程桀,你好。"

程桀的眼圈却在那瞬间蓦地湿润了。

他坐在家里一整天,把录像都看完了。

他明白的,这些应该是樱桃原本要带进坟墓里的东西。

真是傻得让人心疼,他又怎么舍得辜负?

程桀找出家里的三脚架,架好相机坐到镜头前,声音低沉地开口:"你好,刚到伦敦第一个月的樱桃。"

她说一个人在伦敦很不习惯,程桀回答她:"没有你的日子,我同样不习惯。"

她说吃不惯伦敦的食物,程桀温柔地回答:"真是辛苦我的宝贝,罚我一辈子给你煮饭好不好?"

她说学习很累很枯燥,程桀回答:"我在拼命赚钱呢,以后给你好的生活,你可以不用那么努力。"

她说想念故水镇的一切,程桀回答:"故水镇的一切也想念你,我对你的思念加倍。"

她问他过得好不好,程桀低下头,笑声略哑:"不太好,因为太想你。"

她讲起婚后的心情,提到自己开心幸福,程桀说不出的心疼。那时候的樱桃以为自己快死了,这些话应该都是遗言,还是不打算被他知道的遗言。

程桀回答她:"娶你是我梦寐以求的事,我会拼了命一辈子让你开心幸福,真的。"

分开的那几年,迟到的问候和关心,他来给她补上。

程桀把录好视频的相机送到图文店,刻成光碟保存起来。他将剩下的行李收拾整齐,去喻丽安那里接樱桃回家。

樱桃见到程桀的时候,总觉得他看自己的眼神有些深沉。

回家的路上他背着她,她趴在他背上笑:"我可以自己走的呀。"

她无法看到程桀眼圈是怎样的湿红,他用极平稳的声音开口:"喻樱桃。"

"怎么了?"

"从今往后我都会像这样背着你,这一生我都不会让你吃苦受委屈。"

樱桃脆声轻笑:"你说的哦。"

"嗯,我说的。"

回到故水镇那天就像当年回来那天一样天朗气清,阳光明媚。

樱桃特意挑了一件和那天一样的蓝色裙子,只不过这一次,是她牵着程桀的手回家。

他们回到故水镇,还是住在程桀在这里买的房子里。

第三天的时候,程桀开始准备婚礼,地点就定在那棵老槐树下,宾客是全镇人。香槟、花、婚纱,全是程桀用心挑选的,樱桃只需要安心待嫁。

喻家人也都回到了故水镇,他们把这里的别墅收拾出来,樱桃回家住,到时候会从这里嫁出去。

婚礼当天,红毯从喻家铺到老槐树那里,红毯两边摆满栀子花,是程桀让人空运过来的。

天气好,阳光驱散乡间薄雾,绑在树上的红色气球摇曳可爱,万物生机明媚,和噩梦里的死气沉沉不一样。

樱桃穿着婚纱走出卧房,程桀已经在客厅等她,他正在和接亲的人说话。喻天明拍拍程桀的肩,程桀回过头,看到身穿婚纱的樱桃,两人对视的一刹那,似乎真的已经一眼万年。

两人蹚过岁月的长河,兜兜转转,仿佛仍旧是从前模样。

程桀一步步地走近樱桃,把捧花送到樱桃的手里,看着她明眸善睐,声音缱绻宠爱:"跟我走吧。"

樱桃微笑地点头，程桀牵着她的手，走上属于他们的红毯。

老槐树上系了很多红色飘带，在风中飞舞着，十分漂亮。

樱桃听张哲安提过，那是程桀发给大家的福绸，上面写满对他们的祝福，系在这棵树上，是他的祈祷，希望他们的爱情像这棵枝繁叶茂的树一样郁郁葱葱，永远常青。

证婚人是樱桃的外公，老爷子笑呵呵地站在树下等他们。

最后一段路，程桀忽然抱起樱桃，现场瞬间沸腾起来。

樱桃有些害羞，用捧花遮住脸。

站在证婚台上时，程桀把樱桃放下，仔细地替她整理好婚纱的裙摆和头纱。

今日的她实在美丽动人，程桀没忍住，先亲了一口。

大家顿时不乐意，七嘴八舌地让他守规矩，很热闹，也很喜庆。

外公笑呵呵地说完证婚词，正要按照规程询问程桀。程桀看着樱桃率先开口，清朗的嗓音让众人听见："我程桀，愿意娶喻樱桃为妻，无论贫穷或富有，无论健康或疾病，我都荣幸之至，矢志不渝。没有任何人，任何事可以把我们分开，死亡也不可以。"

不等樱桃回答，现场突然"砰"的一声响，事先准备的气球一下子全部飞上天空，来观礼的人都拿着手机去拍这壮观场面。

老槐树上红绸飘动，气球铺满天空，此时此刻，微风竟也浪漫得过分。

樱桃靠进程桀怀里，用两个人才能听到的声音告诉他："我喻樱桃，愿意嫁给程桀，此后风雨不惧，同甘共苦，白头到老。"

时间有时给的不是答案，而是遗憾。樱桃曾以为她和程桀便是这个遗憾，毕竟这世界上有太多的遗憾和爱而不得，好在今天，当初的少女嫁给了想嫁的那个少年。

樱桃也明白一个道理，爱你的人是绝不会允许你们之间成为遗憾，因为他舍不得。

【7】

程桀的知名度曾让喜欢他的人觉得，他的婚礼必定是盛大的，也许全娱乐圈都会去，霸占新闻头条几天几夜。

可是最后，他选择了最真诚而温柔的方式，回到和心爱之人相遇的地方，没有媒体记者，没有镁光灯摄像机，只有带着祝福而来的亲朋好友。

清风做证，蓝天白云为媒，他们结为夫妻。

程桀把樱桃保护得很好，不喜欢别人评价她，猜度他们的感情，婚后拒绝了很多电视栏目发来的夫妻采访邀约和夫妻档综艺。

公司的事也暂且交给文正，他陪着樱桃在故水镇住一段时间。

福妞给他们物色的店铺已经找好，程桀亲自去批发市场选了货回来，还是和从前一样卖点零零碎碎的东西,就像个百货店,但比起从前的地摊,现在好了许多。

樱桃为他装饰店铺,她画了许多油画挂在墙上,去鲜花市场买些花回来摆在店里,充满诗情画意。

程桀淘到好玩的玩意儿不打算卖,收着给樱桃玩。

樱桃很好哄,也容易满足,收到礼物就开心。

程桀总是对她说话算话,每天换着法儿地逗她开心,给她准备小礼物,有时候是一件精巧夺目的配饰,有时候是市面上根本买不到的奢侈品,有时候是他自己制作的玩具,有时候是他自己画的小人书。

迎来第一次赶集的时候,程桀早早醒来,怀里的樱桃还睡得香甜,程桀缓慢地托起她的头,抽出手臂让她枕着枕头继续睡。

他下床的动静极轻,为她掖好被角,去厨房为她准备好早饭保温,再出来把店门打开。

天刚蒙蒙亮,只有地摊商贩们在铺东西。

大家都曾参加过程桀的婚礼,看他开了门,有些诧异:"阿桀,你这是要开店了?"

程桀随意地点下头。

"现在生意不好做嘞,你还是当明星赚钱。"

程桀没多说,用水壶给樱桃买来的花洒点水。

对他来说,店里这些东西都不重要,最重要的是现在躺在他床上的那个姑娘。只要她喜欢,他可以变得与众不同;只要她喜欢,他也可以归于平凡。

现在街上没几个人,程桀浇完花回卧室看樱桃,她已经醒过来,像在寻找他。

程桀就怕她醒来看不到自己会不高兴,过去将她抱到怀里:"在呢。"

"今天赶集。"樱桃趴在他怀里嘤咛。

"嗯。"程桀的手指揉进她的发丝里,温柔地抚摸着她薄瘦的双肩,"怎么就醒了?"

"你不在嘛。"

程桀低笑:"你是在自己身上安了什么监视器吗?我没在一会儿就不乐意,黏人精。"

樱桃在他怀里蹭,偏偏不说话。

程桀看出她害羞:"饿不饿?"

"嗯。"

"我抱你去吃。"

他横抱起她起身。

樱桃仰起头问:"店门是不是已经打开了?"

"嗯。"

她一下子来了精神:"那你怎么进来啦?没人看店怎么行。"

程桀抱着她颠了颠，语气戏谑："还不是因为你这个黏人精，这不是怕你醒了看不到我生气，晚上会让我睡沙发嘛。"

"胡说，"樱桃狡辩，"我可不会。"

女孩子嘛，被人捧在手心里疼爱总是甜蜜的，她的笑容根本藏不住。

程桀前半生的理想是娶樱桃，现在已完成，后半生的理想是让樱桃幸福开心。她能笑口常开，程桀就觉得什么都值，愿为此赴汤蹈火。

他压低声音，极为暧昧露骨的眼神在她脸上转悠："那些东西哪比得上我宝贝重要，是不？"

樱桃红着脸埋进他怀里。

程桀打算陪樱桃吃完早饭再出去看店，但没想到樱桃是个小财迷，非要出去吃，美其名曰能看店。

程桀也无底线地宠着，他先陪她洗漱好，穿好衣服又将她抱到外面。

程桀还买了乡下很流行的烤桌，让樱桃坐好，他把吃的都端出来。

八点的时候，集市上的人多起来。也许是程桀的明星效应，很多人聚在他们的店里。

"老板娘，那个是什么？"

樱桃笑着拿起顾客指到的物品："这是特制仿真花，只要回去将其泡在水里，浇水在花朵上，它就会开花。"

"这么神奇？给我来几朵。"

"好！"

程桀拉开樱桃，用袋子装几朵花递给顾客。顾客把钱递给程桀，程桀数好后拿给樱桃。

樱桃把他的手推回去："你拿着吧。"

程桀懒洋洋地挑眉："家里你管钱。"

顾客中，年轻人居多，很多其实是来看他们的，看到想看的一幕，他们开心又兴奋地起哄。

樱桃脸微红，轻轻瞪他，赶紧把钱接过来放好，又接着忙碌起来，为顾客介绍其他有趣的小玩意儿。

程桀看着樱桃笑弯的眉眼，和人说话时的温柔样子，忽然觉得一切好不真实。其实当年他想要的未来仅仅如此平凡，赚点钱开个店娶她回家，让她属于自己。可就是这个平凡的梦想，他们竟然努力这么多年才实现。

"老公，过来帮忙。"

顾客要买东西，樱桃于忙碌中习惯性叫了一声。程桀微愣，眼里慢慢浮出笑意，好心情地走到她身边。

樱桃让他装什么，他就装什么进袋子里。不过樱桃可比他当年会做生意，会给顾客一些小赠品，加上她温婉美丽、待人温柔，顾客喜欢她，总说以后还来照顾生意。

一天过去，店里的东西竟然空了一半。

晚上时，樱桃把今天赚到的钱全部倒在桌上，笑吟吟地说："发财了！"

其实家里卖的东西都不贵，这些钱也就看着多，实际没多少，但她非常开心。

程桀抱着樱桃，注视着她一张一张地数钱，把一块五块十块归类放好。他靠近，亲了亲她的耳垂："原来我家喻医生这么适合做生意。"

"那是当然啦。"她骄傲道。

程桀笑："你喜欢就成。"

樱桃侧过脸亲他，拿起其中一沓十块的钱给程桀："你的零花钱。"

他说家里樱桃管钱可不是假话，早在领证后，他所有的财产都已公证转到她的名下。

程桀略微挑眉，把钱接过来。

樱桃煞有介事地说："要省着点花哦，花完只能下个月给你了。"

程桀被她逗笑，捏她的鼻尖："谁教你的这些？"

"福妞啊，还有村里好几个女孩子都是这样管家的，你不愿意吗？"

别人估计挺不乐意的，但程桀乐意，乐意坏了，他就喜欢樱桃管着他。

"成。"他数了一遍那几张十块，刚好两百，笑着舔唇，"两百块，巨款啊宝贝儿。"

樱桃很受用，笑得很甜："我好吧？"

程桀乐不可支，边笑边点头："那可不。"

樱桃凑过去吻程桀，他睁着眼看着她认真接吻的样子。

樱桃发现程桀没闭眼睛，害羞得脸红，刚要退开，被程桀压住后脑勺。他吻得有点凶，忽然把她抱进屋。

第二天不赶集，他们的店没开。程桀买好了工具，带樱桃去曾经常去玩的河边捉鱼。

去的路上，他们遇到镇上的小孩，孩子们聚在一起用草编蚱蜢，樱桃多看了一眼。

"想要？"程桀嘴里咬着一根草，散漫地问。

樱桃摇头："我不是小孩子，不玩这个。"

程桀揪了几片长叶子，很快给她编了一个蚱蜢递过去。

樱桃惊呆："你怎么还会这个？"

程桀笑看着她睁圆的眼睛："我小时候也玩。"

樱桃拿着他编的蚱蜢端详："你编的蚱蜢比他们编的好看。"

望见几个小孩羡慕的表情，她连忙藏起来。

程桀笑出声："小屁孩，不说不玩的吗？"

樱桃抱住他的手臂把他拉走："我只是不想浪费你的心意。"

程桀看着她弯弯的嘴角，也牵起唇，什么也没说。

他看得出来，樱桃在一点一点地"退化"，"退化"成十几岁的样子。

这就是他想要的，她不需要那样从容不迫、克制冷静。他要她喜形于色，开心就是开心，生气就是生气，做真实的自己，做他永远的少女。

到河边后，程桀先固定好帐篷，让樱桃进去休息，他穿上雨靴去捉鱼。他捉鱼比喻天明厉害很多，下手快狠准，没多久，水桶里就有了好几条鱼。

"我也想玩。"

程桀听到樱桃的声音，直起腰回头。

今日阳光灿烂，映得河面波光粼粼，樱桃的笑容比这些星星点点要更耀眼。

程桀猜到她来了之后肯定想玩，已经准备了她的雨靴，帮她穿上后带她到刚才的地方。

"慢慢站进去，有青苔的地方不要踩，挺滑。"

樱桃照做，程桀摸了摸她脚下，确定她不会摔再继续教："捉鱼得动作快，最重要的还是等。"

樱桃点点头，等着鱼儿游过来，看到两条后，程桀低声道："准备。"

樱桃把腰弯低，迅速伸手去抓，扑了个空，但那条鱼还是没有逃过去，被黄雀在后的程桀抓在大掌中。

樱桃目露羡慕，程桀把鱼递给她："拿着。"

"拿着做什么？"

"假装是你抓到的呗。"

还能这样？

不过樱桃从很久之前就想体验把鱼抓到手里是什么感觉，最终还是接过程桀手里那条扑腾的鱼。

把鱼交到樱桃手里，程桀取下手套，轻轻摸她的头："小喻医生原来还会捉鱼呢，真让我大开眼界。"

明明是假的，他夸得倒是一本正经，樱桃都被逗笑了，也开始大言不惭起来："那是当然，水桶里的鱼都是我捉到的！"

程桀瞥一眼水桶里的鱼，笑容懒倦地挑眉："啊……真厉害，我甘拜下风。"

樱桃很满足，今日份开心已达成。

傍晚的时候程桀牵着她回家，镇上很多人在老槐树下打牌，还有人散步，看到他们提着很多鱼，询问程桀怎么抓到的。

程桀漫不经心地答："我不会，我老婆抓的。"

那些目光全都落在樱桃身上，樱桃赶紧拉上程桀回家。

到家后，程桀把鱼倒进水盆里，准备给樱桃做个全鱼宴。

樱桃趴在桌上问："你为什么要跟大家说是我捉到的鱼？不是明目张胆地帮我作弊吗？"

296

"乱讲。"程桀把剥好的橙子放她面前,掰了一块很甜的果肉喂进她嘴里,"我是明目张胆地偏爱你。"

【8】

有了第一次赶集开店的经验,往后的赶集,程桀都不会太早起床,还是像往常那样陪着樱桃醒来。

樱桃很喜欢故水镇的生活,故乡的包容让她回到最青春的时候,好像又做回那个无忧无虑的单纯少女。

在故水镇待了一个月后,程桀带樱桃去度蜜月,也没有去别的地方,而是去了伦敦。他想去看看樱桃生活八年的地方,吃她曾经吃不惯的食物,感受那里和淮城不同的天气。

白天逛了很多地方,也见了樱桃在伦敦的老师,从老师们口中得知樱桃有多么努力以及优秀。

程桀从始至终笑意不减,似乎为她骄傲和自豪,却在深夜因为心酸而失眠。

呼吸着陌生的空气,身处陌生的环境,樱桃竟然辛苦这么多年,只要一想到这点,程桀就觉得用余生来补偿都不够。

怀里的樱桃已经睡着,程桀摸到她的头,轻轻往怀里压紧一些。她头发上擦的润发精华是程桀用栀子花做成的,闻起来有夏天的清甜,程桀吻在她头发上。

他们在伦敦待的时间并不久,这里藏着太多悲伤的回忆,而程桀希望樱桃每天都开心,不想让她伤感。

程桀本打算带樱桃去别的国家走走,樱桃却归心似箭,程桀哪舍得勉强她,带她回了淮城。

这一次从伦敦回到家,依旧是喻丽安和纪良以及纪樣三人来接她,不同的是,这次樱桃牵着程桀的手一同出现。

喻丽安上前抱了抱女儿,询问她这几天过得怎么样,纪良默默帮程桀把行李放进车后备厢。

樱桃看了眼纪良,他正和程桀聊天,样子轻松闲适。

自从他俩结婚后,程桀一直随她喊纪良"叔叔",有时候心情好会叫一声"岳父",总是把纪良哄得特别开心。

这时候樱桃才发现,纪良对待程桀好像比对待她放松很多。

喻丽安发现她的目光,笑着开口:"你纪叔叔很惦记你,昨天你们说要回来,他提前下班回来陪我把家里打扫干净,还在家里摆上你喜欢的栀子花,最近还研究了几道菜,总说你回娘家的时候要为你下厨。"

樱桃抿唇浅笑:"我知道纪叔叔对我好。"

在伦敦的时候,喻丽安每次和她视频,纪良都会打扮得非常正式严谨,说话很谨慎,似乎生怕她会生气。

樱桃还记得她和程桀在故水镇办婚礼那天，走红毯时经过纪良身旁，似乎看到他欲言又止，背过身去偷偷抹眼泪。

喻丽安看得出女儿对纪良也有些感情，也知道纪良想改善和樱桃的关系，只是当初的樱桃身体不健康，喻丽安一门心思想让她好好治病，实在没心思多想其他的，现在也是时候了。

"其实你纪叔叔一直拿你当亲生女儿，对你的关心甚至比纪樣还要多，这也是纪樣当初讨厌咱们的原因。"

喻丽安想到过往，颇为感叹："不过现在都好了，纪樣对我的态度转变很多，不仅会听我的话，还会帮我做事了。就是……"

樱桃看喻丽安为难，明白她想说什么："我知道你的意思，可是我答应过纪樣不会抢走他爸爸。"

喻丽安嗫嚅着嘴唇欲言又止，最终按下不提。

一行人回了家，樱桃发现家里真的被收拾得焕然一新，窗帘全部换过，很多家具也换了，里里外外打扫得很干净，桌上早就备好她喜欢吃的东西。

亲生女儿的待遇也不过如此。

纪良把围裙系上，说："你们先坐会儿，我去看看之前炖的鸡。"

喻丽安笑着把女儿女婿引到新沙发坐下："几天前他特意早早去菜市场选的大公鸡，惦记着要给你们小两口炖了。"

程桀略略扬眉，看向樱桃，而樱桃浅笑着喝茶，什么也没说。

吃饭的时候其乐融融，每个人都习惯性地照顾樱桃，从前有喻丽安和纪良，现在还加上了程桀。

樱桃看纪樣孤孤单单啃着白菜，把碗里的鸡腿分给他。纪樣顿了一下，给她夹回去。

"塞牙。"

樱桃弯了弯唇，看来对她好的人还要再加一个了。

晚饭后程桀陪她散步，回来看到纪樣在给樱桃树浇水。那是他们为她种下的，纪良还曾说，等樱桃成熟，第一颗一定要给她吃。

樱桃想得出神，程桀看出她有话想对纪樣说。

"我先进去？"

樱桃笑着说"好"。

快要立春，此刻雨水充足，其实根本用不着给树浇水，但纪樣大半夜跑到这里来做这种事，肯定是想引起她的注意。

樱桃把手揣进兜里，笑吟吟地靠近。

樱桃树种下的时候半人高，现在已经长了很多，或许过两年就可以吃到樱桃了。

纪樣瘦削修长的手从水桶里舀水出来浇树，听到脚步声，回头看她："你怎么来了？"

就很明知故问，樱桃也没有拆穿："你怎么大半夜在这里给树浇水？"

"我爸让我来的。你又不是不知道他有多宝贝你，宝贝得连这棵树都让我亲自照顾，每天浇水，晚一分钟都不行。"

纪樣沿着墙蹲下来，俊逸的脸有了男人的轮廓。

樱桃含笑看着他面不改色地撒谎："嗯，确实为难你。"

纪樣用水瓢搅着桶里的水，故作不耐烦和懒洋洋："我还挺嫉妒的，你知道吧？"

樱桃笑意更深："嗯。"

纪樣别过脸，他头一次做这种事，觉得丢脸，咬着牙根很久才说出来："咱爸……对你挺好的哈。"

樱桃差点笑了出来，努力忍住："不是。"

纪樣愣住，以为樱桃对纪良的感情没有他想象中那么好，多少有些尴尬。下一秒就听到樱桃说："不是挺好，咱爸对我是很好。"

纪樣看着樱桃笑吟吟的样子，终于明白过来樱桃是想引导他先说出来。他也没生气，点着头，脸上难得有笑意："对，咱爸。"

今夜的月色映在樱桃树上，两人的影子在地上交叠，很是和谐温馨。

姐弟俩回到屋里，纪良和喻丽安还在客厅里看电视，更像是等他们回来。

樱桃上楼前步伐微顿，犹豫了一会儿，看向纪良和喻丽安："爸妈晚安。"

中年夫妻俩一瞬间愣住，直到樱桃完全消失在楼梯转角时还没能反应过来。

纪良涨红着脸，茫然又有些慌张："樱桃……叫我什么？"

喻丽安肯定道："就是你一直盼望的那个称呼！"

纪良还是不敢相信，回味了好久才取下眼镜擦眼睛。

喻丽安叹一口气，握住他的手："从今以后什么都会好的，你看，女儿都认同你了。"

纪良有些激动地点头，平时儒雅稳重的教授，此刻高兴得像个小孩。

他们说的话，樱桃在二楼都听得清楚。

程桀站在卧室外等她，似乎也听到了楼下的谈话，兴味地一挑眉："看来我以后可以正大光明地叫他'岳父'了。"

樱桃笑着过去抱住程桀，程桀的手掌扶在她腰上，手指习惯性地缓慢地摩挲，温柔宠爱的样子。

"阿桀。"

程桀的吻落在她耳尖，气息轻拂她耳郭，略略沙哑："嗯？"

樱桃微笑着轻声说："以后你也有家人了，我妈、我爸、我弟弟，还有我都是你的亲人，你不再孤身一人。"

程桀顿了下，捧起樱桃的脸凝视，原来她一直都记得他是孤儿，记得他的孤单落寞，也知道他很难。

樱桃踮起脚，用自己的两只手贴在他脸上，笑容温柔而认真："我会陪着你，永远不会丢下你。"

也就是这一刻，程桀忘记了过去所有的苦难挫折，如果要经历那些才能遇到这样好的樱桃，纵有千千万万次，他也无怨无悔。

"喻樱桃。"

"嗯？"

"我会听话的。"

所以……

"请你一直爱我。"

"我会。"

这是樱桃一字一顿，用心的回答。

番外二 · 追妻火葬场

你配不上我的喜欢。

* *

【1】

顾璟关注到纪樣,其实十分偶然。

她是在看电视时无意间切换到体育频道,正好看到在比赛的少年投进三分球。那时他穿着黑色球衣,长相斯文而俊逸,可样子却乖戾嚣张,有种极致的反差。

让顾璟更没想到的是大学报到那天遇上了纪樣,他竟然和她一样是新生,顾璟因此窃喜很久。

纪樣那时候已小有名气,学校里有很多他的迷妹,每天受到的关注很多,顾璟很容易被淹没在其中。

她加入了纪樣的追星大军,不缺席他的每场球赛,总是早早准备好为他擦汗的毛巾和解渴的水。但这样做的女生很多,顾璟甚至挤不进去,靠近不了纪樣的身边。

他那样的少年自带光芒,是很多女孩青春中浓墨重彩的一笔,每次出现在学校必定会引起万众瞩目,可他性格冷淡,没有一个朋友,更不会多看任何女生一眼。

顾璟总是在想,要用什么办法才能让他注意到自己。

她开始打听纪樣的喜好,以及他讨厌的事物,把自己变成他有可能会多看一眼的样子,大胆地去接近。

值得庆幸的是,顾璟有大多数女生没有的恒心,很多人亦步亦趋跟随纪樣一段时间后没有成果就会退缩,但顾璟不同,大学以来她始终如一日地跟在纪樣身边,到如今已经三年。

三年说长不长，说短不短，纪樣从当初的体坛新星成为著名的篮球运动员，关注度不亚于娱乐圈里的当红明星，粉丝数量也十分庞大。

而顾璟也从当初无所畏惧的少女变得更加亭亭玉立，褪去青涩感，有了些妙龄姑娘的美丽韵味。

她依旧跟随着纪樣的脚步，习惯主动和关心，自然而然就代入他女朋友的身份为他操心衣食住行。

大四开学第一天，顾璟早早到纪家。

纪樣有赖床习惯，踩着时间点下楼时看到顾璟。

她像往常那样帮喻丽安端早餐上桌，有说有笑的样子。

纪樣已经习惯她不打一声招呼到家里来，理所当然地接过她递来的筷子夹了个蒸饺，吃了一口尝出馅儿有点生，他皱眉："这不是我妈蒸的吧。"

喻丽安看到顾璟一下子紧张起来的脸色，赶紧说："是我蒸的。"

纪樣知道全家人都维护顾璟，没吱声，只是把那半个饺子扔进了垃圾桶。

顾璟咬了咬唇，多少还是有些委屈。

她知道自己做得不好，可她已经尽力在学习如何照顾他了。无论这些年她做得好还是不好，纪樣都不会给予评价，冷漠得好像事不关己。

顾璟忽然开口："那是我蒸的，对不起，我下次一定可以做好的！"

纪樣瞥了顾璟一眼，她现在漂亮了很多，不是特别惊艳的美，却非常甜美耐看。

纪樣莫名很不喜欢她这唯唯诺诺的样子，说话有些不客气："知道自己做得难吃还做？"

"怎么说话呢！"纪良瞪他。

夫妻俩对顾璟都很照顾，已把她看成未来儿媳妇，觉得顾璟哪儿哪儿都好，纪樣就是眼睛瞎了才看不上人家。

纪樣吃着喻丽安煮的小馄饨，谁也没理。

顾璟一直观察他的脸色，就怕他生气。

吃到一半的时候，纪樣懒洋洋地站起身。

这两年他长高很多，身材修长又挺拔，他抓起旁边凳子上的书包挎在肩上走出门。

顾璟连忙放下筷子要追，喻丽安担心她没吃饱，塞了几个小熊蛋糕进她书包里。

顾璟慌里慌张地朝纪樣追去，边跑边从书包里拿出自己的水果便当，追上去递给他："纪樣，你拿着这个吧。"

纪樣侧头看她，姑娘手上拿着便当盒，皮肤雪白得刺眼，他略眯起眼："用不着。"

"这些都是我早早起床剥好皮，一块一块切好的，你赏脸吃点吧。"

纪樣看了会儿她期待的样子，接过来随手丢进空荡荡的书包里。

顾璟却很开心，笑容洋溢。

纪樣转开眼，心里莫名有些不适，无从探究。

他们一起到淮城大学，纪樣的出现引起很大轰动，还好学校提前准备了安保，他俩才顺利办完入学手续。

淮城大学距离纪樣家不远，他可以走读，但顾璟就必须要寄宿。

喻丽安和樱桃都不放心她，寄宿当天陪她买了很多生活用品，一路叮嘱纪樣好好照顾她。纪樣玩着手机，懒洋洋地应声，也不知道有没有听见。

顾璟见此总归还是落寞，不过还是偷偷给自己加油打气，大学毕业两人说不定就可以在一起了呢！

他们陪顾璟去宿舍，喻丽安帮顾璟铺床，小姑娘不好意思麻烦喻丽安，围着她不停地道谢。

樱桃出来看到纪樣还跟个大爷似的玩手机，略皱起眉。

"纪樣。"

樱桃已经很久没有连名带姓叫过他。

纪樣停下翻手机的手指，抬起眼看看姐姐："怎么？"

樱桃意味深长地叹气："你会后悔的。"

纪樣很快明白她说的是顾璟，姿态更加闲适懒散，很不在意的样子："可惜顾璟也不会给我机会后悔啊，你没看到吗？她那么喜欢我。"

转角处听到这句话的顾璟脸色有些苍白，喻丽安握紧她的手，心疼地安慰："纪樣就这脾气，你放心，我回去会说他。"

不想搞得太尴尬，过了两分钟后喻丽安才拉着顾璟走出宿舍楼。

顾璟低下头没敢看纪樣，纪樣的视线落在她身上时，那种不适感加深。

"鹌鹑。"不知为何，他控制不住地嘲讽了一句。

喻丽安瞪住他："纪樣，你会不会说话！"

纪樣盯着顾璟越压越低的头，心头有种无名的火。

"没意思。"

他踢开地上的石子，没理她们就走了。

之后的几天，顾璟还是雷打不动地出现在纪樣身边，为他送饭，时刻关心他，为他准备最新款的T恤和球鞋，就好像根本没听到他那天说的那句话。

她想用加倍的关怀和体贴让他注意到她。当她趁着纪樣不在，想把新买的游戏机偷偷放进他书包时，却看到了里面那盒坏了的水果便当。

那是几天前她送给他的，是她天还没亮就起床，一点一点剥好，认真摆放精致的各种水果。

他明明答应过会吃，却原来没有。

虽然这些水果并不贵重，可她忽然难受得厉害……

她想到爸爸妈妈也没有吃过她亲手切的水果，她对自己都不会这么细致入微，可是对纪樣，她居然都做到了。

303

顾璟发着呆，回想过去，似乎除了跟随纪樑，好像什么也没做。

忘记生活，忘记家人和自己，忘记朋友和理想，全身心只有纪樑，可是他好像从来都没有看到她。

她的感情和她这个人对于纪樑来说，是不是就像这盒不被人珍惜的水果便当一样，哪怕再好也得不到应有的眷顾和怜惜？

这样的话，似乎……也没有理由再继续了。

【2】

有一个星期的时间，顾璟没有出现在纪樑身边，等他回过神来的时候，已经打不通她的电话。看着一直提示占线的电话，纪樑心情不太好。

队员把篮球砸到纪樑脚边，站在篮筐下叫他打球，纪樑把球踢回去，拎起书包往外走。

他想去找顾璟，却不太能想得起来她的班级，就在教学楼下等。

这是头一次纪樑主动过来找她，等了一个钟头，学生陆陆续续从楼里出来，始终没有看到顾璟。

他并不是一个有耐心的人，心情不大好地离开，去了学校的体育场挥汗如雨，企图把这件事抛之脑后。

他的认知和习惯告诉他，顾璟最迟明天就会联系他，可到第二天仍旧毫无音信。他的手机往日每天都会收到顾璟发来的很多体贴关心的消息，这几天却一点动静也没有。

两个星期过去后，纪樑终于回过味来，顾璟大约是不会再来找他了。

想得出神时，篮球社队员打完球回来，看到纪樑心不在焉，很快猜出他在想什么。

"最近好像很少见到顾璟了哈。"

一队员把毛巾扔下，眼神暗示其他人。

纪樑听到这个名字回神，目光慢悠悠地移过去，几个队员的话题都围绕着顾璟。

"是有段时间没看到了，不知道她在忙什么。"

"不会有别的男生追吧，顾璟长得那么漂亮。"

纪樑凉凉看着说话的男生，对方立刻抓起一瓶矿泉水，讪笑着转过身去喝。

"队长，你还别不高兴。"

他们这支球队从高中起就在一起打球，在各种大大小小的比赛中建立起革命友谊，都是真心为纪樑好。

"以前顾璟追在你后面对你好，你就算是一块石头都开窍了，还这么无动于衷，人家小姑娘说不定心都冷了，你可得好好把握啊。"

纪樑没吱声，抱着篮球离开，还是那副对谁都爱搭不理的样子。

队员高声说话的声音传来："我觉得咱们队长没那么狼心狗肺，肯定会去传媒五班看顾璟的！"

纪樣步伐略顿，他知道顾璟读的是传媒系，因为顾璟总是在他面前念叨，至于哪个班，他的确不知道，所以那天只在教学楼下等。

很明显，他的队员们是在给予暗示。

让他们失望的是，纪樣并没有去传媒五班找顾璟，而是去了学校食堂。

他始终没觉得自己哪里做错，是顾璟莫名其妙地失联，他已经去找过她，没找到而已，像她那样觍着脸，他做不到。

他在食堂买了份饭，低着头看手机，仍旧没有她发来的问候。

纪樣气笑了，把手机随手扔桌上，抬眸时无意间看到顾璟和一名戴着眼镜斯斯文文的男生端着饭菜坐到一起。

他愣了好一会儿，无名火从心里涌出来。

男生腼腆地把自己准备好的礼物拿出来，推向顾璟："这个，希望你喜欢。"

顾璟有些意外："其实……"

她还没能说完话，一只骨节分明的手忽然拿走桌上的礼盒扔到地上踩烂。

这动静让食堂所有人往这边看，斯文男生被纪樣冷戾的表情吓到，胆战心惊地推推眼镜。

"顾小姐这么快就移情别恋了？"他瞥过来的眼神带着冷嘲。

回答他的是顾璟的一巴掌。

巴掌声清脆尖锐，让看热闹的人目瞪口呆。

顾璟对纪樣的死心塌地无人不知，甚至连纪樣的粉丝都知道，还曾有意无意嘲笑过顾璟倒贴，可是今天她居然对纪樣动手了，还是为了另一个男生？

纪樣从小打架打得多，却没被女孩子打过。他脾气大，哪能忍受顾璟这么对自己，而且还是为了别的男生！

他紧绷着脸拽着她的手腕拖出食堂，食堂里拥出看热闹的群众。

顾璟有些跟不上他的步伐，被拖得跌跌撞撞。

"纪樣！"

"纪樣你放开我！"

顾璟拉住纪樣的手腕用力咬，纪樣吃痛，却怎么也不肯放开。

她的表情是他从未见过的冷漠："我让你放开我！"

纪樣捏顾璟手腕的力道紧一寸，顾璟脸上出现几分厌烦的情绪，纪樣以为自己看错了。

厌烦？

那个只会对他笑、唯他是从、很听他话的顾璟居然在讨厌他？

"那男的是谁？"最终，居然是他先开口问，声音非常沙哑压抑。

顾璟语气非常平静："我男朋友。"

斯文男生也跟了上来，听到这句话后，脸色爆红。

纪樣看向男生的眼神很是阴鸷,男生被吓得险些腿软,欲哭无泪。

"这么快就交男朋友了?"

纪樣的笑容阴冷嘲讽,是真快被她气死。

"难道你觉得我还会守着你一辈子?"

纪樣这副有气不能发出来的憋屈压抑模样,顾璟是第一次看到。

没觉得心疼,反而痛快!

他也终于尝到了这种滋味!他也有今天!

"纪樣,我受够了!围着你转了那么久,我就是一只狗你都会对我笑一笑吧,可是你呢,你把我当保姆还是你的用人?"

纪樣回答不出来,他也说不好到底把顾璟当什么,可她是唯一一个可以出现在他身边的女孩子啊。

"你是不是觉得我是唯一一个能近你身的女生?我是不是应该为此感到荣幸?我曾经的确如此,但现在只觉得荒谬!"

当收起对他的包容时,顾璟发现,她也可以对他说出狠话:"你有了解过我吗?你知道我喜欢什么、讨厌什么吗?你知道你每次用冷脸凶我的时候我有多委屈吗?你知道我为你付出之后得不到回应多难过吗?你都不知道!你就是心安理得地接受我对你的好!

"我知道你的一切事,你皱皱眉我都知道你在想什么。我怕追不上你的步伐,我拼命努力学习,可是你有停下来等一等我吗?你心疼过我吗?

"纪樣!"顾璟用力甩开他的手,甚至不顾因此受伤的手,第一次在他面前抬高了下巴,挺直腰杆,"你配不上我的喜欢!"

【3】

纪樣这辈子顺风顺水,家境优越,年少成名,遇到过唯一的挫折可能就是家庭重组。

他用了八年多的时间来接受喻丽安和樱桃,还是在母女俩全心全意照顾和体贴之下才良心发现,骨子里装着的冷漠和叛逆,终于让他在顾璟身上栽了个跟头。

从顾璟打了他一巴掌决裂后,两人再也没有见过。

纪樣把大部分时间拿来练球,在赛场上杀得越来越厉害,用一个又一个的进球来阐明他的不在意。

他似乎并没有被顾璟影响到,仍旧是体坛瞩目的明星,是粉丝心目中的最强MVP。

但名人效应还是让这件事成为整个淮城大学议论的焦点。

纪樣庞大的粉丝群体对顾璟的攻击并不少,最近一段时间,顾璟因为打了纪樣而成为女生们的公敌,走到哪里都会被人指指点点,之前那个想和她表白的男生已经不敢接近她。

明明是大学,却像小学生似的搞集体孤立,这让顾璟好笑又心酸。

好笑自己当初为什么一意孤行要跟着纪樣报考淮城大学,心酸自己这几年无疾无终的单恋。

顾璟在宿舍被孤立,只好搬出来在学校附近租房住。

她怎么也没想到,出租屋迎来的第一个客人竟然是纪樣的姐姐喻樱桃。

樱桃还是老样子,笑容像冬日里破冰而出的暖光,永远有抚慰人心的力量。只是看着她,顾璟就有些眼睛酸涩。

樱桃上前抱住顾璟,声音轻柔:"委屈你了。"

顾璟险些落泪,最终忍了下来。

真是奇怪,她曾经也是很爱哭的女孩子,不小心割破手都会哭很久。可自从喜欢上纪樣,知道他不喜欢哭哭啼啼的女孩子后,她每次受委屈都坚决不会落泪,时间一长,竟然也能这么忍了。

倒也没什么不好,有些人的到来就是为了教自己成长。

樱桃问:"我可以去你家坐坐吗?"

顾璟被孤立了几天,好不容易有个人来看自己,她很高兴,忙点头:"当然可以。"

顾璟的出租屋是一室一厅,收拾得干净整洁。樱桃以为里面一定会有很多小女生的东西,没想到放得最多的竟然是纪樣的周边,墙上还贴着很多他的海报。

"到现在你还没有放下他啊?"

顾璟没想到樱桃会这样直接,有些不好意思地低下头。

在意了这么久的人,不是说放下就能放下的。

樱桃很明白这种感受,笑着拉她坐下:"我来你这里之前去见过你爸爸了。"

顾璟一愣,头垂得更低。之前她缠着父亲回国救樱桃,顾松曾以为她和纪樣两情相悦,非常乐意,现在眼看着女儿被纪樣折腾得越来越自卑,他既心疼又生气。

顾璟不敢回家,也是不敢面对父母,明白樱桃是父母请来的说客。

樱桃的声音不急不缓,很温柔也很令人安心:"你爸爸的意思是希望你出国学习,我也很赞同。"

顾璟抬起头看着她,眼底不舍:"可是……"

"舍不得纪樣?"

顾璟咬着唇说不出话。

樱桃很喜欢这个女孩子,她见过顾璟最活泼天真的样子,说起话来机灵狡黠,天真可爱,让人看了就喜欢。

可现在的顾璟总是习惯性低着头,明明没有做错什么,却习惯性唯唯诺诺、伏低做小。

樱桃握住她的手,大姐姐般温柔安抚:"我知道,我都明白,他明天早上九点有一场比赛,你有什么话可以去告诉他。之后再决定要不要走。"

顾璟考虑很久才点头。

这一晚她睡得很不好，脑海中反复演练明天要对纪樣说的话。

天还没亮，顾璟早早起床洗漱穿戴，打扮成纪樣最喜欢的甜美类型。

她提前到体育馆外，等了很久才等到他的车开过来。

纪樣的队员们早在大巴还没有靠近体育馆就发现了顾璟，拍着纪樣的肩起哄。

纪樣从窗户看出去，顾璟打扮漂亮，紧张地捏着裙子在等他。这表情他很熟悉，每次顾璟做错事想获得他原谅，都是这样子，现在应该是为了上次的事解释。

纪樣就知道她忍不了太久，在队员的起哄声中微微牵起嘴角。

"哇！队长笑了！"

"可算是笑了，这几天脸冷得我都不敢喘气！"

"看来我们队长还是很在乎顾璟的啊！"

纪樣笑骂一声，等车停稳之后，挎着单肩包下车。

顾璟立即跑上去，讨好地笑笑："纪樣，我有话跟你说。"

纪樣瞥她一眼，没说话，从她身前走过。

顾璟微愣。

每次都是这样，他总是莫名其妙地不高兴，她害怕被冷漠对待，时常像只狗一样讨好他，可他高傲到不肯看她一眼，非要等到她着急得快哭时他才肯施舍般地说句话。

他是不是在欣赏一个小丑？

这一刻，顾璟努力伪装出的甜美笑容终于维持不住。

她有种从未有过的羞耻感，因为自己的无底线，以及毫无尊严的犯贱和倒贴。

难道三年的时间还不够了解他吗？难道三年还没有看清楚吗？为什么到这个时候了还会奢望得到一点点的温柔？

纪樣在等顾璟追来，可她没有。

当他停下来回头时，看到的是顾璟渐行渐远的背影。

一瞬间，他心里本来已经熄灭的火又燃了起来，他也没去追她，头也不回地进入体育馆。

纪樣以为自己比完赛出来一定会看到顾璟，可什么都没有，体育馆外空旷得让他有些发慌。

他回到家的时间有些晚，往常坐在沙发上等他的人是纪良和喻丽安，现在只有樱桃。

电视里播放着今天的赛后报道，他毫无意外还是赛场上的王炸，顾璟没有影响到他的发挥。

樱桃抬起头看着他："祝贺你。"明明说着恭喜的话，脸色却平静得出奇，没有笑容。

纪樣从小到大都有些怵这个样子的樱桃，知道要挨训，扭身要回房。

樱桃放下遥控器，声音很平静："小璟走了。"

纪樣愣了下，当然走了，都没有等他比赛完。

纪樣想到的仅此而已，可没想到樱桃会告诉他："她出国留学了，不出意外的话是不会回来了。"

纪樣彻底愣住，僵了很久才回头看着樱桃。

樱桃却能笑得出来："我是不是应该恭喜你终于摆脱她了？"

"她去哪儿了？"没空计较樱桃充满揶揄和嘲讽的笑容，纪樣的声音有点不太平稳。

樱桃用一种看可怜虫的目光看着他："我不知道，是她自己选的，没有让任何人送，只是打电话告诉我，不会回来了。"

纪樣沉默的时间有些长，似乎在思考这话是什么意思。

他忽然冷笑："关我什么事。"随后转身上了楼，和往常一样对任何事都漠不关心的样子，好像没什么改变。

樱桃静默地站在原地，她在等。果然没多久，楼上传来紊乱的脚步声。

少年跟跟跄跄地跑下来，那张总是无波无澜的脸上终于出现些许慌张和害怕。

看着他狂奔而去的背影，樱桃叹着气摇头。

我早说过。

你会后悔的。

番外三·平行世界

我会在每个世界爱你。

✦

【1】

赛车世锦赛圆满结束，程桀带领的战队荣获冠军。

冠军除了能得到荣誉和奖金，还有许多额外的奖品，其中之一就是淮城舞蹈剧院的门票。

这场名为《圆梦》的舞蹈剧一票难求，主演是名满全国的天才舞者喻樱桃。

程桀没见过她，但对这个名字很熟。就在他捏着门票端详的时候，队员们凑了过来。

"桀哥，表演就在今晚，你去吗？"

程桀没什么表情地把门票放到桌上，大家就明白他没兴趣。

说来很令人匪夷所思，他明明长着一张情场浪子的脸，可所有的热情都奉献给赛车，对女人从来没有好脸色。

文正拿起那张门票弹几下："桀哥，这位喻樱桃可是你的绯闻对象啊，你真不去？"

程桀和喻樱桃称得上有缘分，两人年纪相差不多，几乎同一时间走红网络，同时被大众称为不可多得的天之骄子。程桀在赛车界横扫千军，而喻樱桃也成为舞蹈界的领军人物，经历和外貌在各方面非常相似。虽然两个人不认识，但"CP粉"非常猖狂，就连很多媒体都会把他俩的名字放在一起。

文正甚至怀疑这次赛车世锦赛的主办方就是他俩的"CP粉"，要不怎么发的奖品是喻樱桃的舞蹈剧门票呢。

程桀抬眼淡淡瞥着门票上那女孩身穿舞服的背影,肤色雪白,脖颈修长,瘦薄的美背纤细可见蝴蝶骨,高贵典雅不染尘俗。

他的视线没有过多停留,从赛车里出来,把头盔丢车里,拎着一罐啤酒走远。几个队员感叹着摇头。

"我就说老大不可能春心萌动,他啊,就是一块石头,只对赛车感兴趣。"

"看来美女只能给我们欣赏了。"

"听说这个剧院很多单身女孩,兄弟们去瞅瞅?"

"必须去啊!"

正常男人对美女都热情,队里很多单身狗,早就想脱单了,好不容易有机会,怎么可能放过!

程桀回了休息室睡觉,一直睡到傍晚,醒过来时队员们都没在。床头摆着几个歪歪倒倒的易拉罐,是他入睡前喝的,还有一张剧院的门票,应该是队员走之前放这里的。

程桀拉啤酒的易拉环时,视线再次落在门票上的那个背影上,他停顿了一会儿,忽然急促地灌几口酒,拿起那张门票出了门。

程桀到剧院时已经有些晚,他不慌不忙地按照工作人员的提示进入礼堂大厅,之所以会来这里,大概是因为太无聊。

他找到自己的位置坐下,目光漫不经心地投向舞台。

那舞台别有洞天,日月同辉,却飘着白茫茫雪,有人在雪中独舞,蓝裙如碧波,绸带纷飞。

她身姿美丽,柔软的腰身仿若无骨,舞动时舒展的身体美丽且极具观赏性。那舞蹈似乎象征着新生和希望,又有某种悲壮和孤凉,两种奇妙意境被她演绎得淋漓尽致,让人挪不开眼,惊艳万千。

舞台的追光落在她脸上,她朝观众瞥来,眼神温柔多情,润物无声。

程桀看到她的脸,微愣。

其实这算第一次见,尽管无数次听过这个与自己齐名的名字,但程桀未曾去了解过她。

这段舞是樱桃的谢幕演出,程桀出神间,她已和所有舞蹈演员完成最后的鞠躬,走去了后台。

现场的掌声很热烈,很多人呼喊着樱桃的名字,男人居多。

程桀偶然听文正提过,喻樱桃是当今各个阶层男人们都想得到的尤物。

怎么说呢。

他莫名地有那么点不太爽快。

散场时,很多人讨论着樱桃离开。文正和队员们看到了程桀,"哟呵"一声走过来，表情揶揄。

"老大怎么来了？"

"不应该啊，你对这种东西不是不感兴趣吗？"

"是不是觉得特无聊？不如过来看美女？"

"要不老大你偷偷告诉咱，喻樱桃是不是很美？"

大家平时其实不太敢和程桀开这种玩笑，也是这事太离谱，谁能想到他居然真的会一个人跑来看表演？

程桀用指尖顶起帽檐，黑沉沉的眸缓慢地扫过去，带着凌迟一般的冷洌，让大家讪笑着闭上嘴。

几个队员灰头土脸地往外走，很后悔开老大的玩笑，之后的训练肯定会加大难度了。

文正看程桀没跟上，仍旧懒洋洋地在那儿刷手机，他脚步放轻地走近，看到程桀手机上喻樱桃的词条。

文正无声地张大嘴——不得了，石头开花了！

程桀微侧头，眼神瞥过去，文正吓得飞奔而去。

礼堂空无一人。

程桀看着舞台方向像在考虑什么，指尖一下一下很有频率地敲打着手机。想清楚后，他才最后离场。

樱桃卸完妆，换好自己的衣服，和舞团的人告别后才从剧院离开。

她一般走后门，怕被某些人纠缠，拍到网上说不清，可从后门出来，却和一双极为锐利漆邃的眸对视上。

他靠着银灰色跑车散漫地站立，手上转着车钥匙，在看到她的那一瞬，停住了手上的动作。

他微偏头，帽檐下那双冷锐的眼直勾勾地盯住她，然后一动不动。

樱桃也不是没有被异性看过，可是这个男人不同，他的眼神极具侵略性，她控制不住地有些紧张。

他也许是看出了她的羞怯，低头轻声笑，慵懒桀骜，莫名撩拨人心。

樱桃不认识他，想赶紧离开。

程桀也不追，气定神闲地开了口："喂。"

樱桃被他喊得脚步一顿。

"我叫程桀。"

樱桃很快反应过来程桀是谁，是那个赛车界神一般、战无不胜的大佬，也是她传说中的"CP"。

樱桃试探着回头。

程桀盯着她，问："有男朋友吗？"

樱桃摇头。

他轻轻挑起眉笑："你现在有了。"

樱桃愣住好一会儿，都还没机会反驳，就见程桀把车门拉开，低沉嗓音莫名掺着几分诱哄："新男朋友送你回家？"

樱桃实在有些无语。

说他流氓吧，他并没有对她做什么，送她回家这种事也在征求她的同意；说他不流氓吧，可一双眼睛像是锁定猎物，玩世不恭地说着是她男朋友。

樱桃简直没见过这种人，又羞又气。

"你胡说什么！"

程桀没想到这姑娘炸毛的时候竟然有点可爱，他好像是有点心急了。

程桀从车里抓了个刚刚从附近的娃娃机里抓到的娃娃丢给她："别生气。"

樱桃捧着那个愤怒小鸟皱眉："你到底想做什么？"

程桀靠着车，眼里浮出笑。

说来奇怪，感情上头真是一瞬间的事。他没喜欢过人，但明白到现在都平稳不下来的心跳意味着什么。

"追你。"

樱桃的脸微红，连忙转开视线。

"简单来说——"程桀知道她害怕，掐自己掌心控制想靠近的冲动，嗓音倦懒得蛊人，"我好像对你，一见钟情了。"

【2】

樱桃的人生就像印刷在书本上的字，端端正正，规规矩矩，从小到大接触的人也都简单纯粹，程桀的出现让她的生活发生偏差。

他倒也没有把追她这件事弄得尽人皆知，只是自那天晚上后，樱桃会经常看到他的身影。她表演的地方、排练的地方，他从来没有缺席过。如果碰面，樱桃从不会和他说话。

他并不着急，总会气定神闲地远远看着她。

时间久了，樱桃都有些想不明白他的行为到底有什么意义，也开始对程桀好奇起来。

新舞蹈排练结束后，樱桃告别舞团成员离开，依旧在排练室外面看到程桀的跑车。

车窗半降，他坐在车里看着她。

樱桃咬唇想了会儿，缓慢地走过去。

他就像个猎人，不动声色，似笑非笑地看着害羞的女孩。

"你怎么又在这里?"她真是受不了他直勾勾的眼神,目光东躲西藏,不知道放哪里。

程桀笑:"等你呗。"

樱桃心想才怪,每天来等她也没有跟她说话啊。

程桀看着小姑娘低着头绞着手指,像是有些不高兴的样子。

他把车门打开:"上车,带你去吃饭。"

樱桃悄悄撇嘴,没动。

程桀盯了她一会儿,下车站到她跟前。

这是两个人第一次距离这么近,他真是好高,极有压迫感,樱桃把头压得更低,控制不住地挪动脚后跟,有种想逃的冲动。

"抱你行不?"

"啊?"樱桃傻眼地抬起头。

程桀突然弯腰抱起樱桃,樱桃吓得搂住他。

程桀挑起唇,抱着她放进车的副驾驶座。

他没立刻离开,手撑在车门边,俯下身来看看她,嗓音懒懒散散,低磁得让人脸红:"想吃什么?"

樱桃似乎都能听见自己的心跳,匆忙地把程桀推开:"随……随便。"

程桀的眼神像拔丝的糖,好像粘在了她身上怎么也挪不开,樱桃催他上车。

程桀嘁笑慢悠悠地坐进驾驶位,樱桃找出墨镜递给他。

程桀看了眼墨镜,又看她,手搭在方向盘上,身体十分松弛地勾起唇:"干吗?"

"戴上。"

"理由。"

"……你老是看我。"

说这话时,她的脸又红了,目光躲闪。

程桀眼中笑意玩味,慢慢舔唇:"所以你脸红什么?"

樱桃才不会回答,手忙脚乱地为他戴上墨镜。

程桀低低地笑。

樱桃总算能放松一些后,他的手却从方向盘上挪开,迅速地捉住她的手腕带到他的方向。她抬眼便是程桀英气的脸,尽管戴着墨镜,却还是能感觉到他目光的穿透性。

"戴歪了,扶好。"他语气懒洋洋的,霸道地教她。

樱桃这才发现的确把墨镜戴歪了,帮他扶正的几秒钟里,她身体僵硬。

程桀好整以暇,像在享受。

"喻樱桃。"

"……怎么了?"

程桀缓缓靠近:"想亲你。"

樱桃愣住。

程桀倒也没有真的亲,但他是真坏,痞笑着朝她吹气,让她不得不闭眼睛:"什么时候做我女朋友?让我光明正大地亲你?"

樱桃连忙退后坐好,深呼吸系好安全带。

她想不通的也是这点,他明明说要追她,却根本没有行动。

她低头盯着指甲盖儿,语气竟然带着控制不住的闷:"你都没追我。"

程桀挑眉:"我没有吗?"

"你有吗?"

她也不知道自己为什么有点生气。

程桀这人聪明,也明白樱桃为什么不高兴。他其实是故意的,先让樱桃习惯看到他,却没有采取猛烈的追求,因为那样容易让女孩感觉被冒犯和不舒服。所以他循序渐进慢慢来,每天训练完,哪怕筋疲力尽都会过来看她一眼,就一眼他都觉得满足,比得冠军还高兴。

现在的发展和他料想中的差不多,她至少对他产生了好奇和疑惑,就是他的机会。

"我的错。"他摘掉墨镜,凑近看着她,态度特真诚,"你喜欢我怎么追?我学,给你伺候得舒舒服服的,姑奶奶别跟我计较了,行行好?"

樱桃被逗笑,但追她这种事,怎么能让她来教呢。

"我才没那么傻。"

这倒正合程桀的意。

"我自由发挥?"

樱桃没回答,程桀就当作默认。

他们没去餐厅,程桀带樱桃回了自己家。车停在别墅外,樱桃有些茫然,后知后觉地看向程桀。

他靠过来替她解开安全带。

樱桃迟迟没有下车,程桀也没催,过去拉开她那边的车门笑看着她:"害怕?"

樱桃很诚实地点头。

程桀随意地"嗯"了声,从跑车后座口袋里拿出几样东西,有防狼喷雾、电棍。他把这些东西都给她:"我要是对你做什么,用这个打我,我躲都不带躲。"

"你骗人。"

樱桃哪碰过这些东西,有点忌惮,似信非信。

程桀被她认真思考的小模样搞得心痒难耐。

"要不你现在就打我?"

樱桃不理解:"为什么?"

程桀偏头，低沉的嗓音落下："想吻你。"

她连忙低头掩饰红透的脸。

"你怎么这样。"

"行，我知错。"程桀这辈子的耐心都用在这一刻，"我抱你进去还是背？舍不得让你走。"

这下可好，樱桃连耳根都红了。

"你……能不能好好说话？"

她把脑袋垂越低，明明在舞台上是骄傲高贵的小仙女，这会儿却怂得厉害。

程桀笑着蹲下来，态度放低："你别怕，我只是喜欢你。"

樱桃轻轻移过去目光，和他漆黑的眸对视两秒，又很快移开。

她忽略不了跳得很快的心，她很清楚这是怎样的感觉，她似乎已经对这个人心动。

"那你不可以欺负我。"

程桀说"好"，伸手把她从车里牵出来，怕她不放心，递电棍给她。

樱桃看着手里的电棍，忽然有些想笑，哪有人追人带电棍的，他倒是有自知之明，知道女孩子会不放心他。

她跟在程桀后面，发现他家里有很多栀子花的盆栽，有的已经开花。

"你也喜欢栀子花？"

程桀说得随意："你喜欢。"

樱桃微愣，难道就因为她喜欢他就种了？

第一次去异性家，樱桃有些紧张局促，不自觉地握紧手里的电棍。

刚进家门，一个抱枕突然朝她飞来，程桀皱眉揽住她，抬腿踢开。抱枕落地，程桀和樱桃看到屋里打闹的男生们。

男生们看到樱桃和程桀一起出现也很惊讶，几乎全都愣住。

樱桃认出男生中的文正和几张熟悉的面容，都是赛车队的队员。

她连忙从程桀怀里挣脱。

程桀并不知道家里有人，他之前把钥匙给了文正，平时不回来的时候让队员们来家里住。

大家看到老大脸色肉眼可见地冷下来，扭打在一起的人立刻分开，把沙发整理好，规规矩矩地站直，气震山河地喊了声："嫂子！"

樱桃刚想解释，程桀没给她机会，懒洋洋的声音响起："你们嫂子很乖，别吓到她。"

樱桃惊讶地看着程桀，但程桀似乎没觉得自己的话有问题。

他神色很无所谓。当着那么多人的面，樱桃不好意思纠正他，糊里糊涂就接受"嫂子"这个称呼，也并不知道，在她看不到的地方程桀微牵的嘴角。

晚饭是程桀主厨，队员们屈服在他的威严下，不敢打游戏，不敢闹腾，一个个规规矩矩地帮他打下手。

樱桃在看电影，程桀似乎事先了解过她的喜好，樱桃不会觉得无聊，还有一只浑身雪白、名叫"雪花"的萨摩耶陪她。

樱桃能感受到萨摩耶对她的喜欢，圆圆的眼睛很有灵性，总是充满信赖地看着她，仿佛樱桃是它认识很久的老朋友。

等到开饭后，樱桃发觉桌上的菜都是她爱吃的。她偷偷看了眼程桀，这让她不得不多想，他是不是早就做过功课。

一下子面对这么多陌生人，说不紧张是假的，樱桃有些拘谨。

程桀把她牵到自己身边，雪花也跟着跑到樱桃脚边坐下，眼巴巴地看着她。

文正笑了笑："不枉咱们老大每天拿着喻小姐的照片给雪花看，教它认妈妈，雪花现在就跟个小孩似的。"

他说完，饭桌上一片寂静。

樱桃心中惊讶，原来萨摩耶这么喜欢她，是因为程桀每天拿着她照片给它看。

樱桃飞快地看程桀一眼。他神态漫不经心，丝毫不觉得这件事有多么丢脸。

"看来效果显著。"

樱桃的感觉有些奇妙，既害羞，又甜蜜。

而程桀的纵容让队员们开始放肆。

"老大这顿饭做得真好吃，我们跟着嫂子沾光了。"

"那是，老大专程为嫂子学的做菜！每天除了训练就是泡在厨房，我是真佩服。"

"这算什么，老大知道嫂子喜欢栀子花，还知道我家有，居然到我家强抢！"

大家越说越起劲，辛酸泪和血泪史都朝樱桃倾诉。

"嫂子，最可恨的是老大为了能早点结束训练去见你，每天都把训练强度增加，把我们累成狗！"

"有我倒霉吗？我以前是嫂子的铁粉，每场演出都去看，自从老大喜欢你之后就不准我去看你演出，还把我收集的周边都搜刮干净！你说他过不过分！"

樱桃咬着筷子愣住，缓缓看向咬着烟痞懒轻笑的程桀。

"你似乎……真的有点丧尽天良。"

【3】

不认识程桀的时候，樱桃只在新闻里听过他的名字，知道他是赛车界极少的天赋加实力型选手，带领的队伍总是应战国际强敌，每次都能取得最好成绩。

他就像每个女孩子年少时都想遇到的那种男生，充满野性，肆意张扬。

所以樱桃从来没想过，这样的人竟然会把她随口说过的一句话放在心里，当

317

接到程桀让她下楼的电话，樱桃愣住好一会儿。

"怎么？"

手机里他磁哑的嗓音略带笑意和标志性的倦懒："不是你说想去滑雪的吗？"

她是说过——

"可现在是夏天。"

程桀语气笃定："只要你想，我就带你去。"

窗外是似火的骄阳，洒落在桌上，明亮里映着略暗的婆娑树影，而程桀的车就停在树下。

"那你等我换衣服。"

程桀从车内后视镜里看后座的几个购物袋："不用带行李，我给你准备了。"

樱桃本打算带些更换的衣服，没想到程桀这么周到。

因为不想让他多等，樱桃很快梳洗整齐跑下楼。看到程桀正倚着车，她步伐慢了下来。

他身后是一棵老槐树，每到这个季节便郁郁葱葱，枝繁叶茂。

她经常会看到邻居在树下乘凉打牌，孩童嬉闹欢声笑语，明明已经看过很多次的场景，却因为此刻的程桀而有了点别样的味道。

他气质雅痞迷人，被自树梢落下的阳光晒得有些犯困，树影盘旋在脚下随风移动，清风吹动他的衬衣，他轻轻抬眼朝她看来，像年少时代一眼万年的坏少年。

樱桃总觉得这一幕很熟悉，像在哪里见过，是梦里，还是某个平行的世界？

"发什么呆？"

程桀声音里蕴满沙哑的懒。

樱桃觉得自己有些没出息，每次面对他都容易脸红。她不自觉地躲开视线，然后就听到了程桀的笑声。

"喂，喻樱桃。"

樱桃飞快地看他一眼："……嗯？"

他略抬起下巴，视线在她精致的脸庞和嫩绿色的长裙上巡视，眉峰坏坏一挑："你今天也很好看。"

都说一见钟情是见色起意，程桀承认有这部分原因，她很美丽，比漂亮更高级，但更多的是一种感觉和莫名的熟悉。

那天看她跳舞，她投过来的一眼明明不是看他，但程桀像被陨石击中，晕头转向地心动。

他有种奇妙的意识，他们就应该认识，就应该在一起，就应该相爱，否则他会抱憾终身。

樱桃有些招架不住他这样玩世不恭的夸奖。

她是漂亮，从小到大得到的赞美很多，但大家对她敬而远之，抱着只可远观不可亵玩的心态。程桀不一样,他眼神邪气,看她时带着侵略和占有,介于成熟男人的欲和少年的顽劣。

"不是要滑雪吗?快走吧。"

樱桃紧张到想逃避,想上车,发现车门锁着的,她打不开。她有点尴尬,看向程桀时,发现他眼里蕴藏着兴味,笑意浅浅。

程桀慢悠悠地站直,而后走到她身边,摁开车锁后,俯身替她把门拉开。

"要我抱你进去吗?"

他下巴几乎贴在她肩上,声音近在咫尺,手掌扶在她的腰上,滚烫的温度让她微僵。

察觉她的不适应,程桀放开手退开一些。

她迅速地坐进去,端端正正地坐好。

"安全带。"

程桀的手搭在车门上,一个劲儿地盯着她。

樱桃浑身每个细胞都在紧张,听话地系好安全带。程桀笑了,懒懒地揉她的头发:"这么乖?我以后都不敢使坏了。"

她害羞归害羞,竟然也有胆子问:"哪种坏?"

程桀似乎意外她会这么问,漫不经心地挑起眉:"吻你?"

樱桃的脸立刻爆红,程桀到底是怎么做到一脸平静地说出这两个字的?

"或者——"

程桀特喜欢她脸红的样子,慌乱的时候眼睛像小鹿。

他慢慢舔干燥的唇:"做点别的?"

樱桃瞪他。

程桀投降般地笑:"啊……逗你的。"

他把车门关上,心情不错地坐进车里。

"去清城。"

那里是北方,有终年不化的雪山,也是滑雪的好场地。樱桃最近没有演出,时间很充裕。

"你不用比赛吗?"

程桀把早就买好的零食放她怀里,开车出发:"陪老婆的时间永远都有。"

樱桃轻声狡辩:"我还不是。"

程桀单手扶方向盘,另一只手把车里的音乐打开,是首表白的歌。

樱桃装不懂地埋头吃零食,程桀嘴角轻勾,倒也没有再逗她。

他们去了机场,行李托运,几乎都是他给樱桃买的衣服。

樱桃没想到程桀准备得如此充分,会把她喜欢的电影或者感兴趣的游戏提前

319

下载到平板电脑里，上飞机后给她玩。

他并不睡觉，会陪她一起，无论是看电影还是玩游戏，哪怕她看的电影对他来说很枯燥，他也很认真。明明是被阳光晒一晒都容易犯困的人，却没有敷衍她，一点也没有。

"你怎么知道我喜欢什么？"之前她就觉得程桀似乎很了解她。

空姐正好过来送饮料，程桀端一杯葡萄汁给樱桃，随口答："我去过你家。"

樱桃愣住。

"啊？"

程桀没说假话，他在决定要喜欢樱桃的第二天就去拜访过樱桃的母亲，樱桃的任何信息都来自她家里人。

樱桃有些傻眼，她想过程桀会去同事和朋友那里打听，万万没想到他直接省去很多步骤，去了她家。

"你为什么要这么做？"

空姐还没走远，正在为另一边的乘客服务，因为认出樱桃和程桀，分出了一些心神听他们说话，程桀的回答让她差点把饮料洒出来。

"想娶你啊。"

这谁顶得住？顶尖赛车大佬的表白啊！

空姐表情端庄地结束服务，用余光偷瞄樱桃的表情。

很好，脸红了，看来已经被撩到！

在线"嗑"CP 就是好啊！

表面淡定内心在叫嚣的空姐推着车走开，樱桃也终于回过神。

程桀似笑非笑地望着呆滞的她："你爸妈很喜欢我。"

樱桃张了张嘴，不知道说些什么。

程桀把葡萄汁喂到她嘴边，让她喝点。看着她用舌头舔干净湿润的唇，他眸色渐深："我家只有我，嫁给我你不会被欺负，我会宠你。"

话题跳跃得太快，他居然已经开始求婚了？

樱桃心中震惊，拒绝的话莫名舍不得说出口，竟问："那戒指呢？"

她觉得程桀一定拿不出来，可他竟然真的拿了出来！

那是一枚稀有的红钻戒指。

他为她戴在无名指上，没错过她傻眼的表情，笑容戏谑："喜欢吗？老婆。"

樱桃茫然到反应不过来。

程桀低低地笑，不想吓着她。

"戒指送你，做不做我老婆你慢慢考虑。"

樱桃心里松口气，想把戒指摘下来还给他，却怎么也拿不下来。

怕她弄疼自己，程桀皱眉拿过她的手，轻轻揉搓着："它喜欢你，别摘。"

三小时后,航班落在清城机场,程桀带樱桃回酒店休息。

她的房里已经提前准备好化妆品和女孩子会用到的私密用品,程桀考虑得很周到,这让樱桃怀疑他是不是谈过很多次恋爱。

胡思乱想是女孩子的通病,她因此想得有些睡不着,担心被玩弄。

就这么想到傍晚,樱桃忽然听到敲门声,下意识地爬起来开门。

门外的程桀抬眼看到她睡得凌乱的头发,以及只穿着一只拖鞋的脚,微不可察地皱眉。

樱桃有些不好意思地整理好头发,鬼鬼祟祟地妄图把那只没穿拖鞋的脚藏起来。

程桀上前抱起她,和他冷沉表情不一样的是,他的动作很轻柔。

他把她放床上,拿梳子为她梳头发。樱桃闻到他身上清冽的淡香,糊里糊涂地被他抬起下巴,和他漆黑的眸对视。

程桀忽然俯身。

樱桃心跳加快,直愣愣地看着对方。程桀停在她脸前,眼神审视。

樱桃以为他会吻下来,心跳几乎卡在嗓子眼。

"……怎么了?"

程桀下定论:"你没睡。"

"你怎么知道?"

"一脸心事。"

樱桃摸了摸脸,这么明显吗?

"想什么?"

樱桃不太好意思表达内心的疑惑,偷偷瞥桌上那堆琳琅满目的化妆品。

程桀很快明白过来她的担心,饶有兴致地问:"所以你到底给我脑补了多少前女友?"

"没有吗?"

她低头扯被子,因为自己的脑补而生气。

她想,程桀肯定是个"渣男"。

程桀沉默地看了她一会儿,轻笑着拿手机翻出几张照片给她看。那是樱桃在家中的梳妆台,里面的化妆品和他买的一模一样。

程桀说:"我担心我买的你不喜欢用,出发之前联系过你妈。你妈拍给我后,我让人提前买好放在酒店前台的。"

樱桃愣了愣后开始懊悔,明明还没答应做他女朋友,怎么就开始对他发脾气呢?他会不会觉得她小心眼?

可程桀没有一点不高兴,他俯下身来,用从未有过的温柔和耐心哄她:"别生气好不好？没有别人，你是初恋。"

"真的吗？"

樱桃努力压住心里的甜蜜，可再怎么忍，眼里的开心骗不了人。

程桀被她甜到，也笑。

他知道什么时候应该认真，例如现在。

"我爱你，只要让你开心的事，我都会学。"

【4】

南北方的气候有些区别，南方绵绵细雨多，像个温柔多情的姑娘，而北方的雨势来得猛烈汹涌，大雨滂沱，就连天色也很暗，她和程桀的滑雪计划因为这场雨而暂停。

樱桃趴在窗户看着外面的雨，程桀看完天气预报抬眼，瞧出她的失落。

"不开心？"

樱桃点头。

程桀放下手机起了身。

樱桃有些疑惑，看到他从柜子里拿出游戏机："玩吗？"

"我不会打游戏。"

程桀说："玩个简单的，我教你。"

他坐在电视机前的软垫上："过来。"

樱桃听话地过去，坐在他的身边，也拿起一个游戏机，等着程桀的指导。

程桀忽然圈住樱桃的腰，将她抱到身前，樱桃有些呆滞。他怀抱宽，属于男性的清冽淡香罩着她，樱桃紧张地缩在他怀里，尽量不碰到他。

程桀坐在她身后，把她鬼鬼祟祟的动作看得清楚，扯着嘴角懒洋洋地收拢腿，樱桃立即更小心。

程桀笑，手掌放到她的发顶上："怕什么？"

"我没有。"

"是吗？"

程桀搂住她的腰："这样呢？"

温热低哑的气息拂在耳边，樱桃连忙握住游戏机："打游戏！不是要打游戏吗？"

程桀轻声笑，他也不是想占人便宜，只是看她太可爱想逗一逗。

他贴着樱桃后背，握住她拿游戏机的手，下巴轻轻搁在她肩上，微哑嗓音像被太阳晒过，有种倦意的懒："开始了。"

樱桃是头一次玩，不想让他觉得自己太笨，有些紧张。游戏的确不复杂，是丧尸枪击游戏，只要击中一定数量的丧尸就可以到达下一关。虽然不难，但樱桃还是打得手忙脚乱。

程桀感觉到她越来越紧张，接过她的游戏机："我来。"

樱桃略羞耻，怀疑是自己表现不好，让他嫌弃了，懊恼之际，程桀用下巴蹭她耳朵："给宝贝报仇好不好？"

樱桃愣了下，心里有些甜，也没拒绝："嗯！"

程桀打得很轻松，不管被多少丧尸包围都能轻易突围，还能全部消灭它们。

樱桃看得很兴奋，逐渐忘记和程桀的姿势有多暧昧亲密，放松地靠在他怀里观战。程桀打游戏时，竟然还有空喂点零食进她嘴里。

打到三十几关的时候，樱桃有些想再次尝试，抬起头，眼巴巴看着他。程桀低眸看到她温软清澈的目光，手指微颤，操作失误被丧尸咬到一口。

"想玩？"

"嗯嗯。"

"亲我？"

樱桃撇嘴表示不满，有些生气地坐正，不再靠着他。

程桀被她的小孩脾气逗笑，凑过去把游戏机递给她："给。"

樱桃达成目的，开心地接过游戏机，可刚到手没多久就被丧尸包围，她急得找程桀求救。

程桀的手肘撑在软垫上，姿态懒散，把剥好的橘子喂她，散漫地笑："得亲我。"

他以为樱桃应该会"宁死不屈"，没想到小姑娘忽然对着他脸一顿乱亲，用可怜兮兮的样子求他。

程桀被她亲的时候惊讶得咬到自己的舌头，更何况这样楚楚动人的眼神，是个男人都顶不住。

他坐起来握住她的游戏机，"杀"得凶猛异常，很快进入下一关。

樱桃十分开心，想继续打，程桀却退出了游戏，他握住樱桃的腰，将她转过来，捏起她的下巴。

樱桃看清他眼底克制的欲望，如蛰伏的凶猛野兽，开始紧张起来。

程桀哑声问："为什么亲我？"

樱桃眼神慌乱："不是你让我亲的吗？"

他的手从她的下巴游走到脖颈，轻轻捏住她的脖子，她可以感受到他指腹在暧昧地摩挲。这明明是个危险的动作，可在他做来却是十分亲昵温柔。他的手指梳进她的发丝里，托住了她的头，扼制她最后逃脱的机会。

程桀笑起来很好看，有些顽劣的坏："知不知道你做错了一件事？"

樱桃紧张得呼吸都放慢，摇头。

"跟我出来就是个错误，羊入狼口懂不懂？"

樱桃立刻开始挣扎，程桀凝视着她，竟出乎意料地放开了她。

323

他快步进浴室,樱桃有些摸不着头脑。

程桀用凉水浇灭心底和身体的欲望。

他在浴室待的时间很长,两个小时后才出来。樱桃趴在床上看电影,回头看着他:"你洗澡要洗这么久吗?"

程桀挑眉,他其实发现了,这姑娘很单纯,很多事都不懂,简直像张白纸。

程桀穿着浴袍坐到樱桃身边,握住她的手腕,很轻松地把樱桃带到腿上。

樱桃看到他浴袍里微微露出的胸肌和锁骨,头发上的水珠沿着锋锐侧脸滚落。他的眼睛极为深邃漆黑,有浓得化不开的、樱桃看不懂的情绪。

樱桃被看得有些害羞:"我饿了。"

程桀好整以暇慢悠悠地问:"要吃什么?"

"都……都行。"

程桀却没放开,嗅她发丝的香气:"栀子花?"

"……嗯。"

"很适合你。"

樱桃刚想说"谢谢",程桀嗓音低低道:"让我着迷。"

漫不经心的语气,却撩人得厉害。

樱桃心跳很乱,程桀笑声酥磁:"听到你的心跳了,宝贝。"

樱桃赶忙推开他,跑去床的另一边埋头吃零食。

程桀轻笑了会儿,先打电话让酒店送吃的过来,再去吹干头发换好衣服过来陪她。

在酒店窝了两天后,天终于放晴,他们的滑雪计划提上日程。

到滑雪场后,程桀帮樱桃穿好滑雪装,仔细检查她的装备,再为她讲解滑雪的要领。

程桀同样穿着滑雪装,樱桃注意到他俩的衣服款式一模一样,似乎是情侣装。

"听明白了吗?"程桀见她发呆,眼眸轻眯。

樱桃立刻点头。

程桀似笑非笑:"重复我刚才说的。"

"啊?"

程桀就知道她没有认真听,手指轻敲她的鼻尖,不厌其烦地重复一遍。这次她听得非常认真,虽然大大的眼睛里写满疑惑,可努力想记住的样子很可爱。

程桀被她乖乖的样子萌到,忽然停住话,撑着自己的滑板低头笑。

樱桃赶忙学他抱起自己的滑板:"怎么了?"

程桀抓住她的胳膊将她带近,樱桃茫然。

程桀说:"最重要的一点,你得记住。"

樱桃极为乖巧地点头。

程桀帮她把护目镜戴好,吻到她的护目镜上。

"随时紧跟我。"

樱桃因为他这个吻而愣住,后知后觉地点点头。

一切都准备妥当,程桀牵着她的手出发。她回想程桀讲过的滑雪要领,慢慢学习和实践,每次快要摔倒的时候,程桀都会及时把她拽进怀里。他并没有嫌她笨,而是不断地陪她尝试。两个小时后,樱桃总算学会一些简单的滑雪技巧。

"我想自己来。"

"行。"程桀放开手。

樱桃信心百倍地往前滑,想回头看看程桀在哪里,却因为身体重心不稳而不敢轻易回头。到达有坡度的地方,樱桃控制不住速度,俯冲得越来越快。

她很害怕,下意识地想喊程桀的名字,可咬牙忍住,万一被他嫌弃太笨呢?

滑雪场游客多,像樱桃这样的人也很多,许多初学的滑雪爱好者刹不住车,眼看着要撞在一起。

樱桃的速度越来越快,恐惧得闭上眼睛,终于还是喊出了心底那个名字。

"程桀!"

一个身影很快追上来,从她侧边滑到前方,是程桀,他稳稳接住樱桃,避免她和别人撞到一起。

樱桃吓坏了,紧紧地抱住他,身体还有些发抖。

程桀蹙了蹙眉,开始后悔没有早点过来。

他抱起她滑到休息的地方,摘掉她的护目镜和口罩,看到小姑娘微红的眼眶和委屈的表情。

程桀怕她哭,心里火烧似的着急难受:"我在呢。"

樱桃发脾气地打他。

程桀不还手,握着她手捶打自己:"是不是吓坏了?对不起。"

"你去哪儿了?"

她知道自己有点无理取闹,明明是她要自己滑的,现在还怪他,可是想忍也忍不住。

樱桃很疑惑自己为什么变成这样,可越想越觉得委屈,低着头摸自己的指甲,不言不语。

程桀其实一直跟在她后面注意着她的动向,发觉不对劲后立即就冲了过去。他有点后悔,不应该让这小丫头胡闹,她胆子小,还娇气,他得宠着。

"我错了好不好?"

程桀的脾气其实挺不好的,也从不会向任何人低头,但看到樱桃不高兴,他忒心疼,哪管尊严不尊严,哄小祖宗高兴最重要。

程桀拿出早上随手放进兜里的糖,撕开糖纸哄她吃。

樱桃这会儿不乖了,才不吃,耍孩子脾气般转过身,失落地碎碎念:"我刚刚好害怕。"

她这样子让程桀心疼又想笑:"对不起,吓到宝贝了是不是?"

"嗯嗯。"

程桀循循善诱:"作为未婚夫肯定要保护好你,对不对?"

樱桃煞有介事地点头,等反应过来他到底说了什么后立刻惊讶地看向他,杏眼睁得圆,眼里的委屈慢慢被害羞取代。

程桀笑问:"所以,未婚夫亲一下,好不好啊?"

樱桃虽羞,却没有拒绝,程桀明白她的意思。

见鬼的是,他的心跳因此乱得没有章法。

他把糖放进自己嘴里,拉她到怀里,忍住心急,郑重地低头吻她。

樱桃得到一个带着甜味的吻。

【5】

几天前,樱桃在昏暗的暗室醒来,她不知道自己是怎么来到这里的,她明明在家仆的陪同下开心地逛着花灯节。

花灯节很热闹,她参与了猜灯谜,还赢得好几盏漂亮的花灯。这一切原本非常开心,可以不用被母亲拘着,每天在家里学一些乏味的四书五经。

可回府的马车上,樱桃总觉得闻到一股奇妙的异香,没多久身旁的两个丫鬟都睡了过去,接下来就连她也很快陷入昏迷,等再醒来的时候,已经到了这个地方。

黑屋子里只有她一个人,有一扇小窗户透气。那窗户很高,樱桃是够不到的,而且她的双手被锁链绑住,根本无法动弹。

这几天里,樱桃都会看到同一个男人,每到膳食时间,他就会过来为她送膳。他总是戴着面具,她无法看清他的脸。

他从不会和樱桃说话,但会握着她被锁链磨得发红的手看很久。樱桃可以感觉到他的不高兴。

他会用药膏涂抹在她伤到的地方,然后把锁链解松一些,但不会彻底放开她,连给她喝水喂饭这种事都亲力亲为。

也许是她这几天不哭不闹的乖巧模样让男人很满意,最近两天,男人为她送饭时还会多陪她一段时间,虽然不会说话。

樱桃根据窗户落在地上的光影判断时间,估摸差不多的时候,果然听到铁门被拉开的声音。

她有些想笑,这人是有多不放心她?不仅把她绑得严严实实,还用铁门关着她,看来很害怕她逃跑。

男人往这边靠近，樱桃听到他的脚步声后慢慢抬起头。

屋里唯一的光线被他挡住，男人身躯挺拔修长，影子盖在樱桃的脸上，充满压迫性，但她意外地不害怕，还有种莫名的错觉，这人舍不得动她。

男人依旧戴着面具，逆着光就更看不清脸。他带来很多食物和水，先喂樱桃喝点水，接着打开饭盒，樱桃闻到香喷喷的饭菜香。

"公子。"

樱桃突然的出声让男人微顿，这是最近以来她第一次说话，刚开始的时候她极其厌恶他，根本不拿正眼瞧他，喂饭也不吃。后来他采取了一些强制手段，从那以后樱桃更不愿意和他说话了。

男人没有回话。

樱桃轻声问询："我可以自己吃吗？"

说来诡异，她看不清男人的脸，只能看到一个高大的身影，仿佛穿着衣服的空荡躯壳。

男人不可能会同意，执着地喂饭到她的嘴边。樱桃也没有挣扎和赌气，乖乖吃下。

樱桃努力去看清他的脸，笑着夸赞："这是你做的饭吗？真好吃。"

对方沉默，不搭理她，可是会挑她夸奖的食物多喂她。

樱桃胆子大了起来："我不吃葱，不好吃。"

男人一顿，竟真的把整个食盒里的葱都拣出来扔掉，再继续喂她吃其他的。

"我要喝水。"

男人喂她喝。

"我要吃那个蛋卷。"

男人喂她吃。

"我要你给我松绑。"

男人不动，停下喂她吃饭的动作。尽管樱桃看不清他的脸，却能感觉到他不悦的目光落在自己身上，让人毛骨悚然。

樱桃决定赌一把。

她蹭到他面前，因为离得近，能稍微看清他坚毅的轮廓和下颌骨，是个长得很好看的男人。

男人按住樱桃阻止她靠近，樱桃不理会，轻声撒娇："这个锁链勒得我好疼，你给我松开好不好？我不逃的，真的！"

男人面具下的双眸晦暗，他不明白樱桃为什么不怕自己，正常情况下她不是应该讨厌他吗？

他没有心软，把她推开，甚至加固了锁链。

她肯定会生气，这样才正常！

男人近乎兴奋地等待着她的怒气,那样的话他就可以顺理成章地把她关一辈子,让她永远属于自己!

可樱桃非但没有生气,反倒乖巧地顺从:"好吧好吧,既然你喜欢这样,那我就听话。"

她甚至对他笑得很甜,如情人撒娇。

不对,不应该是这样!

他冷冷地看着她,有些匆忙地离开。

樱桃发觉他的步伐失了往日的从容,暗暗松了一口气。

看来这个方法有用,接下来只要缓缓而行就好。

第二天,男人比往常来得更早,脚步声比以往更急切,似乎想要快点见到她。当他穿过楼道见到樱桃时,迎接他的是女孩惊喜的目光,他一愣。

"你来晚了。"她有些不高兴,皱起秀气的眉头,"我不高兴!"

他今日来得明明比昨天还早半个时辰。

他走到她身边,还没打开食盒,小姑娘的脑袋凑过来:"今天吃什么呀?"

他没有回答。

樱桃偷偷看他面具下的眼睛,他发觉了樱桃在偷看,抬起眼,樱桃撞进他深幽阴沉的眼,被吓得身体一僵。

她的惧怕没有逃过他的眼睛,萦绕在他们周遭的温馨氛围立刻变得紧张。

她明白这男人不喜欢她的惧怕,于是立刻扬起笑容:"你眼睛真好看!"

他眯了眯眼。

樱桃努力压制紧张,蹭到他身旁,故意制造肢体接触:"你应该没有娶妻吧。"

他被她碰到的手臂有些僵,抬起眼盯着她。

樱桃心里一跳,笑容满面地继续问:"我也没有嫁人,你要不要娶我?"

他轻轻扯起唇,阴阴地笑:"行啊。"

这是樱桃第一次听到他说话,声音很沙哑。

她装成很高兴的样子,求生欲让她很有做"未婚妻"的觉悟,主动蹭到他怀里:"我饿啦。"

他盯了她一会儿:"你好像没有羞耻心。"

樱桃朝他甜笑:"和未来夫婿要什么羞耻心,我喜欢你啊!"

他被狠狠击中,阴郁的气息碎一地,竟然妥协地让她坐在自己腿上,然后打开食盒喂她吃饭。

"这个好吃,我要多吃点。"

她吃到好吃的东西,会在他怀里蹭来蹭去表达开心。他都能感觉到她的小屁股在乱动,呼吸越来越急。

"这个不好吃。"她整张脸都皱起来，竟还有胆子对他发脾气，"以后别拿来给我吃。"

他挑起眉，没说话。

小姑娘对他撒娇："你听到没有啊？"

他盯着她看，感觉很奇妙。

他把樱桃关在这里后就没想过她会对自己有好脸色，已经准备好和她磨一辈子，没想到她这么乖。

是想做什么呢？想驯服他？

……也是真单纯。

他似笑非笑："嗯。"

樱桃有点害怕他这个表情，像什么都能看破，她硬着头皮装开心，准备给他下一剂猛药。

他喂她吃完饭后就要离开，樱桃眼巴巴地看着他。大约是她眼中的不舍太明显，他顿了顿身形问："怎么？"

"你都没亲我。"

她撒娇的话，让他半边身体都快麻软了。

他死死盯着她，想看出几分虚假，可这小姑娘太会作戏，竟然装得天衣无缝。

他坐下："你来。"

樱桃毫不犹豫地吻了他。

感受到唇上的娇软，他彻底愣住。他以为她会有些害羞，谁知她想也不想就吻上来。他以为她只会蜻蜓点水地亲亲脸颊，谁知道她竟然试图把小舌头钻进他嘴里。

她很青涩，但她很努力想取悦他。

他忽然将人推开，樱桃被推得跌倒。

他离开时步伐比昨天更乱，几乎是逃离现场。

樱桃觉得好笑，一个变态，竟然这么不经撩。

樱桃很确定他非常喜欢这样的对待，她会麻痹他，让他失去戒心后趁机逃离。

一切都和樱桃预想的一样，男人第二天来得更早，她刚睡醒，就看到守在床边的他。老实说，当她醒来就看到表情阴郁的男人，不害怕是假的，幸好樱桃稳住了，及时露出惊喜笑容："你来了！"

他盯着她颊边的梨涡，轻轻"嗯"一声。

他搂住樱桃的腰，樱桃却有些不乐意。他强势地把她抱到怀里，揶揄地问："昨天不是挺主动的？"

她嘀嘀咕咕："可你把我推开了啊。"

不能把他当成一个变态，不能有所害怕，而是要把他当真正的未来夫婿，会撒娇也会发小脾气，这样才能让他放下戒心。

事实证明，樱桃的方法是正确的，男人很受用，似乎还挺喜欢，虽然嘴上骂她小作精，可笑容放松。

"我的错，行否？"

"不够真诚。"

他轻叹："我再让你亲一亲？"

樱桃瞪他："你想得美！"

他低低地笑。

樱桃趁机提条件："除非你帮我解开锁链。"

轻松的气氛瞬间凝固，他不动声色地看着她，倒要看看这小妮子会怎么恃宠而骄。

樱桃像没发现他的不悦，把自己绑着锁链的双手递到他面前："你看看我的手腕，都被磨红了，再这么下去就会起水泡，你都不心疼的吗！"

她拿出未婚妻的娇蛮："我告诉你，你不给我解开，以后我都不理你了！"说完还真就背过身去不理人，其实心里很紧张，祈祷着上天眷顾，让她赌对。

过了几分钟那么久，他阴森森地盯着她的后背。他明明应该摔门而去，怪就怪在他舍不得，而且居然还真有点害怕，害怕她真的生气。

樱桃不敢回头，欲哭无泪，不会赌错了吧。

冰冷的怀抱忽然贴上来，他抱紧她，用钥匙解开她手上的锁链，低声哄："别生我气，行吗？"

樱桃立即回头抱住他："那我可以离开这里吗？我想时时刻刻待在你身边。"

樱桃完美演绎什么叫"人心不足蛇吞象"，她知道自己的行为很危险，所以努力抱着他的脖子撒娇，顺便亲他几下，甜腻腻地祈求："好不好？求你啦！"

"适可而止。"他嗓音微凉。

樱桃的脸比他垮得更厉害，变脸般收起笑容，从他怀里出来，回到床上躺下不理他。

他去拉被子，樱桃把被子抢走盖住脑袋。

到底谁被谁拿捏？

他等了一会儿，她像是已经睡着，但他知道她在生气，似乎不是装的。

他想把人从被子里揪出来，樱桃抓紧被子不放，他干脆连人带被抱起来，抱出这间黑黑的屋子。

她从被子里探头看："去哪儿？"

他冷着脸："不是你说要时时刻刻陪我吗？"

他竟然又让步了，他自己都觉得不可思议。

"哼！"

330

樱桃重新回到被子里,不为所动的样子,心里却在暗爽。

死变态还挺重视她。

等着吧,总有一天我要把你忽悠到监牢里去!

【6】

樱桃虽然出了暗室,但并不代表被完全释放,她只能待在男人的家里。

她就像他养的金丝雀,他会为她准备漂亮的衣服、昂贵的首饰,但绝不许她走出家门。

又是几天时间过去后,樱桃能见到的人还是只有男人。

坏人不愧是坏人,但樱桃也不是省油的灯。

她虽然从不提要出去走走,可总会向往地看着窗外,在他面前故作坚强和坦然,然后在他的猜测中"病了"。

所谓病来如山倒,生病后的樱桃卧床不起,被病气笼罩的身体变得很虚弱。他原本每天都会出去一会儿,自从她生病后便寸步不离照顾她。

"想吃什么?"

搂她在怀里,他注视她虚弱颤动的睫毛,有些心烦意乱地皱眉。他不喜欢樱桃这个样子,总觉得会立刻失去她。

樱桃没什么说话力气,但似乎是怕他担心,努力扬起笑容,想让他放心。

他的心,忽然被刺了一下。

樱桃当然是装病的。

她想,只要他不想让她死,总会带她看大夫吧,到时候就找机会报官。

樱桃想得没错,他在陪她养病两天并没有任何成效后,果然带她去了医馆。

这是樱桃最近第一次见到天日,呼吸到外面的新鲜空气。她不想再回到男人为她打造的囚笼中,尽管里面什么都有,但谁会愿意失去自由呢?

大夫为她把脉后命药童去抓药,樱桃突然剧烈地咳嗽,大夫提议给她施针缓解,樱桃欣然同意。

施针结束,药童将药递过来,多看了樱桃一眼。男人皱皱眉,将樱桃拉到身后,无声地显露霸道。

她若无其事地陪同男人回家,谎称不舒服想回房休息。男人同样依了她,并体贴地服侍照顾。

樱桃躺在床上勉强地笑了笑,翻过身背对着男人,没想到男人也上床,将她搂在怀里。

"休息吧,我陪你。"

樱桃靠在他胸膛,听到他的心跳声,渐渐有些困意,他替她蒙住眼睛遮光,樱桃莫名觉得安心。

331

用这个词来形容她和他的关系其实不恰当,她到现在都不知道他到底是什么人、为什么会绑架她,可是相处的这段时间里,除了可以给她自由,他对她百依百顺。

假若一开始,他没有采用那样的手段,而是选择和她好好地相识,她说不定会和他在一起。

想着想着,樱桃困得不行,睡了过去。

这一觉睡得沉,再醒来的时候,男人并不在房里,她看到的是家人和知府大人。

樱桃瞬间明白事情已经成功,那家医馆她十分熟悉,她失踪这段时间家人一定四处寻她,医馆大夫与药童见她和陌生男人在一起,那男人还如此地霸道强横,一定会联想到她可能被挟持,也一定会报官。

现在他应该已经被收押了吧,可是为什么,她心里竟然怅然若失?

知府温和道:"喻小姐,我们已经把囚禁你的匪徒押,你可以放心,没有人会再伤害你。"

樱桃点点头,与家人和知府大人说了最近被囚的细节后,家人让她好好休息,一行人便先行离开了。

家中卧房此刻就只剩下她一个人,空空荡荡,静得好像能听到自己的呼吸声。

当夜,明明应该睡得安生惬意的夜晚,她却久久不能入眠。

樱桃不喜欢这样的感觉,这并不应该,她不可能会在意那样的匪人,可是思念像蚕蛹,将她一点点蚕食。

犹豫几天后,樱桃去探望程桀。

这几天里,樱桃通过官府得知程桀是远近闻名的危险杀手。

见到他的时候,程桀身着囚衣,手戴锁链。

隔着大牢,二人目光相汇,樱桃莫名地湿了眼眶。

程桀脚步微顿,原本放松的手逐渐握成拳,紧绷着走到樱桃身前。

樱桃以为他会怪自己,毕竟他这么聪明,一定能猜出是谁搞的鬼。可樱桃没想到程桀说的第一句话竟是:"你瘦了。"

樱桃险些落泪。

实在很奇怪,明明是她想办法报官把他抓起来的,现在难过给谁看?连她自己都觉得有些虚伪。

程桀看着她,嗓音很哑:"对不起。"

樱桃低头拭干净眼角的湿润。

"你都知道了吧?我装病。"

"一开始就知道。"程桀的视线胶在她脸上,一动不动,说话语气随意,仿佛无所谓。

樱桃愣了愣:"你一开始就知道?"

"嗯。"

"那为什么还陪我去医馆？"

程桀淡笑着垂眸："我输了。"

樱桃不明白。

他抬起眼，重新看着她："我虽然知道你在装病，可是你装得实在太像了，我很害怕，不敢赌，万一你真的生病了呢？所以哪怕知道会进你的圈套，我还是会带你去治病。"

樱桃忍住哽咽，别开眼，语气刻薄："你别以为这么说我就会感动，你为什么要绑架我？我都不知道你是谁，怎么可能跟你在一起？你才是那个坏人！"

程桀沉默好一会儿，声音低低："我是一名杀手，想做什么便做什么，从来都任意妄为。"

至于囚禁她，是因为喜欢，但用错了方法。

没有人教过他什么是对、什么是错，当然他也不屑于学习，但从对樱桃的第一次妥协后，他就料定自己的结局不会好。

现在的他愿意承担后果，不后悔。

樱桃轻声问："知府大人怎么说？"

"秋后问斩。"

她沉默良久，用尽了全力说："来生再见。"

这便是最后的告别，樱桃转身走远。

程桀看着她的背影，手心被自己掐破，痛得入骨，也没有再说多余的话。

他太明白，已没时间和机会。

"玩家通关，可以得到线索。"

旁白声音响起时，这场古代剧本杀角色扮演结束。

刚刚离开监牢的樱桃泪眼婆娑地跑回来，哭着扑进程桀怀里。

程桀立即抱住她，抚着她头发低声安慰："不哭，都是假的，乖。"

怀里的小姑娘抽抽噎噎，程桀心疼得厉害，决定以后不带她玩这种沉浸式的游戏。

他没顾上继续走游戏流程，耐心哄着她："来生他们会相遇的。"

"会吗？"

樱桃抬起头，哭得眼睛都有些肿。

程桀忍俊不禁，捧着她的脸蛋亲一亲："我保证。"

"为什么？"

"因为他们相爱。"

樱桃撇嘴："不好，他绑架她。"

程桀用纸巾轻轻帮她擦眼泪："嗯，他应该用正确的方法追求喜欢的人，就像我这样，对不对？"

樱桃赞同地点头，才发现他手心破了，都流血了。

"怎么弄的？"

程桀淡淡地挑眉："我也入戏了。"

樱桃心疼地帮他把手心的血擦干净，程桀看着她认真的样子，仔细品味内心情绪。

这一刻，仿佛剧本里那个程桀也在自己的灵魂里，得到了一点点心爱之人的回应，但不同的是，程桀永远不同于剧本里那个人，他永远不会做让樱桃害怕和不喜欢的事。

程桀低头吻樱桃的额角："还想继续玩吗？"

樱桃摇摇头。

程桀让文正和其他队员继续，他带樱桃回家休息。

回家的路上，程桀背着樱桃，她安安静静地趴在他肩上，一直没有说话。

程桀问："还在想剧本里的故事？"

樱桃叹气："是，也不是。"

"说来听听。"

樱桃兴致勃勃地凑到他耳朵边，嗓音软糯："通过这个故事，我在想会不会有另一个世界，那个世界是不是也有程桀和樱桃，不知道他们会发生怎样的故事。"

程桀没想到她想的竟然是这个，愣了愣。

"他们会相爱。"

樱桃发现程桀对这件事的态度很笃定，不管是剧本里的程桀和樱桃，还是平行世界的程桀和樱桃。

"就不可能是好朋友？不可能是陌生人吗？"

"不会。"

"为什么？"

"因为程桀一定会爱上喻樱桃，不管在哪个世界，他都会千方百计地和喻樱桃在一起。"

樱桃被他哄笑，甜蜜地点头："对！程桀和樱桃就是要在一起的，上天注定！"

程桀嘴角勾着："嗯。"

樱桃想，另一个世界的程桀和樱桃肯定过得很幸福，说不定都有了属于自己的宝宝。

她看向前方他们的家，门上贴着"囍"字，是前段时间她和程桀结婚时贴上去的。

她也会加油过得好！

番外四·完美结局

只需你轻轻瞥来一眼,无声无息,我便俯首称臣。

【1】

春去秋来的第五个年头,淮城的雨季如约而至,雨声掀开这个春天的序幕,也唤醒樱桃的梦。

她醒来时枕在程桀的臂弯里,感受到他手掌放在腹部温柔地抚摸着,像是在和肚子里的小生命对话。看到她睁开眼睛,但还没完全苏醒,程桀吻在她额角,声音轻,像怕惊扰她似的。

"今天醒得有些晚。"

樱桃想起梦中的场景,有些怅然地看着程桀发愣。

"不舒服?"程桀立刻皱眉坐起来,手放在她隆起的肚子上,整个人变得很紧绷,"孩子欺负你?"

樱桃怀孕后,他的神经总是高度紧张。

樱桃轻笑摇头:"你别担心,我只是做了一个神奇的梦。"

程桀来了兴趣,想知道怎样的梦才会让樱桃出现那样的表情。

"说来听听。"

他躺回去,樱桃蹭到他怀里,这是结婚五年朝夕相处培养的默契。

卧室窗户开着一条缝,春风从外面钻进来,空气中多了点细雨的清新气息,而樱桃的温柔一如既往,缓缓道来:"梦到另一个世界的我们,你在那里是个赛车手,恣意妄为,非常厉害。而我没有得过心脏病,很健康,白纸似的天真单纯,也并没有做医生,是一个很优秀的舞蹈演员。"

程桀兴味更浓。

樱桃讲到有趣的地方，忍不住弯起唇："你还是对我一见钟情，而且那个世界的我们俩要顺利很多，顺利地恋爱，顺利地结婚，过得非常幸福。"

想起梦里程桀说过的那句话，樱桃心生感慨："梦里的你说过一句话。"

程桀看着她，嗓音缓缓："我会在每个世界爱你。"

樱桃惊讶："你怎么知道？"

他笑，把她因为激动而抬起来的头重新按到怀里："我就是他，怎么会不知道？"

"好神奇呀。"

程桀慢悠悠地"嗯"了声："他们会幸福，我们也是。"

樱桃露出满足的笑容。

程桀在她眉心印上一吻，起床后替她掖好被子："乖乖睡，我给你们娘俩做好吃的。"

樱桃摸着圆滚滚的肚子，笑着说"好"。

程桀去厨房后，樱桃拿出胎教手册，给肚子里的宝宝讲故事。

雨点落在窗台，时而能听到风声，时而能闻到窗户外飘来的泥土气味，春意盎然，樱桃一字一句念得温柔，万物岁月静好。

程桀准备好早餐后，回卧室扶樱桃起床。

她的四肢仍旧纤细，肚子也没有一般孕妇那么大。程桀总怕她和孩子营养不够，每天换着法儿给她做好吃的，厨艺越来越精进。但不是每个孕妇都吃得多，樱桃就属于没什么胃口的那一类，程桀从不会责怪，也不会没耐心。

他为了能勾起她吃饭的兴趣和食欲，不仅会在饭菜上做到色香味俱全，还会想出些稀奇古怪的游戏。

"今天玩什么？"坐到饭桌旁，樱桃已经率先发问。

程桀笑道："你是小孩吗？就想着玩。"

樱桃露出撒娇般的柔柔笑容。

程桀立刻缴械投降，亲她嘴角："今天玩抓阄游戏，抓到什么咱们就做什么。"

樱桃已经开始期待："好。"

程桀把准备好的道具拿出来，纸箱里装着很多折叠好的纸。

樱桃随意挑选一张打开，上面写着：吃鱼。

樱桃有些泄气。

程桀把桌盘转过来，让鱼停在樱桃面前，递筷子给她："愿赌服输，乖。"

樱桃努力吃了几口。程桀时刻观察她的表情，看她忍得辛苦，煎熬又心疼。

当樱桃吃不下时，他立即喂她喝点温水。

樱桃打起精神："我还要玩的。"

程桀坐到她身后，让她靠在自己怀里，这样舒服些。

他嗓音温柔:"好,继续。"

樱桃重新抓个阄打开,写着:奖励亲亲。

"什么啊。"

樱桃哭笑不得地把字条拿开。

"咱们是不是得遵守游戏规则?"程桀语气闲散带笑,绝不给她逃避的机会。

樱桃回头,有些敷衍地吻程桀,他不满地轻"啧"。

这顿饭在玩与吃中结束,虽然耗费的时间多,但只要樱桃能开心,程桀便觉值得。

当然,这特有的吃饭方式没有得到家人的肯定,就连一向疼爱女儿的喻丽安都持反对态度,时常告诉樱桃要努力吃饭。

程桀并不想让樱桃觉得吃饭是件痛苦的事,怀孕已经那样辛苦,他想用尽全力让她开心。

吃过饭,程桀陪樱桃散步。

他们的庭院里现在不只有栀子花,还种着几棵樱桃树,也添了一些其他花,颜色鲜艳,看着惹人爱。

午后,程桀用花瓣给樱桃做鲜花饼,陪她坐在庭院的秋千里赏雨。

秋千是程桀为樱桃做的,只是因为樱桃喜欢在下雨天看书,程桀便在庭院里为她搭建亭台,在里面做秋千。

春雨绵绵,美不胜收。

樱桃赏雨,程桀做雕刻,用木头雕出啄木鸟的模样。他的雕工很好,可以把花草树木都雕刻得栩栩如生。

家里有许多他雕刻的作品,福娃人偶、小狗、小猫、小兔等木偶,每一个都很漂亮,都是他给未出生的孩子的礼物。

樱桃温柔地看着他:"孩子有你这样的父亲可真幸福。"

程桀吹走木头上的木屑,把雕刻完成的啄木鸟放进樱桃手心,抱她到怀里。

樱桃发现啄木鸟口中衔着的是一颗樱桃。

程桀玩味地笑:"谁说这些小玩意儿是给孩子雕的?"

怕她凉,程桀用提前备好的披肩裹住她,小心谨慎地抱稳:"你肚子里的小家伙以后再说,或者你心情好的话可以分给小家伙玩,惹你生气就没收,然后我会哄你,再给你雕别的小动物,让小家伙羡慕。

"好不好,嗯?"

程桀极轻地吻她,诉不尽的宠爱。

【2】

樱桃的整个孕期除偶尔身体不适,其他方面都很舒心,不仅程桀对她百依百顺,家里人也总是记挂,朋友们常来看望,甚至还能收到从前病人的祝福和问候。

在大家的期待中,樱桃在春节期间平安生下孩子,是个女儿,取名"程心音",小名"栀子"。

小家伙随了父母的好相貌,还异常乖巧,从不在夜晚哭闹,导致程桀学习的哄孩子方法竟然无处可施。

她不仅不在夜里哭闹,平时也很乖,见人就笑,一逗就乐,成为全家人的心头宝。

樱桃身体恢复后重回医院上班,因此带孩子这种事并不用她操心,栀子很多时候被喻丽安和纪良霸占着,就连纪樑那样高傲的性子,也会经常给她买玩具,为看小栀子一眼,隔三岔五跑姐姐家蹭饭。

小栀子周岁时正值春节,程桀和樱桃为女儿举办了周岁宴,来的都是家里人和朋友。

栀子穿着福娃娃棉袄,白白软软,像年画上的可爱童子。

她从不怕生,喜欢笑,笑起来很像樱桃,有个浅浅的梨涡和弯弯的月牙眼,还没长牙齿,小嘴巴咧着笑,会手舞足蹈,逗得大家开怀。

樱桃和程桀吃饭,其他人忙着逗孩子,眼巴巴地排队等着抱。

程桀乐呵呵地笑了声:"咱们俩这娃仿佛是给他们生的。"

樱桃眼神娇嗔,示意他别乱说话。

结婚也这么多年了,他们的感情越浓,程桀喜欢她的一颦一笑,她偶尔对他生气也别有味道。

大约是做了妻子和母亲,如今的樱桃褪去年少时的单纯青涩,褪去从前的淡漠冷静,变成有温度的温柔和可亲。

她瞥来的眼神像是带钩子,温婉妩媚,"钩"住了程桀的心。

他不看孩子,也不去参与热闹,噙着笑直勾勾地盯着她。做夫妻做了这么久,樱桃太清楚他眼底的欲,真是越来越坏。

"干吗啊!"樱桃还是会因为他的眼神而害羞。

程桀靠过来舔了舔她的唇:"你存心诱惑我。"

"没有。"樱桃瞪眼。

程桀嗓音低倦:"孩子要不送去给爸妈带?"

樱桃怔了怔。

他压低声音哄:"他们看起来比咱俩更心疼孩子。"

樱桃看到纪良从喻丽安怀里接过孩子,笑得格外慈祥温和,老小孩似的哄孩子开心。

他这个样子,樱桃从来没见过。

自从有了小栀子,纪良和喻丽安的生活重心好像都围绕着这个小家伙,樱桃和程桀只要把孩子接回家,他俩就偷偷在家里抹眼泪,搞得樱桃都不好意思带孩子回来。

程桀有句话说得挺对,他俩这孩子好像真是给大家生的。

樱桃其实很开心，因为栀子有这么多人爱她。

"爸妈对栀子的疼爱的确不比我们少。"

程桀"嗯"了声："爸妈老了，跟孩子隔代亲，他们喜欢看孩子就给他们看，咱俩就过咱们甜甜蜜蜜的日子，行不？"

他靠在樱桃身上，细嗅着娇妻的香味，是熟悉的栀子味，但和小栀子的奶香不一样，樱桃的香味是迷人的、缱绻的，让他着迷上瘾。

"好。"

程桀好心情地捏起她指尖亲了亲，正巧被小栀子看到。小朋友对这种画面见怪不怪，而且非常喜欢爸爸妈妈亲亲，认为他们在玩有趣的游戏，每次都会拍着小手笑得很开心。

"你们这样不对，教坏小孩子。"喻天明推推眼镜，如今越发严谨老成。

总之从小到大，他都见不得程桀和樱桃亲密，哪怕程桀和樱桃已经结婚多年，他仍然觉得程桀在占自己妹妹的便宜。

程桀擅长和他作对，偏偏捧着樱桃的脸又亲几口。喻天明哼哼唧唧不爽，小栀子却非常高兴，兴奋得在纪良怀里挥舞手臂，眼睛弯弯发出可爱笑声，看得人心都融化了。

宴会最后，大家拍了一张合照。

客人都离开后，樱桃把这张照片挂在家里的照片墙上。

栀子被爸爸抱在怀里，亦步亦趋地跟着妈妈。

小家伙看到了当初那张被摄影师抓拍的婚纱照，好奇地挪不开眼。

程桀轻捏她的小脸蛋，语气散漫："那是爸爸妈妈还没谈恋爱的时候，你妈妈对我投怀送抱。乖女儿，你说你妈那会儿是不是很想让我抱她？"

樱桃回头瞪程桀，他耸肩笑得懒洋洋，而小栀子不明白什么是投怀送抱，但是她看看照片上的妈妈，又看看眼前温柔的妈妈，忽然对樱桃张嘴笑，伸出手要妈妈抱。

樱桃接过女儿，小家伙努力搂住她的脖子，嘴巴在她脸边蹭来蹭去，哑巴哑巴，哑出一声奶乎乎"ma"的音节。

樱桃和程桀都愣住，哄着她再叫。小朋友"嘿嘿"笑着试图努力，最后却只是打了个嗝，瞬间委屈地咬住嘴唇。

樱桃温柔地摸她的头："不着急哦，妈妈等你长大。"

程桀倚墙笑看樱桃哄孩子，她脾气好，从来不跟他急脸，对待孩子更是有耐心。

小栀子这个年纪，其实已经能够有意识地喊妈妈和爸爸，但现在只会发些简单的音节，搁别人的话应该会很着急，但樱桃不会。

孩子几个月大的时候，她就会和小栀子聊天，尽管小栀子根本听不懂，也不会闹，总是很乖。

程桀觉得他们的女儿其实很聪明，这么小就懂得察言观色，懂得倾听。

果然，小栀子没有让程桀和樱桃等太久，一个月后就能够清楚地喊出妈妈和爸爸，第二个月后还能喊外公、外婆和舅舅。

小栀子的身体也很健康，长大一点后很喜欢运动，和纪樣学打篮球，和喻天明学习捉泥鳅，虽然上蹿下跳，但是很讨人喜欢。

家庭氛围的影响，栀子五岁时就已经懂得"爸爸很爱妈妈"这件事。

她是个处理人际关系的高手，不仅能把喻丽安和纪良哄得开开心心，还能让总是闷闷不乐的纪樣舅舅露出一丝笑意，和家里的宠物也相处得很好，更会照顾家里的花花草草，特别是樱桃树和栀子花。

小姑娘天性烂漫，每次和伙伴出去玩都会给妈妈带回来一样小礼物，有时候是一颗漂亮的鹅卵石，有时候是路边采的野花。

今天她又兴冲冲地跑回家，开心地跑到爸爸妈妈的卧室外，礼貌地敲门，直到听到爸爸懒洋洋的声音后，才推门进去。

妈妈穿着浅绿色绣海棠花的旗袍，正坐在化妆镜前描眉，从镜子里看到她，极温柔地抿起笑："回来啦。"

栀子看得有些呆，她想，妈妈真是这世上最美丽的女人，既温婉又多情。

妈妈像春桃般娇媚，也像素菊那样清丽。而爸爸正在为妈妈盘头发，淡淡看了她一眼，好像有些不高兴被她打扰。

栀子偷偷对爸爸吐舌头。

程桀悠悠地挑眉："胆儿肥了。"

栀子立即跑到妈妈的怀里，闻着她喜欢的栀子香，依恋地在樱桃怀里蹭来蹭去。

樱桃浅笑着梳理好她跑乱的头发："去哪里玩了？"

"天明舅舅带我去故水镇，我们去河边捉蝴蝶。"

"那捉到了吗？"

栀子把自己的宝贝从衣兜里拿出来，是一只五彩斑斓的蝴蝶被装在透明的玻璃瓶里。

樱桃注意到瓶盖弄了好几个透气孔，应该是她不想闷死蝴蝶。

樱桃认真观赏蝴蝶，像鉴宝般点头："真好看。"

"我也觉得好看！专程带回家给妈妈看！"

程桀把簪子插进樱桃的发丝里，看着她们母女的互动轻"啧"一声："有什么稀奇，我也可以给你妈妈抓蝴蝶。"

栀子抱紧自己的玻璃瓶，她给妈妈准备的惊喜被他抢走借花献佛很多次了，这次才不要被抢！

"爸爸才抓不到！"

小家伙对爸爸做个鬼脸，脚下生风，飞快地溜走。

樱桃哭笑不得，原以为女儿会更黏爸爸，没想到父女俩每天斗智斗勇，竟然是为了在她面前争宠。

这些年程桀对栀子的教育樱桃看在眼里,她的性格不是典型的娇娇女,也不似男孩子那样皮,而是介于两者之间的英气。

他没有因为栀子是女孩就宠溺娇惯,反倒总是教她尊重妈妈,爱护妈妈,在女儿面前也并不遮遮掩掩对樱桃的爱。

这样的家庭环境让栀子成长得乐观开朗,学会爱,也懂得回馈爱,未来长大,才不会选错人,因为她已经见过最好的爱情,便绝不会被劣质的情感骗走。

"好了。"程桀为樱桃簪上最后一支玉簪,俯身吻她的耳郭,"属于咱们的电影要开场了。"

樱桃把手递给他,被程桀轻轻握紧在掌心里。

今天是《我们各自相爱的八年》重映的日子。他们还没结婚时,这部电影作为程桀公司的首部作品上映,创作原型是樱桃和程桀。电影上映后万人空巷,一跃成为经典。

去电影院的路上,樱桃忍不住算着时间感叹。

他们年少相识,分离八年,婚后甜蜜生活五年后怀孕生下栀子,现在栀子五岁。原来她嫁给程桀已经十余年,但牵着她手的这个男人从未有分毫改变,反而疼她更胜往昔。

他们赶在电影开场前坐到影院里,和十余年前的同一个人看着同一部电影。最浪漫的事,大抵如此。

一百二十分钟后,电影以圆满结局落幕,许多人都被电影情节感动哭泣,只有樱桃露出笑容。她虽身在故事中,但已释怀所有,幸福和被爱总是可以治愈一切。

樱桃温柔地看向身旁的人,才发现程桀在看自己,不知道看了多久。

她微愣:"没看电影吗?"

"没。"

"看我?"

"嗯。"

一百二十分钟的时间里,他的目光几乎没有离开过她。

樱桃笑吟吟地凑近,芙蓉面杨柳腰,托腮笑看他时特有的婉约妩媚风韵:"你真的很喜欢我呢。"

程桀漫不经心地笑,没否认。

他的心还是会因为她而狂跳,经不住她的诱惑,只是喜欢怎能形容?他爱她到极致。

"多喜欢呢?"

程桀稍稍倾身吻她,吻得认真、绵长。

电影散场了,他们还在继续爱。

樱桃听到他的声音,和心跳一起落在耳朵里,掺着温柔和迷醉。

"问我多喜欢你?

341

"我没出息,你只需轻轻瞥过来一眼,无声无息,我便俯首称臣。"

【3】出版新增番外

风卷浪,浪卷云,江风吹海岸,蓝楹花期的到来也将消失许久的夏天再次送回淮城。走过人间四月,与盛夏再相逢,淮城仍旧是当初模样。

不过今年淮城的蓝楹花樱桃没机会看到。两个月前,她被医院派遣到伦敦进修学习。

"嘿,樱桃,马上就要下班回家了,你该给你丈夫打今天的第一通电话了。"

同在伦敦医院进修的同事里,一位名叫苏珊的本地人对樱桃十分友好,常邀请樱桃去家中做客,所以知道樱桃已婚,且和丈夫恩爱。

几乎每一天,程桀的视频电话都会在樱桃下班时准时打来,所以苏珊才会这样打趣。

樱桃腼腆地笑笑,用英文回答:"是的,他有些黏人。"

其实女同事不知道,程桀不仅会在下班时打来视频电话,每天等女儿入睡后,还会单独打电话过来说一些叫人面红耳赤的话,实在有些黏人。

白人同事以手抚胸,满脸羡慕:"哇,实在是太甜蜜了。"

樱桃性格温婉,每每提及程桀,虽腼腆但甜蜜。

苏珊再次热情邀请樱桃到家中做客,樱桃没有拒绝这份盛情的邀请。

回去的路上,程桀的视频电话如约而至。

樱桃看了看开车的苏珊,有些不好意思接。

苏珊耸了耸肩:"放轻松,享受这份甜蜜吧,就当我不存在。"

樱桃含笑摁了接通键,程桀的脸出现在手机屏幕里。

他应该刚忙完工作,还穿着正装。

从影帝过渡到如今的影视公司老板,当初的小镇少年俨然成长为一个成功优秀、卓尔不凡的男人。

第一眼,他认认真真打量樱桃,似乎在观察她今日的妆容、发型、穿着、气色,确认她今天过得不错,才压眸看手表,低磁的声音穿透手机传来:"今天程太太接电话晚了半分钟。"

樱桃哭笑不得。

程桀抿一下唇,表情略严肃:"所以,程太太已经开始厌倦我了吗?"

樱桃开始庆幸苏珊听不懂中文,可就算如此,面对程桀故意而为之的耍赖,她还是有些放不开,略不自在地咳嗽,瞪了他一眼:"别闹。"

程桀猜想出有人在,听樱桃提起过在伦敦有个关系不错的白人同事,她这样子显然是害羞。

两个月没见,抱不着亲不着,要不是樱桃三令五申不允许他过去,程桀哪能守得住寂寞,在这一点上总是樱桃更能忍一些。

"就不想我吗？"

他将屏幕贴近，磁哑的嗓音近在咫尺，像真切地响在耳郭，像在淮城的每个夜晚里他紧紧抱着她时。

樱桃红了脸，飞快地瞥苏珊，果然瞧见苏珊满眼促狭。

她虽然听不懂中国话，但人能感知情绪，自然能品味出这对小夫妻在讲一些甜言蜜语。

樱桃的回答因此有些磕磕巴巴："想……想的。"

那头的程桀轻哑笑了笑，屏幕阻隔不住他直勾勾的眼神，他不错眼地盯着樱桃，直将她看得面红耳赤后才慢悠悠启唇："多想？"

"程桀……"

樱桃叹口气，投降般地软下语气。

程桀不为所动，慵懒地舔一下唇，调整坐姿，笑容散漫："乖，我要听。"

当初那个轻狂的少年，会因为樱桃一句话就失控的少年，如今事业有成，被岁月磨砺得越发处变不惊，面对心爱的人更加毫不掩饰，总会直接且露骨地表达，表达他的爱意与爱欲。

成长为成熟男人的程桀，更让樱桃招架不住。

"咱们回家再说。"

其实从前的樱桃是能说出一些甜言蜜语的，心脏病还没有治好的时候，刚刚与程桀确定恋爱关系的时候，冷不丁冒出一句情话，总会乱了程桀的心智。

现如今她做了妈妈，倒被他越宠越回去，像个小姑娘似的开始会害羞了。

不等程桀再说什么话，樱桃已经迅速切断视频。

她的匆忙让苏珊忍不住调侃："你的脸好红。"

樱桃摸了摸脸，果然很烫。

"我能理解，你的丈夫很迷人。"

迷人？

程桀？

樱桃愣怔，她从来没想过这个问题，她与程桀相爱的过程里，并不是因为他的任何外在和条件，而是因为他只是他。

所以樱桃有些好奇苏珊怎么会看得出来，毕竟她并没有见过程桀："你怎么知道的？"

"听声音，他肯定是个非常受欢迎的男人。"

听声音就知道？

想到程桀低哑的嗓音，经常会咬着她耳朵呢喃她名字，宠溺地喊她宝贝……

樱桃睫毛扇动频率加快，开窗透气，同时也开始胡思乱想。

苏珊不提这个事的话，樱桃或许永远都无法意识到，原来程桀对异性极具吸引力，是很迷人的优秀男人。他从前是影帝，万千"女友粉"追逐，也有很多圈

343

内女明星示好，现在是影视公司老板，自然更不缺女人投怀送抱。

倒不是不信任程桀，只是一想到原来其他女孩子也会觉得程桀迷人，樱桃的心里便有些不舒服，以至于在苏珊家中度过的时光，一直有些心不在焉。

差不多晚上九点的时候，樱桃回到自己在伦敦的家。

是程桀买的别墅，为了让她住得舒服安全些。

进屋后樱桃没开灯，少见地有些无精打采，所以也并没有发现阴影里的高大男人。

对方伸手，一下子将她抱到怀里，鼻尖抵住她，一声低哑的"程太太"后，便迫不及待地吻上来。

黑暗里，樱桃惊讶地睁大眼，手掌触摸到的是程桀体温略高的胸膛。

他吻她时压住她后脑勺，忽然捞起她双腿抱高，边走，边啄吻她的嘴角。

没急着开灯，暧昧光线里他抱着她坐在沙发，把她放在自己腿上，侧着亲她的耳朵："怎么才回来？我等你很久了。"

"你怎么会在这里？"

直到现在，樱桃都还有些没反应过来，当然，心里是说不出的甜蜜，下午的不愉快也因为刚刚那个吻而烟消云散，连语气都情不自禁带着一股撒娇意味。

程桀把沙发旁的台灯打开，抬起她的脸仔细看。

樱桃目光如水般柔软，对他充满依赖。

程桀千里迢迢赶来，为的就是此刻。

他的唇印在她的眉梢，吻得疼爱温柔："想你。"

樱桃笑了笑，挂在他脖子上亲他。

程桀笑出声，托住她的小屁股轻轻拍："这会儿倒胆子大了，白天像只鹌鹑。"

"有人在。"樱桃冲他皱鼻子。

程桀就亲了亲她的鼻尖。

"刚刚心情不好？"

对于樱桃的情绪，程桀越来越容易察觉，哪怕是黑暗里，也能感觉出她情绪上的异常。

樱桃不喜欢装着心事等程桀来猜，有问题就要解决，这样两个人的感情才会越来越好。

"程桀。"

娇妻忽然正了脸色，程桀也收敛起想开玩笑的心态，端正坐姿，不忘搂着她坐得舒服些，替她整理好刚刚亲吻时弄乱的发丝，温柔地"嗯"了声。

"我听着。"

"苏珊说你是个迷人的男人，别人女孩子也会这么对你说吗？"

她认真看着眼前的男人，她的丈夫的确年轻而英朗，配得起"迷人"二字。

如果说当年的程桀是一把充满锋芒的宝剑，那么现在的程桀便是经历过商战沉浮后不露声色的软刃。

程桀挑了挑眉,指腹抚过娇妻的眉角,似笑非笑:"开始会吃醋了?"

樱桃无奈:"你这样看穿我,让我很没面子的。"

他被逗笑,捏起樱桃的脸颊,声音散漫玩味:"终于,你也有为我吃醋焦虑的这一天。"

樱桃嗔怪地拍打他的手。

程桀怕她真的会生气,捉住她的手抵在唇边啄吻,眼睛看着她:"不信我吗?"

樱桃立刻摇头。

程桀捧住她的脸:"只是单纯不开心,不想让别人看到我?"

樱桃点点头。

程桀吻着她:"那简单,我把公司交给别人打理,每天做个'家庭煮夫',接你上下班,除了你不见任何别的女人。"

樱桃忍不住笑:"别开玩笑。"

"没开玩笑。"程桀把她整个人拢到怀里,嗓音轻轻,"这世上,我原本就只想见你一个人。"

樱桃心里甜蜜:"咱们女儿你不见啦?"

提起程心音那家伙,程桀就有些头疼,皱了皱眉。

早知道那小丫头这样难缠,他铁定不那么早和樱桃生孩子。如果不是她,樱桃不会不允许他到伦敦探班,三令五申让他照顾好女儿。

"儿孙自有儿孙福。"

懒洋洋地撂下话,程桀的手有些不规矩,樱桃还想多问问女儿的情况,已经被他抱起来送进卧室。

还没来得及吻到心心念念的妻子,敲门声忽然传来,外面响起程心音小朋友刚睡醒的声音:"妈妈!妈妈!"

小姑娘"哐哐"拍着门,嗓门越来越大:"妈妈!"

"栀子也来了?"樱桃立刻推开程桀。

程桀额角青筋凸起,咬牙切齿:"程心音!"

门打开,小姑娘见到两个月没有见到的妈妈,欢呼雀跃地跳到妈妈怀里。

樱桃笑着把女儿抱出去:"你怎么也来了?"

程心音觑了觑爸爸冷沉沉的脸色,偷偷朝妈妈吐舌头:"爸爸不带我,我就撒泼打滚,他还是不带我,我就找外公外婆告状!后来他没办法了,只有带着我来啦!"

小姑娘抱住妈妈蹭:"好想妈妈!"

程桀冷笑,把女儿从妻子怀里拉出来拎回她的卧室,用力关上门,再回头看樱桃,快步走过来抱起她回房。

"咱们继续。"

樱桃总觉得他这语气很气急败坏，忍不住开玩笑："咱们要不要再生个儿子？"

　　程桀脚步一顿，满脸冷酷，充满决绝："你想得美！"

　　樱桃被他逗乐了，倒在他怀里笑，就没见过这样爱和孩子吃醋的爸爸。

　　她亲亲他的侧脸，娇声哄："别生气了，我最爱你啦。"

　　程桀的心情有所好转，可两秒后，门再次被敲响。

　　小姑娘在外头喊："妈妈！我想跟你睡！"

　　程桀十分无语。

　　他已经开始期待程心音嫁人的那一天了。

——End——